KB019367

하루 한 편

우리 한시漢詩

하루 한 편

우리 한시

초판 발행 2018년 9월 30일

엮은이 엄원대

펴낸곳 도서출판 팡세
등 록 2012년 8월 23일 제2012-000046호
주 소 서울특별시 성동구 살곶이길 50. 105-2403호
전 화 02-6339-2797
팩 스 02-333-2791
전자우편 pensee-pub@daum.net

ISBN 978-89-98762-07-0 03810

책값 22,000원

하루 한 편

우리 한시

엄원대 엮음

책을 펴내며

한글세대인 현대인에게 한시는 가까이 하기가 쉽지 않다. 그래서 번역이 필요한데, 인터넷에 올라 있는 번역 한시에 적잖은 오류가 있음을 보았다. 미력이지만 그 오류를 최소화해 보려는 게 이 책을 엮게 된 동기다.

한편, 이런저런 이유로 산으로 들어가려는 이들이 많다고 한다. 그래서 〈나는 자연인이다〉라는 텔레비전 프로그램이 40~50대 시청률 1위이며, 항간에서는 귀촌처럼 귀산(歸山)이라는 말이 회자되기도 한다. 그러나 많은 이들이 귀산을 선망하지만 역시 이런저런 이유로 실행에 옮기기는 쉽지 않다. 이에 필자는 시를 통해서 비록 마음만이기는 하지만 누구나 쉽게 자연인이 되게 하고 싶었다.

시는 촌철살인(寸鐵殺人)이다. 이를테면 "밉게 보면/ 잡초 아닌 풀이 없고/ 곱게 보면/ 꽃 아닌 사람이 없으되/ 내가 잡초 되기 싫으니/ 그대를 꽃으로 볼 일이로다"(이채, 「마음이 아름다우니 세상이 아름다워라」)는 믿음의 저버림을 받아본 이들에게는 충분히 위로가 될 수 있으리라.

"산문 두드리는 사람은 없으나 솔 그림자가 들락날락한다(門無剝啄 松影參差)"는 송나라 당자서(唐子西)의 「산정일장(山靜日長)」의 구절과, "산 그림자도 외로워서 하루에 한 번씩 마을로 내려온다"는 정호승의 「수선화에게」의 시구는 시공을 초월하여 상통하고 있음을 본다. 표현에서 한자와 한글의 차이일 뿐, 옛날 사람이나 요즘 사람이나 느낌은 같다는 것을 새삼 알게 된 것도 한시를 감상하면서 얻는 덤이다.

이 책과 비슷한 형태의 한시 번역본이 이미 시중에 몇 권 나와 있지만,

이 책은 몇 가지 점에서 차별된다. 첫째, 선정 작품의 내용이 대부분 앞서 언급했듯 귀산·귀촌을 희망하는 이들에게 알맞은 것으로 했다. 둘째, 한 작품이 수록된 여러 책의 내용을 비교하여 오탈자를 찾아내려 했다. 그래서 매 작품마다 출전을 밝혔다. 마지막으로, 하루에 한 편씩 익힐 수 있게 할 뿐만 아니라 페이지의 여백을 간략한 일기장으로도 활용해 보면 어떨까 해서 우리나라의 한시 365수로 한정했다.

작품의 선정 기준은 없다. 이 책 저 책을 읽다가 엮은이의 마음에 드는 것을 뽑았다. 그런데 원전을 확인 못한 작품이 몇 있다. 이 경우 오류가 염려된다.

독자의 편의를 위해 몇 가지 일러두기를 열거한다.

- 한 편의 시를 감상하는 데는 작가가 누구인지를 아는 것도 중요하다. 그러나 작가에 대한 구체적인 기술은 지면 문제가 있으므로 시인이라는 점에 초점을 두고 간단히 소개했다. 또한 중복되는 작가에 대한 소개는 '☞3월 4일 참조'와 같이 서술했다.
- 시의 시간적 배경과 24절기가 서로 맞게 배치하려 했다.
- 원제목 뒤의 아라비아 숫자는 연작시 가운데 몇 번째 수인지를 가리킨다.
- 일반적으로 권수는 '권1'과 같이 표기하지만, 이 책에서는 글의 끝맺음을 구분하기에 편할 것 같아 '1권'으로 했다.
- 과다해질 분량을 무릅쓰고 각각의 작품마다 감상문을 적으려 했지만, 어쭙잖은 감상문이 독자의 자유로운 감상을 한정할 수도 있겠기에 이를 저어하여 생략했다. 다만 감상의 편의를 위해 난해하다고 생각되는 한자나 시어에 주석을 달았다.

2018년 8월

엮은이

차례

1월

2월

3월

4월

5월

6월

7월

8월

9월

10월

11월

12월

一月

실제失題

실명씨

桐千年老恒藏曲　오동나무는 천 년이 되어도 늘 가락을 품고 있고
梅一生寒不賣香　매화는 일생을 춥게 살아도 향기를 팔지 않는다.
月到千虧餘本質　달은 천 번을 이지러져도 본바탕은 남아 있고
柳經百別又新枝　버들가지는 백 번을 꺾여도 새가지가 돋아난다.

【작가】〖출전〗 항간에는 상촌(象忖) 신흠(申欽, 1566~1628)의 작품으로 알려져 있다. 그러나 『상촌고(象村稿)』에는 이 작품이 수록되어 있지 않다. 또한 이 작품은 운자도 맞지 않아 칠언절구로도 볼 수 없다. 그러나 기구와 승구가 대련(對聯), 전구와 결구가 대련으로 되어 있는 것으로 미루어 볼 때 세간에 떠돌던 기·승구와 전·결구를 합쳐 누군가가 칠언시 형태로 옮기면서 작가를 조선 4대 문장가로 꼽히는 신흠의 이름을 차용한 것으로 생각된다.

이 작품은 조용헌이 2008년 1월 23일자 《조선일보》에 신흠의 것으로 처음 소개함으로써 이후 신흠의 것으로 굳어지게 된 것으로 보인다. 참고로 전·결구는 백범 김구에 의해 유명해졌다. 문제가 많은 작품을 머리에 싣는 것은 그만큼 내용이 유명하기 때문이다. 눈 밝은 누군가가 작가를 알아내어 주기를 바란다.

■ 恒(항상 항). 藏(품을 장). 虧(이지러질 휴). 經(날실 경).

들판의 눈野雪

이양연(李亮淵, 1771~1853)

穿雪野中去　눈을 뚫고 들판 길을 갈 때조차
不須胡亂行　어지러이 함부로 걷지 말지어다.
今朝我行跡　오늘 내가 밟고 간 이 발자국이
遂作後人程　뒷사람이 밟고 올 길이 될 터이니.

【작가】 자는 진숙(晋叔), 호는 임연재(臨淵齋)·산운(山雲)이다. 광평대군(廣平大君) 이여(李璵)의 후손이다. 어릴 때부터 문장이 뛰어났으며 성리학에 밝았다. 사대부로서 농민들의 참상을 아파하는 민요시를 많이 지었다.

〖출전〗『임연당집(臨淵堂集 = 山雲集)』, 『대동시선(大東詩選)』 8권.

■ 백범(白凡)이 애송함으로써 더욱 유명해진 시다.

■ '穿雪(천설)'이 '踏雪(답설)'로, '今朝(금조)'가 '今日(금일)'로도 알려져 있다.

■ 穿(뚫을 천). 胡(함부로 호). 遂(따를 수).

1. 3

옥란 스님의 시권에 제하여題玉蘭上人詩卷

한수(韓脩, 1333~1384)

玉藏土石木爲潤　옥은 흙과 돌 속에 묻혔어도 나무를 빛나게 하고
蘭沒蕭艾風傳熏　난초는 쑥 덤불 속에서도 바람이 그 향기 전하네.
只緣有實不可掩　다만 실상이 있는 것은 숨길 수가 없나니
渠心非要人見聞　그 마음은 남이 알아줌 구하지 않는다네.

【작가】고려 후기의 문신으로, 자는 맹운(孟雲), 호는 유항(柳巷)이다. 일찍부터 문재(文才)가 뛰어나 1347년(충목왕 3) 15세의 나이로 과거에 합격해 사람들을 놀라게 했다. 이제현(李齊賢)에게 경사(經史)와 서법(書法)을 배우고, 이색(李穡)·이숭인(李崇仁) 등 여말 석학들과 깊이 사귀어 명망이 높았다.

〖출전〗『유항시집(柳巷詩集)』.

- 이 작품은 옥란(玉蘭)이라는 승려의 이름 글자를 이용하여 공자의 공곡유란(空谷幽蘭) 고사에 의탁해 옥란 스님을 위해 쓴 예찬시다.
- 공곡유란: 곽무천(郭茂倩)의 『악부시집(樂府詩集)』, 축목(祝穆)의 『고금사문유취(古今事文類聚)』, 채옹(蔡邕)의 『금조(琴操)』 등에서 보이는 공곡유란 고사는 다음과 같다. 공자는 30년 가까이 천하를 주유하면서 72명의 제후들을 만나 왕도정치(王道政治)의 이념을 설파했다. 하지만 패도정치(覇道政治)의 무력이 지배하던 전국시대에 문덕(文德)으로 다스리는 문인정치(文人政治)와 왕도정치에 귀를 기울이는 사람은 아무도 없었다. 이에 공자는 고국인 노나라로 돌아가하던 중 인적이 없는 '공곡(空谷)'에서 홀로 핀 '그윽한 난초[幽蘭]'의 향기를 맡으며 깊이 탄식하고 말하기를, "마땅히 왕자의 향을 지녔거늘 어찌 잡초 사이에서 외롭게 피어 있느냐. 어리석은 자들 틈에서 오직 때를 만나지 못한 군자와 같구나" 하고는 거문고로 의란조(猗蘭操, 또는 琴操, 幽蘭操)를 탔다.

눈을 읊다詠雪

이숙원(李淑媛, 1550?~1592)

閉戶何妨高臥客 사립문 닫았으니 높이 누운 손 된 것이고
牛衣垂淚未歸身 우의 입고 눈물짓는 고향 못 간 몸이라네.
雲深山徑飄如席 눈은 깊은 산길에 흩날려 내려앉아 자리 같고
風捲長空聚若塵 바람 부는 허공에선 먼지처럼 모이누나.
渚白非沙欺落鴈 물가에선 흰 모래처럼 쌓여 기러기 눈 속이고
窓明忽曉劫愁人 새벽 온 듯 창 밝아지니 나그네는 시름겹네.
江南此日梅應發 강남땅엔 지금쯤 매화 응당 폈을 텐데
傍水連天幾樹春 하늘 닿은 물가 나무 몇 그루에나 봄이 왔을까?

【작가】조선 여류시인·기녀(妓女). 기명(妓名) 옥봉(玉峰)·옥봉주인(玉峰主人). 양녕대군의 고손자인 자운(子雲) 이봉(李逢, 1526~?)의 서녀로 운강(雲江) 조원(趙瑗, 1544~1595)의 소실이다. 일찍이 정철·이항복·유성룡 등과도 수창(酬唱: 시가를 서로 불러 주고받음)했다 한다. 하루는 이웃의 아낙이 찾아와 자기 남편이 남의 소를 훔쳐 갔다는 누명을 쓰고 잡혀갔으니 옥봉의 남편에게 형조에 편지를 써서 죄를 면하게 해 달라고 부탁했다. 옥봉은 남편에게 말하지 못하고 자기가 대신 시를 한 수 적어 주었다. 이 시를 읽은 형조의 관리들이 글 솜씨에 감탄하여 그 남편을 석방했다고 한다. 그러나 이 일을 안 옥봉의 남편은 관청의 일에 아녀자가 간여하여 죄인을 풀어 주게 했다고 하며 옥봉을 용서하지 않고 친정집으로 돌려보냈다. 이후 옥봉은 임진왜란이 발발하여 죽을 때까지 남편에게 돌아가지 못했다고 한다.

〖출전〗『해동역사(海東繹史)』 49권, 『열조시집(列朝詩集)』 윤집(閏集) 6.

■ 하방(何妨): (~해도) 무방하다.

■ 수루(垂淚): 눈물을 흘림.

■ 고와(高臥): ① 어려운 처지에서도 절조를 지킴. 원안고와(袁安高臥). 한(漢)나라 때 낙양(洛陽)에 큰 눈이 내려서 한 자가량이나 쌓여 많은 사람이 굶주리게 되자 걸식에 나섰다. 낙양의 수령이 직접 현장을 시찰하다가 원안(袁安)의 집 앞에 이르니 사람이 나다닌 흔적이 없었다. 이에 눈을 치우고 안으로 들어가 보니 원안이 죽은 듯이 누워 있었다. 수령이 원안에게 어째서 나와서 걸식을 않느냐고 묻자 "큰 눈이 와서 사람들이 모두 굶주리고 있으니 다른 사람에게 먹을 것을 구하는 것은 옳지 않은 짓이다" 했다(『後漢書, 袁安傳』). ② 세속의 정을 끊고 고아하게 삶. 귀와(歸臥) 또는 고침(高枕)이라고도 함. 진(晉)나라 사안(謝安)이 조정의 부름에 응하지 않고 "동산에 높이 누워(高臥東山)" 지냈고(『晉書, 謝安傳』), 도잠(陶潛)이 "북창 아래 높이 누워(高臥北窓之下)" 스스로 복희(伏羲)시대의 사람이라 했다(『晉書, 隱逸傳 陶潛』).

■ 우의(牛衣): 집안이 가난함을 상심해서 눈물 흘리는 것. 한나라 때 왕장(王章)은 집이 몹시 가난해 병이 들었는데도 덮을 이불이 없어 우의를 덮고 자면서 반드시 죽게 될 것이라 생각하고 눈물을 흘렸다(『漢書, 王章傳』).

■ 妨(거리낄 방). 垂(드리울 수). 淚(눈물 루). 逕(소로 경). 飄(회오리바람 표). 捲(감아 말 권). 聚(모일 취). 渚(물가 저). 劫(위협할 겁). 傍(곁 방).

옳고 그름에 대하여是非 2

허후(許厚, 1588~1661)

是非眞是是還非　옳은 것 옳지 않다 하면 옳음도 그름 되나니
不必隨波强是非　세파 따라 억지로 시비할 것 아닐세.
却忘是非高着眼　시비를 문득 잊고 눈을 높은 곳에 두어야
方能是是又非非　옳은 것 옳다 하고 그른 것 그르다 할 수 있으리.

【작가】 초명은 열(說). 자는 중경(重卿), 호는 관설(觀雪)·둔계(遯溪)·일휴(逸休). 사도시 주부(司䆃寺主簿)를 거쳐 지평(砥平: 현 양평) 현감이 되었는데, 내노(內奴: 내수사[內需司]에 딸린 노비)가 인폐(人弊)를 끼친 바 있어 이들을 엄중히 다스려 숙폐(宿弊: 오래된 폐단)를 일소했다. 그러나 남살(濫殺: 불법 살인)한 죄과로 투옥되었는데, 현민(賢民: 어진 백성)들이 호소하여 풀려난 뒤 치악산 둔계 시냇가에 소암(素庵)이라는 정자를 짓고 기거했다.

〖출전〗『둔계유편(遯溪遺編)』 2권.

▪방능(方能): 비로소~할 수 있다.

▪方(바야흐로 방). 還(돌아올 환). 却(도리어, 발어사 각).

집에 부치는 편지寄家書 1

이안눌(李安訥, 1571~1637)

欲作家書說苦辛　살기 고달프다고 편지를 쓰려다가
恐教愁殺白頭親　백발 어버이 걱정하실까봐
陰山積雪深千丈　북녘 산에 눈이 천 길이나 쌓였는데도
却報今冬暖似春　금년 겨울은 봄처럼 따뜻하다고 아뢰네.

【작가】자는 자민(子敏), 호는 동악(東岳)이다. 선조 때 문과에 차석으로 급제하여 예조정랑·이조정랑 등을 지냈다. 1601년 명에 사신으로 다녀온 후 외국의 사신을 맞는 종사관이 되었다. 당시 광해군의 옳지 못한 정치에 분개하여 벼슬에서 물러났다. 1623년 인조반정으로 다시 등용되어 예조참판·형조참판이 되었다. 1636년 병자호란이 일어났을 때 남한산성으로 인조를 모셨다. 죽은 후 좌찬성에 추증되었으며 청백리에 뽑혔다. 당시(唐詩)에 뛰어났으며, 효성이 지극하기로 유명했다.

〖출전〗『동악집』1권.

■ 이 시는 작가가 북평사(北評事: 함경도의 북영[北營]에 속한 정6품 무관 벼슬)를 하고 있을 때 지은 것이다.

■ 가서(家書): 자기 집에 보내는 편지.

■ 수살(愁殺): 매우 근심스럽고 슬픔.

■ 음산(陰山): 산이 나란히 두 개가 있을 때 그 가운데 한쪽의 경사가 가파르지 않은 산. 옛 병서에 의하면 공략하기 쉬운 쪽의 산을 이른다. 그러나 여기에서는 말 그대로 그늘진 산, 곧 북녘 산을 가리킨다.

■ 恐(아마 공). 教(~로 하여금 ~하게 할 교). 殺(어세를 강조하는 조사 살). 却(도리어, 발어사 각).

망헌 이주(李胄)의 운에 따라次忘軒

오억령(吳億齡, 1552~1618)

少年湖海氣猶存　어릴 적 바다 같은 기상은 아직도 남았는데
頭白黃塵道路昏　세속의 먼지에 머리 희어지고 갈 길도 저물어가네.
春入薜蘿歸夢短　봄빛은 담쟁이덩굴에 들건만 돌아갈 꿈은 짧아
半隨征鴈落江雲　반쯤 기러기를 따라가다 강 구름에 떨어지네.

【작가】 자는 대년(大年), 호는 만취(晩翠). 임진왜란을 예언했으며, 광해군 때 폐모론에 반대하다가 탄핵을 받고 낙향하여 대죄(待罪) 중에 죽었다. 문장이 뛰어났으며 서예에도 능했다.

〖출전〗『만취집』 3권.

- 이 시는 갑자사화에 희생된 이주(李胄, 1468~1504)의 시에 차운하여, 고향에 돌아가고 싶지만 그렇게 하지 못하는 현실(또는 이루지 못한 꿈)을 읊은 것이다.
- 망헌(忘軒): 이주의 호. 자는 주지(胄之)로 김종직의 문인이다. 정언(正言: 정6품직)으로 있을 때는 직언을 잘했으며, 무오사화(1498)에 진도로 유배되었고, 갑자사화(1504) 때 궐내에 대간청(臺諫廳)을 설치하자고 청한 일이 있다는 이유로 김굉필(金宏弼) 등과 함께 사형된 인물이다.
- 벽라(薜蘿): 담쟁이·칡·마삭줄 등 덩굴 지는 나무.
- 황진(黃塵): ① 누른빛의 흙먼지. ② 속진(俗塵).
- 薜(승검초 벽). 蘿(담장이 넌출 라).

1. 8

눈 온 뒤에 짓다雪後

이항복(李恒福, 1556~1618)

雪後山扉晩不開　눈 온 뒤 산속 사립문 늦도록 열지 않았고
溪橋日午少人來　개울 다리엔 한낮에도 건너오는 사람 드무네.
篝爐伏火騰騰煖　화로 안에 묻어 놓은 모닥불이 무척 따스하여
茅栗如拳手自煨　굵은 밤을 손수 구워 먹는다네.

【작가】 자는 자상(子常), 호는 필운(弼雲)·백사(白沙)·동강(東岡). 오성부원군(鰲城府院君)에 봉해졌기에 흔히 오성이라 부른다. 임진왜란 때 병조판서로 활약했으며, 뒤에 벼슬이 영의정에 이르렀다. 광해군 때 인목대비 폐모론에 반대하다 북청(北靑)으로 유배되어 죽었다. 한음(漢陰) 이덕형(李德馨)과 돈독한 우정으로 오성과 한음의 일화가 여럿 전해온다.

〖출전〗『백사집』1권.

- 등등(騰騰): 기세가 무서울 만큼 높음.
- 모율(茅栗): 중국산 밤의 한 종류. 밤알의 지름이 1~1.5cm에 불과하여 보통은 '작은 밤'을 가리키지만 여기에서는 단순히 '밤'이라는 뜻으로 쓰였다.
- 茅(띠 모). 扉(사립문 비). 篝(모닥불 구). 爐(화로 로). 騰(오를 등). 煨(재에 묻어서 구울 외).

기러기 그림에 제하여題畵鴈

최전(崔澱, 1567~1588)

烟渚水空流　안개 낀 물가에 물은 덧없이 흐르고
蘆花白如雪　갈대꽃은 눈처럼 하얗게 피었네.
中有無羣鳥　그 가운데 홀로 있는 새 한 마리
不鳴坐終日　울지도 않고 종일토록 앉아 있네.

【작가】 자는 언침(彦沈), 호는 양포(楊浦). 이이(李珥)의 문하에서 수학했다. 어려서부터 재주가 뛰어나 신동이라 불렸고, 학문의 진도가 남달리 빨라 스승으로부터 총애를 받았으며, 나이 많은 동문들이 그와 벗하기를 원했다. 진사시에 합격하여 박학으로 사람들의 기대를 크게 모았으나 벼슬길에 오르지 못하고 요절했다. 그의 시문은 명나라에서까지 책으로 간행되어 절찬을 받았다고 한다. 그림·글씨·음악에도 천부적 재질을 발휘했다. 그림은 매화와 조류를 잘 그렸으며, 글씨는 예서와 초서에 능했다.

〖출전〗『양포유고(楊浦遺藁)』.

■무군조(無群鳥): 무리를 이루지 않은 새, 곧 한 마리의 새.

■鴈(기러기 안 = 雁). 烟(안개, 연기 연). 渚(물가 저). 蘆(갈대 로). 鳴(울 명).

1. 10

우정의 밤비郵亭夜雨

최치원(崔致遠, 857~?)

旅館窮秋雨　여관에 내리는 막바지 가을 비
寒窓靜夜燈　스산한 창가에 고요한 밤 등불.
自憐愁裏坐　가련해라, 시름 속에 앉은 내 모습
眞箇定中僧　참으로 삼매에 든 중과 다름없구나.

【작가】 통일신라 말기의 학자·문장가. 자는 고운(孤雲)·해운(海雲). 12세에 당나라에 유학하여 빈공과(賓貢科: 외국인 대상의 과거)에 급제했다. 황소(黃巢)의 난이 일어나자 「토황소격문(討黃巢檄文)」을 지어 이름을 높였다. 후에 신라에 돌아왔으나 신분의 한계를 극복하지 못하고 가야산에 은거한 후 종적을 감추었다.

〖출전〗『고운집』 1권.

- 우정(郵亭): 역참(驛站: 역말을 갈아타는 곳)에 있는 숙소. 우관(郵館)이라고도 한다. 한(漢)나라 때 5리에 1亭(역참 정), 10리에 1郵(역참 우)를 두었음.
- 궁추(窮秋): 궁(窮)은 다했다는 뜻으로, 가을(7·8·9월)의 마지막 달인 음력 9월을 달리 부르는 말. 만추(晩秋)·노추(老秋)라고도 한다.
- 한창(寒窓): 쓸쓸한 창문 곧 객지.
- 진개(眞箇): 참으로. 정말로.
- 定(정할 정): 마음을 한 곳에 집중하여 움직이지 않는 안정된 상태. 선정(禪定)의 준말. 비슷한 말에 삼매(三昧: 한 가지에만 마음을 집중시키는 일심불란[一心不亂]의 경지)가 있다.
- 箇(어조사 개). 憐(불쌍히 여길 련). 裏(속 리 = 裡).

절구絶句

최충(崔沖, 984~1068)

滿庭月色無煙燭　뜰에 가득한 달빛은 연기 없는 촛불이요
入座山光不速賓　방에 드는 산 빛은 청하지 않은 손님일세.
更有松絃彈譜外　게다가 솔거문고는 악보 없는 곡조를 타니
只堪珍重未傳人　오직 진중히 하여 세인에겐 전해지지 않기를.

【작가】 고려의 학자·문신. 자는 호연(浩然), 호는 성재(惺齋)·월포(月圃)·방회재(放晦齋). 그가 구재학당(九齋學堂)이라는 사숙(私塾)을 세워 후진들을 불러 모아 부지런히 가르치자 배우려는 무리들이 모여들어 거리를 메우게 되었다. 이 학당의 학생을 시중최공도(侍中崔公徒)라 불렀으며, 이곳 출신에 과거 급제한 생도가 많았다. 이로써 우리나라에서 학교가 일어난 것을 최충에서 시작된 것으로 보게 되었다. 당시 사람들은 그를 '해동공자(海東孔子)'라 불렀다.

〖출전〗 『동문선』 19권.

- 달빛·산빛·솔바람 들이 어우러진 한적하고 맑은 경지를 속세의 사람들이 느낄 수 없으리라는 것이다. 이는 "나 혼자 마시곤 아무도 모르라고/ 도로 덮고 내려오는 이 기쁨이여"라는 동요 〈아무도 모르라고〉가 연상되기도 한다.
- 불속(不速): 오라고 청하지 않았는데도 스스로 찾아오다.
- 탄보외(彈譜外): 악보에 없는 곡조를 타다.
- 진중(珍重): 진귀하여 소중히 함. = 귀중(貴重).
- 速(초대할 속). 彈(악기를 연주할 탄). 更(다시 갱). 絃(거문고 현). 只(오직 지). 堪(즐길 감).

1. 12

(금강산에서) 바다를 바라보며觀海

김금원(金錦園, 1817~?)

百川東滙盡 모든 냇물은 동쪽으로 다 흘러가니

深廣渺無窮 바다는 그지없이 깊고 넓구나.

方知天地大 이제야 알겠네, 천지가 커서

容得一胞中 그 품속에 모든 것 다 안았음을.

【작가】원주에서 출생. 기생인 어머니는 어릴 적부터 잔병이 많은 금원에게 가사보다 글공부를 시켰는데, 영특하여 사서삼경에 통달했다고 한다. 서녀로서의 삶을 고민하던 14세 때 남장을 하고 금강산을 여행했다. 추사의 육촌인 김덕희(金德喜, 1800~1853)의 소실이 되어 한양으로 이거, 기생·소실인 운초(雲楚)·죽서(竹西)·경산(瓊山) 등과 우리나라 최초의 여성 시 동인인 삼호정시단(三湖亭詩壇)을 결성했다.

〖출전〗『호동서락기(湖東西洛記)』.

- 『호동서락기』는 김금원이 남장을 하고 호중(湖中: 현 충청남북도의 별칭) 4군과 관동지방의 금강산 및 관동팔경, 관서지방에서 특히 의주와 한양 일대를 두루 유람하면서 보고 느낀 것을 시로 읊어 모은 시집이다.
- 滙(물 합할 회). 渺(아득할 묘). 方(바야흐로 방). 容(담을 용).

1. 13

소나무 밭松田

황경원(黃景源, 1709~1787)

高松列海堧　큰 소나무들이 바닷가에 줄지어 있으니
鬱鬱千章合　천 그루의 울창한 나무들 우거졌네.
積葉上蔥青　무성한 잎들이 짙푸르게 돋았고
幽韻散蕭颯　그윽한 운율은 쓸쓸한 바람에 흩어지네.
曉白穠露凝　밝아오는 새벽엔 짙은 이슬 엉기고
夜明芳月納　환한 밤엔 고운 달빛 들어온다네.
繁陰蟠穆淸　짙은 그늘 아득한 하늘을 가리고
勁節凌伏臘　굳센 절개 호된 추위와 더위도 견디지.
繚繞三百里　그 나무들이 삼 백리를 빙 둘러
曖曖遠雲雜　아스라이 먼 구름에 섞이었구나.
但恐飛火延　다만 걱정스러운 건 불길이 번지고
頻驚暴風拉　자주 폭풍에 놀라 꺾이는 것.
澄湖互隱見　맑은 호수 보였다 안보였다 하고
層嶂交開闔　겹겹인 산은 열렸다 닫혔다 하네.
煙蘿悄無人　안개 낀 넝쿨에는 인적 없어 쓸쓸하고
疎雨下雪雪　성근 비만 수선스레 내리는구나.
時聞伐木聲　때때로 나무 베는 소리 들리니
空谷自相答　빈 골짝이 저들끼리 서로 화답한다네.

【작가】조선 영·정조 때 명신·문장가. 자는 대경(大卿), 호는 강한(江漢). 문장에 힘써 당세에 이름을 떨쳤으며 글씨도 잘 썼다. 예학에 정통하고 고문에도 밝았으

며, 항상 춘추대의로 자임하여 1418년(태종 18)부터 1645년(인조 23)까지의 『남명서(南明書)』를 편찬했고, 명나라 의종 이래로 명나라에 대한 절의를 지킨 조선 사람들의 전기인 『명조배신전(明朝陪臣傳)』을 저술했다.

〖출전〗『강한집』 2권.

- 소나무는 공자의 "날씨가 추워진 뒤에야 소나무와 잣나무가 늦게 시듦을 알 수 있는 것이다(歲寒然後 知松栢之後凋也)"라는 말씀 이후 홀로 사군자보다 우위에 자리하며 목공(木公)이라는 5작위 가운데 최고위를 자리하게 됨으로써 많은 시인 묵객의 사랑을 차지하게 되었다. 작가는 소나무를 통해 인간 군상을 읊으려 한 것으로 보인다.
- 천장(千章): 큰 나무 천 그루. 많은 나무.
- 소삽(蕭颯): 바람이 차고 쓸쓸함.
- 목청(穆淸): 높은 하늘. 임금의 덕으로 인해 세상이 잘 다스려져 화평함.
- 복랍(伏臘): 여름철의 삼복(三伏)과 겨울철의 납일(臘日: 동지 뒤의 셋째 미일[未日]) 에 지내는 제사 이름. 여기서는 한여름의 더위와 한겨울의 추위를 의미한다.
- 비화(飛火): 튀어 박히는 불똥.
- 陪(쌓아올릴 배). 章(큰 재목 장). 蕭(쓸쓸할 소). 颯(바람 소리 삽). 穆(맑을/화목할 목). 臘(섣달 랍). 堧(연안[沿岸]에 붙어 있는 토지 연). 蔥(푸를 총). 穠(짙을 농). 蟠(서릴 반). 穆(화목할 목). 勁(굳셀 경). 繚(감길 료). 繞(두를 요). 曖(가릴 애). 延(퍼질 연). 頻(자주 빈). 拉(꺾을 랍). 澄(맑을 징). 嶂(높고 가파른 산 장). 蘿(무 라). 悄(근심할 초). 霅(비올 삽).

1. 14

충암의 시집에 제하여題冲庵詩卷

김인후(金麟厚, 1510~1560)

來從何處來　오기는 어디로부터 왔으며
去向何處去　가기는 어디로 향해 가는가.
去來無定蹤　가고 옴에 정한 곳 없거늘
悠悠百年許　부질없이 백 년 살 궁리하네.

【작가】자는 후지(厚之), 호는 하서(河西)·담재(澹齋). 조선 성리학의 이론적 탐구가 심화된 16세기 중반의 대표적인 유학자로 이(理)와 기(氣)에 관한 논쟁의 중심에 있었다. 태극·천문·지리·의약·산수·율력에도 관심이 깊었으며, 16세기 누정 문학의 발전에 결정적인 역할을 한 시인이기도 하다. 호남 지방을 중심으로 자연과 벗하는 풍류 정신의 시조를 창작해 온 사람들의 핵심적 거점이었던 면앙정과 소쇄원 등을 찾아가 그곳을 드나들던 기대승·고경명·송인수·임억령·정철 등과 두터운 교분을 나누었다.

〖출전〗『하서전집(河西全集)』 5권.

- 충암(冲庵): 김정(金淨, 1486~1521)의 호. 조선 중기의 문신으로, 자는 원충(元冲), 시호는 문간(文簡). 조광조와 더불어 미신 타파와 향악 시행 등 개혁 정치에 힘썼으나 1519년 기묘사화로 몰락해 제주도로 유배당했다가 사형 당했다.
- 정종(定蹤): 분명한 발자취.
- 유유(悠悠): 아득하게 먼 모양.
- 冲(빌 충). 蹤(자취 종). 悠(멀 유). 許(바랄 허)

눈 내린 뒤雪後

진익중(秦益重, 조선 영조 대)

白髮羞看雪　허연 머리 늙은이가 눈 구경하기 멋쩍어
終朝不啓門　아침 내내 문 열고 나가지 않았더니
家僮疑我病　아이 놈은 내가 병들었나 싶어
窓外問寒溫　창밖에서 방이 찬지 따뜻한지 물어보네.

【작가】 조선 영조 때 선비. 자 대재(大哉). 본관 부평(富平).

〖출전〗『한시작가작품사전』(국학자료원. 2007).

■ 사아당(四雅堂) 신의화(申儀華, 1637~1662)는 16세에 「雪賦(설부)」를 지었다. "집 뒤 숲의 까마귀 추워 날지 못하더니/ 날 밝자 옥가루 같은 눈 소나무 사립문에 쌓였네./ 어젯밤 산신령님이 돌아가셔서/ 푸른 봉우리마다 하얀 상복 입었음을 알겠구나(屋後林鴉凍不飛 曉來瓊屑壓松扉 應知昨夜山靈死 多少青峰盡白衣)"(『춘소자집(春沼子集)』부록). 제목이 '雪後'로 되어 있는 곳도 있다.

■ 가동(家僮): ① 집안 심부름을 맡아 하는 아이. ② 한 집안의 노복(奴僕)이나 비첩(婢妾) 따위.

■ 僮(아이 동). 羞(부끄러울 수). 啓(열 계).

1. 16

사우정의 소나무를 읊다四友亭詠松

강희안(姜希顔, 1419~1464)

階前偃蓋一孤松　섬돌 앞에 일산인 듯 한 그루 소나무는
枝幹多年老作龍　가지 줄기 여러 해 동안 늙어 용처럼 되었네.
歲暮風高揩病目　해 저물고 바람 높을 제 흐린 눈 비비고 보니
擬看千丈上青空　마치 천길 푸른 하늘로 솟아오를 듯하네.

【작가】자는 경우(景愚), 호는 인재(仁齋). 동생 희맹(希孟)과 함께 시·서·화의 삼절로 알려졌다. 그는 남송과 명의 화풍을 받아들인 그림을 남겼으며, 위응물(韋應物)·유종원(柳宗元)과 같다는 평가를 들었으나 자신의 시를 세상에 발표하기를 꺼려했다. 조부와 아버지와 인재 등 3대의 글을 모아 간행한『진산세고(晋山世稿)』가 있다.

【출전】『동문선』 22권. 『진산세고』 3권에는 연작시「四雨亭雜詠(사우정잡영)」의 첫째 수로 실려 있는데, '歲暮(세모)'가 '歲晩(세만)'으로 되어 있다.

■ 도교에서 솔의 푸른빛은 신선의 상징인 청우(青牛)와 관련지어진다. 소나무가 천 년을 묵어 그 정기가 변한 것이 청우라는 것이다. 노자는 청우를 타고 천하를 주유했다. '껍데기는 용 비늘 같고, 잎은 말갈기 같으며, 눈서리를 맞아도 시들지 않고, 천년을 지나도 죽지 않는다'는 소나무의 묘사는 신선의 모습을 닮아 있다. 그러기에 신선 가운데서는 신농(神農) 때의 우사(雨師)로서 후에 곤륜산에 입산하여 선인이 되었다는 적송자(赤松子)가 유명한 것이다.

■ 언개(偃蓋): 일산(日傘)의 덮개가 장대(張大)하게 펼쳐진 것처럼, 소나무의 가지와 잎이 가로로 드리운 모양.

■ 偃(쓰러질 언). 蓋(덮을 개). 揩(문지를 개). 擬(헤아릴 의).

1. 17

기암자에게 화답하여和畸庵子 2

장유(張維, 1587~1638)

荊玉隱璞中　형산(荊山)의 옥돌이 돌 속에 묻혀
長與頑石鄰　오래도록 막돌과 어울려 지냈는데
一朝遭卞和　하루아침에 변화씨 만나
琢磨爲國珍　쪼이고 갈린 끝에 나라의 보배 되었었지.
雖增連城價　비록 여러 성과 바꿀 만한 가치 더했지만
無乃毁天眞　본래의 진면목 훼손한 것 아니던가?
繁文滅素質　화려한 무늬는 본바탕을 해치고
美名戕其身　그럴싸한 명예는 자기 몸을 해치나니
至人貴沈冥　지인은 깊숙이 자취 감추는 것 귀히 여겨
處世混光塵　세상과 더불어 조화롭게 살아간다네.

【작가】자는 지국(持國), 호는 계곡(谿谷)·묵소(默所). 학문에서는 개방성과 함께 실증적 비판의식을 지녔고, 천문·지리·의술·병서 등 각종 학문에 능통했다. 서화와 특히 문장에 뛰어나 이정구·신흠·이식과 더불어 조선 문학의 4대가라는 칭호를 받았다.

【출전】『계곡집』 25권.

- 기암자(畸庵子): 정홍명(鄭弘溟, 1582~1650)은 조선 중기의 문신·정치인·작가. 자는 자용(子容), 호는 기암(畸庵)·삼치(三癡).
- 荊(모형나무 형): 형산(荊山). 중국 호북성 서쪽에 있는 산의 이름.
- 변화(卞和): 형산(荊山)에서 옥돌을 발견하고 초(楚)나라 왕에게 바쳤다는 사람이다. 이 옥돌을 가공한 결과 보옥(寶玉)을 얻게 되었는데, 그의 이름을 따서 화씨벽(和氏璧)으로 일컫게 되었다 한다(『韓非子』, 「和氏」). '완벽(完璧)'이란 말도 여기

에서 비롯되었다.

■ 연성벽(連城璧): 화씨벽을 말한다. 전국시대 조(趙)나라 혜문왕(惠文王)이 소장하고 있었는데, 진(秦)나라 소양왕(昭襄王)이 15개의 성(城)과 맞바꾸자고 청한 데에서 유래된 이름이다(『史記』, 「廉頗傳」).

■ 지인(至人): 노장학(老莊學)에서 도덕이 극치에 이른 사람. 덕이 높은 사람.

■ 광진(光塵): 화광동진(和光同塵)의 준말. 자신의 빛나는 재질을 밖으로 드러내지 않고 세상과 더불어 조화롭게 살아가는 것을 말한다(『道德經』 4장).

1. 18

동산의 대나무園中竹

홍량호(洪亮浩, 1724~1802)

靑靑園中竹	동산 가운데 푸르디푸른 대나무
雪壓枝半披	눈에 눌려 가지 반쯤 휘었네.
莫以枝暫披	가지 잠시 휘었다고
遂謂節可移	절개조차 꺾였다 말하지 마라.
苟非歲寒不改操	만약 한겨울 추위에 지조를 바꿨다면
安得雪中靑如斯	눈 속에서도 어찌 이처럼 푸를 수 있겠는가.

【작가】초명은 양한(良漢). 자는 한사(漢師), 호는 이계(耳溪). 1781년 한성부우윤·대사간을 지내고 이듬해 동지사로 청나라에 다녀왔다. 그 뒤 대사헌·평안도관찰사 등을 지냈으며, 1794년 동지겸사은사로 청나라에 다녀온 뒤 이조판서가 되었고, 1801년에는 판중추부사도 지냈다. 학문과 문장에 뛰어나고, 중국에 다녀오면서 수용한 고증학을 보급했다. 지방관으로 나갔을 때는 치산치수에 힘썼는데, 통신사 일행에게 부탁하여 들여온 일본의 벚나무를 서울 우이동에 심기도 했다.

〖출전〗『이계집』2권.

■ 둥근 대나무는 하늘을 상징한다. 아버지의 상(喪)에는 대나무 지팡이를 짚는다. 이는 험한 세파에서도 꿋꿋한 자세로 살아가기를 바라는 부정(父情)을 상징한다. 대나무는 겉이 단단하고 속이 비어서 외강내유(外剛內柔)한 아버지의 사랑을 뜻한다. 대나무의 푸르름은 자식에 대한 아버지의 불변의 사랑이다. 이 작품에서는 대나무의 절조(節操)를 읊었다.

■ 披(쓰러질 피). 暫(잠시 잠). 莫(말 막). 苟(진실로 구). 操(지조 조). 安(어찌 안). 斯(이 사).

1. 19

반달半月

김안국(金安國, 1478~1543)

神珠缺碎鬪龍魚　신령스런 구슬이 어룡 싸움에 부서졌나
刳殺銀蟾半蝕蛆　은 두꺼비가 쪼개 죽인 듯 반은 벌레 먹었네.
顚蹶望舒仍失御　망서가 거꾸러져 고삐를 놓치니
軸亡輪折不成輿　축 없고 바퀴 부서져 수레 구실 못하네.

【작가】자는 국경(國卿), 호는 모재(慕齋). 사대부 출신 관료로 성리학적 이념에 의한 통치의 강화에 힘썼으며, 중국 문화를 수용·이해하기 위한 노력에 평생 동안 심혈을 기울였다. 시문으로도 명성이 있었으며 대제학을 지냈다.

〖출전〗『모재집(慕齋集)』 4권. 『동각잡기(東閣雜記)』 하권. 『연려실기술』 8권. 『해동잡록(海東雜錄)』. 『지봉유설(芝峯類說)』 13권. 『사재집(思齋集)』 4권. 『지퇴당집(知退堂集)』 9권. 『서포집(西浦集)』 6권 등.

- 『지봉유설』에서는 '刳(도려낼 고)'가 '剮(바를 과)'로, '蹶(넘어질 궐)'이 '倒(넘어질 도)'로, '御(수레 몰 어)'가 '馭(말 부릴 어)'로 되어 있고, 『해동잡록』에서는 '亡輪(바퀴 륜)'이 '輪已'로 되어 있다.
- 은섬(銀蟾): 달의 이칭.
- 망서(望舒): 달을 싣고 달리는 마차를 모는 신(마부).
- 蟾(두꺼비 섬). 碎(부술 쇄). 蝕(좀먹을 식). 蛆(구더기 저). 顚(넘어질 전). 仍(인할 잉). 軸(굴대 축). 輿(수레 여).

1. 20 대한(大寒)

"소한의 얼음 대한에 녹는다"는 속담처럼
사실상 대한이 소한보다 덜 춥다.

길섶 소나무를 읊다 題路傍松 2

김정(金淨, 1486~1521)

海風吹去悲聲遠　바닷바람 스쳐가니 슬픈 소리 아득하고
山月高來瘦影疏　산달 높이 돋으니 야윈 그림자 성글구나.
賴有直根泉下到　곧은 뿌리가 땅속까지 뻗음에 힘입어
雪霜標格未全除　눈서리에도 높은 품격 그대로라네.

【작가】 자는 원충(元冲), 호는 충암(沖庵)·고봉(孤峯). 3세 때 할머니에게 글을 배웠고, 10세가 되기 전에 이미 사서(四書)에 능통하였다. 신사무옥(辛巳誣獄)에 연루되어 36세의 나이로 사약을 마시고 죽었다. 저서 『충암집』에 실린 「제주 풍토록」은 기묘사화로 제주도에 유배되었을 때 제주도에서 보고 들은 것을 기록하여 독특한 제주도의 풍습을 그려 냈다.

- 기묘사화: 1519년(중종 14) 남곤·홍경주 등의 훈구파에 의해 조광조 등의 신진 사류들이 숙청된 사건.

〖출전〗 『기묘록보유(己卯錄補遺)』 상권.

- 이 시는 기묘사화를 겪은 뒤 귀양 가는 도중 해남(海南)의 바닷가에 있는, 지조와 절개의 상징인 소나무를 보고 읊은 것으로, 여기에서 소나무는 곧 작가 자신이다.
- 표격(標格): 목표로 삼을 만한 높은 품격.
- 瘦(파리할 수). 疏(성길 소). 賴(힘입을 뢰). 未(아직 ~하지 못할 미).

군선이 우연히 왔기에君善偶至 1

장혼(張混, 1759~1828)

羌有人兮　아! 한 사람이 있음이여
不娶不宦　장가들지 않고 벼슬도 하지 않네.
雖則苦貧　비록 고생하고 가난해도
其心則晏　그 마음은 편안하다네.
樂之嘐嘐　거창한 뜻을 즐기면서
彈詠以間　한가할 때는 시 읊고 악기 연주하네.
物各自適　만물은 제각기 스스로 즐겨
鵬無笑鷃　붕새는 메추라기 비웃지 않는다네.

【작가】조선 후기의 문인으로 서울에서 대대로 살던 중인 출신으로 자는 원일(元一), 호는 이이엄(而已广)·공공자(空空子). 장혼은 어린 시절부터 지극한 효자로 이름이 났으며 시에도 천재적 소질을 보였다고 한다. 교서관(校書館) 사준(司準)이 되어 서적 편찬에 종사했다. 사서삼경을 비롯한 수많은 어정서(御定書: 왕이 직접 편찬을 주관한 책)를 교정했으며, 『율곡전서』 등 문집류를 수정·교열해 간행했다. 인왕산 옥류동 골짜기에 '이이엄'이라는 집을 짓고 자기와 같이 중인에 속하는 위항 시인들과 더불어 술자리와 시를 즐겼다. 천수경(千壽慶) 등과 함께 시를 수창하는 모임인 송석원시사(松石園詩社)를 결성해 중추적 구실을 담당했다.

【출전】『이이엄집』 3권.

▪군선(君善): 조선 후기의 학자·시인인 천수경(1758~1818)의 자. 호는 희헌(羲軒)·송석원(松石園)·송석도인(松石道人). 빈한한 집안 출신이었으나 독서를 좋아하고 시 공부에 힘썼다. 위항(委巷: 중인·서얼·서리 출신의 하급관리와 평민)의 부호들이 자식들을 가르치기 위해 다투어 초청했다. 학생이 모두 50~60명이나 되어

반을 나누어 교육할 정도였으며 가르치는 법도가 매우 엄했다고 한다. 인왕산 옥류천(玉流泉) 송석(松石) 아래에다 초가집을 마련하고 송석도인이라 자처하며 동인들을 모아 시를 읊었다. 당시 시인으로서 이곳에 참여하지 못한 사람은 수치로 여길 만큼 유명했다 한다.

- 晏(편안할 안): 춘추시대 제(齊)나라의 정치가로 이름은 영(嬰), 자는 중(仲). 안자(晏子)라고 존칭되기도 한다. 영공(靈公)·장공(莊公)·경공(景公) 3대에 걸쳐 몸소 검소하게 생활하며 나라를 바르게 이끌어 관중(管仲)과 더불어 훌륭한 재상으로 후대에까지 존경받았다. 재상이 된 뒤에도 한 벌의 옷을 30년이나 계속해서 입을 정도로 검소하게 생활하여 백성의 존경을 받았다고 한다. 여기에서 '안영호구(晏嬰狐裘)'라는 말이 비롯되었다.
- 효효(嘐嘐): 뜻이 크고 큰 소리 치는 모양. 『맹자』「진심하(盡心下)」의 "그 뜻이 무척 커서 말하기를 옛 사람이여, 옛 사람이여 한다(其志嘐嘐然 曰 古之人 古之人)"는 구절을 원용한 것이다.
- 자적(自適): 무엇에도 속박됨이 없이 마음 내키는 대로 생활함.
- 嘐(닭 울 교, 큰소리 효). 羌(빛날 강 = 羌). 兮(감탄의 뜻을 나타내는 어조사 혜). 娶(장가들 취). 宦(벼슬 환). 鴳(메추라기 안).

일섭원에서 日涉園

천수경(千壽慶, 1758~1818)

堆霞復拳石 언덕 위 노을 덮인 자잘한 돌무더기
上有松樹閒 그 위에 소나무 한가롭게 서 있네.
誅茅寔爲此 띠풀 베어 집 지은 것은 이 때문이니
柴扉溪上關 시냇가 사립문은 닫아 두었네.
軒窓容我膝 툇마루 창은 몸 하나 앉을 만하고
林木怡我顔 숲의 나무는 내 얼굴을 편케 하네.
有時看白雲 때때로 흰 구름을 쳐다보며
鎭日對青山 하루 내내 청산을 마주하고 있네.
生事自蕭條 사는 일이 저절로 한가하니
不似在人間 인간 세상에 있는 것 같지 않네.

【작가】 조선 후기의 여항(閭巷 = 위항[委巷]) 시인. 자는 군선(君善), 호는 희헌(羲軒)·송석원(松石園). 한미한 집안 출신으로 시인이자 서당훈장이었다. 부호의 자제들이 몰려와 반을 나누어 유교 경전과 한시문을 매우 엄하게 가르쳤다고 한다. 1786년(정조 10) 7월에 인왕산 옥계에서 옥계시사를 결성했다. 333명이나 되는 시인들의 작품을 수록한 『풍요속선(風謠續選)』을 간행했다. 다섯 아들의 이름이 일송(一松), 이석(二石: 첫째·둘째는 집의 이름), 삼족(三足: 셋이면 충분하다), 사과(四過: 넷은 과하다), 오하(五何: 다섯은 웬일)였다. ☞1. 21의 군선(君善) 참조.

〖출전〗 『대동시선』 7권.

- 일섭원(一涉園): 중인계층인 김낙서(金洛瑞, 1757~?)가 인왕산 자락에 지은 정자로 이곳에서 시사(詩社: 시를 짓고 즐기기 위하여 모인 모임)를 열었다.
- 여기에서의 소나무는 탈속과 풍류의 상징이다.

한가롭게 지내며 느끼는 바가 있어閒居有感 22

장지완(張之琬, 1806~1858)

良犬馬爲友　순한 개는 말과 벗이 되어
老忠猶可稱　늙어서도 충성스럽다 칭송받지만
下與彘爲比　아래로 돼지와 짝이 되면
共歸廚下蒸　똑같이 부엌에서 삶기게 된다오.

【작가】자는 여염(汝琰)·옥산(玉山)·중규(仲珪), 호는 침우당(枕雨堂)·비연(斐然). 중인 집안에서 태어나 장혼(張混)에게 학문을 배웠다. 중인 출신의 문인들과 교유하며 비연시사(斐然詩社)를 결성하고 19세기 여항문학(閭巷文學: 조선 후기 서울에서 중인층이 중심이 되어 주도했던 한문학)을 이끌었다. 양서(良書)를 찾아 만주와 요동 지방을 두루 다니고 절승한 명구(名區)에 이를 때마다 시를 지어 유래와 경치를 읊었다. 헐벗고 굶주린 사람들을 돕고 마을 풍속을 교화하는 데 힘썼다.

〖출전〗『침우당집』1권.

- 이 시는 견마지로를 다하고도 대접받지 못하는 기술관(技術官)인 작가 자신의 고뇌를 읊은 것으로 보인다. 내 주변에 있는 사람이 말인지 돼지인지 한번 살펴보게 하는 작품이다.
- 기술관: 조선시대 신분 계층의 하나로서 양반과 상민의 중간에 위치했던 신분층인 중인의 대부분을 차지하는 직업군으로, 역관·의관·천문관·지관(地官)·산관(算官)·율관(律官)·화원(畵員)·도류(道類: 도사)·금루(禁漏)·악생(樂生)·악공(樂工)·상도(尙道)·지도(志道)·화사(畵史) 등의 총칭이다.
- 彘(돼지 체). 廚(부엌 주). 蒸(찔 증).

너럭바위盤陀石

이황(李滉, 1501~1570)

黃濁滔滔便隱形　도도한 탁류 속에 얼굴 문득 숨겼다가
安流帖帖始分明　고요히 흐를 때면 비로소 분명히 드러나네.
可憐如許奔衝裏　어여쁘다! 이같이 거센 물결 속에서도
千古盤陀不轉傾　천년 동안 너럭바위 움직이지 않았네.

【작가】자는 경호(景浩), 호는 퇴계(退溪)·퇴도(退陶)·도수(陶叟). 율곡과 함께 조선을 대표하는 인물로 주자의 사상을 깊게 연구하여 조선 성리학 발달의 기초를 형성했으며, 이(理)의 능동성을 강조하는 이기호발설(理氣互發說)을 주장했다. 주리론(主理論) 전통의 영남학파의 종조로 숭앙된다.

〖출전〗『퇴계집』3권.

- 반타석(盤陀石): 도산서원 앞 낙동강 가운데에 있는 바위에 퇴계가 붙인 이름. 이 바위는 큰비가 내리면 물에 잠겼다가 물이 빠지면 다시 그 형상을 드러냈다. 이는 퇴계 자신이 정치가 혼탁하면 몸을 숨겼다가 맑아지면 다시 나타나는 현실에 대처하는 처신에 대한 것이거나, 세상이 혼탁하더라도 흔들리지 않겠다는 의지의 표명으로 볼 수 있다. 지금은 안동댐 건설로 수몰되어 볼 수 없다.
- 가뭄이 이어질 때 깊은 산 계곡을 따라가면서 보노라면 바닥이 바짝 말라 있다가 어떤 지점(바닥이 암반으로 이루어진 곳)에서는 물이 개울 바닥 위로 흐르는 것을 볼 수 있다. 이를 필자는 '반타수(盤陀水)'라 부른다. 퇴계의 반타석이 혼탁한 세상에 휩쓸리지 않고 올곧게 살아가는 것이라면, 반타수는 '진실은 언젠가 반드시 드러난다'는 의미로 사용한다.
- 첩첩(帖帖): 안온(安穩)한 모양.
- 盤(소반 반). 陀(비탈질 타). 穩(평온할 온). 滔(물 넘칠 도). 衝(맞부딪칠 충).

산중山中

이이(李珥, 1536~1584)

採藥忽迷路　약초 캐다가 문득 길을 잃었는데
千峯秋葉裏　일천 봉우리가 단풍 속에 있네.
山僧汲水歸　산승이 물을 길어 돌아가더니
林末茶烟起　숲 끝에서 차 끓이는 연기 피어나네.

【작가】조선 중기의 문신·학자. 자는 숙헌(叔獻), 호는 율곡(栗谷)·석담(石潭)·우재(愚齋). 그는 생후 1년도 안 돼 말과 글을 깨우쳐서 주변을 놀라게 했는데, 3세 때 어머니 신사임당의 글과 그림을 흉내 낼 정도였다. 4세 때『사략』의 첫 권을 배웠는데 가르치는 스승보다도 더 토를 잘 달았다고 한다. 13세에 진사 초시에 장원급제했다. 그는 천재였다. 어머니는 현모양처의 사표로 추앙받는 신사임당이다. 아명을 현룡(見龍)이라 했는데, 사임당이 그를 낳던 날 흑룡이 바다에서 집으로 날아 들어와 서리는 꿈을 꾸었다 하여 붙인 이름이다. 아홉 차례의 과거에 모두 장원해 '구도장원공(九度壯元公)'이라 일컬어졌다. 호조판서·이조판서·병조판서·우찬성을 지냈다.

〖출전〗『율곡전서』1권.

■ 忽(갑자기 홀). 汲(물 길을 급).

오고 또 오고 來來

서경덕(徐敬德, 1489~1546)

有物來來不盡來　사물은 오고 또 와도 다 온 것이 아니니
來纔盡處又從來　다 왔다 싶지만 또 다시 온다.
來來本自來無始　오고 오는 것 본시 처음이 없는 곳에서 오니
爲問君從何所來　묻노라 그대 어디서부터 왔는가.

【작가】조선 중종·인종 때의 유학자. 자는 가구(可久), 호는 화담(花潭). 황진이, 박연폭포와 함께 송도삼절로 불렸다. 가난한 집에서 태어나 독학으로 어렵게 공부했으나 벼슬길에도 나아가지 않고 일생을 송도 화담에서 초막을 짓고 청빈하게 살며 학문에만 정진하며 살았다. 유학의 근본 입장에서 받아들여질 수 없는 이기일원론(理氣一元論)을 주장하여 퇴계 이황의 격렬한 비판을 받았다. 그러나 율곡 이이는 독서에만 의존하지 않고 스스로 연구하고 탐구하는 서경덕을 높이 평가했다. 토정 이지함과 허균의 아버지 허엽(許曄)을 제자로 두었다.

〖출전〗『화담집(花潭集)』1권.

▪사물의 생성을 읊은 것이다. 시라고 표현하기가 곤란한 것은 칠언사구(七言四句)만 갖추었을 뿐, 시로서 갖추어야 할 것에는 유념하지 않고 있기 때문이다. 같은 유의 작품에 소멸에 대해 노래한 「돌아가고 돌아간다(歸歸)」도 있다. "만물이 돌아가고 돌아가도 다 돌아가는 것이 아니니/ 돌아갔다 싶지만 일찍이 돌아간 적이 없다./ 돌아가도 돌아가도 돌아감은 끝이 없으니/ 묻노라 그대 어디로 돌아가려는가(有物歸歸不盡歸 歸纔盡處未曾歸 歸歸到底歸無了 爲問君從何所歸)."

▪纔(겨우 재).

1. 27

무위無爲

이언적(李彦迪, 1491~1553)

萬物變遷無定態　만물은 변천하여 일정한 자태 없고
一身閑適自隨時　이 몸은 한적하게 절로 때를 따르노라.
年來漸省經營力　근래에는 경영하는 힘을 점차 줄인지라
長對青山不賦詩　푸른 산 오래 바라보며 시도 짓지 않는다네.

【작가】자는 복고(復古), 호는 회재(晦齋)이다. 초명은 적(迪)이었는데, 중종이 언(彦)자를 더 넣으라고 해 이언적이 되었다. 당시 권신인 김안로를 논박하다 파직된 후 고향 경주 안강읍 자옥산 밑에 독락당(獨樂堂)을 짓고 성리학 궁구에 힘을 쏟아 학문의 깊이를 더했다.

〖출전〗『회재집』2권.

- 회재가 45세 때 지은 것으로, 「임거 15영(林居十五詠)」 가운데 아홉째 수다. '無爲'가 '樂時(때를 즐기다)'로, '長對'가 '空對(부질없이 대하여)'로 되어 있는 곳도 있다.
- 무위(無爲): ① 아무 일도 아니함. ② 힘을 기울이지 않음. 간섭하지 않음. ③ 노장사상에서 '자연 그대로 둠'을 뜻함. ④ 불가에서 생멸이 없이 상주불변(常住不變: 본연의 진심이 변치 않고 늘 있음)하는 것. 여기에서는 도가의 무위사상이 아니라 중용을 바탕으로 하는 유가적(儒家的) 개념이다. 만물의 현상은 천변만화(千變萬化)하지만 주일무적(主一無適: 무엇을 할 때는 그것에만 집중함)의 자신은 한적(閑適: 고요한 마음을 즐김. = 閑寂)할 뿐이라는 것이다.
- 경영(經營): 기초를 닦고 계획을 세워 어떤 일을 해 나감.

빌림借

조희룡(趙熙龍, 1789~1866)

瘠骨崚嶒借歲月　여윈 몸은 힘겹게 세월 빌려 살아가고
雙眸夜夜借燈開　두 눈동자는 밤마다 등불 빌려 열리네.
世間萬理皆相借　세상의 온갖 이치는 모두 서로 빌린 것
明月猶須借日廻　밝은 달 역시 해를 빌려 운행한다네.

【작가】자는 치운(致雲), 호는 우봉(又峰)·석감(石憨)·철적(鐵笛)·호산(壺山)·단로(丹老)·매수(梅叟). 추사 김정희의 문인이다. 그는 시·글씨·그림에 모두 뛰어난 재주를 보였는데, 글씨는 추사체를 본받았고 그림은 난초와 매화를 특히 많이 그렸다. 난초 역시 김정희의 묵란화의 정신을 본받아 그렸다. 19세기 대표적 여항 시사인 벽오사(碧梧社)의 중심인물로 활동했고 58세에는 헌종의 명을 받아 금강산의 명승지를 그리기도 했다. 유배 중에도 활발한 작품 활동을 하여 기량이 더욱 완숙해졌다.

〖출전〗『우해악암고(又海岳庵稿)』.

■ 瘠(여윌 척). 崚(험준할 릉). 嶒(산 높고 험할 증). 眸(눈동자 모). 猶(마땅히 유). 須(모름지기 수).

평창의 동헌에 차운하여次平昌東軒韻

권람(權擥, 1416~1465)

王佐之才不是疏　왕을 보좌할 재주는 쓸데없지 않거니
孔明猶自臥茅廬　공명도 스스로 초가집에 누웠었네.
丈夫出處何容易　장부가 출처를 어이 그리 함부로 하리.
掩柩方知事乃除　관 뚜껑을 덮고서야 비로소 일의 끝남 아나니.

【작가】조선 전기의 문신. 자는 정경(正卿), 호는 소한당(所閑堂)·후주당(後週堂). 권근의 손자. 남이 장군의 장인. 부모의 이혼으로 불우한 청년기를 보내다가 한명회·신숙주와 교유했고 그들을 통해 신숙주 등을 소개받고 수양대군의 측근이 되어 그를 왕좌에 앉히는 데 크게 공헌, 자신의 이름[權(권세 권) 擥(잡을 람)]처럼 권력을 잡았다. 어려서부터 독서를 좋아하여 학문이 넓었으며, 뜻이 크고 기이한 계책이 많았다. 또한 활을 잘 쏘고 역사 지식에 해박했으며 문장에 뛰어났다. 그러나 횡포가 심하고 축재를 하여 여러 번 탄핵을 받았다.

〖출전〗『동문선』22권.

- 본서의 편집의도와 배치되는 작품이지만 '귀거래사'를 꿈꾸는 이들이 쉬 떨치지 못할 부분이기도하기에 소개한다.
- 왕좌(王佐): 제왕을 보좌할 사람이라는 말인데, 중국 삼국시대 촉한의 재상인 제갈량(자[字]는 공명)이 왕좌의 재주를 가지고 처음에 초가에 누워 지내다 유현덕의 간청을 받고 나가서 공을 이루었다.
- 疏(트일 소): 소홀(疏忽). 데면데면하고 가벼움. 대수롭지 않고 예사임. 하찮게 여겨 관심을 두지 않음.
- 출처(出處): 출세하고 은둔하는 것.
- 佐(도울 좌). 掩(가릴 엄). 柩(널 구).

1. 30

새벽에 읊다曉吟 1

강백년(姜栢年, 1603~1681)

小雨絲絲濕一庭　보슬비 보슬보슬 온 뜰을 적시는데
寒鷄獨傍短墻鳴　추위에 떠는 닭만 담장 곁서 울고 있네.
幽人睡起身無事　한적한 사람은 잠 깨어나도 할일 없으니
徒倚南窓望翠屛　남쪽 창가에 기댄 채 푸른 산만 바라보네.

【작가】자는 숙구(叔久), 호는 설봉(雪峯)·한계(閑溪)·청월헌(聽月軒). 전국에 걸쳐 향교를 부흥케 했고 관리로 재직 중 청백하기로 이름이 높았다. 만년에는 고금의 가언(嘉言)과 선정에 관한 것을 수집하여『대학』의 팔조(八條: 격물[格物]·치지[致知]·성의[誠意]·정심[正心]·수신·제가·치국·평천하)를 모방하여『한계만록(閑溪謾錄)』을 지었다.

〖출전〗『설봉유고』2권.

■ 傍(곁 방). 墻(담 장). 睡(잘 수). 倚(의지할 의). 翠(비취색 취). 屛(병풍 병).

천명을 즐기다樂天

송익필(宋翼弼, 1534~1599)

惟天至仁　오직 하늘은 지극히 어질어
天本無私　본래 사사로움이 없다네.
順天者安　하늘을 따르는 자는 편안하고
逆天者危　하늘을 거스르는 자는 위태롭네.
痾癢福祿　고질병과 복록은
莫非天理　천리 아닌 것이 없으니
憂是小人　근심하는 자는 소인이요
樂是君子　즐기는 자는 군자라네.
君子有樂　군자는 즐김이 있어
不愧屋漏　옥루에서도 부끄러움이 없네.
修身以俟　몸을 닦고서 천명을 기다리니
不貳不夭　잘못을 반복하지 않고 아첨하지도 않는다네.
我無加損　나에게 더할 것도 덜 것도 없으니
天豈厚薄　하늘이 어찌 후하고 박하게 대하겠는가?
存誠樂天　성심(誠心)을 보존하고 천명을 즐긴다면
俯仰無怍　내 행동에 부끄러워할 것 없을 것이네.

【작가】☞ 5월 9일 참조.

〖출전〗『구봉집』 1권.

■ 아양(痾癢): 가려운 증세가 있는 만성 피부병. '痾(숙병 아)'는 좀처럼 고치기 어려운 병을 가리키고, '癢(가려울 양)'은 가려운 증세가 있는 병이나 종기를 말함.

■ 옥루(屋漏): '방의 서북쪽 구석'으로 이는 사람의 시선이 닿지 않는 곳으로, 나아가 사람이 보지 않는 곳에서도 부끄러운 언행이 없는 것(不愧屋漏)을 말한다. 『시경』「억(抑)」에 "네가 군자를 벗하는 것을 보니 네 얼굴을 온화하게 가지고 어찌 허물이 없겠는가 하고 자성하였네. 네가 네 집에 있을 때에 보니 옥루에 있을 때에도 부끄러움이 없었네(視爾友君子 輯柔爾顔 不遐有愆 相在爾室 尙不愧于屋漏)"라는 구절이 있다.

■ 불이(不貳): 불이과(不貳過). 잘못을 반복하지 않음.

■ 부앙(俯仰): 아래를 굽어봄과 위를 쳐다봄. 일거일동. 행동거지.

■ 漏(서북 모퉁이 루). 愧(부끄러워 할 괴). 俯(구푸릴 부). 仰(우러를 앙). 俟(기다릴 사). 夭(몸을 굽힐 요). 損(덜 손). 豈(어찌 기). 厚(두터울 후). 薄(엷을 박). 怍(부끄러워할 작).

二月

나세찬에게 주다贈松齋

조광조(趙光祖, 1482~1519)

特松凌雲碧　한 그루 솔은 구름을 능멸하여 푸르고
孤月照氷寒　외로운 달은 얼음처럼 차갑게 비추네.
欲識先生節　선생의 절의를 알고자 하려면
請取松月看　청컨대, 소나무와 달을 보시라.

【작가】자는 효직(孝直), 호는 정암(靜菴). 조선 중종 때 사림의 지지를 바탕으로 도학 정치의 실현을 위해 적극적으로 활동했다. 천거를 통해 인재를 등용하는 현량과(賢良科)를 주장했으며, 중종을 왕위에 오르게 한 공신들의 공을 삭제하는 위훈삭제 등 개혁정치를 서둘러 단행했다. 기묘사화가 일어나 37세에 능주로 귀양 갔으며 35일 만에 사사되었다.

〖출전〗『정암집』1권.

- 솔의 늘 푸름과 달이 천 번을 이지러져도 본바탕은 남아 있음을 송재의 절의에 비유한 것이다.
- 송재(松齋): 나세찬(羅世纘, 1498~1551)의 호. 조선 전기의 문신. 자는 비승(丕承). 권신 김안로(金安老) 등의 전횡과 비리를 통박한 것이 문제가 되어 김안로 일파의 탄핵을 받고 고성(固城)에 유배되었다. 전주부윤으로 재직 중 병으로 죽었다.
- 凌(깔볼 릉). 節(절개 절). 看(환대할 간).

고석을 읊다詠孤石

정법사(定法師, 고구려)

迴石直生空　둥근 돌이 반공에 곧게 치솟고
平湖四望通　너른 호수 사방이 훤히 트였네.
巖根恒灑浪　돌 뿌리가 언제나 물결에 씻고
樹杪鎭搖風　나뭇가지는 바람을 누르려다 흔들리누나.
偃流還漬影　물속에 그림자가 잠기었는데
侵霞更上紅　노을 비쳐 붉은빛이 어리누나.
獨拔群峯外　뭇 봉우리 밖에서 홀로 솟아서
孤秀白雲中　흰 구름 속에 외로이 빼어나구나.

【작가】 생몰연대 등 미상. 고구려의 승려로 일찍이 중국 후주(後周, 557~581)에 건너가서 표법사(標法師)를 종유(從遊)했다는 기록 외에 더 구체적인 것이 없다.

〖출전〗『해동역사』 47권. 『문원영화(文苑英華, 四庫全書本)』 161권.

■ 외로이 솟아 있는 고석을 의인화하여 읊은 오언고시이다.

■ 고석(孤石): 산동성 내주시(萊州市) 서북쪽 18.5km에 위치하고 있는 화강암의 이름이다. 썰물 때라야 수면 위로 1.9m 정도 드러나는, 바다 가운데 고립된 바위이기에 붙여진 이름이다.

■ 『한국민족문화대백과』에는 '根'이 '隈(굽이 외)'로, '漬(담글 지)'가 '淸'으로 되어 있다.

■ 恒(항상 항). 灑(뿌릴 쇄). 杪(끝 초). 鎭(항상 진). 搖(흔들릴 요). 偃(나부낄 언). 漬(담글 지). 拔(빼어날 발).

2. 3

산에서 밤을 보내며 우물 속의 달을 읊다 山夕詠井中月 2

이규보(李奎報, 1168~1241)

山僧貪月色 산중의 스님이 밝은 달빛 탐내어
幷汲一瓶中 물과 함께 한 항아리 담뿍 떠갔으나
到寺方應覺 절에 가면 의당 알게 되리라
瓶傾月亦空 항아리 물 쏟으면 달도 없다는 것을.

【작가】초명은 인저(仁氐), 자는 춘경(春卿), 호는 백운거사(白雲居士). 호탕·활달한 시풍으로 당대를 풍미했으며, 초기에는 도연명의 영향을 받았으나 개성을 살려 독자적인 시격을 이룩했다. 시·술·거문고를 즐겨 '삼혹호(三酷好) 선생'이라 자처했다. 경전·사기·잡설에 이르기까지 다양한 문학 작품을 남겼다. 그는 '글로써 나라를 빛낸다(以文華國)'는 좌우명을 지닌 관료인 동시에 '글로써 불교를 받듦(以文事佛)'을 추구한 거사였다. 광세(曠世)의 문인으로, 시대의 아부꾼으로, 그를 두고 내려지는 평가는 극단적이다. 그러나 어느 쪽이든 13세기 문학사에서 하나의 지평을 열었다는 데에는 이론이 없다. 주요 작품으로 「동명왕편」과, 문집 『동국이상국집』·『백운소설』 등이 있다.

〖출전〗『동국이상국후집』 1권.

- 『기아(箕雅)』와 『대동시선』 1권에는 제목이 「詠井中月(영정중월)」로 되어 있음. 『기아』에는 '幷(어우를 병)'이 '井(우물 정)'으로 되어 있음.
- 색즉시공 공즉시색(色卽是空 空卽是色)의 불교관이 드러난 시로 높이 평가 받고 있다. 색(色)은 존재하는 것. 공(空)은 물에 비친 달빛.
- 汲(물 길을 급). 應(응당 ~해야 할 응). 瓶(항아리 병). 傾(기울 경).

2. 4 입춘(立春)

24절기 중 첫 번째 절기

이른 봄早春

강희안(姜希顔, 1417~1464)

籬落寒梅笑向人　울타리 옆 겨울 매화 사람 향해 웃는데
巡簷已識入靑春　처마 돌아보니 벌써 봄이 왔음을 알겠네.
閉門終日淸香發　종일토록 문 닫고 있어도 맑은 향기 풍기니
只有幽閑一老身　늙은이 하루가 그윽하고 한가롭네.

【작가】☞1월 16일 참조.

〖출전〗 인재의 조부와 아버지 세 사람의 글을 모아 간행한 『진산세고(晋山世稿)』가 있으나 여기에는 이 작품이 없다.

- 여기에서의 매화는 작가에게 청우(淸友)요, 설중군자(雪中君子)이며, 호문목(好文木), 세외가인(世外佳人)이다.
- 전문 화가가 아닌 사대부가 여기(餘技)로 그린 그림(문인화) 가운데 특히 사군자(매화·난초·국화·대나무)는 '그린다'고 하지 않고 '친다'고 한다. 이는 사군자를 그림으로 보지 않고 글자의 변형으로 보았기 때문이다. 매화의 꽃은 心자를 네 번 쓴 모양이고, 난초는 魚자의 갑골문을 거꾸로 새워둔 모양이다. 그래서 잎의 하나 이상은 반드시 다른 잎과 반대되는 방향으로 그려야 한다. 그래야 魚자 모양이 되기 때문이다. 국화는 사군자 가운데 가장 늦게 치게(그리게) 된 것으로 추정되는데, 그만큼 그리기가 어려워서였을 것이다. 국화는 꽃술이 必(반드시 필)자, 꽃잎은 八자의 변형이다. 그래서 흔히 꽃잎의 한 쪽은 두 획이 붙지 않게 그린다. 또한 한 송이의 꽃잎을 8개(국화를 위에서 봤을 때 4개 사이로 다시 4개를 그림) 또는 그 배수인 16개나 32개로 그리는 것을 원칙으로 한다. 대나무는 대나무 잎을 가리키는 竹자의 갑골문에서 비롯되었다.
- 籬(울타리 리). 落(울타리 락). 巡(돌 순). 簷(처마 첨). 只(다만 지).

임을 기다리며待情人

김부용(金芙蓉, 1813~1848?)

春風忽駘蕩　봄바람 어느덧 화창해지고
明月又黃昏　밝은 달 빗기는 황혼 무렵에
亦知終不至　끝내 안 오실 줄 알면서도
猶自惜關門　차마 문을 닫아걸지 못하네.

【작가】 호는 운초(雲楚). 평안도 성천 기생이었던 그는 송도 기생 황진이, 부안 기생 이매창과 더불어 우리나라 3대 시기(詩妓)로 일컬어진다. 그는 평양감사 김이양(金履陽; 1755~1845)과 동거하면서 그와 수창한 많은 시를 남겼다. 또한 삼호정시단(三湖亭詩壇)의 동인으로서 같은 동인인 경산(瓊山)과 많은 시를 주고받았다. 그의 유고인 『운초당시고(雲楚堂詩稿 = 芙蓉集)』에 130여 수의 시가 수록되어 있다. 그의 무덤은 김이양의 무덤 가까이인 천안시 광덕면 광덕리 광덕산 자락에 신라 흥덕왕 때(832) 창건한 광덕사(廣德寺) 오른편 높은 언덕 위에 있다.

〖출전〗 『운초당시고』. 『대동시선』 12권에서는 실명으로 되어 있다.

- 이 시는 김부용이 방년 19세에 77세의 김이양을 그리워하며 쓴 것이다.
- 태탕(駘蕩): 봄날이 화창함.
- 駘(둔한 말 태). 蕩(쓸어버릴 탕). 忽(갑자기 홀). 猶(오히려 유). 惜(아쉬워할 석).

2. 6

가랑비細雨

최광유(崔匡裕, 신라 말기)

風繅雲緝散絲綸　바람이 실줄 켜고 구름이 자아내 흩으니
陰曀濛濛海岳春　봄의 산과 바다에 어스름이 부슬부슬.
微泫曉花紅淚咽　새벽 꽃에 살짝 젖어 붉은 눈물 맺힌 듯
輕霑煙柳翠眉顰　이내 낀 버들에 살포시 적시니 푸른 눈썹 찡그린 듯
能鮮石逕麋蹤蘚　돌길 위 사슴 발자국 이끼를 곱게 하고
解裛沙堤馬足塵　모래 둑 말발굽 먼지를 적시어 떼어내네.
煬帝錦帆應見忌　수양제 비단 돛은 아마 너를 꺼렸겠지만
偏宜蓑笠釣船人　도롱이 삿갓 낚시꾼에겐 가장 알맞으리라.

【작가】885년(헌강왕 11) 왕이 시전중감(試殿中監) 김근(金僅)을 당나라에 경하부사(慶賀副使)로 보낼 때 함께 파견되어 숙위학생(宿衛學生: 당나라의 국자감에 수학한 관비 유학생)으로 유학하여 빈공과(賓貢科: 외국인 대상 과거제)에 급제했다. 시에 능하여 당나라에서 최치원 등과 함께 신라 10현(十賢)의 한 사람으로 일컬어졌다. 『동문선』에 칠언율시 10수가 실려 있는데, 이것은 거의 당나라에 있을 때 지었던 것으로 보인다.

〖출전〗『동문선』 12권.

- 풍소운집(風繅雲緝): 바람이 구름 몰아와 가랑비 내리게 하는 것을 베의 실줄·날줄을 풀어 낸 것으로 묘사한 것이다.
- 사륜(絲綸): 조칙(詔勅: 제왕의 선지를 일반에게 알릴 목적으로 적은 문서)의 글. 여기서는 그냥 '실'이라는 뜻으로 쓰였다.
- 홍루(紅淚): 장화(張華)의 『박물지(博物志)』에 의하면, 상산(常山)의 여인 설령운(薛靈雲)이 군수에 의해 위문제(魏文帝) 조비(曹丕)에게 바쳐졌는데 그때 흘린 눈물

이 피처럼 붉었다 하여 이후 여인의 눈물에 비유되었다. 여기서는 가랑비가 내려 이슬처럼 붉은 꽃잎에 맺힌 모양을 가리킨다.

- 미빈(眉顰): 서시빈미(西施顰眉). 춘추시대 월(越)나라의 미인 서시가 가슴이 아파서 이마를 찌푸리는 모습이 더 아름답다고 느낀 한 추녀가 자기도 이를 흉내 내어 얼굴을 찡그리며 다니자 사람들이 모두 도망쳤다 해서 다른 사람을 맹목적으로 모방하는 것을 비유하는 말이다. 여기서는 그냥 '아름답다'는 뜻으로 쓰였다.
- 양제금범(煬帝錦帆): 수양제(隋煬帝)가 강도(江都)로 놀러 갈 때 탔던 용주(龍舟)의 돛이 비단으로 되어 있었다.
- 繰(고치 켤 소). 緝(길쌈할 집). 綸(실 륜). 顰(찡그릴 빈). 煬(쬘 양). 帆(돛 범). 曀(가릴 에, 구름 낄 예). 濛(가랑비 올 몽). 泫(물방울이 떨어질 현). 霑(젖을 점). 咽(목멜 인). 縻(큰사슴 미). 蹤(자취 종). 蘚(이끼 선). 解(떨어질 해). 裛(적실 읍). 應(아마도 응). 蓑(도롱이 사). 笠(삿갓 립).

2. 7

봄春

정몽주(鄭夢周, 1337~1392)

春雨細不滴　봄비 가늘어 방울 짓지 못하더니
夜中微有聲　밤들자 나직이 빗소리 들리네.
雪盡南溪漲　눈도 녹아 앞개울 불어났으니
多少草芽生　풀싹도 얼마간 돋아났겠네.

【작가】 고려 말의 충신·성리학자. 자는 달가(達可), 호는 포은(圃隱). 야은(冶隱) 길재, 목은(牧隱) 이색과 더불어 삼은(三隱)의 한 사람이다. 공민왕 때 성균관 학감(學監)으로 있으면서 오부학당(五部學堂)을 세워 후진을 가르치고, 밖으로 향교(鄕校)를 베풀어 유학을 크게 진흥하여 성리학의 기초를 세웠고, 명나라와의 외교에 힘썼으며, 한때 배명친원(排明親元) 정책을 반대하다가 유배되기도 했고, 이성계를 따라 왜구를 토벌하기도 했으며, 시문에 능하여 자신의 굳은 충절을 읊은 시조「단심가」외에 많은 한시가 전한다. 끝까지 고려 왕조를 받들다가 이방원에 의해 선죽교에서 죽음을 당했다.

〖출전〗『포은집』2권.

- 『동문선』·『기아』·『대동시선』에는 제목인「春(춘)」이「春興(춘흥)」으로, '多少草芽(다소초아)'가 '草芽多少'로 되어 있으며 후자로 더 많이 알려져 있다.
- 滴(물방울 적). 漲(물이 불을 창). 芽(싹 아).

2. 8

산수가山水歌

한순계(韓舜繼, 조선 선조)

水綠山無厭　물이 푸르니 산은 싫다지 않고
山青水自親　산이 푸르니 물이 절로 좋아하네.
浩然山水裏　넓디넓은 산수 속에
來往一閒人　오가는 한가로운 한 사람.

【작가】조선 선조 때 학자. 자는 인숙(仁淑), 호는 시은(市隱). 중년에 송도(松都)로 이사하여 화담 서경덕의 문하에서 공부해 시가와 초서에 정교했다. 이이·성혼 등과 교제하며 도를 강론하다가 해가 저물 때가 많았으므로 두 사람이 그를 시은(市隱)이라 칭하여 아호가 되었다. 모친을 지극한 효성으로 받들었고 봉양을 위해 방짜그릇을 만들어 팔았는데, 그릇이 정묘할 뿐 아니라 값이 싸서 많은 사람이 모여들었다. 이익은 다만 어머니를 봉양할 정도면 만족해했고 만약 남은 재물이 있으면 친척 중 가난한 사람에게 나누어 주었으며, 어머니가 돌아가자 유기그릇 제조를 그만두고 다시는 장사를 하지 않았다.

〖출전〗『한시어사전』. 『한시작가작품사전』.

- 제목이 「山水無厭(산수무염)」으로, '山青'이 '陽青(양청)'으로, '水自親'이 '陰自親(음자친)'으로 되어 있는 곳도 있다.

2. 9

매화梅花

장현광(張顯光, 1554~1637)

開在臘雪裏　선달그믐 눈 속에서 피었으니
春信到窮陰　봄소식이 막바지 겨울에 이르렀네.
歲歲不失時　해마다 때를 잃지 않으니
可見天地心　천지의 마음을 볼 수 있구나.

【작가】자는 덕회(德晦), 호는 여헌(旅軒). 과거에 뜻을 두지 않고 학문에 힘써 이황의 문인과 조식의 문인 사이에 학덕과 실력을 인정받았으며, 수많은 영남의 남인 학자들을 길러냈다. 여러 차례 관직에 임명되었으나 벼슬에 뜻이 없어 대부분 사퇴하고 학문 연구에만 전심했다. 병자호란 때에는 각지에 격문(檄文)을 보내어 근왕(勤王: 임금에게 충성을 다함)의 군사를 일으켰다. 의학에도 밝았다.

〖출전〗『여헌집』1권.

■ 여헌이 경북 구미시 해평면 괴곡리에 있는 와유당(臥遊堂) 주변의 반석(磐石)·괴석·반송·노송·죽림·방당(方塘)·매화·사계화(四季花)·석류·포도·국화를 소재로 택하여 각자의 아름다움을 표현한「와유당 십일영(十一詠)」가운데 일곱 번째 시다.

■ 눈 내리는 추위 속에서도 피어나는 매화는 표면적으로는 봄의 도래를, 이면적으로는 지조와 절개, 선비정신 등을 상징하고 있다.

■ 臘(섣달 랍). 陰(가을.겨울 음).

선시禪詩

진묵대사(震默大師, 1563~1633)

天衾地席山爲枕　하늘을 이불로, 땅을 자리로, 산을 베개 삼고
月燭雲屛海作樽　달을 촛불로, 구름을 병풍으로, 바다를 술통 삼아
大醉居然仍起舞　크게 취하여 흔연히 일어나 춤을 추니
却嫌長袖掛崑崙　행여 긴 옷소매가 곤륜산에 걸릴까 염려되는구나.

【작가】이름은 일옥(一玉). 석가의 소화신(小化身)으로 추앙받았으며, 곡차를 잘 마시기로 유명하고 신통력으로 많은 이적을 행했다고 한다. 불경을 공부하는 데 스승의 가르침을 받지 않고서도 한 번만 보면 그 깊은 뜻을 깨닫고 다 외웠다고 한다.

〖출전〗『초의집(草衣集)』 3책, 「진묵조사유적고(震默祖師遺蹟攷)」(동국역경원).

- 선시(禪詩)는 선 수행을 통한 깨달음의 경지를 짤막한 율문(律文)으로 나타낸 것을 말한다.
- 김종직(金宗直, 1431~1492)은 일찍이 「울치재(西泣嶺)」에서 "푸른 바다 기울여서 금 술잔을 가득 채우고 태백산 아래 수많은 산 안주로 삼고 싶구나(要傾滄海崇金罇太白諸山爲飣餖)"라 했다.
- 곤륜산(崑崙山): '昆侖山'이라고도 쓴다. 하늘에 닿을 만큼 높고 보옥(寶玉)이 나는 명산으로 전해졌으나, 전국시대 이후 신선설이 유행함에 따라 신선경(神仙境)으로서의 성격이 두드러지게 되어, 산중에 불사의 물이 흐르고 선녀인 서왕모(西王母)가 살고 있다는 전설 등이 생겨났다.
- 樽(술통 준). 仍(인할 잉). 却(도리어 각). 嫌(의심 혐).

2. 11

서원죽지西原竹枝 3

유호인(兪好仁, 1445~1494)

郎意如濁流　낭군님 뜻은 흐린 물 같아
未易窺淺深　깊고 얕음을 살피기 어렵고.
妾恨皎如月　첩의 한은 밝은 달 같아
夜夜照君心　밤마다 그대 마음 비추네.

【작가】자는 극기(克己), 호는 임계(林溪)·뇌계(㵢溪). 김종직(金宗直)의 문인이다. 시·문장·글씨에 뛰어나 당대의 3절로 불렸다. 특히 성종의 총애가 지극했는데, 늙은 어머니를 봉양하기 위해 외관직을 청하여 나가게 되자 성종이 직접 시조를 읊어 헤어짐을 아쉬워했다. "이 시렴 브듸 갈쌔 아니 가든 못홀쏜냐/ 무단(無端)이 슬튼야 놈의 말을 드럿는야/ 그려도 하 애도래라 가는 뜻을 닐너라."

〖출전〗『뇌계집』1권.

■서원(西原): 청주의 옛 지명.

■죽지 또는 죽지사(竹枝詞)란 악부시(樂府詩)의 일종으로 원래 중국 파유(巴歈) 지역 일대에 유포된 민가(民歌)의 일종이다. 악부시의 악부는 원래는 음악을 맡아보던 관청 이름이었으나, 거기서 채집·보존한 악장과 가사 및 그 모방 작품을 말한다.

■窺(엿볼 규). 皎(밝을 교).

꿈속의 넋夢魂

이옥봉(李玉峯, 1550?~1592)

近來安否問如何 임께서는 요즈음 어찌 지내시는지요.
月到紗窓妾恨多 사창에 달 비치면 그리움 사무칩니다.
若使夢魂行有跡 만약 꿈속의 넋이 걸어간 발자국이 있다면
門前石路已成沙 임 계신 문 앞 자갈길은 이미 모래가 됐을 겁니다.

【작가】 일명 이원(李媛). 이옥봉은 양녕대군의 고손자인 자운(子雲) 이봉(李逢, 1526~?)의 서녀로 승지(承旨)를 지낸 운강(雲江) 조원(趙瑗, 1544~1595)의 소실이다. 옥봉은 조원을 사모하여 소실을 자청했는데, 조원은 옥봉을 받아들이며 당시 시명(詩名)을 날리던 옥봉에게 다시는 시를 짓지 말라는 조건을 달았다. 얼마 후 조원 집안의 산지기가 억울하게 파주(坡州)의 옥에 갇히게 되자 옥봉이 그 억울함을 밝히는 시를 지어 파주목사에게 보내 산지기가 풀려나도록 했다. 이 일로 조원은 약속을 어긴 옥봉을 쫓아냈다. 일찍이 정철·이항복·유성룡 등과도 수창(酬唱: 시가를 서로 불러 주고받음)했다 한다. 한 권의 시집이 있었다고 하나, 시 32편이 수록된 『옥봉집』 1권만이 『가림세고(嘉林世稿)』의 부록으로 전한다.

〖출전〗『회은집(晦隱集)』 5권과 『오재집(寤齋集)』 3권에는 제목이 없다.

- 『대동시선』 12권에서는 제목이 「贈雲江(운강에게 드리다 2)」로 되어 있고, 화성시향토박물관본 『소화시평』에는 「閨怨(규원)」으로 되어 있다. 『옥봉집』에 있는 본래 제목은 「自述(자술)」이나, 많은 사람이 이 작품에서 표현된 '꿈속의 넋(몽혼)'에 찬사를 보내며 자주 인용한 까닭에 현재는 「夢魂」으로 더 많이 알려져 있다.
- 사창(紗窓): 직해하면, '깁(고운 견직물)으로 바른 창'이라는 뜻이지만, 시에서는 보통 분벽사창(粉壁紗窓: 하얗게 꾸민 벽과 비단으로 바른 창)의 준말로 여자가 거처하며 아름답게 꾸민 방을 이르는 말로 잘 쓰인다.
- 약사(若使): 만약 ~으로 하여금 ~하게 한다면.

2. 13

황강정사題黃江亭舍

조식(曺植, 1501~1572)

路草無名死　길섶 풀들은 이름 없이 죽어가고
山雲恣意生　산 위 구름은 제멋대로 생겨난다.
江流無限恨　강물은 끝없이 한을 안고 흐르지만
不與石頭爭　바위들과 다투지를 않는구나.

【작가】자는 건중(楗仲, 健中), 호는 남명(南冥). 철저한 절제로 일관하여 불의와 타협하지 않았으며, 당시의 사회현실과 정치적 모순에 대해서는 적극적인 비판의 자세를 견지했다. 단계적이고 실천적인 학문방법을 주장했으며 제자들에게도 그대로 이어져 안동 지방을 중심으로 한 이황의 경상좌도 학맥과 더불어 영남 유학의 두 봉우리를 이루었다.

〖출전〗『남명집』1권.

■ 이 시는 남명이 이희안(李希顔, 1504~1559)의 황강정사에서 지은 것이다. 황강정은 경남 합천군 쌍책면 성산리에 있는 조선시대의 누정으로, 이희안이 여기에 정자를 세우고 수학하던 곳이다. 이희안은 학식과 덕행이 뛰어난 선비로서 조식·신계성(申季誠) 등과 교의가 두터웠으며, 이언적(李彦迪)의 추천으로 고령현감이 되었으나 관직을 버리고 고향에 돌아가 후진을 가르쳤다.

2. 14

금계의 정자 터에서 錦溪亭基

황준량(黃俊良, 1517~1563)

屈折沿淸澗　굽이치는 맑은 시내 따라가다가
縈回渡斷橋　물 휘감긴 곳 끊어진 다리 건너노라면
凍雲生石竇　찬 이내가 바위틈에서 생겨나고
寒雪罥松梢　찬 눈이 솔가지에 걸려 있네.
展席巖形古　자리 펼친 바위 모양 예스럽고
圍屛岳面高　병풍 두른 산의 모습 우뚝하네.
春來一茅屋　봄이 오면 초가 한 채 지어놓고
歸老伴漁樵　늙어서 돌아가 어초부와 함께하리.

【작가】자는 중거(仲擧), 호는 금계(錦溪). 이황의 문인으로 농암(聾巖) 이현보(李賢輔)의 손서(孫壻)이다. 어려서부터 문명(文名)이 자자했다. 단양군수·성주목사 등을 역임하면서 학교와 교육 진흥에 힘을 기울여 문묘를 수축하고 서원을 창설하는 등 많은 치적을 남겼다.

〖출전〗『금계집』3권.

■ 沿(따를 연). 澗(계곡의 시내 간). 縈(얽힐 영). 竇(구멍 두). 罥(맺을 견). 梢(나무 끝 초). 樵(나무꾼 초).

생쥐鼷

노수신(盧守愼, 1515~1590)

仰嗅燈檠後　머리 쳐들고 등잔걸이 뒤쪽을 냄새 맡다가
遙緣食案邊　멀리 밥상 주변을 타고 다니기도 하네.
今能翫吾睡　나도 이젠 개의찮고 잠을 즐길 뿐
不復顧其穿　그놈이 벽 뚫는 것 돌아보지도 않았더니
歷硯沾涓滴　벼루를 지나다 먹물을 적셔 가지곤
翻書汚聖賢　경전 뒤집어 성현 말씀 더럽히네.
翛然笑無語　조용히 앉아 말없이 웃나니
爾命亦由天　네 목숨 또한 하늘이 준 것이리니.

【작가】자는 과회(寡悔), 호는 소재(蘇齋)·이재(伊齋)·암실(暗室)·여지노인(茹芝老人)이다. 조광조의 제자인 학자 이연경(李延慶)의 문하생이자 그의 사위이다. 우·좌의정을 거쳐 영의정에 이르렀다. 시호는 문의(文懿)·문간(文簡)이다.
〖출전〗『소재집』2권.

- 소연(翛然): 어디에도 얽매이지 않으면서 초탈한 모습. 『장자』의 「대종사」에 나오는 말이다.
- 翛(날개 찢어질 소). 鼷(생쥐 혜). 仰(마실 앙). 檠(등잔걸이 경). 遙(거닐 요). 緣(가장자리 연). 案(밥상 안). 翫(깔볼 완). 睡(잘 수). 穿(뚫을 천). 歷(지나갈 력). 沾(더할 첨). 涓(시내 연). 翻(뒤집을 번).

2. 16

희작시戱作詩 1

이서구(李書九, 1754~1825)

吾看世人(人)　내가 세상의 '시옷[사람들]'을 보니
是非在口(口)　옳고 그름이 '미음[입]'에 있더라(달렸더라).
歸家修己(己)　집에 돌아가 '리을[자신]'을 닦아라.
不然点匸(亡)　그렇지 않으면 '디귿'에 점찍으리라(亡하리라).

【작가】자는 낙서(洛瑞), 호는 척재(惕齋)·강산(薑山)·소완정(素玩亭)·석모산인(席帽山人). 사가시인(四家詩人: 박제가·이덕무·유득공·이서구)의 한 사람으로, 한자의 구조와 의미를 연구하는 데에 조예가 깊었으며, 글에 쓰이는 전고(典故) 또한 널리 알고 있었다. 그리고 서예에도 뛰어났다.

척재가 포천 양문리에 은거하면서 영평천에서 낚시를 드리우고 있을 때였다. 어떤 젊은 선비가 그곳을 지나면서 "여보 늙은이, 나 좀 업어 건너 줄 수 있겠소" 하고 척재에게 청했다. 이에 척재가 흔쾌히 허락하고 선비를 업고 내를 건너기 시작했다. 내의 한가운데에 이르렀을 때 젊은이가 그의 망건에 달려 있는 옥관자(玉貫子)를 발견하고 깜짝 놀라서 "죄송합니다. 미처 알아 뵙지 못하였습니다. 여기 내려놓아 주십시오" 하고 사죄하며 부들부들 떨었다. 당시 옥관자는 정3품 이상 대신급만 사용했기 때문이다. 그러자 그는 "기왕 왔으니 그냥 건너갑시다" 하고 여유 있게 내를 건네주었다. 이 젊은 선비는 철원으로 부임하는 군수였다고 한다. 젊은이가 백배사죄하니 척재가 이 젊은 선비한테 지어 준 희작시라고 전하지만 진위 여부가 확인되지 않는다. 물론『척재집』에는 이 시가 없다.

2. 17

이른 봄, 강가를 거닐며早春江行 2

이인로(李仁老, 1152~1220)

碧岫巉巉攢筆刃　푸른 봉우리는 우뚝 솟아 붓끝을 모아세운 듯
蒼江杳杳漲松煙　푸른 강은 아득히 송연(먹)이 넘쳐흐른다.
暗雲陣陣成奇字　어두운 구름은 뭉게뭉게 기이한 글자 만드니
萬里靑天一幅牋　만 리 푸른 하늘은 한 폭의 종이로구나.

【작가】 고려 후기의 문신으로 자는 미수(眉叟), 호는 쌍명재(雙明齋)이다. 일찍 부모를 여의고 고아가 되자 화엄승통(華嚴僧統: 화엄종의 우두머리)인 요일(寥一)이 그를 거두어 양육하고 공부를 시켰는데, 총명하여 시문과 글씨에 뛰어났다. 1170년 그의 나이 19세 때 정중부(鄭仲夫)가 무신란을 일으키자 피신하여 불문에 귀의했다가 뒤에 환속했다. 임춘(林椿)·오세재(吳世才) 등과 어울려 세칭 '죽림고회(竹林高會)'를 이루어 활동했다.

〖출전〗 『동문선』 20권.

- 송연(松煙): '솔을 태워 나온 연기'이자 솔 그을음(매연[煤煙])으로 만드는 '먹'을 가리키기도 한다.
- 岫(산봉우리 수). 巉(가파를 참). 攢(모을 찬). 刃(칼날 인). 漲(물이 불을 창). 牋(종이 전).

2. 18

설날 아침에 거울을 보며元朝對鏡

박지원(朴趾源, 1737~1805)

忽然添得數莖鬚　두어 가닥 흰 수염 갑자기 돋았으나

全不加長六尺軀　육척의 몸은 전혀 커지지 않았네.

鏡裡容顏隨歲異　거울 속의 얼굴은 해마다 달라져도

穉心猶自去年吾　철없는 생각은 지난해와 그대롤세.

【작가】 자는 중미(仲美), 호는 연암(燕巖). 청나라의 실제적인 생활과 기술을 눈여겨보고 귀국, 기행문 『열하일기』를 통해 청나라의 문화를 소개하고 당시 조선의 정치·경제·사회·문화 등 각 방면에 걸쳐 비판과 개혁을 논했다. 특히 자유 기발한 문체를 구사하여 여러 편의 한문소설을 발표, 당시의 양반계층 타락상을 고발하고 근대 사회를 예견하는 새로운 인간상을 창조함으로써 많은 파문과 영향을 끼쳤다.

【출전】 『연암집』 4·5권.

■ 치심(穉心): 어린아이의 마음.

■ 穉(어릴 치). 莖(줄기 경). 鬚(수염 수).

2. 19 우수(雨水)

눈이 녹아서 비나 물이 된다는 날이니
곧 날씨가 풀린다는 뜻이다.

눈 온 뒤에雪後

류방선(柳方善, 1388~1443)

臘雪孤村積未消　외로운 산마을에 눈이 쌓여 차가운데
柴門誰肯爲相鼓　그 누가 사립문을 즐거이 두드리랴
夜來忽有淸香動　밤이 되자 홀연히 맑은 향기 일어나니
知放梅花第幾梢　매화꽃 몇 가지에서 피어난 걸 알겠구나.

【작가】자는 자계(子繼), 호는 태재(泰齋). 12세 무렵부터 변계량·권근 등에게 수학하여 일찍이 문명(文名)이 높았다. 유배지 영천의 명승지에 '태재'라는 서재를 짓고 당시에 유배 또는 은둔생활을 하던 문사들과 학문적인 교분을 맺고 주변의 자제들에게 학문을 전수하여 문하생을 배출했다.

〖출전〗『태재집』2권.

- 추운 겨울, 눈까지 쌓여 누구도 찾아오지 않는 두메에 송죽처럼 변치 않는 벗으로 시인을 찾아 온 매화는 청우(淸友)요, 청객(淸客)이며, 고우(古友)다.
- 납설(臘雪): 섣달에 내린 눈.
- 臘(섣달 랍). 柴(섶 시). 梢(나무 끝 초).

춘란春蘭

엄흔(嚴昕, 1508~1543)

寂寞山林處士家　적막한 산 속 처사의 집에
知心惟有紫蘭花　그 마음 알아주는 것은 자란화뿐.
從來空谷佳人在　예부터 빈 골짝에 가인 있으니
莫把離騷惜歲華　이소 잡고 가는 세월 아쉬워 마시게.

【작가】조선 중기의 문신. 자는 계소(啓昭), 호는 십성당(十省堂). 수찬(修撰)·전한(典翰)·이조좌랑·사인(舍人) 등을 역임하고, 1530년에는 지방관의 비행을 적발하기 위해 지방에 파견되었다. 1541년 홍문관 전한으로 있을 때 대간이 대신의 뜻에 맞추기 위해 서경(署經: 관리 임용의 가부를 묻는 제도)을 마음대로 바꾸는 행위를 비판했다. 시문에 능했다.

〖출전〗『십성당집』上.

- 공곡가인(空谷佳人): 공자의 공곡유란(空谷幽蘭) 고사에 의탁한 것임. 공곡유란 고사는 1월 3일자 참조.
- 이소(離騷): 초나라의 굴원이 지은 부(賦). 굴원이 반대파의 참소에 의해 조정에서 쫓겨나 임금을 만날 기회를 잃은 시름을 읊은 서정적 대서사시로『초사』가운데에서 으뜸으로 꼽힌다.
- 騷(떠들 소). 華(세월 화).

속행로난續行路難

이인로(李仁老, 1152~1220)

登山莫編怒虎須　산에 오르거든 성낸 범의 수염 엮으려 말고
蹈海莫捋眠龍珠　바다에 가거든 자는 용의 여의주 잡지 마라.
人間寸步千里阻　인간의 한 치 걸음 천리처럼 험하고
太行孟門眞坦途　태항과 맹문이 실로 평탄한 길이라네.
蝸角戰甘鬧蠻觸　달팽이 뿔에 싸움이 한창이매 만촉이 시끄럽고
路岐多處泣揚朱　갈림길이 많은 곳에 양주가 울 지경이다.
君不見　그대는 보지 못했는가
嚴陵尚傲劉文叔　엄자릉이 오히려 유문숙을 업신여기며
七里灘頭一竿竹　칠리탄에서 대나무로 낚시 즐겼음을.

【작가】☞2월 17일 참조.

〖출전〗『동문선』6권.

- 속행로난(續行路難): 악부 제목으로 그 내용은 세상사의 어려움이나 이별의 슬픔을 노래한다. 이 작품은 이를 잇는다는 뜻에서 속(續)자를 붙였다.
- 1·2구의 '편노호수(編怒虎須)'와 '날면용주(捋眠龍珠)'는 『장자』「도척(盜拓) 열어구(列禦寇)」에 있는 말이다.
- 태항(太行): 중국 산서성과 하북성의 경계를 이루는 산으로 험지(險地)로 유명한 곳이다.
- 맹문(孟門): 태항산 옆, 지금의 하남성 휘현(輝縣)의 십자령(十字嶺)으로 역시 험지를 말한다.
- 와각전(蝸角戰): 달팽이 두 뿔에 나라가 하나씩 있는데 하나는 만국(蠻國), 하나는 촉국(觸國)이라 한다. 두 나라가 전쟁을 하여 송장이 백만(百萬)이나 났다고

한다(『장자』「칙양(則陽)」).

- 노기다처읍양주(路岐多處泣揚朱): 곡기읍련(哭岐泣練) 고사에서 곡기를 이르는 말임. “양자(양주)는 갈림길을 보고 곡을 했으니 남으로 가야 할지 북으로 가야 할지 (정하지 못한) 때문이었고, 묵자는 흰 실을 보고 울었으니 누렇게 물들 것인지 검게 물들 것인지 (정하지 못한) 때문이었다(楊子見岐路而哭之 爲其可以南可以北 墨子見練絲而泣之 爲其可以黃可以黑)”(『회남자』「설림훈(說林訓)」).
- 엄릉(嚴陵): 엄광(嚴光, BC 37~43)의 자(字). 다른 이름이 준(遵). 자는 자릉(子陵)·엄자릉(嚴子陵) 또는 줄여서 엄릉이라고 부른다. 어릴 적 후한의 광무제(光武帝) 유수(劉秀)와 함께 뛰놀며 공부한 사이였다. 광무제가 제위에 오르자 모습을 감췄다. 광무제는 세 번이나 사람을 보내 그를 조정으로 불러들였다. 광무제를 알현하는 자리에서 그는 예전 친구 사이처럼 대했고 황제에 대한 예를 갖추지 않았다. 조정 대신들이 그의 무례함을 들어 벌을 내려야 한다고 주청했으나 광무제는 개의치 않았다.
- 유문숙(劉文叔): 동한(東漢)의 창시자 광무제(光武帝)의 자(字).
- 須(수염 수 = 鬚). 捋(집어 딸 랄). 蝸(달팽이 와). 蠻(오랑캐 만). 觸(닿을 촉). 蹈(밟을 도). 阻(험할 조). 坦(평평할 탄). 途(길 도). 鬧(시끄러울 료). 陵(큰 언덕 릉).

2. 22

한가로운 봄날의 정원을 읊음雜興 1

최유청(崔惟淸, 1095~1174)

春草忽已綠　봄풀이 어느 새 푸르르니
滿園胡蝶飛　동산 가득 나비 날아다니네.
東風欺人睡　잠든 틈에 동풍이 가만히 불어와
吹起床上衣　평상 위의 옷자락 펄럭이네.
覺來寂無事　잠이 깨도 주위는 고요해 일 없는데
林外射落暉　숲 너머엔 저녁 볕 쏘아 비치네.
倚檻欲嘆息　난간에 기대어 탄식하려다가
靜然已忘機　고요함에 그 생각조차 잊어버렸네.

【작가】고려 전기의 문신. 자는 직재(直哉). 경사자집(經史子集)에 밝았고 불경에도 조예가 깊었으며 학생과 사문들이 모여와 질문하는 자가 많았고 글씨도 잘 썼다. 의종 24년(1170) 정중부난(鄭仲夫亂) 때 모든 문신이 화를 입었으나 그는 지난날의 덕망으로 친척까지 화를 면했다. 예종부터 네 임금을 섬겼다.

〖출전〗『동문선』 4권.

- 제목을 '한가로운 봄날의 정원을 읊음'이라 번역한 것은 직재가 만년에 양주(楊州)에서 생활할 때 지은 오언고시 「잡흥」은 아홉 수인데, 모두 한가로운 봄날의 정원을 읊은 것이기 때문이다. 그중 첫째 수인 이 작품이 가장 유명하다.
- 호접(胡蝶): 나비.
- 망기(忘機): 기교(機巧)의 마음을 지운다는 것에서, 담백(淡白)을 달게 여기거나 세상과 다툼이 없는 것 또는 속세의 일이나 욕심을 잊음을 말한다.
- 胡(클 호). 蝶(나비 접). 機(심기 기). 欺(거짓 기). 睡(잘 수). 暉(빛 휘). 倚(의지할 의). 檻(난간 함). 嘆(탄식할 탄).

만송강에서萬松岡

소세양(蘇世讓, 1486~1562)

鬱鬱蒼髥占斷岡　울창한 푸른 솔이 산마루에 자리 잡아
滿天靈籟自生涼　신령스런 소리 하늘 가득하니 절로 서늘함이 나오누나.
免教斤斧朝朝伐　도끼자루의 침범이 없다면
會見凌雲萬丈長　마침내 만장으로 치솟아 구름 위에 우뚝 서리라.

【작가】자는 언겸(彦謙), 호는 양곡(陽谷)·퇴재(退齋)·퇴휴당(退休堂). 진하사(進賀使)로 명나라에 다녀왔다. 형조·호조·병조·이조판서를 거쳐 좌·우찬성을 역임했다. 문명이 높고 율시(律詩)에 뛰어났으며, 글씨는 송설체(松雪體: 원대의 문인화가 조맹부[趙孟頫, 1254~1322]의 서체)를 잘 썼다.

〖출전〗『양곡집』 6권.

- 창염(蒼髥): 소나무.
- 회견(會見): 서로 만나 봄.
- 髥(구레나룻 염). 鬱(왕성할 울). 占(차지할 점). 岡(산등성이 강). 籟(소리 뢰). 教(~로 하여금 ~하게 할 교). 斧(도끼 부). 凌(능가할 릉).

2. 24

울분을 토로한 시憤怨詩

왕거인(王巨仁, 미상~892)

于公慟哭三年旱 우공이 통곡하자 삼 년 동안 가물었고
鄒衍含悲五月霜 추연이 슬픔 품으니 오월에 서리 내렸다지.
今我幽愁還似古 지금 나의 깊은 근심 옛사람과 비슷한데
皇天無語但蒼蒼 하늘은 말없이 푸르기만 하구나.

【작가】신라 제51대 진성여왕이 왕위에 오른 몇 해 만에 여왕의 유모인 부호부인(鳧好夫人)과 여왕의 남편인 위홍(魏弘)과 3~4명의 총신(寵臣)이 권세를 휘둘러 정사를 마음대로 했다. 그때 누군가가 다라니(陀羅尼)의 은어로 이들을 꾸짖는 구절을 적어 노상에 걸어 두었다. 혹자가 왕에게 "이는 반드시 문인으로서 뜻을 이루지 못한 자가 한 짓일 것입니다. 아마도 합천의 은자인 왕거인인 것 같습니다"라고 아뢰어 옥에 갇히게 되었다. 왕거인은 옥에 갇히자 이 시를 써서 하늘에 호소했다. 그러자 갑자기 구름과 안개가 끼고 바람과 천둥이 쳐 우박이 쏟아지므로 왕이 크게 두려워하여 그를 풀어 주었다.

【출전】『삼국사기』 11권.

- 『삼국사기』와 『전당시』에는 '王巨仁'으로 되어 있으나 『삼국유사』에는 '王居仁'으로 되어 있다.
- 『삼국유사』의 내용은 『삼국사기』와 조금 다르다. "연의 태자 단(燕丹)의 피눈물에 무지개는 해를 뚫었고/ 제나라 추연의 슬픔은 여름에도 서리 내렸네./ 지금 내가 도를 잃음이 도리어 고인과 같거늘/ 하늘은 어이해 상서로움을 내려 주시지 않는고(燕丹泣血虹穿日 鄒衍含悲夏落霜 今我失道還似舊 皇天何事不垂祥)."
- 연단(燕丹): 연왕(燕王) 희(喜)의 태자. 진왕(秦王: 후의 진시황)에게 원한이 있어 형가(荊軻)를 시켜 죽이려다 실패했다. 진나라가 침공하자 부왕이 그를 베어 바쳤다.

■ 우공통곡삼년한(于公慟哭三年旱): 한(漢)나라 때 동해군(東海郡)에 어떤 효부가 있었는데, 자식도 없이 일찍 남편을 여의었으나 시어머니를 아주 잘 봉양했고 시어머니가 그를 재가시키려고 하였지만 끝내 따르지 않았다. 그러자 시어머니는 자기 때문에 며느리가 재가하지 않는다고 생각하여 목을 매어 자살했는데, 그곳 태수가 고의로 시어머니를 살해했다는 누명을 씌워 그 여자를 처형하려 했다. 이에 우공(우정국의 아버지)이 이 효부는 결코 시어머니를 살해하지 않았을 것이라고 주장했으나 태수가 끝내 효부를 처형했다. 그러자 동해 지역에 3년 동안 큰 가뭄이 들었다(『漢書, 于定國傳』).

■ 추연(鄒衍): 전국시대 제(齊)나라의 음양가(陰陽家). 연(燕)나라 소왕(昭王)이 스승으로 섬겼으나 그 아들 혜왕(惠王)이 남의 참소를 믿고 추연을 감옥에 가두니, 추연이 하늘을 우러러 통곡하매 5월인데도 서리가 내렸다고 한다(『論衡, 感虛』).

■ 황천(皇天): 하늘의 높임말로서 불가사의하고 초자연적인 신앙의 대상을 가리킴.

■ 慟(서럽게 울 통). 鄒(나라 이름 추). 衍(순행할 연). 但(다만 단). 蒼(푸를 창).

나홍곡囉嗊曲 1

성간(成侃, 1427~1456)

為報郎君道　낭군이여, 낭군이여, 내 낭군이여,
今年歸未歸　금년에는 오시려나, 아니 오시려나.
江頭春草綠　강가에 봄풀 자라 푸르러갈 때
是妾斷腸時　이 소첩의 애간장은 다 녹는다오.

【작가】조선 전기의 문신·학자. 자는 화중(和仲), 호는 진일재(眞逸齋). 용모가 추하고 성격이 괴팍해서 웃음거리였다고 하며, 훈구파의 폐쇄적인 의식에 불만을 품은 것 때문에 어려움을 겪었다. 그러나 경사는 물론 제자백가서를 두루 섭렵하여 문장·기예·음률·복서(점치는 일) 등에 밝았다.

〖출전〗『해동역사(海東繹史)』48권. 『진일유고(眞逸遺稿)』2권.

- 나홍곡(囉嗊曲): 가곡(歌曲)의 이름으로, 진(陳)나라 유채춘(劉采春)이 읊은 망부가이다. 가끔 임금의 총애를 잃은 신하의 한탄으로 차용되기도 한다.
- 성간의 『진일유고』에는 '囉嗊曲'이 '羅嗔曲(나진곡)'으로, '未歸'가 '不歸'로, '江頭'가 '江汀'으로 되어 있다.
- 첫 구를 직역하면 '낭군에게 알리기 위해 말하노니'가 되지만 시적 맛을 위해 의역한 것이다.
- 결구는 이백의 오언고시 「봄 그리움(春思)」의, "연 땅의 풀은 푸른 실과 같고/ 진 땅의 뽕나무는 푸른 가지 드리웠네./ 그대가 돌아오고 싶어 하던 날은/ 바로 제가 애간장이 끊어지던 때이지요./ 봄바람과 알지도 못하였는데/ 어인 일로 비단 휘장 안으로 들어오는가(燕草如碧絲 秦桑低綠枝 當君懷歸日 是妾斷腸時 春風不相識 何事入羅幃)"에서 인용한 것이다.
- 囉(소리 얽힐 라). 嗊(노래 홍). 嗊(노래 홍). 嗔(기운이 성한 모양 진). 汀(물가 정).

흥에 겨워漫興 1

윤휴(尹鑴, 1617~1680)

騎馬悠悠行不行　말을 타고 느릿느릿 가다서다 하노라니
石橋南畔小溪清　돌다리 남쪽 가에 작은 시내 맑기도 하네.
問君何處尋春好　그대에게 묻나니 봄 구경 언제가 좋은가
花未開時草欲生　꽃 아직 피지 않고 풀이 돋으려 할 때이지.

【작가】 자는 두괴(斗魁)·희중(希仲), 호는 백호(白湖)·하헌(夏軒)·야보(冶父). 어린 시절의 학업은 외할아버지의 훈도가 있었을 뿐 거의 독학하다시피 했다. 그러나 그의 학문은 1635년(인조 13) 19세 때 이미 10년 연장자로 당대의 석학이던 송시열(宋時烈)과 3일간의 토론 끝에 송시열이 "30년간의 나의 독서가 참으로 가소롭다"고 자탄할 정도로 높은 경지에 이르고 있었다. 그러나 송시열로부터 유학을 어지럽히는 도적으로 몰렸고, 서인이 정권을 잡은 조선 후기 내내 제대로 된 평가를 받지 못했다.

〖출전〗 『대동시선』 5권.

- 『백호전서(白湖全書)』 2권에서는 제목이 「三山路上得一絶(삼산 노상에서 우연히 읊은 절구 한 수)」로, '小溪(소계)'가 '小童(소동)'으로 되어 있다.
- 유유(悠悠): ① 느긋하다. 여유 있다. ② 길다. 장구하다. 아득히 멀다.
- 하처(何處): 일반적 풀이로는 '어느 곳'이지만 여기에서는 '어느 때'라는 의미로 쓰고 있다.
- 悠(멀 유). 騎(말 탈 기). 畔(물가 반). 尋(찾을 심).

벗이 시를 주며 화답을 구하는 운을 따라次友人寄詩求和韻 2

이황(李滉, 1501~1570)

性癖常耽靜　성격은 항상 조용함을 몹시 즐기고
形羸實怕寒　몸은 허약하여 추위를 겁낸다네.
松風關院聽　솔바람 소리를 문 닫은 채 듣거나
梅雪擁爐看　눈서린 매화를 화로 끼고 본다네.
世味衰年別　세상맛은 나이 들수록 각별해지고
人生末路難　인생은 말년이 더 어렵구나.
悟來成一笑　깨닫고 보면 한바탕 웃음거리이니
曾是夢槐安　일찍이 헛된 공명 꿈이었구나.

【작가】☞1월 24일 참조.

〖출전〗『퇴계집』3권.

- 『소화시평』 상권에는 '耽靜(탐정)'이 '貪靜(탐정)'으로 되어 있다.
- 퇴계는 매화가 피는 섣달 초순에 운명하면서 기르던 분매(盆梅)에 물을 주라고 유언했다. 그는 매화를 매형(梅兄)·매군(梅君)·매선(梅仙)이라 부르며 하나의 인격체로 대우했으며, 매화를 제재로 90여 수의 시를 지었다. 이 시에서 매화는 작가에게 청우(淸友)요, 설중군자이며, 호문목(好文木), 세외가인(世外佳人)이다.
- 호문목: 글을 좋아하는 나무라는 뜻. 진나라 무제가 공부할 때 글을 읽으면 매화가 피어나고 책읽기를 게을리 하면 꽃이 시들었다는 고사에서 비롯되었다.
- 몽괴안(夢槐安): 괴안몽(槐安夢)→남가일몽(南柯一夢). 꿈과 같이 헛된 한때의 부귀영화를 이르는 말. 중국 당나라의 순우분(淳于棼)이 술에 취하여 홰나무의 남쪽으로 뻗은 가지 밑에서 잠이 들었는데, 괴안국(槐安國)의 부마가 되어 남가군(南柯郡)을 다스리며 20년 동안 영화를 누리는 꿈을 꾸었다는 데서 유래한다.

2. 28

수선화水仙花

김정희(金正喜, 1786~1856)

一點冬心朶朶圓 한 점의 찬 마음 가지마다 둥글구나.
品於幽澹冷雋邊 그윽하고 담박한 기품은 냉철하고 빼어났네.
梅高猶未離庭砌 매화의 고매함이 채 뜨락을 떠나지 않았는데
清水眞看解脫仙 맑은 물에서 만나는 진정 해탈한 신선이여.

【작가】조선 후기의 서화가·문신·문인·금석학자. 자는 원춘(元春), 호는 추사(秋史)·완당(阮堂)·예당(禮堂)·시암(詩庵)·노과(老果)·농장인(農丈人)·천축고선생(天竺古先生) 등이다. 조선의 사관은 인물평에 인색했지만 추사의 죽음을 두고『철종실록』7년 12월조에는 다음과 같이 기록하고 있다. "총명하며 굳세고 꿋꿋했으며 뭇 책을 널리 읽어서 금석문이나 그림, 역사에서는 그 깊이를 꿰뚫어 알았고, 글씨에서는 초·해·전·예서 할 것 없이 참 경지를 깨쳤다.…세상 사람들이 송나라의 소동파에 비유한다."

【출전】『완당전집』10권.

■ 타타(朶朶): 나무의 가지·잎·꽃송이·열매가 늘어짐.

■ 朶(늘어질 타). 澹(담박할 담). 雋(뛰어날 준). 猶(오히려 유). 砌(섬돌 체).

三月

처음 진달래꽃을 보고 운강 수찬의 시를 차운하다
初見杜鵑花 次雲崗修撰韻

소세양(蘇世讓, 1486~1562)

際曉紅蒸海上霞　새벽녘 바닷가에 노을 붉게 타는데
石崖沙岸任欹斜　모래 언덕 돌 절벽은 제멋대로 기울었네.
杜鵑也報春消息　진달래꽃은 봄소식을 전하고 싶은 맘에
先放東風一樹花　봄바람 속에 먼저 한 그루 꽃을 피웠네.

【작가】☞2월 23일 참조.

〖출전〗『해동역사』 48권. 『명시종』 94권.

- 운강(雲崗): 명나라 복건(福建) 회안(懷安) 사람인 공용경(龔用卿, 1500~1563)의 호.
- 수찬(修撰): 조선시대 홍문관(弘文館)에 두었던 정육품(正六品) 관직명.
- 두견(杜鵑): 꽃 또는 새의 이름. 중국 촉(蜀)나라 두우(杜宇)라는 제후가 강물에 빠져 거의 죽어서 떠내려 온 벌령(鱉靈)을 건져 정승으로까지 중용했는데, 그에게 나라까지 빼앗기고 국외로 추방되는 비운을 당한다. 원통함을 참을 수 없었던 제후는 죽어서 두견새(접동새)가 되어 밤마다 촉나라를 날아다니면서 목구멍에 피가 나도록 울었다. 그 피가 가지 위에 떨어져 핀 꽃이 두견화 곧 진달래이다.
- 鵑(두견이 견). 際(때, 즈음 제). 蒸(찔 증). 霞(놀 하). 崖(벼랑 애). 任(마음대로 임). 欹(감탄하여 기리는 말 의).

3. 2

매화를 찾아서探梅 1

김시습(金時習, 1435~1493)

大枝小枝雪千堆　크고 작은 가지들 눈 속에 묻혔지만
溫暖應知次第開　따사한 기운 알아 차례로 피어나겠지.
玉骨貞魂雖不語　고결한 풍채 정신 비록 말하지 않더라도
南條春意最先胚　남쪽가지에 봄뜻을 가장 먼저 품었네.

【작가】 자는 열경(悅卿), 호는 매월당(梅月堂)·청한자(淸寒子)·동봉(東峰)·벽산청은(碧山淸隱)·췌세옹(贅世翁). 서울 출생. 생육신의 한 사람으로 계유정난 때 수양대군의 왕위 찬탈 소식을 듣고 보던 책들을 모두 모아 불사른 뒤 스스로 머리를 깎고 설잠(雪岑)이라는 법명으로 산사를 떠나 전국 각지를 유랑했다. 조선 최초의 한문소설이라 일컬어지는 『금오신화(金鰲新話)』의 저자이기도 하다.

【출전】 『매월당집』 12권.

- 우리 선비들은 한겨울에 내린 눈이 채 녹기도 전에 깊은 산골 어디에선가 흘러나오는 은은한 매화향기를 좇아 설중매(雪中梅)를 찾아가는 탐매행(探梅行)을 즐겼다. 매화는 꽃이 피기 어려운 추운 겨울에 꽃을 피운다는 점에서 국화와 함께 현실적 고난에 굴복하지 않는 지사(志士)를 상징하는 의미로 자주 사용된다.
- 권섭(權燮, 1671~1759)의 시조 "춘 긔운 머금고 셔서 눈 빛츨 새오는 듯/ 옥골(玉骨) 빙혼(氷魂)이 봄 전의 도라오니/ 굿득에 닝담흔 풍운(風韻)의 암향(暗香)조차 들릴샤"는 이 시를 원용한 것으로 보인다.
- 옥골(玉骨): 고결한 풍채. 매화(梅花)의 이칭.
- 정혼(貞魂): 곧은 정신. '옥골정혼'은 매화를 고결하고 곧은 정신의 소유자로 의인화한 중의적 표현임.
- 堆(높이 쌓일 퇴). 胚(어릴 배).

3. 3

대관전 어좌(御座) 뒤 병풍의 무일도 위에 쓰다

書大觀殿黼座後障無逸圖上 2

김양경(金良鏡, ?~1235)

園花紅錦繡　동산 꽃은 붉은 비단인 듯하고

宮柳碧絲綸　궁궐 버들은 푸른 실을 드리운 듯하네.

喉舌千般巧　목청이며 혀 놀림 천 가지 재주부리는

春鶯却勝人　봄 꾀꼬리가 도리어 사람보다 낫도다.

【작가】고려 중기의 학자·정치가. 일명 인경(仁鏡). 재주가 뛰어나고 총명하여 예서(隸書)를 잘 쓰고 명종 때 문과에 급제했다. 문무의 여러 벼슬을 거쳐 중서시랑평장사(中書侍郎平章事)에 이르렀다.

〖출전〗『동문선』19권.

- 대관전(大觀殿): 고려시대 정궁인 연경궁(延慶宮) 내에 있었던 전각.
- 보좌(黼座): 보불 자리, 곧 임금이 앉는 자리.
- 무일도(無逸圖): '빈풍무일도(豳風無逸圖)' 혹은 '빈풍도(豳風圖)'라고도 한다. 주공(周公)이 성왕(成王)으로 하여금 농사의 어려움을 알게 하기 위하여 지은 것이라고 한다. 무일도장(無逸圖障)은 임금은 한시도 편안할 때가 없어야 한다는 그림 가리개.
- 금수(錦繡): 외적으로는 '수를 놓은 아름다운 비단'을, 내적으로는 임금을 가리킴.
- 사륜(絲綸): 외적으로는 '실처럼 늘어진 버들가지'를, 내적으로는 '임금의 말(王言)'을 가리킴.
- 후설(喉舌): 목구멍과 혀로, 모두 말을 하는 중요한 기관이므로 중요한 정무(政務)의 비유로 쓰임. 전하여 정무(政務)에 참여하는 재상.
- 巧(공교할 교): 교언(巧言)의 준말. 남의 환심을 사기 위해 교묘히 꾸며서 하는 말.

장난삼아 지은 시戱作詩

김병연(金炳淵, 1807~1863)

世事熊熊思　세상사 곰곰이 생각해 보니
人皆弓弓去　남들은 모두 다 활활 가는데,
我心蜂蜂戰　내 마음 벌벌 떨기만 하며
我獨矢矢來　나 홀로 살살 오가는구나.
言雖草草出　말들은 비록 풀풀 뱉지만
世事竹竹爲　세상일은 데데하게 하는구나.
心則花花守　마음을 꽂꽂이 지키면
前路松松開　앞길이 솔솔 열리리라.

【작가】 김삿갓으로 널리 알려져 있으며 김립(金笠)이라고도 한다. 자는 성심(性深), 호는 이명(怡溟)·지상(芝祥)·난고(蘭皐). 조부 김익순(金益淳)이 홍경래의 난 때 선천부사로 있다가 반란군 세력에 투항한 것을 두고 비난하는 시로 장원한 것을 수치로 여겨 일생을 삿갓으로 얼굴을 가리고 단장을 벗을 삼아 각지로 방랑을 했다. 도처에서 독특한 풍자와 해학 등으로 퇴폐하여 가는 세상을 개탄했다. 수많은 한시가 구전되고 있으며, 묘는 강원도 영월군 김삿갓면 와석리에 있다. 김삿갓 묘를 발견한 박영국 씨가 1987년 김삿갓의 세 회갑을 기념하여 전국에 김삿갓 시를 공모했는데, 무려 690수가 제보되었다고 한다.

〖출전〗『한시 미학 산책』(정민. 1996).

■ 한자의 뜻의 음을 빌어(훈음차[訓音借]) 표현한 시다. 이와 같은 희작시(장난삼아 쓴 시)의 경우 점잖은(?) 원작자는 뒤로 숨고 그 작자는 종종 김삿갓으로 둔갑한다. 다시 말하면, 이 시의 작자가 김삿갓이 아닐 확률이 아주 높다.

시골 일村事

양경우(梁慶遇, 1568~?)

枳殼花邊掩短扉　탱자꽃 옆의 작은 사립문 닫아놓고
餉田村婦到來遲　새참 나르는 시골 아낙 더디기만 하네.
蒲茵曬穀茅檐靜　멍석에 곡식 말리고 초가 처마 고요한데
兩兩鷄孫出壞籬　병아리는 쌍쌍이 해진 울타리 새로 나오네.

【작가】조선 중기 전북 남원 출신의 의병이자 문신. 자는 자점(子漸), 호는 제호(霽湖)·점역재(點易齋)·요정(寥汀)·태암(泰巖). 임란이 일어났을 때 아버지 대박(大樸)이 창의하자 아우 형우(亨遇)와 함께 아버지를 보필했다.

〖출전〗『제호집』4권.

- 지각(枳殼): 탱자를 썰어 말린 약재. 여기서는 그냥 탱자를 가리킴.
- 餉(건량 향): 건량(乾糧)은 가지고 다니기 쉽게 만든 음식.
- 枳(탱자나무 지). 殼(껍질 각). 掩(가릴 엄). 扉(문짝 비). 遲(늦을 지). 蒲(부들 포). 茵(자리 인). 曬(쬘 쇄). 穀(곡식 곡). 檐(처마 첨). 壞(무너질 괴).

농가田家

이용휴(李用休, 1708~1782)

婦坐掐兒頭　아낙은 앉아서 아이 머리 쓰다듬고
翁傴掃牛圈　늙은이는 허리 굽혀 외양간 청소하네.
庭堆田螺殼　마당에는 우렁이 껍질 쌓였고
廚遺野蒜本　부엌엔 마늘 뿌리 흩어져 있네.

【작가】자는 경명(景命), 호는 혜환(惠寰). 남인 실학파의 중심이었던 이가환(李家煥)의 아버지이다. 일찍이 진사시에 합격했으나 과거를 보지 않고 세속의 일에서 벗어나 경전에 모범을 두고 고인지법(古人之法)에 맞는 문장을 이룩하려 힘썼다. 그는 실학의 학맥을 따라 천문·지리·병농 등 실제 생활에 도움이 되는 학문에 조예가 깊었다. 그의 작품은 이러한 사상에 입각한 것이 많다. 특히 하층민의 처지에서 그들에 관한 전(傳)을 썼다.

〖출전〗『혜환시집』.

■ 掐(두드릴 도). 傴(구부릴 구). 圈(우리 권). 堆(높이 쌓일 퇴). 螺(소라 라). 殼(껍질 각). 廚(부엌 주). 蒜(작은 마늘 산).

달밤의 그리움月夜思

황진이(黃眞伊, 조선 중종 때)

蕭廖月夜思何事　소슬한 달밤이면 그대 무슨 생각하시나요?
寢宵轉輾夢似樣　뒤척이며 잠 못 이루는 밤이 꿈인지 생시인지,
問君有時錄忘言　임이시여, 때로는 제 말 잊지 않으려 기록해 두시나요?
此世緣分果信良　이승에서 맺은 인연 정녕 믿어도 될까요?
悠悠憶君疑未盡　아득히 임 생각하면 한이 없어요.
日日念我幾許量　날마다 제 생각 얼마나 하시나요?
忙中要顧煩或喜　바쁠 때 제 생각하면 괴로운가요? 기쁜가요?
喧喧如雀情如常　참새처럼 재잘거려도 여전히 정겨우신가요?

【작가】조선 중기의 시인·기녀·작가·서예가·음악가·무희. 중종·명종 때(16세기 초·중순경) 활동했던 기생으로 다른 이름은 진랑(眞娘)이고 기생 이름인 명월(明月)로도 알려져 있다. 중종 때 개성의 황씨 성을 가진 진사의 서녀로 태어났다. 시와 그림 외에도 성리학적 지식과 사서육경에도 해박하여 사대부와 은사·일사 등과도 어울렸다.

〖출전〗『수촌만록(水村漫錄)』. 漫(질펀할 만)이 謾(느릴 만)으로 되어 있는 곳도 있다.

■ 제목을 「夜思何(야사하)」·「蕭廖月夜(소요월야)」로도 일컫는 이 시는 가수 이선희가 부른 「내 마음 아시나요」로 번안되어 더욱 유명해진 작품이다.

■ 전전(轉輾): 누워서 이리저리 몸을 뒤척임.

■ 훤훤(喧喧): 떠들썩함.

■ 蕭(쓸쓸할 소). 廖(쓸쓸할 료). 喧(어린아이가 울음을 그치지 아니할 훤, 지껄일 훤). 宵(밤 소). 輾(구를 전). 樣(모양 양). 悠(멀 유). 煩(괴로워할 번).

술잔을 앞에 놓고 짓다 對酒作

정지승(鄭之升, 1550~1589)

人言何事念彌陀	사람들이 왜 염불을 일삼느냐고 말하면
笑答三生願許多	웃으면서 삼생의 소원이 많아서라 대답하리.
天雨蛤蜊江作酒	하늘에서 조개 비 내리고 강이 술이 된다면
滿船風月醉笙歌	배 가득히 바람과 달 싣고 취하여 노래하리라.

【작가】 자는 자신(子愼), 호는 총계당(叢桂堂)·회계산인(會稽山人)·천유자(天遊子). 을사사화의 원흉으로 지목되어 삭탈관작 된 조부 정순붕(鄭順朋, 1484~1548)으로 인해 과거에 응시하지 못하고 서울을 떠나 지금의 전북 진안군 용담면의 회계산에 초당을 짓고 은거했다. 그는 도인(道人)이기도 했는데 평소에 큰 거북이를 타고 다녔다고 한다. 그런데 어느 날 거북이가 몹시 울면서 사라지더니 며칠 후 정지승이 세상을 떠났다고 전해진다(『제호집(霽湖集)』 역주). 1646년에 간행한 『총계당시집』은 일본동양문고에 소장되어 있어 볼 수 없으며, 『총계당유고』가 있었던 것으로 전하지만 현전하지 않는다. 『우계집(牛溪集)』·『학산초담(鶴山樵談)』·『제호집』·『소화시평』 등에 약간의 기록이 있다. 90수의 한시가 전한다.

- 미타(彌陀): 아미타불의 준말. 서방 정토에 있는 부처.
- 삼생(三生): 전생과 현생과 후생의 총칭.
- 합리(蛤蜊): 조개(안주).
- 생가(笙歌): 악기를 연주하며 노래를 부르다.
- 彌(두루 미). 陀(비탈질 타). 蛤(대합조개 합). 蜊(참조개 리).

잘못에 대해 읊다詠誤

신채호(申采浩, 1880~1936)

我誤聞時君誤言　내가 잘못 듣고 전할 시에는 그대도 잘못 말하리니
欲將正誤誤誰眞　잘못을 바로 잡으려하나 그 잘못을 누구는 참되다 하네.
人生落地元來誤　사람 세상에 태어난 것이 원래부터 잘못인 것을
善誤終當作聖人　잘못된 것 잘 고치면 끝내는 성인이 되리라.

【작가】조선 말기와 일제강점기의 역사가·언론인·독립운동가. 호는 일편단생(一片丹生)·단생(丹生)·단재(丹齋). 필명은 금협산인(錦頰山人)·무애생(無涯生)·열혈생(熱血生)·한놈·검심(劍心)·적심(赤心)·연시몽인(燕市夢人), 가명은 유맹원(劉孟源).
〖출전〗『단재신채호전집』 하권.

3. 10

눈 내린 산중의 밤山中雪夜

이제현(李齊賢, 1287~1367)

紙被生寒佛燈暗　종이 이불에 찬 기운 돌고 불등은 어두운데
沙彌一夜不鳴鍾　사미는 한밤 내내 종을 치지 않는구나.
應嗔宿客開門早　틀림없이 자던 손이 일찍 나간 것 꾸짖겠지만
要看庵前雪壓松　나는야 암자 앞 눈 덮인 소나무를 보려 했을 뿐.

【작가】고려 후기의 시인·문신·성리학자·역사학자·화가. 초명은 지공(之公), 자는 중사(仲思), 호는 익재(益齋)·역옹(櫟翁)·실재(實齋). 명문장가로 정주학의 기초를 확립하고 조맹부(趙孟頫) 서체를 도입했다. 세 번에 걸쳐 중국 내륙까지 먼 여행을 함으로써 견문을 넓혔다. 1320년 충선왕이 모함으로 유배되자 원나라에 그 부당함을 밝혀 1323년 풀려나게 했다.

〖출전〗『익재집』3권.

- 『기아(箕雅)』·『대동시선』에는 제목이「山中雪後(산중설후)」로 되어 있다.『대동시선』·『청구풍아』·『기아』에는 '庵前(암전)'이 '庭前(정전)'으로,『동인시화』에는 '岩前(암전)'으로 되어 있다.
- 익재가 평생 동안 지은 시를 졸옹(拙翁) 최해(崔瀣, 1287~1340)에게 보내 평가해서 비점(批點)해 줄 것을 부탁했는데, 졸옹은 모든 원고에 먹칠을 하고 이 작품만 돌려보냈다고 한다(『청구풍아』6권).
- 사미(沙彌): 불교 교단에 처음 입문하여 사미십계(沙彌十戒)를 받고 수행하는 남자 승려.
- 被(이불 피). 鳴(울 명). 嗔(성낼 진). 庵(암자 암). 壓(누를 압). 要(반드시 요).

3. 11

산속에 내리는 비山雨

설손(偰遜, ?~1360)

一夜山中雨　한 밤 내내 산중에 비 내리더니
風吹屋上茅　지붕 위의 띠풀에 바람이 부네.
不知溪水長　개울물 불어난 것을 내 모르고서
秖覺釣船高　낚싯배가 높아진 줄만 알았다네.

【작가】 원나라에서 고려로 귀화한 문신이다. 초명(初名)은 백료손(百遼遜). 본래 위구르(回鶻) 사람으로 고조부 위래티무르(嶽璘帖穆爾) 이래 원나라에서 벼슬을 했는데 아버지 철독(哲篤)은 강서행성우승(江西行省右丞)을 지냈다. 조상 대대로 설련하(偰輦河: 몽골·러시아)에 살았으므로 설(偰)로 성씨를 삼았다.

〖출전〗『해동역사』 47권. 『동문선』 19권. 『명시종』 94권.

■ 長(길 장): 상성(上聲)으로 쓰이면, 늘어나거나 불어난다는 뜻을 가지게 된다.

■ 秖(다만, 때마침 지). 釣(낚시 조).

3. 12

속세로 돌아가는 노래返俗謠

설요(薛瑤, 660년경~693)

化雲心兮思淑貞　운수행각 바란 마음 정숙하였으나
洞寂滅兮不見人　골짝은 적막하여 인적조차 없네.
瑤草芳兮思氛氳　아름다운 풀은 꽃피어 향기 가득하니
將奈何兮是青春　장차 어찌 할거나, 이네 청춘을.

【작가】 신라 사람으로서 당(唐) 고종 때 김인문(金仁問)을 따라 당나라에 건너가서 좌무장군(左武將軍)을 지낸 설영충(薛永沖)의 딸이다. 어려서부터 얼굴이 고와서 소호(小號)를 선자(仙子)라 했다. 나이 15세 때 아버지가 죽자 출가했으나 크게 깨우치기를 못하자 6년 만에 이 시를 짓고 환속하여 곽진(郭震, 자는 元振)에게 시집갔는데, 693년 2월 17일에 통천현(通泉縣)의 관사에서 죽었다.

【출전】 이 시는 『청장관전서』 53.54권과 『해동역사』 47권 등 여러 곳에 수록되어 있다. 진자앙(陳子昂)의 『진습유집(陳拾遺集)』과 『진백옥집(陳伯玉集)』, 문연각(文淵閣) 사고전서본(四庫全書本) 『문원영화(文苑英華)』 등 중국 문헌에도 수록되어 있다.

- 1·2행은 출가한 산속 정경을, 3·4행은 환속코자 하는 자신의 심경을 읊었다.
- 원문에서는 '將奈何兮是青春'에서 '是'자가 없으나, 7언을 맞추기 위해 임의로 넣었다. 어떤 이는 '吾'를 넣기도 한다.
- 당나라 진자앙의 「관도곽공희설씨묘지명(館陶郭公姬薛氏墓誌銘)」 정본에는 "化雲心兮思淑眞 洞寂滅兮不見人 瑤草芳兮思芬蒀 將奈何兮青春"으로 되어 있다.
- 운수행각(雲水行脚): 구름이나 물과 같이 정한 곳 없이 떠돌아다니는 것으로 보통은 승려를 가리킨다.
- 적멸(寂滅): 번뇌의 세계를 완전히 벗어난 경지. '반열반(般涅槃)'이라고도 하며, '멸(滅)·이계(離繫)·해탈(解脫)·원적(圓寂)'의 의미를 가진다.
- 氛(기운 분). 氳(기운 성할 온). 兮(어조사 혜). 洞(통달할 통, 골 동). 瑤(아름다운 옥 요).

3. 13

춘천 신대학의 시골집을 제목삼아 지어 줌寄題春州辛大學郊居

원천석(元天錫, 1330~1395)

不曾浪出世途艱　쉬 출사하지 않은 것은 세상길이 험하기 때문
歸去來兮適意閑　전원으로 돌아오니 뜻에 맞아 한가롭구나.
寄跡雲煙風月裏　구름과 안개, 바람과 달에 자취를 부치니
無心榮辱利名間　영욕과 명리 따위에는 마음이 없네.
釣魚靜坐溪邊石　고요히 냇가 바위에 앉아 물고기를 낚고
採藥晴登屋上山　맑은 날은 뒷산에 올라 약초를 캔다네.
若問箇中多野興　이 중에 들녘의 흥취가 어떤가를 묻는다면
杖藜乘醉夕陽還　청려장 짚고 취흥에 겨워 석양에 돌아오는 것이라네.

【작가】 여말선초의 은사(隱士). 자는 자정(子正), 호는 운곡(耘谷). 일찍 부친을 여의고 군적에 들었다가 1360년(공민왕 9)에 정도전·이숭인 등과 함께 국자감시에 합격하여 진사가 되었다. 고려 말의 어지러운 세상을 보고 출사하지 않고 치악산 운곡에 들어가 은거했다. 1366년에 부인이 죽자 승려들과 교유하고 강원도와 충청도 일대를 기행하며 산수시를 지었다.

〖출전〗『운곡행록(耘谷行錄)』 1권.

- 여(藜: 명아주 려): 청려장(靑藜杖). 명아주의 잎이 푸른색이라 청려라 하고, 이 줄기를 가지고 만든 지팡이를 청려장이라 한다. 청려장은 푸른빛을 약간 띤 흰색으로 가볍고 단단하여 효자들이 부모에게 드렸던 지팡이다. 명아주는 예로부터 심장에 좋은 식물로 몸에 지니고 있어도 효력이 있다고 전한다.
- 曾(일찍 증). 浪(방자할 랑). 艱(어려울 간). 寄(부칠 기). 箇(낱 개 = 個, 介).

도산의 달밤에 매화를 읊다陶山月夜詠梅 1

이황(李滉, 1501~1570)

獨倚山窓夜色寒 홀로 산창에 기대서니 밤기운 차가운데
梅梢月上正團團 매화가지 위로 둥근 달 걸려 있네.
不須更喚微風至 청하지 않아도 산들바람 불어오니
自由清香滿院開 맑은 향기 절로 온 뜰에 가득하네.

【작가】 퇴계는 도산서당을 구축하고 몽천(蒙泉) 샘 위의 산기슭을 깎아 암루헌(巖樓軒)과 마주 보도록 단을 쌓은 다음 소나무·국화·대나무·연(蓮)과 함께 백 그루의 매화를 심어 절우단(節友壇)을 만들고 정우당(淨友塘)을 지어 절개 있는 벗으로 삼았다. "저 매화 화분에 물을 줘라"는 유언이 유명하다. 그 매화는 퇴계가 단양군수 시절 관기 두향(杜香)이 이별 선물로 보낸 매화라고 한다. 두향은 9개월간의 사랑을 잊지 못해 퇴계가 풍기군수로 떠난 후 관기생활을 청산하고 21년간 한 번도 만난 적이 없다가, 퇴계의 임종 소식을 듣고 홀로 4일간을 걸어 안동까지 문상을 다녀온 후 퇴계와의 추억이 깃든 구담봉에 묻어 달라고 당부한 후 생을 마감했다. 퇴계는 평생 매화시 총 72제 107수를 지었는데, 그중 62제 91수를 손수 따로 묶어 『매화시첩』이라는 책도 펴냈다. 지금 천원짜리 지폐에는 퇴계의 초상과 도산서원 전경이 있고 매화 20여 송이가 활짝 피어 있다. 그가 매화를 좋아한 것은 단순한 완상물로 좋아한 것이 아니라 자신의 정신세계를 표상하는 등가적(等價的) 존재로 인식한 것이다.

【출전】 『퇴계집』 5권.

■ 매초월상(梅梢月上): 달빛 아래에서 매화는 모두 흰색 곧 白梅가 된다. 중국어에서 梅는 눈썹 미(眉, méi)와 동음이다. 나아가 白梅는 눈썹이 하얀 백미(白眉)가 된다. 눈썹이 하얘지도록 장수하라는 의미를 가지고 있는 것이다. 매화가지에 걸린 달을 미수상락(眉壽上樂)이라 하여 장수의 기쁨을 의미하기도 한다.

산중의 봄날 山居春日

왕백(王伯, 1277~1350)

村家昨夜雨濛濛 어젯밤 촌가에 가랑비 부슬대더니
竹外桃花忽放紅 대밭 밖 복숭아꽃 문득 붉게 피었네.
醉裏不知雙鬢雪 취하여 두 귀밑털 허연 줄도 모르고
折簪繁萼立東風 꽃가지 꺾어 머리에 꽂고 봄바람에 섰네.

【작가】강릉 출신으로 본성은 김씨(金氏), 초명은 여주(汝舟). 신라 태종무열왕의 후손으로 왕씨는 사성(賜姓)이다. 충렬왕 때 문과에 급제하여 벼슬에 올라 규정(糾正)·좌사보(左司補) 등을 역임했으나, 1321년(충숙왕 8)에 서경낭장(西京郎將)으로 있던 폐인(嬖人: 간신) 이인길(李仁吉)의 첩부(妾父) 최득화(崔得和)가 수주(隨州: 평북 정주 지역)의 수령으로 임명되자 고신(告身: 관원에게 품계와 관직을 임명할 때 주는 임명장)의 서명을 거부하고 유배되었다.

【출전】『동문선』20권. 『청구풍아』6권.

- 매화는 한시에서는 다양하게 나타나지만 국문시가에서는 그렇지 않다. 『한국시조대사전』에 수록된 5492수 가운데 꽃 이름이 나타나는 작품은 499수다. 이 가운데 매화가 64수인데 반해 복숭아꽃은 118수로 배에 가깝다. 이로 미루어 볼 때 매화가 사대부라는 한정된 계층의 꽃이었다면 복사꽃은 사대부를 아우르는 대중의 꽃이라 할 수 있을 것이다.
- 동풍(東風): 시의 흐름으로 미루어 봄바람이라 번역함. 참고로 진양(陳暘)의 『악서(樂書)』에 의하면 바람에 여덟 가지가 있다. 서풍(하늬바람, 갈바람) = 창합풍(閶闔風), 북서풍 = 부주풍(不周風), 남풍(마파람) = 경풍(景風), 동풍(샛바람) = 명서풍(明庶風), 북동풍 = 융풍(融風), 남서풍 = 양풍(涼風), 북풍(된바람) = 광막풍(廣莫風), 남동풍 = 청명풍(清明風).

3. 16

벚꽃을 보고 느낀 바가 있어 見櫻花有感

한용운(韓龍雲, 1879~1944)

昨冬雪如花 지난겨울에는 눈이 꽃 같더니
今春花如雪 올 봄에는 꽃이 눈과 같네.
雪花共非眞 눈도 꽃도 다 참이 아니거늘
如何心欲裂 어찌하여 이내 마음 찢어지려 하는지.

【작가】승려·시인·독립운동가. 본명은 정옥(貞玉), 아명은 유천(裕天). 법명은 용운, 법호는 만해(萬海, 卍海). 일제강점기 때 시집『님의 침묵』을 출판하여 저항문학에 앞장섰고 불교를 통한 청년운동을 강화했다. 종래의 무능한 불교를 개혁하고 불교의 현실참여를 주장했다.

〖출전〗『한용운전집』1권.

- 기·승구는 당나라 장열(張說, 667~730)의 시「幽州新歲作(유주에서 새해에 짓다)」의 "지난해 형남에선 바다가 눈 같더니, 올해 계북에선 눈이 바다 같네(去歲荊南海似雪 今年薊北雪如海)"를 원용한 듯.
- 전구는 일체의 것은 공(空)한 것이어서 참이 아니라는 불교의 교리를 가리킴.

밤에 앉았더니 감상이 일어夜坐感興

성문준(成文濬, 1559~1626)

星月皎如晝　달과 별이 대낮 같이 밝은데
納凉開夜窓　밤에 창 여니 서늘한 바람 들어온다.
雲山深隱隱　구름 낀 산은 은은하게 깊고
石瀨遠淙淙　바위 틈 여울물 졸졸 멀리 흐르네.
世累休關念　세상 걱정은 생각지도 말고
閑愁不入腔　쓸데없는 근심 마음에 두지 말자.
中宵歌感慨　한밤의 노래가 감개스러우니
永憶鹿門龐　녹문방을 영원히 기억하리라.

【작가】 자는 중심(仲深), 호는 창랑(滄浪). 학문 연구와 시작(詩作)에 평생을 보냈다고 할 정도로 경사(經史)에 이해가 깊고 백가(百家)에 통달했다고 한다.

〖출전〗『창랑집』 1권.

- 납량(納凉): 여름철에 더위를 피하여 서늘한 기운을 느낌.
- 세루(世累): 세상이 어수선하고 괴로움.
- 녹문방(鹿門龐): 녹문은 형주(荊州) 남군(南郡) 양양현(襄陽縣)에 있는 산의 이름으로, 후한 말의 은자인 방덕공(龐德公)이 이곳에서 약초를 캐며 살았는데 부부가 서로 손님을 대하듯이 존중하며 지냈다. 후대에 녹문 또는 녹문방은 은자가 사는 곳을 지칭하게 되었다.
- 龐(클 방). 皎(달빛 교). 納(바칠 납). 凉(서늘할 량 = 涼). 瀨(여울 뢰). 淙(물소리 종). 累(묶을 루). 腔(속 빌 강). 宵(밤 소).

3. 18

동호東胡

정초부(鄭樵夫, 1714~1789)

東湖春水碧於藍　동호의 봄물은 쪽빛보다 더 푸르니
白鳥分明見兩三　백조 두세 마리 그 모습 또렷한데
柔櫓一聲飛去盡　노 젓는 소리에 백조는 모두 날아가고
夕陽山色滿空潭　노을 진 산 빛만 빈 못에 가득하네.

【작가】초부(樵夫)는 나무꾼이란 뜻이다. 본명은 정이재(鄭彛載)라고도 하고 정봉(鄭鳳)이라고도 한다. 정조 때 참판을 지내고 경기도 광주시 남종면 수청리에 살던 여춘영(呂春永, 1734~1812. 또는 呂萬永) 집안의 나무하는 노비였다. 낮에는 나무를 하고 밤에는 주인집 자제들이 배우는 글을 어깨너머로 배웠는데, 이를 주인(여춘영의 아버지)이 기특하게 여겨 한문을 가르친 것으로 전해진다. 여춘영은 반상이라는 신분 차이와 20세라는 나이를 초월하여 정초부를 스승이자 친구로 여겼다. 여춘영의 문집『헌적집(軒適集)』에는 정초부에 대한 시, 두 사람이 함께 지은 시뿐만 아니라 그의 죽음을 애도한 제문·만시(12수)까지 실려 있다. 여씨 집안에서 정초부가 43살 되던 해에 노비문서를 불살라 버림으로써 면천되었다.

〖출전〗『초부유고(樵夫遺稿)』. 『몽오집(夢梧集)』 4권. 『추재집(秋齋集)』 7권. 『풍요속선(風謠續選)』 5권. 『병세집(并世集)』. 『정유각집(貞蕤閣集)』.

- 강준흠(姜浚欽)의 『삼명시화(三溟詩話)』에는 '東湖(동호)'가 '鑑湖(감호)'로, '春水'가 '秋水'로, '柔櫓(유노)'가 '欸乃(애내)'로, '空潭(공담)'이 '長潭(장담)'으로 되어 있다.
- 이 시는 김홍도의 「도강도(渡江圖)」의 화제(畵題)로 쓰여 김홍도의 작품으로 알려져 왔다. 「도강도」는 두 작품이 전하고 있는데 그중 하나에는 '東湖(지금 서울 옥수동 주변의 한강)'가 '고호(高湖)'로 되어 있다.

3. 19

봄날 새벽에春曉

김집(金集, 1574~1656)

虛室人初覺 텅 빈 방 잠에서 깨어 보니
春天夜已闌 봄날 밤이 이미 무르익었네.
孤雲依水宿 외로운 구름은 물 위에서 자고
殘月映松閒 조각달은 소나무에 비치고 있네.
心靜都忘世 세상 일 다 잊었으니 마음 고요하고
夢恬不出山 산을 나가지 않으니 꿈도 편안하다.
緬思故園竹 내 고향 정원의 대나무는
長得幾何竿 지금쯤 얼마나 자랐을까.

【작가】 조선 효종 때 학자. 자는 사강(士剛), 호는 신독재(愼獨齋). 아버지 김장생(金長生)과 함께 예학의 기본적 체계를 완비했으며, 송시열(宋時烈)에게 학문을 전하여 기호학파 형성에 중요한 구실을 했다.

〖출전〗『신독재전서』1권.

- 『신독재유고(愼獨齋遺稿)』2권에는 제목이 「次春曉」로 되어 있다. 또한 '松閒'에서 閒은 間(틈 간)과 閑(한가할/틈 한)으로 쓰이는데 여기에서는 閑으로 적고 있다.
- 대나무의 종류에 맹종죽(孟宗竹)이 있다. 맹종(孟宗)은 오(吳)나라 강하(江夏) 사람으로 자는 공무(恭武)이다. 겨울에 노모께서 죽순을 먹고 싶어 했지만 죽순이 나오지 않을 때라 대숲에 들어가서 슬피 우니 눈물이 떨어진 자리에서 죽순이 솟아나 어머니께 가져다 드렸다고 한다. 이후 그 대나무를 맹종죽이라 한다. 맹종죽은 효도의 상징이다. 7구의 故園竹은 부모에 대한 그리움이다.
- 신위(申緯)가 「춘일산거(春日山居)」에서, "도시는 인심을 나쁘게 하고, 산촌은 물성을 어질게 한다(縣市人心惡 山村物性良)"고 한 구절이 생각나는 작품이다.

3. 20

양화석조楊花夕照

차운로(車雲輅, 1559~1637)

楊花雪欲漫　버들개지 눈처럼 날리고
桃花紅欲燒　복숭아꽃 타는 듯이 붉어
繡作暮江圖　저무는 강에 그림처럼 수놓았으니
天西餘落照　하늘 서쪽에 지는 해 있어 더욱 그러하네.

【작가】 자는 만리(萬理), 호는 창주(滄洲). 차천로(車天輅)의 동생. 그는 당대 사람들로부터 비록 문벌(門閥)은 미천하나 문장이 뛰어났다는 평가를 받았다. 홍만종(洪萬宗)은 『순오지(旬五志)』에서 차운로의 아버지 식(軾)과 형 천로 삼부자를 소동파 삼부자인 삼소(三蘇)에 비견했다. 문집으로는 형인 차천로의 『오산집(五山集)』 7·8권에 부록으로 『창주집(滄洲集)』이 실려 있다.

〖출전〗 『오산집(五山集)』 7권(부록).

- 『대동시선(大東詩選)』에는 지은이가 '차천로'로, 제목이 「楊花落照(양화낙조)」로 되어 있다.
- 「和尹開寧東屯八詠(윤경남의 동둔 팔영에 화답하여)」 중 네 번째 작품이다. 개녕(開寧)은 윤경남(尹景男, 1556~1614. 임란 때 의병 활동함)의 호이며, 동둔(東屯)은 지명인지 동쪽 군영(軍營)인지 미상임.
- 그림의 화제에 흔히 등장하는 도류춘심(桃柳春深)의 정경이다. 이것이 곧 시중유화(詩中有畫)인 것이다.
- 屯(진 칠 둔).

3. 21 춘분(春分)

밤낮의 길이가 같다.

말도 못하고 헤어지다無語別

임제(林悌, 1549~1587)

十五越溪女 열다섯 아리따운 아가씨
羞人無語別 부끄러워 이별의 말도 못하고
歸來掩重門 돌아와 덧문까지 닫아걸고는
泣向梨花月 배꽃 같은 달을 향해 눈물짓네.

【작가】자는 자순(子順), 호는 백호(白湖)·풍강(楓江)·소치(嘯痴)·겸재(謙齋). 동서 양당으로 나뉘어 서로 비방하며 다투는 당시의 정계를 보고 비분강개하여 벼슬을 버리고 명산을 찾아다니면서 여생을 마쳤다. 서도병마사로 임명되어 부임하는 길에 황진이(黃眞伊)의 묘에 제사를 지내고 시조 "청초 우거진 골에 자난다 누워난다/ 홍안(紅顔)은 어데 두고 백골만 묻혀난다/ 잔 잡고 권할 이 없으니 그를 설워하노라"를 지어, 부임하기도 전에 파직당하기도 했으며, 기생 한우(寒雨)와 주고받은 시조의 일화 등이 유명하다. 젊어서부터 방랑과 술과 친구를 좋아하고 호협한 성격이었다.

〖출전〗『임백호집』1권. 『성소부부고』26권. 『해동역사』48권. 『지봉유설』13권.

- 이 시는 제목이 『악부신성(樂府新聲)』에는 「無語別(무어별)」로, 『국조시산(國朝詩删)』에는 「閨怨(규원)」으로, 『지봉유설』에는 「香奩(향렴)」으로 되어 있는 백호의 대표작이다. 『지북우담(池北偶談)』·『명시별재(明詩別裁)』에 수록되어 중국에까지 알려진 시다.
- 월계녀(越溪女): 월나라 약야계(若耶溪 또는 완사계[浣紗溪])의 여인. 춘추시대 오나라 부차(夫差)의 총희로서 미녀의 대명사로 불리는 월나라의 서시(西施)를 가리킨다. 그녀가 일찍이 약야계라는 시내에서 빨래했다는 전설에서 비롯된 말이다.
- 奩(화장 상자 렴). ◦越(나라이름 월).

매화를 노래하다詠梅花 1

윤기(尹愭, 1741~1826)

巡簷索笑傍杈枒　처마 밑을 배회하며 매화나무 살폈더니
怪底生香漏古楂　괴이할사, 묵은 가지서 향기 새어 나오네.
燈下影分疏蘂瘦　성긴 꽃 그림자가 등불 아래 또렷하고
雪中寒襲一枝斜　비스듬한 가지 하나 눈 속에 차디찰사.
高情肯逐梨花夢　고상한 뜻을 품고 배꽃 꿈을 좇으랴
奇韻眞看萼綠華　기이한 운치는 진정 꽃받침 푸른 이 꽃.
半樹黃昏無限趣　나무 절반쯤 걸린 달빛에 흥취 무궁하니
微吟恨未共林家　나지막이 읊조리며 임포(林逋)를 그리노라.

【작가】자는 경부(敬夫), 호는 무명자(無名子). 이익(李瀷)을 사사했다. 1773년(영조 49)에 사마시에 합격하여 성균관에 들어가 20여 년간 학문을 연구했다.

【출전】『무명자집』1권.

- 순첨색소(巡簷索笑): 두보(杜甫)의 "처마 밑을 배회하며 매화를 찾아 함께 웃으니, 성긴 가지에 찬 꽃이 반쯤은 웃음 금치 못하네(巡簷索共梅花笑 冷蕊疏枝半不禁)"라는 시구를 원용한 표현이다. 여기서는 처마 밑을 오락가락하며 매화나무 가지에 꽃이 피었는지 살펴본다는 말이다.
- 차야(杈枒): 줄기에서 뻗어 나간 곁가지.
- 고사(古楂): 오래 묵은 나뭇등걸이나 그루터기.
- 축리화몽(逐梨花夢): 흐드러지게 피는 배꽃처럼 화려함을 추구하려 하겠느냐는 말이다. '배꽃 꿈'은 당나라 왕건(王建)의 시 「夢看梨花雲歌(꿈에 배꽃 구름을 보고)」에 "꿈속에서 구름처럼 흐드러진 배꽃이라 부르다(夢中喚作梨花雲)"라고 한 것을 원용한 것이다.

■ 악록화(萼綠華): 녹악매(綠萼梅). 백매(白梅)는 꽃받침과 꼭지에 붉은 빛이 도는데, 청매(靑梅)는 꽃받침이 초록빛을 띠고 꽃잎도 옅은 녹색이며 가지도 푸른색이라서 맑고 고상한 정취가 더욱 특별하다. 이 때문에 호사가들이 청매(靑梅)를 호남성 영원현(寧遠縣)에 있는 구의산(九疑山)의 선녀 악록화(萼綠華)에 비겨 이렇게 부른다. 매선(梅仙)이라 일컫는 북송 때의 임포(林逋, 967~1028)와 퇴계가 가장 아끼고 사랑했던 꽃이다. 그러므로 이 시는 매화 가운데에서도 청매(靑梅)를 읊은 것이다.

■ 한미공림가(恨未共林家): 직역하면, '(매화를 지극히 사랑한) 임포(林逋)와 함께하지 못함을 안타까워하다'이다. 송나라 임포의 시「山園小梅(동산의 작은 매화나무)」에서 달밤에 매화 핀 정원에서 느끼는 맑은 흥취를 묘사하면서 "은은한 향기가 흐릿한 달빛 속에 떠 움직이네(暗香浮動月黃昏)"라고 했다. 작가는 임포가 매화를 감상하던 때와 동일시함으로써 임포의 흥취를 이 시로 전이시키고 있다.

■ 巡(돌 순). 簷(처마 첨). 索(찾을 색). 杈(가지 차). 枒(나뭇가지가 뒤엉킨 모양 야). 楂(뗏목 사). 萼(꽃받침 악). 傍(곁 방). 漏(샐 루). 蘂(꽃술 예). 瘦(파리할 수). 襲(엄습할 습). 斜(비낄 사).

봄날 성남에서 짓다春日城南卽事

권근(權近, 1352~1409)

春風忽已近淸明　봄바람 문득 부니 어느덧 청명절 가까운데
細雨霏霏晩未晴　가랑비는 부슬부슬 저물도록 개지 않네.
屋角杏花開欲遍　집 모퉁이 살구꽃 활짝 피려나?
數枝含露向人傾　이슬 머금은 두어 가지 내게로 기우네.

【작가】 여말선초의 문신·학자. 호는 양촌(陽村). 이색(李穡)의 문하에서 당대의 석학들과 교유했고 조선 개국 후 사병(私兵) 폐지를 주장하여 왕권 확립에 큰 공을 세웠다. 성리학자이면서 문장에도 뛰어나 하륜(河崙) 등과 함께 역사서인 『동국사략(東國史略)』을 편찬했다.

〖출전〗 『양촌집』 5권. 『진명집(震溟集)』 10권.

- 제목 밑의 주(註)에 "삼봉(三峯) 정도전(鄭道傳, 1342~1398)의 비평(批評)에 '시어가 (천지)조화를 빼앗았다' 하였다(鄭三峯批云 語奪造化)"며 극찬했다. 數枝含露向人傾이 압권이다.
- 성남(城南): 한양성을 중심으로 성의 북쪽에 사대부 신분의 저택과 궁궐 들이 남쪽을 향해 자리 잡고 있고, 성의 남쪽에 여리(閭里: 일반 민가가 모여 있는 곳)의 천한 계층들이 속해 있어서 성남 사람들이라고 하면 옛 시의 구절 속에서는 대체로 시름 많고 한숨으로 가득 찬 삶의 대명사로 표현되어 왔었다.
- 즉사(卽事): 지금 당장의 사물을 즉흥으로 읊는 일.
- 청명(淸明): 24절기의 하나로 양력 4월 5·6일경이며 한식날과 비슷하게 있음.
- 비비(霏霏): 비나 눈이 계속 내리는 모양. 『시경』「소아(小雅) 채미(采薇)」에 "지금 우리가 돌아와 보니 비와 눈이 보슬보슬 내리네(今我來思 雨雪霏霏)"라 했다.
- 霏(조용히 오는 비 비). 杏(살구나무 행). 遍(두루 편). 傾(기울 경).

영곡에서 봄맞이靈谷尋春

이달(李達, 1539~1612)

東峯雲氣沈翠微　구름 낀 동녘 봉오리 푸른빛에 잠기었는데
澗道竹杖尋芳菲　죽장 짚고 산골 물 따라 꽃다운 향기 찾네.
深林幾處早花發　깊은 숲 어느 곳에 이른 꽃이 피었는지
時有山蜂來撲衣　때때로 산벌이 따라와 옷에 달라붙는구나.

【작가】자는 익지(益之), 호는 손곡(蓀谷)·서담(西潭)·동리(東里). 허균의 스승. 서자였기 때문에 일찍부터 문과에 응시할 생각을 포기했으며 다른 서얼들처럼 잡과(雜科)에 응시하여 기술직으로 나가지도 않았다. 특별한 직업을 가지지도 않았고 온 나라 안을 떠돌아다니면서 시를 지었을 뿐이다. 그러나 성격이 자유분방했기에 세상 사람들에게 소외당하기도 했다. 일흔이 넘도록 자식도 없이 평양의 한 여관에 얹혀살다가 죽었다. 최경창(崔慶昌)·백광훈(白光勳)과 함께 삼당시인(三唐詩人)이라 했다.

〖출전〗『손곡시집』6권.

■ 2·3구는, 공자가 빈 골짜기(空谷)에서 난초를 만나 탄식하고 말하기를 "마땅히 왕자의 향을 지녔거늘 어찌 잡초 사이에서 외롭게 피어 있느냐. 어리석은 자들 틈에서 오직 때를 만나지 못한 군자와 같구나" 하고는 거문고를 탔다는 '공곡유란(空谷幽蘭)'의 고사를 원용한 것이다.

■ 蓀(향 풀이름 손). 澗(계곡의 시내 간). 菲(엷을 비). 幾(기미 기). 撲(칠 박).

3. 25

시골집村家 2

이양연(李亮淵, 1771~1853)

抱兒兒莫啼　아가야 안아 줄게, 울지 마라 아가야.
杏花開籬側　울타리 곁에 살구꽃 피었구나.
花落應結子　꽃 지고 살구 익으면
吾與爾共食　너랑 나랑 함께 따먹자꾸나.

【작가】☞1월 2일 참조.

〖출전〗『임연당집(臨淵堂集 = 山雲集)』1권.

- 자장가로서 살구를 소재로 한 것이 특이한데, 이는 아마도 살구꽃이 복사꽃과 함께 우리나라의 봄의 전원 풍경을 대표하는 꽃이기 때문이리라.
- 결자(結子): 열매.
- 結(열매 맺을 결). 啼(울 제). 籬(울타리 리). 應(응할 응).

3. 26

봄날春日

서거정(徐居正, 1420~1488)

金入垂楊玉謝梅　금빛은 버들에 들고 옥빛은 매화를 떠나는데
小池新水碧於苔　작은 연못 봄물은 이끼보다 푸르네.
春愁春興誰深淺　봄의 시름과 흥취, 어느 것이 깊고 얕을까.
燕子不來花未開　제비 오지 않았고 꽃도 아직 피지 않았는데.

【작가】자는 강중(剛中)·자원(子元), 호는 사가정(四佳亭)·정정정(亭亭亭). 권근(權近)의 외손자. 조선 전기의 대표적인 지식인으로 45년간 세종~성종의 여섯 임금을 모셨으며 신흥 왕조의 기틀을 잡고 문풍을 일으키는 데 크게 기여했다. 당대의 혹독한 비평가였던 김시습과도 미묘한 친분관계를 맺은 것으로 유명하다. 학문이 매우 넓어 천문·지리·의약·복서(卜筮)·성명(性命)·풍수에까지 관통하여 수많은 편찬사업에 참여했으며, 그 자신도 뛰어난 문학저술을 남겼다.

〖출전〗『사가집』 31권. 『속동문선』 9권. 『해동역사』 48권.

- 중국의 『열조시집(列朝詩集)』 등에도 실릴 정도로 유명한 작품이다. 『해동역사』에는 '於(어조사 어)'가 '于(어조사 우)'로 되어 있다.
- 金入垂楊(금입수양)과 玉謝梅(옥사매), 燕子不來(연자불래)와 花未開(화미개)처럼 하나의 구(句)에서 대(對)를 이루는 구중대(句中對)를 이루고 있다.
- 금입수양(金入垂楊): 봄이 오자 수양버들에 물이 올라 줄기가 노랗게 된 모양.
- 옥사매(玉謝梅): 옥매는 매화 가운데에서도 으뜸으로 치는 청매를 가리킨다. 옥빛이 매화를 떠남은 청매가 시들어 감을 나타낸 것이다.
- 垂(드리울 수). 謝(물러날 사).

소악부小樂府 9

이제현(李齊賢, 1287~1367)

憶君無日不霑衣　임 그리워 옷 적시지 않는 날 없으니
政似春山蜀子規　흡사 봄 동산의 접동새 같네.
爲是爲非人莫問　옳다 그르다 세상 말 묻지 마오.
只應殘月曉星知　새벽달과 별만은 응당 알리라.

【작가】☞3월 10일 참조.

〖출전〗『익재난고(益齋亂藁)』4권. 『낙하생집(洛下生集)』.

▪소악부(小樂府): 익재가 우리 문학에서 최초로 사용한 용어. 익재는 고려의 속요를 소악부로 번안했다. 한대(漢代)에 음악을 관장하던 관부(官府)의 이름에서 비롯된 악부는 시간이 지남에 따라서 음악이 동반되지 않고 시가만 독립된 분야로 남게 되었다. 음악이 동반되었다 함은 음악성의 길고 짧음에 따라서 그 내용인 시가 형태도 일정하지 않아 정형성이 없다는 것이다. 그런데 이따금 한시의 절구체(絶句體) 형식을 지키고 있는 악부가 있다. 이것을 작은 시(絶句詩)의 형태라는 뜻으로 소악부라 했다.

▪한시의 종류에 악부(樂府)라는 게 있다. 악가를 관장하던 관청인 악부에서 민요를 채집하고 새로운 노래를 제정했기 때문에 여기에서 채집·보존한 악장(樂章)이나 가사(歌辭) 또는 그 모작(模作)을 통틀어 악부시 또는 악부라 했다. 이들은 모두 관현에 올려 노래로 부를 수 있었기 때문에 뒷날에 협률(協律)된 시를 악부라 했다. 악부의 제목 뒤에는 歌(가)·行(행)·吟(음)·呤(영)·曲(곡) 같은 글자가 잘 붙는다. "악부는 구절과 글자마다 모두 음률에 맞아야 하므로 시에 능한 옛사람들조차도 짓기 어려워했다"(『동인시화』 상권)고 한다.

▪이 시의 바탕이 된 가요는 정서(鄭敍)의 「정과정곡(鄭瓜亭曲)」이다.

▪君(임금 군): 고려 18대 의종(毅宗).

개 짖는 소리 犬吠

이경전(李慶全, 1567~1644)

一犬吠	첫째 개가 짖고
二犬吠	둘째 개가 짖으니
三犬亦隨吠	셋째 개가 따라 짖는다.
人乎虎乎風聲乎	사람인가? 범인가? 바람소리인가?
童言山月正如燭	아이가 말하기를, "산달이 촛불 켠 듯하고
半庭唯有鳴寒梧	뜰에는 오동잎 소리뿐인데요."

【작가】 자는 중집(仲集), 호는 석루(石樓). 영의정 이산해(李山海)의 아들. 1590년(선조 23) 증광문과에 병과로 급제하고 이듬해 사가독서(賜暇讀書)를 했다. 1637년 장유(張維)·이경석(李景奭) 등과 함께 삼전도(三田渡) 비문 작성의 명을 받았으나 병을 빙자하여 거절했으며, 1640년 형조판서를 지냈다. 문필이 뛰어나 이름이 높았다.

〖출전〗『석루유고(石樓遺稿)』1권.

- 사가독서: 조선시대에 인재를 양성하기 위해 젊은 문신들에게 휴가를 주어 학문에 전념하게 한 제도.
- 『소화시평』에서는 석루가 9세 때 아버지 이산해가 그를 무릎 위에 앉히고서 눈앞에 보이는 풍경을 시로 지으라 했다고 한다. 『석루유고』에서는 13세 때 지은 것이라 했다.
- 이 시의 뒤에 "보지 못하던 것을 보면 놀라는 것이 마땅하지/ 개가 어찌 까닭 없이 짖으랴./ 짖는 이유 분명 있으라만 사람들이 모르나니/ '문 빨리 닫으라'고 아이에게 말하네(見非常有理宜驚 犬乎何事無爲吠 吠固有意人不識 說與兒童門速閉)"라는 내용이 덧붙여 있다. 내용으로 미루어 석루의 아버지 아계(鵝溪)의 것이리라.

3. 29

벗에게 주다寄友

신흠(申欽, 1566~1628)

廣陵三月已飛花　삼월이라 광릉 땅에 꽃잎 져서 날리는데
漢水孤帆落日斜　한강의 외로운 돛에 석양빛 기울었네.
新結茅茨分洞府　골짜기 한 구석에 초가집 새로 짓고
欲隨麋鹿作生涯　사슴과 어울리며 한평생 살려 하네.
平坡細雨催耕犢　들녘에 가랑비 내려 밭갈이 소를 재촉하고
曲渚游魚上釣叉　물굽이서 노는 고기 낚싯대로 올리누나.
擧世盡從忙裏過　온 세상 사람들은 바쁨 속에 살아가니
似君行樂獨堪誇　그대 같은 즐거움은 자랑할 만도 하네그려.

【작가】자는 경숙(敬淑), 호는 현헌(玄軒)·상촌(象村)·현옹(玄翁)·방옹(放翁). 동인의 배척을 받았으나 선조의 신망을 받았다. 뛰어난 문장력으로 대명 외교문서의 작성, 시문의 정리, 각종 의례문서 제작에 참여했다. 정주(程朱)학자로 이름이 높아 이정구·장유·이식과 함께 한문학의 태두로 일컬어진다. 송강 정철, 노계 박인로, 고산 윤선도와 더불어 조선 4대 문장가로 꼽힌다.

【출전】『해동역사』 49권. 『명시종』 95권.

- 『상촌고』 13권에는 제목이 「鄭時晦欲歸廣陵 聞而有述(정시회가 광릉으로 돌아가려 한다는 말을 듣고 짓다)」로, '漢水'가 '漢口'로, '茅茨'가 '茅莰(캄판 감)'으로, '平波'가 '平坡(고개 파)'로, '曲水'가 '曲渚(물가 저)'로, '忙裏過'가 '忙裏老'로 되어 있다.
- 경련(頸聯) 출구(出句)의 '波(물결 파)'는 『상촌고』를 좇아 '坡(고개 파)'로 해서 풀이했다.
- 광릉(廣陵): 조선시대에 서울의 행정·사법을 맡아보던 관아로 한성부라고도 한다.
- 茨(새 따위로 지붕을 일 자). 麋(큰사슴 미). 叉(작살 차). 誇(자랑할 과).

3. 30

동파 시에 차운하여 매은 김병선에게 보이다次東坡韻示梅隱

현기(玄錡, 1809~1860)

饑時喫飯飽時眠　배고프면 밥을 먹고 배부르면 잠을 자니
一粟人間寄渺然　창해에 좁쌀 같은 인간이 아득함에 의탁했네.
踪跡閒雲空出岫　종적은 구름 되어 부질없이 산봉우리에 나오고
性情枯木已爲禪　성정은 고목 되어 이미 선(禪)에 들었도다.
千秋滾滾非還是　흐르는 천년 세월에 잘못이 도리어 옳음이 되고
萬象紛紛醜更姸　어지러운 만상은 추했다 다시 예뻐지네.
滿眼梅花今負汝　눈에 가득한 매화는 지금 그대를 저버려서
淸香不與入詩篇　맑은 향기가 시편 속에 들어오지 아니하네.

【작가】 조선 말기의 여항시인(閭巷詩人). 자는 신여(信汝), 호는 희암(希庵). 한어역과(漢語譯科)에 합격했으나 신분상의 제약으로 자신의 능력을 발휘할 수 없자 음주와 시작으로 평생을 보냈다. 저잣거리에서 큰 소리로 노래를 부르거나 술에 취해 사회적 모순에 대한 불만을 표출했다고 한다. 서로 세한붕(歲寒朋)이라 했던 정지윤(鄭芝潤)이 죽자 풍악산에 들어가 추담선자(秋潭禪子)라 자호하고 선문(禪門)에 의탁했다. 한시 34수가 전한다.

【출전】『대동시선』 9권.

- 이 시는 이상적(李尙迪)의 제자였던 매은(梅隱) 김병선(金秉善)에게 지어 보인 것으로 동파의 시를 차운한 것이다..
- 매은(梅隱): 희고 고결한 꽃 모양이나 깊은 산속에 숨어 향기를 내뿜는 매화는 마고산(麻姑山)에 사는 신선에 비유되기도 하고 평생을 고산에 숨어 산 임포(林逋)와 같은 은사를 상징하기도 한다. 이처럼 매은은 매선(梅仙)과 함께 도교적인 이미지를 가지고 있어 이를 닮고자 하는 많은 이들이 이를 호로 삼았다.

우연히 읊다偶吟

조석주(趙錫周, 1641~1714)

城下蝸廬是我家 성 밑 달팽이집은 바로 내가 사는 집
城隅薄土卽生涯 성 모퉁이 박토(薄土)는 내 생계 터.
官銜已納欣無事 직함을 예전에 반납해 할 일 없어 홀가분하나
公糴勤求患不多 환곡을 열심히 구해도 부족하여 걱정된다.
曲浦波恬魚産子 물살 잔잔한 물굽이에는 물고기가 알을 낳고
前山雨足蕨抽芽 비 넉넉한 앞산에는 고사리 순이 솟아난다.
閑居飽得江湖趣 강호에서 한가로이 사는 정취 흡족하기에
萬戶三公莫此過 만호후(萬戶侯) 정승이 이보다 낫진 않으리라.

【작가】숙종 때의 문인. 자는 유신(維新), 호는 백야(白野). 벼슬은 장령(掌令)에 머물렀고 만년에는 고향에 돌아가 바둑과 술을 즐겼다. 사람됨이 단정하고 겸손했으며 파당을 미워하고 청렴함을 중시했다.

【출전】『백야집』1권.

- 박토(薄土): 메마른 땅.
- 관함(官銜): 관원의 직함.
- 공적(公糴): 관(官)에서 빌려주었다가 거둬들이는 곡식. 조적(糶糴) 또는 환상(還上. 환자[還子])이라고도 한다.
- 만호(萬戶): 만호후(萬戶侯). 일만 호의 백성을 가진 제후(諸侯). 곧 세력이 큰 제후를 일컬음.
- 삼공(三公): 삼정승(三政丞).
- 銜(직함 함). 糶(쌀 내어 팔 조). 糴(쌀 사들일 적). 蝸(달팽이 와). 廬(오두막집 려). 隅(모퉁이 우). 薄(엷을 박). 納(바칠 납). 欣(기뻐할 흔). 恬(편안할 념). 蕨(고사리 궐). 芽(싹 아).

四月

문득 읊다偶吟

송한필(宋翰弼, 1539~?)

花開昨夜雨　어젯밤 비에 꽃이 피어나더니
花落今朝風　오늘 아침 바람에 꽃이 지누나.
可憐一春事　가엾어라, 한 가닥 봄의 풍경
往來風雨中　비바람 가운데 오고 가는구나.

【작가】자는 계응(季鷹), 호는 운곡(雲谷). 그의 아버지가 얼손(孼孫: 첩의 자식)이었기에 신분상 제약을 받다 양민이 되었다. 익필(翼弼)의 동생으로 당시의 대학자 이이(李珥)가 말하기를 "성리학을 가지고 논할 사람은 한필과 익필밖에 없다"고 했다. 이이에 대한 함원(含怨)을 동인(東人)들이 송익필에게 전가하여 1589년(선조 22)에 일족을 노예로 환천(還賤), 일족이 모두 흩어졌기에 그의 일생에 대해 구체적으로 알 길이 없다.

〖출전〗『성소부부고』 26권. 『구봉집(龜峯集)』.

- 작가 자신의 일생과 닮은 이 시는 「昨夜雨(작야우)」라고도 알려져 있다.
- 내용이 유사한 시에, 습재(習齋) 권벽(權擘, 1520~1593)의 「春夜風雨(춘야풍우)」가 있다. "비 내려 꽃이 피고 바람 불어 꽃이 지니, 봄 가고 가을 오는 게 그 가운데 있구나. 어젯밤 바람 불고 비 내리더니, 배꽃은 만발하고 살구꽃은 사라졌네(花開因雨落因風 春去秋來在此中 昨夜有風兼有雨 梨花滿發杏花空)"(『習齋集補遺』). 화성시 향토박물관본 『소화시평』에는 '秋來'가 '春來'로 되어 있다.
- 만당(晩唐) 때 우무릉(于武陵)의 「勸酒(권주)」 시 가운데 "花發多風雨 人生足別離(꽃필 때 비바람이 많은 법이고, 인생살이에는 이별이 많다네)"와도 흡사하다.
- 우음(偶吟): 우연히 읊은 노래. = 우영(偶詠).

월뢰잡절月瀨襍絶 1

박제가(朴齊家, 1750~1805)

毋將一紅字 '붉을 홍(紅)' 한 글자만 가지고

泛稱滿眼華 눈에 띄는 온갖 꽃 말하지 마라.

華鬚有多少 꽃술도 많고 적음 있는 법이니

細心一看過 세심하게 하나하나 살펴보시게.

【작가】18세기 후반기의 대표적인 조선 실학자. 자는 차수(次修)·재선(在先)·수기(修其), 호는 초정(楚亭)·정유(貞蕤)·위항도인(葦杭道人). 양반 가문의 서자로 태어나 전통적인 양반 교육을 받기는 했으나 신분상 제약으로 사회적 차별대우를 받았기 때문에 봉건적인 신분제도에 반대하는 선진적인 실학사상을 전개했다. 서울에서 연암 박지원을 스승으로 모시고 공부했으므로 그의 사상도 당시 새로운 세력으로 부상하고 있던 도시 상공인의 처지를 대변하는 중기 실학, 이용후생학파(利用厚生學派: 18세기 후반에 상공업 발달을 중시했던 실학의 한 유파. 북학파)와 시기를 같이했다. 1767년 이후 박제가를 비롯하여 이덕무·유득공 등 서얼 출신 문인이 주동이 되어 '백탑시파(白塔詩派)'를 결성했다. 서울 대사동(大寺洞: 현 인사동) 원각사지 10층 석탑을 북학파를 상징하는 '백탑'이라 불렀다.

〖출전〗『정유각집(貞蕤閣集)』 초집(初集).

- 『한객건연집(韓客巾衍集)』에는 제목이 「爲人賦嶺花(사람들을 위해 고갯마루의 꽃을 시로 읊다)」로 되어 있다.
- 월뢰(月瀨): 강원도 원주시 지정면에 있는 섬강(蟾江)의 원래 이름.
- 잡절(襍絶): 여러 사물이나 계절의 느낌 등을 읊은 절구.
- 범칭(泛稱): 범칭(汎稱). 넓은 범위로 부르는 이름. 또는 일반적으로 두루 일컬음.
- 瀨(여울 뢰). 襍(섞일 잡. 雜의 본자). 毋(말 무). 將(마땅히 ~해야 할 장). 鬚(수염 수). 蕤(꽃 유).

닭 우는 소리 듣고聽鷄

이매창(李梅窓, 1573~1610)

瓊苑梨花杜宇啼　아름다운 동산에 배꽃 피고 접동새 우는데
滿庭蟾影更凄凄　뜰 가득 쏟아지는 달빛이 더욱 처량하구나.
相思欲夢還無寐　그리운 님 꿈에서나 뵐까 해도 잠마저 오질 않아
起倚梅窓廳五鷄　일어나 매화 창가에 기대어 새벽닭 우는 소리 듣네.

【작가】허난설헌과 함께 조선시대의 대표적인 여류 시인으로 평가받는 매창은 1573년(선조 6) 부안현의 아전이던 이탕종(李湯從)의 서녀로 태어났다. 그가 태어난 해가 계유년이었기에 계생(癸生·桂生) 또는 계랑(癸娘)·향금(香今)이라고도 했다. 계생은 아버지에게서 한문을 배웠으며 시문과 거문고를 익히며 기생이 되었는데, 이로 보아 어머니가 기생이었을 가능성이 크다. 초호(初號)를 섬초(蟾初)라 했다는 기록도 보이는데, 기생이 되고는 천향(天香)이라는 자와 매창(梅窓)이라는 자호를 갖게 되었다. 『매창집』은 그가 죽은 60여 년 후에 생전에 자주 찾았던 부안 개암사에서 목판본으로 만들었는데 원하는 이가 너무 많아 절의 재정이 바닥날 지경이어서 목판을 불살라 버렸다고 한다.

〖출전〗『매창집』.

- 『조선시대 한시읽기(하)』에는 제목이 「閨中怨(규중원)」으로 되어 있다.
- 매화가 여성에게 적용될 경우에는 흔히 두 마음을 갖지 않는 절개를 나타낸다.
- 두우(杜宇): 두견새. ☞ 3월 27일 '촉자규(蜀子規)' 참조.
- 蟾(두꺼비 섬): 달에는 세 발 달린 두꺼비가 산다고 전해지는데, 주로 시문(詩文)에서 달을 지칭함.
- 오계(五鷄): 오경의 닭. 곧 새벽 닭. 五는 오경(五更)의 준말로, 하룻밤을 다섯 부분으로 나누었을 때 맨 마지막 부분인 새벽 세시에서 다섯시 사이를 가리킨다.
- 瓊(옥의 아름다운 빛깔 경). 啼(울 제).

4. 4

물가의 살구꽃臨水杏花

성현(成俔, 1439~1504)

瓠犀齒白捲唇紅 박씨 같은 흰 이에, 말아 올린 입술 붉은데
蘭麝淸香散曉風 난초와 사향 같은 맑은 향, 새벽바람에 흩어지네.
似怕嬌顔容易老 아리따운 얼굴 쉽게 늙을까 두려워
淡施脂粉照靑銅 연지분 엷게 바르고, 거울에 비쳐보네.

【작가】 자는 경숙(磬叔), 호는 용재(慵齋)·부휴자(浮休子)·허백당(虛白堂)·국오(菊塢). 강원도·평안도·경상도관찰사를 역임했다. 『주역』에 능통했으며 음악이론가로도 명성을 떨쳤다. 『허백당집』·『악학궤범』·『용재총화』 등이 대표적 저서이다.

〖출전〗『속동문선』 9권. 『허백당집』 10권.

▪ 이 시는 성현이 46세 때 강원도관찰사로 나갔다가 지은 것으로, 물 위에 비친 살구꽃을, 늙음을 두려워하는 아리따운 여인으로 의인화한 작품이다.

▪ 호서(瓠犀): 박의 씨.

▪ 청동(靑銅): 구리 합금으로 옛날에는 이를 가지고 주로 거울을 만들었다. 여기서 청동경(靑銅鏡)은 곧 거울처럼 맑은 물을 비유한 것으로, 청동경에 비춰 본다는 것은 바로 물가에 피어 있는 살구꽃을 두고 한 말이다.

▪ 瓠(표주박 호). 犀(박씨 서). 唇(입술 순, 놀랄 진). 麝(사향노루 사). 怕(두려워할 파). 嬌(아리따울 교).

여인의 정閨情

이옥봉(李玉峯, 1550?~1592)

有約來何晩　오신다는 임은 왜 이리 늦으실까
庭梅欲謝時　뜰의 매화는 하마 지려 하는데
忽聞枝上鵲　문득 나뭇가지 위 까치 소리 듣고
虛畵鏡中眉　부질없이 거울 보며 눈썹 그리네.

【작가】☞2월 12일 참조.

〖출전〗『대동시선』12권. 『성소부부고』26권. 『청장관전서』33권. 『지봉유설』14권.

- 2구와 4구를 '庭梅落已多, 虛畵鏡中蛾(뜰의 매화 이미 많이 졌는데, 거울 보며 헛되이 눈썹만 그렸구려)'라 한 곳도 있다.
- 매화의 상징이 여성에게 적용될 경우에는 흔히 두 마음을 갖지 않는 절개를 나타낸다. 2구 '뜰의 매화가 지려 함'은 임이 오지 않을 수도 있다는, 곧 임을 향한 믿음에 잠시 흔들림이 일었음을 나타낸다. 그러나 까치 소리를 듣고는 혹시나 임이 올까 싶어 화장(기다림)을 하고 있는 것이다.
- 지상작(枝上鵲): 나무에 앉은 까치. 까치가 울면 좋은 소식이 온다 하여 '작보희(鵲報喜: 까치는 기쁜 소식을 알려줌)'라 함.
- 謝(사퇴할 사).

한식날 서강에서西江寒食

남효온(南孝溫, 1454~1492)

天陰籬外夕寒生　흐린 날 울타리 너머 저녁 한기 일더니
寒食東風野水明　한식날 봄바람 불고 들녘 강물 맑구나.
無限滿船商客語　배에 가득한 상인들의 끝없는 이야기에
柳花旹節故鄕情　버들개지 피는 계절의 고향생각 간절하네.

【작가】자는 백공(伯恭), 호는 추강(秋江)·행우(杏雨)·최락당(最樂堂)·벽사(碧沙). 김종직의 문인으로, 세조에 의해 물가에 이장된 단종의 생모 현덕왕후의 소릉(昭陵)의 복위를 상소했으나 뜻을 이루지 못하자 실의에 빠져 각지를 유랑하다 병사했다. 세상에서는 원호(元昊)·이맹전(李孟專)·김시습·조려(趙旅)·성담수(成聃壽)와 함께 생육신으로 불렀다.

〖출전〗『추강집』3권. 『속동문선』10권.

- 『성소부부고』에는 '寒生'이 '陽生'으로 되어 있다.
- 버드나무의 상징으로는 관세음보살의 대자대비·미인·벽사·이별 등 다양한데, 여기에서는 향수의 의미로 쓰였다.
- 서강(西江): 서울의 마포구 지명. 서강동. 한강의 여러 부분적 이름 중 서쪽에 속한 강이라 하여 일컫는 말임.
- 旹: 時(때 시)의 고자.

한식일 촌가에서寒食村家

김종직(金宗直, 1431~1492)

禁火之辰春事多	불을 금하는 때(한식)에는 농사일도 많은데
芳菲點檢在農家	꽃향기 점검하러 농가에 와 있노라니
鳩鳴穀穀棣棠葉	비둘기는 구구대며 체당나무 잎에서 울고
蝶飛款款蕪菁花	나비는 너울너울 장다리꽃에서 나는구나.
帶樵犢上烏犍返	언덕 위에는 소가 나뭇짐을 실어 돌아오고
挑菜籬邊叉髻歌	울밑에선 나물 캐는 아낙들이 창가를 하네.
有田不歸戀五斗	논밭 있어도 돌아가지 않고 오두미에 연연하니
元亮笑人將奈何	원량이 나를 비웃으면 장차 어찌할거나.

【작가】☞ 12월 8일 참조.

〖출전〗『점필재집』 19권. 『동문선』 7권.

■ 곡곡(穀穀): 穀(곡식 곡)의 중국 발음은 gǔ로, 비둘기 울음소리를 가리키는 의성어.

■ 체당(棣棠): 황매화(黃梅花)의 한약명. 이명 지당화(地棠花). 옛날에 임금이 꽃을 보고 선택하여 심게 하면 어류화(御留花)라 했는데, 황매화는 선택받지 못하고 내보냈기 때문에 출단화(黜壇花)·출장화(黜墻花)란 이름도 갖고 있다.

■ 차계(叉髻): 쪽진 여인. 곧 아낙.

■ 원량(元亮): 진(晉)나라 도잠(陶潛)의 자. 도잠이 팽택령(彭澤令)으로 있을 때 군(郡)의 독우(督郵)가 팽택현에 이르자 아전이 도잠에게 의관을 갖추고 독우를 뵈어야 한다고 하니, 도잠이 탄식하여 말하기를 "나는 오두미(五斗米. 박봉) 때문에 허리를 굽혀 향리의 소인을 섬길 수 없다" 하고는, 즉시 인끈을 벗어 던지고 집으로 돌아가 버렸던 데서 온 말이다(『晉書』 94권).

4. 8

전원즉사田園卽事 1

정두경(鄭斗卿, 1597~1673)

垂柳陰中一逕微　수양버들 그늘 속에 오솔길 흐릿한데
雜花生樹草芳菲　뭇 꽃들은 피어 있고 풀도 곱게 자랐네.
騷人獨酌有詩句　시인은 홀로 술 마셔도 시구 나오고
村老相逢無是非　시골 노인 서로 만나도 시비 다툼 없다네.
春水白魚爭潑潑　봄 물속의 뱅어는 서로 몰려 내달리고
野田黃雀自飛飛　들밭엔 꾀꼬리 제 맘대로 나는구나.
翟公未解閑居興　적공은 한가로이 사는 흥을 알지 못해
枉恨門前車馬稀　대문 앞에 드문 수레 한탄했다지.

【작가】☞9월 11일 참조.

〖출전〗『동명집』6권.

- 즉사(卽事): 눈앞의 사물을 즉흥으로 읊어 내는 일.
- 소인(騷人): 초(楚)나라의 굴원이 지은 「이소부(離騷賦)」에서 유래한 말로, 시인과 문사를 일컬음. 여기서는 '작자 자신'을 가리킴.
- 적공(翟公): 한나라 때 적공이 정위(廷尉)로 있을 때에는 찾아오는 손님이 문전성시를 이루다가 파직 당하자 참새 그물을 쳐 놓을 정도로 문 앞이 한산하기만 했다. 그러다가 복직된 뒤 다시 손님들이 서로 앞 다투어 찾아오려 하자 문에 큰 글씨로 "한번 죽고 사는 데에서 교제하는 정을 알겠고, 한번 가난해지고 부자가 되는 데에서 교제하는 태도를 알겠으며, 한번 귀해지고 천해지는 데에서 교제하는 정이 드러난다(一死一生 乃知交情 一貧一富 乃知交態 一貴一賤 交情乃見)"라고 써 붙이고는 손님을 일절 사절했다고 한다(『史記, 汲鄭傳』).
- 逕(소로 경). 菲(향기 짙을 비). 騷(떠들 소). 潑(뿌릴 발). 翟(꿩 적). 枉(굽을 왕).

4. 9

정부윤의 산수 병풍에 제하여題鄭府尹山水屛 11

김수온(金守溫, 1409~1481)

描山描水總如神　신묘한 솜씨로 산과 물을 그렸고
萬草千花各自春　온갖 풀과 꽃이 저마다 봄이라네.
畢竟一場皆幻境　필경 이 모두가 한바탕 꿈일진대
誰知君我亦非眞　그대와 나, 참이 아닌 것 누가 알리오.

【작가】조선 초기의 문신·학자. 자는 문량(文良), 호는 괴애(乖崖)·식우(拭疣). 공조판서·영중추부사를 지냈다. 『금강경』 등의 불경을 국역·간행할 정도로 불교에 조예가 깊었다. 유교 국가의 벼슬아치가 불교에 심취했기에 양 진영으로부터 비난을 받았다. 호는 그 사람의 삶의 방향을 엿보게 한다. '拭(닦을 식)疣(사마귀 우)'는 자신에게 붙어 있는 필요 없는 군더더기를 떨어내고 닦아낸다는 뜻이다. 그는 당시로서는 귀한 책을 한 장씩 뜯어 소매 속에 넣고 다니면서 외웠는데 외우기가 끝나면 이를 미련 없이 버렸다. 식우였던 것이다.

〖출전〗『식우집』 4권.

- 수초(守初, 1590~1668) 스님은 뒷날 「警相諍(서로 다툼을 경계함)」에서 "너나 나나 환상의 몸을 갖고/ 함께 이 환상의 세상에 태어났다네./ 어찌하여 환상과 환상 속에서/ 다시 환상의 일을 가지고 다투는가(彼此將幻身 俱生於幻世 如何幻幻中復與爭幻事)"라 했는데, 식우의 시와 내용면에서 많이 닮아 있다. 이러한 식우의 시풍은 친형(신미[信眉])이 고승이었으며 한때이기는 하지만 어머니도 승려였던 그의 집안 분위기와 무관하지 않을 것이다.
- 환경(幻境): 꿈나라. 선경(仙境).
- 描(그림 그릴 묘). 幻(변할 환). 諍(다툴 쟁).

길을 가다가途中

이수광(李睟光, 1563~1628)

岸柳迎人舞 강기슭 버들가지 사람 맞아 춤추고
林鶯和客吟 숲속 꾀꼬리 나그네 읊조림에 화답하네.
雨晴山活態 비 개이니 산 모습 생기 넘치고
風暖草生心 바람 따스하니 풀잎 돋아나네.
景入詩中畫 풍경은 시 속에 그림으로 들어오고
泉鳴譜外琴 샘물은 악보에 없는 거문고를 울리네.
路長行不盡 길은 멀어 가도 가도 끝이 없는데
西日破遙岑 지는 해는 저만치 산마루에 걸리었네.

【작가】조선 중기의 문신·학자. 자는 윤경(潤卿), 호는 지봉(芝峯). 그는 좋은 가문에서 태어났지만 이에 기대지 않고 실력으로 입신양명한 인물이었다. 허약·과묵·단정·엄숙했으며 음악·여색·이욕(利慾: 사사로운 이익을 탐내는 욕심)을 좋아하지 않았다. 편당 짓는 것을 싫어하고 담백했으며 권위적인 것과는 거리가 먼 인물이었다. 세 차례에 걸친 명나라 사행을 통해 서구의 문물과 천주교 지식을 조선에 소개했다. 그의 저서 『지봉유설』은 문화백과사전의 효시라 평가받는다.

〖출전〗『지봉집』16권.

- 이 시는 연경으로 사신 가는 도중에 읊은 것이다.
- 활태(活態): 생기 있는 모습.
- 보외금(譜外琴): 악보에 없는 거문고 가락.
- 요잠(遙岑): 멀리 보이는 산등성.
- 遙(멀 요). 岑(봉우리 잠).

옥야현 객사에서 현판 위의 학사 채보문의 배꽃 시에 차운하다
沃野縣客舍次韻板上蔡學士寶文梨花詩

이규보(李奎報, 1168~1241)

初疑枝上雪黏華　처음엔 가지 위에 눈 내렸나 했더니
爲有淸香認是花　맑은 향기 풍겨오매 꽃인 줄 알았네.
鬪却寒梅瓊臉潔　겨울 매화 능멸하듯 구슬 뺨이 깨끗하고
笑他穠杏錦趺奢　화사한 살구꽃의 붉은 꽃잎 비웃누나.
飛來易見穿靑樹　푸른 나무 사이로 흩날릴 땐 잘 보이더니
落去難知混白沙　흰 모래에 떨어지니 분간하기 어렵다네.
皓腕佳人披練袂　고운 여인 소매 걷고 흰 팔 드러내고서
微微含笑惱情多　방긋방긋 웃는 듯 내 마음 몹시 흡족하네.

【작가】☞2월 3일 참조.

〖출전〗『동국이상국집』10권.

- 옥야현(沃野縣): 현 전북 익산시.
- 채보문(蔡寶文): 고려 의종 때 문인. 『동문선』13권에 칠언율시 3수가 전한다.
- 설점화(雪黏華): 눈이 가지위에 꽃처럼 내려앉아 있음.
- 투각한매(鬪却寒梅): 이조년(李兆年)의 「이화에 월백하고」나 매창(梅窓)의 「이화우(梨花雨) 흩날릴 제」처럼 시조와 함께 우리 한시에서도 매화와 함께 청초·결백·냉담·애상 등의 속성을 지닌 배꽃도 사랑을 받고 있음을 보여 주고 있다.
- 黏(붙을 점). 臉(뺨 검). 穠(꽃나무 무성할 농). 趺(방종할 질). 奢(자랑할 사). 皓(휠 호). 腕(팔 완). 袂(소매 메). 惱(괴롭힐 뇌). 酷(심할 혹).

술에 취한 뒤醉後

정지상(鄭知常, ?~1135)

桃花紅雨鳥喃喃　복사꽃 붉은 비에 새들은 지저귀고
繞屋青山間翠嵐　집 둘러싼 청산에는 푸른 이내 스미누나.
一頂烏紗慵不整　머리 위 오사모 삐뚤게 쓴 채로
醉眠花塢夢江南　취하여 꽃동산에 누워 강남을 꿈꾸네.

【작가】 고려 인종 때의 문신·시인. 초명은 지원(之元), 호는 남호(南湖). 묘청의 난에 연루되어 김부식에게 피살되었다. 시에 뛰어나 고려 12시인 중 한 사람으로 꼽혔으며 역학과 노장 철학에도 조예가 깊었다.

〖출전〗 『동문선』 19권. 『매호유고(梅湖遺稿)』. 『상촌고(象村稿)』 52권.

- 『보한집』에는 제목이 「醉題(취제)」로 되어 있음.
- 『지북우담(池北偶談)』에는 '鳥喃喃'이 '燕呢喃'으로, '青'이 '春'으로 되어 있음.
- 취람(翠嵐): 해질 무렵에 멀리 푸르스름하고 흐릿한 기운. = 이내·남기(嵐氣).
- 오사(烏紗): 오사모(烏紗帽). 관복을 입을 때 쓰는 것으로, 오늘날 전통 혼례나 폐백을 드릴 때 신랑이 쓰는 검은 비단 모자.
- 용부정(慵不整): 직역하면 '게을러 정돈을 않다'지만, 의역했다. 의역을 하면 자칫 원작자의 의도와 멀어질 수 있지만 그렇다고 직역을 하면 시적 맛이 떨어지게 되는 경우가 있다. 번역에서 결정하기 어려운 숙제다.
- 강남(江南): 직접적으로는 주로 양자강 이남을 가리키지만, 옛글에서는 성남(城南)과 함께 '고향의 이미지' 또는 '따뜻하고 살기 좋으며 문물이 성하여 동경을 자아내는 곳'이란 뜻으로 잘 쓰이고 있다.
- 喃(재잘거릴 남). 繞(두를 요). 翠(비취색 취). 嵐(남기 람). 慵(게으를 용). 塢(둑 오). 呢(소곤거릴 니).

봄날 정자에 올라春日登亭

이언적(李彦迪, 1491~1553)

春深碧草遍郊原　봄 깊은 들녘에 푸른 풀이 가득한데
俯仰聊探萬化源　쳐다보고 굽어보며 조화의 근원 찾네.
謝盡千紅無一句　온갖 꽃 다 지도록 시 한 구도 안 짓나니
誰知眞樂在無言　참 즐거움, 무언 속에 있다는 걸 뉘라서 알랴.

【작가】☞1월 27일 참조.

〖출전〗『회재집』3권.

■ 遍(두루 편). 郊(성 밖 교). 俯(구부릴 부). 聊(기댈 료).

배꽃 떨어지다 落梨花

김구(金坵, 1211~1278)

飛舞翩翩去却回　춤추듯 나풀나풀 날아갔다 되돌아오고
倒吹還欲上枝開　거꾸로 불려 다시 가지에 올라가 피려 하네.
無端一片黏絲網　어쩌다 꽃잎 하나 거미줄에 걸리면
時見蜘蛛捕蝶來　거미가 나비인 줄 알고 잡으러 오네.

【작가】고려의 학자. 초명은 백일(百鎰), 자는 차산(次山), 호는 지포(止浦). 어려서부터 시문을 잘 지어 하과(夏課) 때마다 동료들 가운데 그보다 더 나은 자가 없었으므로 다들 그가 과거에 장원할 것으로 기대했다. 고종 때 차석(次席)으로 과거에 급제하자 지공거(知貢擧) 김인경(金仁鏡)이 수석을 주지 못한 것을 한탄하면서 자기도 예전에 차석이었던 것으로 그를 위로했다. 성품이 진솔하고 가식이 없었으며 과묵했지만 나랏일을 의논할 때는 꺼림이 없이 직절(直切: 바르고 엄함)하게 발언했다. 당시 한 해도 빠짐없이 원나라에서 요구와 문책이 내려왔는데, 김구가 짓는 표문은 상황에 따라 적절히 문장을 구사해 이치에 어긋남이 없었다. 원나라의 한림학사 왕악(王鶚)은 그가 지은 표문을 볼 때마다 반드시 그 미려함을 칭찬하면서 직접 보지 못함을 한스러워 했다.

〖출전〗『동문선』 20권. 『삼한시귀감(三韓詩龜鑑)』. 『동인시화(東人詩話)』. 『대동시선』. 『익재집. 역옹패설 후집(櫟翁稗說 後集)』. 『지포집(止浦集)』.

- 『삼한시귀감』에 '翩翩(편편)'이 '編編(편편)'으로, 『동인시화』·『대동시선』에는 '黏(찰질 점)'이 같은 뜻의 '粘(끈끈할 점)'으로 되어 있다.
- 사망(絲網): 실그물 곧 거미줄. = 지주사(蜘蛛絲)·지주망(蜘蛛網).
- 翩(나부낄 편). 却(다시 각). 倒(넘어질 도). 端(까닭 단). 黏(붙을 점). 網(그물 망). 捕(사로잡을 포). 蝶(나비 접). 蜘(거미 지). 蛛(거미 주).

병중에 꽃 꺾어 놓고 술을 마주하여 읊다病中折花對酌吟

이달(李達, 1539~1612)

花時人病閉門深　꽃필 때에 병들어 문 굳게 닫고서는
強折花枝對酒吟　꽃가지 꺾어 놓고 술 마시며 시를 읊네.
惆悵流光夢中過　덧없는 세월이 꿈결처럼 흘러가니
賞春無復少年心　봄 경치 봐도 다시는 소년시절 마음 없네.

【작가】☞3월 24일 참조.

〖출전〗『손곡시집』6권. 『해동역사』49권. 『유천유고(柳川遺稿)』. 『명시종』95권.

- 『유천유고』에는 제목이 「春日感懷(춘일감회)」로, '惆(슬퍼할 추)'가 '怊(슬플 초)'로 되어 있다.
- 추창(惆悵): 애통해함, 한탄함.
- 悵(슬퍼할 창).

4. 16

뜰 가득히 진 꽃滿庭芳

신위(申緯, 1769~1845)

昨夜桃花風盡吹　간밤에 복사꽃이 바람에 다 졌거니
山童縛篘凝何思　아이가 비를 들고 무얼 생각하는가.
落花顔色亦花也　떨어진 꽃잎 또한 꽃이거늘
何必苔庭勤掃之　하필 이끼 낀 뜰 부지런히 쓸려 하느뇨.

【작가】 자는 한수(漢叟), 호는 자하(紫霞)·경수당(警修堂). 글씨·그림 및 시에 많은 업적을 남겼다. 시에서는 한국적인 특징을 찾으려고 노력했다. 특히 없어져 가는 악부(樂府)를 보존하려 했는데, 한역한 소악부(小樂府) 40수와 시사평(詩史評)을 한 동인논시(東人論詩) 35수와 우리나라의 관우희(觀優戲)를 읊은 관극시(觀劇詩) 12수가 바로 그것이다.

【출전】『경수당전고』 17권.

- "간밤에 부던 ᄇᆞ롬 만정 도화 다 디거다. 아히는 뷔를 들고 쓰로려 ᄒᆞᄂᆞᆫ괴야. 낙환들 고지 아니랴 쓰러 므슴 ᄒᆞ리요."라는 정민교(鄭敏僑, 1697~1731)의 시조를 자하가 칠언절구로 한역한 것이다. 자하는 한국의 국풍(國風)이라 할 수 있는 시조가 사라질 것을 염려하여 이 가운데 40수를 '소악부'로 한역했다.
- 박추(縛篘): 빗자루를 묶어 만듦.
- 응(凝): 열중하다. 한 쪽으로 마음을 두다. 골똘하다.
- 縛(묶을 박). 篘(비 추). 凝(엉길 응). 勤(부지런할 근). 掃(쓸 소).

저무는 봄 시골에서村居暮春 2

황현(黃玹, 1855~1910)

桃紅李白已辭條　복사 오얏 붉고 흰 꽃 이미 가지 떠나갔고
轉眼春光次第凋　둘러보니 봄빛은 차례로 시들건만
好是西簷連夜雨　좋구나! 서쪽 처마 밑에 연일 내린 밤비로
青青一本出芭蕉　푸르디푸른 한 줄기 파초가 돋아났구나.

【작가】조선 말 순국지사·시인. 전남 광양(光陽) 출생. 자는 운경(雲卿), 호는 매천(梅泉). 1888년(고종 25) 생원회시에 장원 급제했으나 조정의 부패를 개탄하고 귀향, 시문 짓기와 역사 연구와 경세학 공부에 열중했다. 1905년 을사늑약이 체결되고 나서 망명을 시도했으나 실패했다. 1910년 국권이 피탈되자 절명시(絶命詩)를 남기고 다량의 아편을 먹고 목숨을 끊었다.

〖출전〗『매천집』4권.

- 李(오얏 리): '오얏'은 '자두'의 고어이므로 사용 않는 것이 옳다. 그러나 한시 같은 옛 글에서는 오얏이 더 잘 어울린다. 마치 '임'을 '님'이라 하는 것과 같다.
- 파초(芭蕉): 끊임없이 새 잎이 솟아나오는 생육의 특성, 잎에 떨어지는 빗소리, 녹색이 주는 청량감 등으로 인해 옛 선비들이 마당에 즐겨 심었던 식물이다. 강희안은『양화소록』에서 화목류 9품 가운데 파초를 앙우(仰友)·초왕(草王)·녹천암(綠天菴)이라 부르고 부귀한 모습을 취하여 2품에 올렸다. 당나라 스님 회소(懷素)는 파초 1만 그루를 심어 놓고 '녹천암(綠天庵)'이라 불렀다. '녹천'은 뜰에 심은 한 포기 파초만으로도 창가에서 보면 하늘처럼 온통 푸르기 때문이다.
- 凋(시들 조). 簷(처마 첨).

옹기 파는 가게陶店

김시습(金時習, 1435~1493)

兒打蜻蜓翁掇籬　아이는 잠자리 잡고 늙은이는 울타리 고치는데
小溪春水浴鸕鷀　작은 시내 봄물에는 가마우지가 멱을 감는다.
青山斷處歸程遠　청산이 끊어진 곳 돌아갈 길은 먼데
橫擔烏藤一箇枝　등나무 지팡이 하나 비스듬히 메고 가네.

【작가】☞3월 2일 참조.

〖출전〗『매월당집』1권.

- 『성소부부고』 25권에는 제목이 「山行(산행)」으로 되어 있고 '打(칠 타)'가 '捕(사로잡을 포)'로, '掇(가릴 철)'이 '補(기울 보)'로 되어 있다. 시의 내용으로 볼 때 「陶店(도점)」보다 「山行(산행)」이 훨씬 더 잘 어울린다.
- 이 시를 두고, 허균은 "세속을 벗어나 화평하고 담아(澹雅)하니 저 아름다운 글귀나 다듬는 사람들은 앞자리를 양보하여야 할 것이다"라고 했다.
- 청전(蜻蜓): 잠자리.
- 노자(鸕鷀): 가마우지.
- 횡담(橫擔): 가로로 메다.
- 오등(烏藤): 검은 등나무(로 만든 지팡이).
- 결구는, 산을 지날 때 지팡이로 삼았던 등나무 가지가 청산이 끝나니 그것도 짐스러워 비스듬히 등에 짊어지고 간다는 뜻이다.
- 陶(질그릇 도). 蜻(잠자리 청). 蜓(잠자리 전). 鸕(가마우지 로). 鷀(가마우지 자). 擔(멜 담).

느낌이 일어感興 7

변계량(卞季良, 1369~1430)

千門桃與李　집집마다 복사꽃 오얏꽃 피어나
當春各爭媚　봄 되어 저마다 아름다움 뽐내네.
兒女竟耽翫　아녀자들 모여서 구경을 하더니만
爛熳誇富貴　시끄럽게 서로들 부귀를 자랑하네.
一夕龍火飛　하루 저녁에 뇌성벽력 일어나면
摧脫卽枯卉　꺾이고 떨어져 고목이 되나니.
不見南山松　보지 못했는가, 남산의 소나무는
歲寒含晚翠　겨울이 되어도 푸른 빛 머금은 것을.

【작가】 자는 거경(巨卿), 호는 춘정(春亭). 어려서부터 총명해 네 살에 고시의 대구(對句)를 외우고 여섯 살에 글을 지었다. 정도전과 권근의 뒤를 이어 조선 초 관인문학(여말선초의 사대부 출신인 관인들의 문학)을 좌우했던 인물이다. 20년 동안이나 대제학을 맡고 성균관을 장악하면서 외교문서를 쓰거나 문학의 규범을 마련했다.

【출전】 『춘정집』 1권.

- 『논어』 「자한(子罕)」편의 "추운 겨울이 된 후에야 소나무 잣나무가 늦게 시든다는 것을 안다(歲寒然後 知松柏之後彫也)"는 구절을 끌어다, 군자의 입신이란 송백의 의연함 같은 정신적 자세를 토대로 해야 한다는 뜻을 담고 있다.
- 난만(爛熳): 주고받는 의견이 충분히 많음. 꽃이 활짝 많이 피어 화려함.
- 용화(龍火): 용뢰지화(龍雷之火)의 준말. 벼락이 칠 때 나타나는 불빛.
- 媚(풍취가 아름다울 미). 耽(즐길 탐). 翫(가지고 놀 완). 爛(문드러질 란). 熳(빛날 만). 誇(자랑할 과). 摧(꺾을 최). 枯(마를 고). 卉(초목 훼).

4. 20 곡우(穀雨)

이때의 비가 곡물 농사의 기초가 된다.

한가한 중에 읊다閑中雜詠 1

석원감(釋圓鑑, 1266~1292)

捲箔引山色　발 걷어 올려 산 빛깔 끌어들이고

連筒分澗聲　대통을 이어 산골 물소리 나누네.

終朝少人到　아침 내내 이르는 사람 드문데

杜宇自呼名　소쩍새만 스스로 제 이름 불러대네.

【작가】속성 위(魏), 속명 원개(元凱). 호는 복암(宓庵), 첫 법명은 법환(法桓), 뒤의 법명은 충지(沖止). 시호는 원감국사(圓鑑國師), 탑호는 보명(寶明). 충렬왕 10년(1284) 문과에 장원 급제하고 일본에 사신으로 다녀왔으며, 뒤에 승려가 되고 원오(圓悟)의 대를 이어 조계종의 제6세가 되었다. 외국에도 이름을 떨쳐 원(元) 세조(世祖)는 빈주지례(賓主之禮)로 그를 맞았다 한다.

〖출전〗『동문선』19권.

- 제목이 「정방사(淨芳寺: 충북 제천 금수산에 있는 절)」로 되어 있는 곳도 있음.
- 두우(杜宇): 원래 주행성인 두견새를 가리키지만 '스스로 제 이름을 부른다'는 것으로 미루어 '소쩍 소쩍' 하고 우는 소쩍새(주로 야행성)로 번역했다. 두견새의 울음소리는 그 이름과는 거리가 먼 소리이기 때문이다. 예나 지금이나 두우와 소쩍새를 혼동하는 이들이 많은 데서 비롯된 것이다.
- 捲(말 권). 箔(발 박). 筒(대롱 통). 澗(계곡의 시내 간).

4. 21

여강의 경물을 읊다驪江卽事

권상하(權尙夏, 1641~1721)

官橋楊柳綠毿毿　다리 가에 푸른 버들 칭칭 늘어졌고
雨後青山半帶嵐　비 갠 청산에는 안개 반쯤 띠 둘렀네.
浴羽沙禽浮兩兩　멱 감는 물새는 쌍쌍이 떠 있고
曬罾漁子坐三三　그물 말리는 어부는 삼삼오오 앉아 있네.
畫笳近聽臨江郡　가까운 강변 고을에서 피리소리 들려오고
清磬遙傳隔水菴　멀리 물 건너 암자에서 풍경소리 전해 온다.
薄暮兒童沽酒去　저물녘에 아이는 술 사러 가느라고
扁舟一葉繫村南　조각배 하나 마을 남쪽에 매어 있구나.

【작가】조선 후기의 문신. 자는 치도(致道), 호는 수암(遂菴)·한수재(寒水齋). 어려서부터 우암 송시열과 동춘당(同春堂) 송준길(宋浚吉)의 문하에서 수학했으며, 우암의 수제자이자 계승자로 자칭 타칭 우암의 적통이라 했다. 만년에는 관직을 사퇴하고 우암의 저서를 보급하며 우암의 가르침을 전파하려 노력했다.

〖출전〗『한수재집』1권.

- 여강(驪江): 여주 지역을 지나는 남한강의 별칭.
- 관교(官橋): 관도(官道)에 놓인 다리.
- 사금(沙禽): 물새.
- 毿(털 길 삼). 嵐(남기 람). 曬(쬘 쇄). 罾(어망 증). 笳(갈잎피리 가). 磬(경쇠 경). 隔(사이 뜰 격). 菴(암자 암). 沽(살 고). 繫(맬 계).

취하여 읊다醉吟

백대붕(白大鵬, ?~1592)

醉插茱萸獨自娛　술 취해 산수유꽃 머리에 꽂고 혼자 즐기다
滿船明月枕空壺　밝은 달빛 배에 가득하니 빈 술병 베개 삼았네.
傍人莫問何爲者　곁의 사람들아 무엇 하는 사람인지 묻지 마라,
白首風塵典艦奴　이 풍진 세상에 머리 허연 전함사의 종놈이니.

【작가】조선 중기의 위항(委巷)시인. 자는 만리(萬里). 아버지는 종이었고 어머니는 전함사(典艦司)의 노비였다. 천인 신분으로 시를 잘 지어 허봉(許篈)·심희수(沈喜壽)·유희경(劉希慶) 등과 사귀었다. 백대붕 역시 전함사의 노예였다가 궁궐의 열쇠와 왕명의 전달을 책임진 액정서(掖庭署)의 사약(司鑰, 정6품)이 되었다. 1590년(선조 23) 황윤길(黃允吉)이 일본에 통신사로 갈 때 서장관 허성(許筬)을 따라가서 시로써 이름을 날렸으며, 1592년 임진왜란이 일어나자 순변사(巡邊使) 이일(李鎰)이 왜군의 실정을 안다고 끌고 가서 상주 싸움에 참가했다가 전사했다. 유희경과 함께 '유(劉)·백(白)'으로 일컬어졌으며, 위항인끼리 모여 시를 짓는 풍월향도(風月香徒)를 주도했다.

〖출전〗『청장관전서』53권.

- 『소대풍요』3권에는 제목이 「九日醉吟(중양절에 취해 읊다)」으로 되어 있다. 수유꽃을 머리에 꽂는 풍습이 중양절에 있었다.
- 『지봉유설(芝峯類說)』14권과 『소화시평』하권에는 '船'이 '山'으로 되어 있다.
- 종노릇을 한탄한 결구(結句) 때문에 그의 시체를 사약체(司鑰體)라고 한다.
- 전함(典艦): 전함사(典艦司). 조운선(漕運船: 세곡[稅穀]을 서울로 운반하던 배)과 함선(艦船)의 관리를 담당하는 관청.
- 插(꽂을 삽). 茱(수유 수). 萸(수유 유). 傍(곁 방). 艦(싸움배 함).

갈역에서 읊다 葛驛雜詠 1

김창흡(金昌翕, 1653~1722)

尋常飯後出荊扉　어느 때처럼 밥 먹고 사립문 나서니
輒有相隨粉蝶飛　흰나비 날아서 나를 따르네.
穿過麻田迤麥壠　삼밭 뚫고 지나가니 보리밭둑 이어져
草花芒刺易罥衣　풀꽃과 가시가 옷에 쉬 걸리네.

【작가】 조선 후기의 학자이자 문인. 자는 자익(子益), 호는 삼연(三淵). 학문과 문장이 모두 뛰어났다. 명문 출신임에도 평생 벼슬하지 않고 성리학 연구에 전념했다.

〖출전〗『삼연집(三淵集)』 14권. 「갈역잡영(葛驛雜詠)」 392수 가운데 첫째 수다.

- 갈역(葛驛): 지금의 강원도 인제군 용대리(龍垈里) 부근. 김창흡은 부친이 당쟁에 의해 희생되자 중년 이후 벼슬하지 않았고 예순 가까운 나이에는 아예 설악산 지역을 중심으로 은둔 생활을 했다. 이곳에서 금강산을 유람하고 64세 때 함경도로 여행을 나섰는데, 그때 오가는 길에서 보고 들은 것을 기록한 것이 「갈역잡영」이다.
- 심상(尋常): 보통.
- 형비(荊扉): 가시나무로 짜 만든 문짝. 나아가 초라한 집.
- 분접(粉蝶): 빛이 흰 나비를 통틀어 일컬음. 흰나비.
- 荊(가시나무 형). 扉(문짝 비). 輒(문득 첩). 蝶(나비 접). 迤(비스듬히 갈 이). 壠(언덕 롱 = 壟). 芒(까끄라기 망). 刺(가시 자). 罥(얽을 견).

4. 24

대은암大隱巖

최경창(崔慶昌, 1539~1583)

門前車馬散如烟 찾아오던 귀한 손들 연기처럼 사라지고
相國繁華未百年 재상의 영화도 백 년을 못 가는 것.
深巷寥寥過寒食 궁벽진 마을 거리엔 한식이 지나는데
茱萸花發古墻邊 옛 담장 가엔 산수유만 활짝 피었네.

【작가】 조선의 문신·시인. 자는 가운(嘉運), 호는 고죽(孤竹). 17세 때 을묘왜란으로 왜구를 만나자 퉁소를 구슬피 불어 왜구들을 향수에 젖게 하여 물리쳤다는 일화가 있다. 학문과 문장에 능하여 이이(李珥)·송익필(宋翼弼)·최립(崔岦) 등과 무이동(武夷洞)에서 서로 시를 주고받았다. 또한 정철(鄭澈)·서익(徐益) 등과 삼청동에서 교류했다. 당시(唐詩)에 뛰어나 백광훈(白光勳)·이달(李達)과 함께 삼당시인(三唐詩人)으로 불렸다. 그의 시는 청절하고 담백하다는 평을 얻었다. 문장에도 뛰어나 이이·송익필 등과 함께 8문장으로 일컬어졌다. 서화에도 뛰어났으며, 무예에도 뛰어나 "활 솜씨는 이의 심장을 나누고, 새의 왼쪽 눈을 맞출 정도"였다고 한다. 기녀 홍랑(洪娘)과의 감동적인 사랑 이야기도 유명하다.

【출전】『고죽유고』.

■ 대은암(大隱巖): 남곤(南袞, 1471~1527)의 집 뒤(현 종로구 궁정동 북악산 기슭 육상궁 북쪽)에 있던 바위에 박은(朴誾, 1479~1504)이 大隱이라 새겼는데, 이는 진(晉)의 왕강거(王康琚)의 「반초은(反招隱)」시에 나오는 "작은 은자는 산골에 숨고 큰 은자는 도시에 숨는다(小隱隱陵藪 大隱隱朝市)"를 원용한 것이다. 이 시는 고죽이 남곤의 옛 집을 지나면서 쓴 작품이다. 대은암은 정선(鄭敾)의 「장동팔경첩(壯洞八景帖)」에도 나올 정도로 유명하다.

■ 寥(쓸쓸할 료). 茱(수유 수). 萸(수유 유).

4. 25

산사의 봄날 山寺春日 1

조성기(趙聖期, 1638~1689)

小雨初晴淑氣新　가랑비 그치자 맑은 기운 새로운데
巖花如錦草如茵　바위에 핀 꽃 비단 같고 풀은 방석인 듯.
花間細路穿雲去　꽃 사이 오솔길을 구름 뚫고 가노라니
溪上和風吹角巾　시냇가 봄바람이 두건에 불어오네.

【작가】조선 후기의 학자. 자는 성경(成卿), 호는 졸수재(拙修齋). 어려서부터 학문에 힘써 일찍이 성리학을 깊이 연구했다. 출사하지 않고 고질로 인해 학문에만 전심하기를 30년, 천지 만물과 우주의 이치에 통관했다고 한다.

〖출전〗『졸수재집』 1권.

■『한시작가작품사전』에는 제목이 그냥 「山寺(산사)」로 되어 있다.

■ 각건(角巾): 은사가 쓰는 두건.

■ 茵(자리 인).

4. 26

봄날을 상심하다傷春 1

신종호(申從濩, 1456~1497)

茶甌飮罷睡初輕　차 끓여 마신 뒤 살포시 졸음 올 때
隔屋聞吹紫玉笙　담 너머서 맑은 피리소리 들려오네.
燕子不來鶯又去　제비 오지 않고 꾀꼬리는 날아가는데
滿庭紅雨落無聲　뜰 가득 붉은 꽃이 소리 없이 지누나.

【작가】조선 전기의 문신. 자는 차소(次韶), 호는 삼괴당(三魁堂). 신숙주의 손자. 1480년 명나라에 갔을 때 역관에는 조선 사람들이 수료병(水潦病)에 걸려서 돌아오지 못하고 고생하는 이가 많았으므로 명나라 예부(禮部)에 건의하여 그들을 치료하게 한 뒤 모두 귀환하게 했다. 『동국여지승람』을 찬술하는 데 참여한 공으로 왕으로부터 녹피(鹿皮)를 하사받았으며, 왕명으로 요동에 가서 한어를 습득하고 돌아왔다. 관후(寬厚:마음이 너그럽고 후덕함)한 장자의 풍모를 지녔으며, 문장과 시·글씨에 뛰어났다.

【출전】『속동문선』 10권. 『해동역사』 48권. 『명시종』 94권.

- 화무십일홍(花無十日紅)을 쉬 지나가는 청춘에 비유한 명시다.
- 『성소부부고』 부록 1에서는 '輕'이 '醒(깰 성)'으로 되어 있다. 이로써 '차 한 잔 마시자 졸음이 깨었는데'라는 해석도 가능하다.
- 자옥생(紫玉笙): 자줏빛 옥으로 만든 피리. 좋은 피리를 뜻한다.
- 甌(사발 구). 罷(그칠 파). 睡(잘 수). 隔(사이 뜰 격). 紫(자줏빛 자). 笙(생황 생). 鶯(꾀꼬리 앵).

4. 27

봄날의 한탄春怨

임전(任錪, 1560~1611)

風花日少容　꽃잎이 바람에 나날이 잦아드니

妾貌那如故　내 모습 또한 어찌 예전 같으랴.

向晩始粧成　저물어 가는데 이제야 치장하고

愁倚相思樹　근심 겨운 그리움에 나무에 기대섰네.

【작가】자는 관보(寬甫), 호는 명고(鳴皐). 임란이 일어나자 강화에 출전한 호남 창의사 김천일(金千鎰)의 휘하에서 종군했다. 문장으로 이름이 높아 박학능문(博學能文: 학문이 넓고 문장이 능함)하다는 원접사 유근(柳根)의 장계(狀啓)에 따라 제술관(製述官)으로 발탁되었다. 당대의 재야학자로서 대문장가인 권필(權韠)과 쌍벽을 이룰 정도로 시명(詩名)이 높았다.

■ 장계: 임금의 명령을 받들고 지방에 나간 벼슬아치가 글로 써서 임금에게 올리는 보고서.

■ 제술관: 외국에 사신을 파견할 때 동행하는 수행원의 하나. 보통 글재주가 있는 사람으로 전례문(典禮文)을 전담하여 짓게 했다.

〖출전〗『명고집』1권.

■ 이 시는 봄날이 저물어 감이 아쉬워 이를 나이 들어가는 여인(기녀)에 의탁해 표현한 것이다.

■ 容(나부끼는 모양 용). 貌(얼굴 모). 那(어찌 나). 粧(단장할 장). 倚(의지할 의).

즉사卽事

조운흘(趙云仡, 1332~1404)

荊門日午喚人開　한낮에야 하인 불러 사립문을 열고서
步出林亭石滿苔　숲속 정자에 오니 돌엔 이끼 잔뜩 꼈네.
昨夜山中風雨惡　어젯밤 산중에는 비바람이 사납더니
一溪流水泛花來　흐르는 시냇물에 꽃잎 동동 떠 오네.

【작가】 여말선초의 문신. 호는 석간서하옹(石磵棲霞翁). 임종에 즈음해 스스로 묘지(墓誌) 짓기를 "조운흘의 본관은 풍양(豊壤)으로 고려 태조의 신하인 조맹(趙孟)의 30대 손이다. 공민왕 때 이인복(李仁復)의 문하에서 과거에 급제한 후 내·외직을 두루 거치며 다섯 주(州)의 수령이 되고 네 도(道)에서 관찰사를 지냈다. 비록 큰 공적은 세우지 못했지만 추하게 행동하지는 않았다. 일흔셋에 병이 들어 광주 고원성(古垣城)에서 죽었는데 후사는 없다. 해와 달을 사자(死者)의 입에 물리는 구슬(珠璣)로 삼고 청풍명월(淸風明月)을 제상에 올릴 제물로 삼아 옛 양주(楊州) 아차산(峩嵯山) 남쪽 마하야(摩訶耶)에 장사지냈다" 하고는 이 시를 적은 뒤에 "아아! 살아서의 일은 이제 모두 끝났도다(咄咄 人生事畢)"라고 맺었다. 주기(珠璣)의 주(珠)는 둥근 옥, 기(璣)는 네모난 옥으로 『장자』「열어구(列禦寇)」에 "해와 달은 움직이는 구슬이며 별은 둥글고 네모난 옥이다(日月爲連璧 星辰爲珠璣)"라고 했다.

〖출전〗『해동역사』 47권. 『열조시집』. 『명시종』 94권.

- 즉사(卽事): 눈앞 사물을 즉흥으로 읊음. 옛 시인들이 즐겨 쓰는 시제 중 하나다.
- 벼슬에서 물러나 광주(廣州) 별서(別墅)에 살 때 임견미(林堅味)와 염흥방(廉興邦)의 처자들이 유배 가는 것을 보고 쓴 시다(『청구풍아』 7권). 임견미와 염흥방은 고려 우왕 때 정권을 전횡하다 공민왕에게 제거된 인물이다. 그렇다면 3행의 '풍우악(風雨惡)'은 두 사람의 전횡, 4행의 '범화래(泛花來)'는 유배 가는 두 사람이다.
- 荊(가시나무 형)이 柴(산에 절로 나는 왜소한 잡목 시)로 되어 있는 곳도 있다.

강주로 가던 중에江州途中 4

이상적(李尙迪, 1804~1865)

靑藜扶野老　청려장은 촌로를 부축하고
黃犢守山家　누런 송아지는 산골집 지킨다.
樵徑穿林細　오솔길은 숲을 향해 가늘게 나 있고
村容逐岸斜　마을은 언덕 따라 비스듬히 이루어졌네.
鹿眠谿畔月　사슴은 시냇가 달빛 아래 잠들고
蠭釀石間花　벌은 돌 사이 꽃에서 꿀을 따는데
暫向松陰憩　잠시 솔 그늘에서 쉬면서
淸泉手煮茶　맑은 샘물로 손수 차를 끓이노라.

【작가】조선 후기의 역관·문인. 자는 혜길(惠吉), 호는 우선(藕船). 한어역관(漢語譯官) 집안 출신이다. 역관의 신분으로 청나라에 12번이나 다녀왔으며, 그곳 문인들과 교류하고 명성을 얻어 1847년 중국에서 시집을 펴내기도 했다. 그의 시는 섬세하고 화려하여 사대부들에게 널리 읽혔다. 유배 중인 추사에게 변함없는 의리를 보임으로써 저 유명한 「세한도」를 선물 받았다. 거기에는 '장무상망(長毋相忘: 오래도록 서로 잊지 말자)'이라는 인장이 찍혀 있다.

〖출전〗『은송당집(恩誦堂集)』 10권.

- 북송의 당자서(唐子西)가 향촌의 생활을 노래한 「산정일장(山靜日長)」의 내용을 요약한 듯한 이 시는 우선이 청나라 사행 때 지은 것이다.
- 강주(江州): 지금의 강서성, 복건성, 호북성 양자강 이남 지역에 해당함.
- 청려(靑藜): 청려장.
- 초경(樵徑): 나무꾼이 다니는 길 곧 오솔길.
- 犢(송아지 독). 樵(나무꾼 초). 畔(물가 반). 蠭(벌 봉 = 蜂). 釀(빚을 양). 煮(삶을 자).

봄에 노닐며 들판의 연못을 읊다遊春詠野塘

이황(李滉, 1501~1570)

露草夭夭繞水涯　곱게 이슬 맺힌 풀은 물가에 둘러 있고
小塘淸活淨無沙　작은 못은 맑고 깨끗해 티끌조차 없네.
雲飛鳥過元相管　구름 날고 새 지나니 원래 서로 상관있어
只怕時時燕蹴波　때때로 제비 와서 물결 찰까 두려울 뿐이네.

【작가】☞1월 24일 참조.

〖출전〗『퇴계선생연보』1권.

■ 이 시는 『퇴계언행록』에 "선생께서 젊었을 때(18세) 우연히 연곡(燕谷: 온계[溫溪]에 가까운 마을 이름)에 놀러 간 일이 있었다. 연곡에는 조그마한 못이 있는데, 물이 매우 맑았다. 선생께서 시를 지었다"고 제작 유래를 밝히고 있다. 시제가 「野池(야지)」로 되어 있는 곳도 있다. 사람이 지닌 순수한 본성(맑고 깨끗한 연못)이 인욕(人慾. 제비)의 개입으로 순수성을 상실할 수 있음을 비유적으로 제시한 것이다.

■ 요요(夭夭): 가냘프며 아름다움. 젊은 모양. 성한 모양. "밋밋한 복사나무 활짝 꽃 피웠구나(桃之夭夭 灼灼其華)"(『詩經』, 「周南 桃夭」).

■ 원상관(元相管): 기운(元)이 서로 서로 맡겨져 어울림(管). 『시경』「대아 한록(大雅 旱麓)」에 있는 "솔개는 날아 하늘에 이르고 고기는 뛰어 연못에 놀도다(鳶飛戾天 魚躍于淵)"와 같은 경지를 말함.

■ 管(피리 관): 관섭(管攝: 관장하다)의 준말.

■ 繞(두를 요). 塘(못 당). 怕(두려워할 파). 蹴(찰 축).

五月

5. 1

스스로 즐기다 自適

이첨(李詹, 1345~1405)

舍後桑枝嫩　집 뒤 뽕나무 가지 고운 눈 틔우고
畦西薤葉抽　서쪽 밭에서는 부추 잎이 뾰족.
坡塘春水滿　연못에 봄물이 가득한데
稚子解撐舟　어린 녀석은 노 저을 줄 아네.

【작가】 자는 중숙(中叔), 호는 쌍매당(雙梅堂). 문장과 글씨에 뛰어나 하륜 등과 함께 『삼국사략(三國史略)』을 찬수했고, 소설 「저생전(楮生傳)」을 지었다. 『신증동국여지승람』에 많은 시를 남기고 있다.

〖출전〗 『쌍매당협장집(雙梅堂篋藏集)』 1권. 『동문선』 19권. 『해동역사(海東繹史)』 47권. 『해동잡록(海東雜錄)』.

- 봄날의 한가로운 심경을 읊은 이 시는 홍만종(洪萬宗)에 의해 당인(唐人)의 시에 못지않다는 평을 받았고, 청나라 주이존(朱彝尊)의 『명시종(明詩綜)』 94권에도 실릴 정도로 유명했다.
- 『동문선』·『해동역사』·『해동잡록』에는 坡(둑 파)가 훈은 같으나 음이 다른 陂(방죽 피)로 되어 있다. 피당(陂塘)은 연못 둑.
- 자적(自適): 무엇에도 속박됨이 없이 마음 내키는 대로 즐김. 유유자적(悠悠自適).
- 嫩(어릴 눈). 畦(밭두둑 휴). 薤(부추 해). 抽(싹틀 추). 坡(제방 파). 撐(배를 저어 나갈 탱).

솔꽃松花

이규보(李奎報, 1168~1241)

松公猶不負春芳　송공도 봄빛은 저버리지 않으려고
強自敷花色淡黃　마지못해 담황색의 꽃을 피웠네.
堪笑貞心時或撓　우습구나, 곧은 마음도 때로는 흔들려서
却將金粉爲人粧　황금 가루로 사람 위해 단장하는가.

【작가】☞2월 3일 참조.

〖출전〗『동국이상국집』1권.

■ 송공(松公): 소나무를 의인화하고 높여 일컬은 말. 길을 가로막고 있던 나뭇가지가 진시황이 다가가자 가지를 들어 올려 지나갈 수 있게 한 나무(木)에게 오품계 중 최고인 공(公)의 작위를 내려 목공(木公)이 되었는데 뒷날 이를 합하여 송(松)이라 하게 되었다.

■ 敷(펼 부). 堪(견딜 감). 撓(어지러울 뇨). 却(발어사 각). 粧(단장할 장).

5. 3

봄바람春風

정도전(鄭道傳, 1342~1398)

春風如遠客　봄바람이 먼 데 사는 손님과 같아
一歲一相逢　한 해에 한 차례 서로 만나네.
澹蕩原無定　맑고 넓어 원래 정한 곳 없지만
悠揚似有蹤　드날림이 종적이 있는 듯하네.
暗添花艶嫩　가만히 꽃의 고움 보태어 주고
輕拂柳絲重　가볍게 버들가지 거듭 스쳐가네.
獨惜吟詩客　홀로 애달프다, 시 읊는 나그네는.
還非昔日容　지금은 옛날 모습 아니기 때문이리.

【작가】 자는 종지(宗之), 호는 삼봉(三峰). 이곡(李穀)의 아들 색(穡)의 문하에서 수학했다. 그는 문인이면서 동시에 무(武)를 겸비했고, 성격이 호방해 혁명가적 소질을 지녔으며, 천자(天資)가 총민해 어려서부터 학문을 좋아하고 군서(群書)를 박람해 의론이 정연했다 한다. 정몽주·이숭인 등과 교유했다. 고려에서 조선으로 교체되는 격동의 시기에 역사의 중심에서 새 왕조를 설계한 인물이었다. 그러나 자신이 꿈꾸던 성리학적 이상세계의 실현을 보지 못하고 끝내는 정적의 칼에 단죄되어 조선 왕조의 끝자락에 가서야 겨우 신원(伸寃)되는 극단적인 삶을 살았다.

【출전】『삼봉집』 2권.

- 유양(悠揚): 태연자약한 모양.
- 澹(담박할 담). 蕩(넓고 클 탕). 悠(멀 유). 揚(오를 양). 蹤(자취 종). 艶(고울 염). 嫩(예쁠 눈). 拂(떨 불).

5. 4

한가로운 봄날의 즉흥시閑居春日卽事

윤선도(尹善道, 1587~ 1671)

濛濛細雨煙山暮　이내 낀 산 저무는데 가랑비 부슬부슬
漠漠天涯海日斜　막막한 하늘 끝에 바다의 해는 기우뚱.
風欞一枕高欄倚　바람 부는 창가에 누었다 난간에 기대기도
捲箔疏簷松落花　발 걷자 성긴 처마에 송화 가루 떨어지네.

【작가】조선 중·후기의 시인·문신·작가·정치인·음악가. 자는 약이(約而), 호는 고산(孤山)·해옹(海翁)이다. 병자호란 때 의병을 이끌고 강화도로 갔으나 화의(和議)를 맺었다는 소식을 듣고 제주도로 향하다 보길도에서 은거했다. 그는 일생의 대부분을 유배지에서 힘들게 보냈으면서도 여전히 정정했으며 자신이 하고 싶은 말을 참지 않았다. 그가 남긴 시조 75수는 국문학사상 시조의 최고봉이라 일컬어진다.

【출전】『고산유고』1권.

- 시제(詩題)의 주(注)에 신축년(1601, 선조 34)에 지었다고 되어 있다.
- 이와 같은 시를 회문시(回文詩)라 하는데, 거꾸로 읽어도 의미가 통하는 시를 말한다.
- 濛(가랑비 올 몽). 欞(격자창 령). 欄(난간 란). 捲(말 권). 箔(발 박). 疏(트일 소).

야보野步

진화(陳澕, 1180?~?)

小梅零落柳僛垂　작은 매화꽃은 떨어지고 버들은 어지러이 드리웠는데
閑踏青嵐步步遲　한가로이 푸른 산기운을 밟노라니 걸음 더디어라.
漁店閉門人語少　어촌 주막에는 문 닫힌 채 사람 소리 적은데
一江春雨碧絲絲　강 가득한 봄비에 버들은 줄기마다 푸르구나.

【작가】호는 매호(梅湖). 출생연도는 기록에 없으나 그의 문집에 있는 「매호공소전(梅湖公小傳)」에 의하면 1200년(신종 3)에 아직 혼인하지 않았다고 한다. 그러므로 대략 1180년경으로 추정할 수 있다. 진화는 어려서부터 글재주가 있었고 명종이 신하들에게 「소상팔경(瀟湘八景)」 시를 짓도록 했을 때 어린 나이로 장편을 지어 이인로와 더불어 절창이라는 평을 받았다. 1198년 사마시에 수석으로 합격했고, 1200년 문과에 급제했다. 그의 시는 주로 청려(淸麗)·청신(淸新)한 풍격을 가졌으며, 주필(走筆: 글씨를 흘려서 빨리 씀)로도 이름난 시인이다. 현전하는 59수 중 무신의 난 이후의 피폐한 농촌을 사실적으로 묘사한 칠언장구의 「도원가(桃源歌)」가 특히 유명하다.

〖출전〗『매호유고』(『고려명현집』 2권). 『동문선』 20권. 『성소부부고』 20권. 『경수당전고(警修堂全藁)』 17책.

■『대동시선』에는 '青嵐(청람)'이 '青風(청풍)'으로 되어 있다.

■ 零(떨어질 령). 僛(취하여 춤추는 모양 기). 嵐(남기 람).

5. 6 입하(立夏)

곡우에 마련한 못자리도 자리를 잡아
농사일이 좀 더 분망해진다.

산사 山寺

이달(李達, 1539~1612)

寺在白雲中　절이 흰 구름 속에 있는데
白雲僧不掃　흰 구름이라 스님은 쓸지를 않네.
客來門始開　손이 오자 그제야 문을 여니
萬壑松花老　온 골짜기엔 솔꽃만 흐드러졌네.

【작가】☞3월 24일 참조.

〖출전〗『성소부부고』 26권. 『손곡시집』 5권. 『다산집』 2권. 『양와집(養窩集)』 2책.

- 『손곡시집』에는 제목이 「佛日庵贈因雲釋(불일암 인운 스님에게 주다)」로 되어 있고, 첫 구가 '山在白雲中'으로 되어 있다.
- 만학(萬壑): 수많은 골짝.

갈매기의 노래白鷗詞

원천석(元天錫, 1330~1395)

江海無涯浩蕩春　끝없는 강과 바다 호탕한 봄날에
隨波逐浪自由身　물결 따라 노는 자유로운 몸이라네.
浮雲態度元無定　뜬 구름 모습은 원래 일정치 않고
白雪精神固未馴　흰 눈 같은 정신은 굳이 길들인 것 아니네.
心絶累格離塵俗　마음은 얽매이는 격식 끊어 속세를 떠났고
淡煙疏雨伴漁人　맑은 안개 가랑비에 어부와 짝하였네.
平生我亦忘機者　나 또한 평생토록 기미 잊은 사람이니
莫負前盟日相親　지난 맹세 저버리지 말고 날로 서로 친하리.

【작가】☞ 3월 13일 참조.

〖출전〗『운곡행록(耘谷行錄)』1권.

- 이 시는 강과 바다 위를 자유로이 유영하는 갈매기를 보고 명리를 잊은 자신을 가탁하여 지은 작품이다.
- 경련(頸聯: 5·6구) 출구(出句)의 '俗(속될 속)'자는 원문에는 결자로 되어 있다.
- 호탕(浩蕩): 출렁거리며 한없이 넓음.
- 망기(忘機): 속세의 일이나 욕심을 잊음.
- 固(진실로 고). 馴(길들 순). 累(누 끼칠 루). 負(저버릴 부).

평양 기생을 대신해 왕손에게 드리다代箕城娼贈王孫

임제(林悌, 1549~1587)

花易落	꽃은 쉬 지고
月盈虧	달은 차면 기운답니다.
莫將花月意	꽃과 달을 가지고
枉比妾心期	왜곡되게 내 마음 비유하지 마세요.
郎君還似浿江水	낭군은 도리어 대동강 물 같아서
不爲芳華住少時	예쁜 꽃 위해 잠시도 머물지 않으시네요.

【작가】☞3월 21일 참조.

〖출전〗『임백호집』1권.

▪이 같은 문체를 오언단편(五言短篇)이라 한다.

▪기성(箕城): 평양의 옛 이름.

▪방화(芳華): 향기로운 꽃. 시의 주인공인 평양 기생.

▪枉(헛될 왕).

저물녘 남계에 배 띄우고南溪暮泛

송익필(宋翼弼, 1534~1599)

迷花歸棹晩　꽃에 홀려 돌아가는 배 늦었고
對月下灘遲　달뜨기 기다리다 여울 내려가기 더디네.
醉裏猶垂釣　취중에도 오히려 낚싯대 드리우니
舟移夢不移　배는 흘러가도 꿈은 그대로일세.

【작가】조선 중기의 학자. 자는 운장(雲長), 호는 구봉(龜峯). 서출이었으나 아버지 사련(祀連)이 공신에 책봉되고 당상관에 올라 그의 형제들은 유복한 환경에서 교육받았다. 재능이 비상하고 문장이 뛰어나 아우 한필(翰弼)과 함께 일찍부터 문명을 떨쳤고 명문 자제들과 폭넓게 교유했다. 초시를 한 번 보고는 과거를 단념하고 학문에 몰두하여 명성이 높았다. 이이·성혼과 함께 성리학의 깊은 이치를 논변했다. 특히 예학에 밝아 김장생에게 큰 영향을 주었다. 또 정치적 감각이 뛰어나 서인 세력의 막후 실력자가 되기도 했다. 그 문하에서 김장생·김집·정엽 등 많은 학자들이 배출되었다. 시와 문장에 모두 뛰어나 이산해·최경창 등과 함께 선조대의 8문가로 불렸다.

【출전】『성소부부고』 26권.

■ 泛(뜰 범). 迷(미혹할 미). 棹(노 도). 灘(여울 탄). 遲(늦을 지). 垂(드리울 수).

5. 10

남쪽 지방으로 가던 중에 본 것을 적다南甸道中記見

장지완(張之琬, 1806~1858)

山木蒼蒼鷄犬鳴 숲은 푸르디푸르고 개와 닭이 울어대는데
拄笻斜日問前程 석양에 지팡이 짚고 갈 길을 물었지요.
村中少女太羞澁 마을의 소녀는 너무 부끄러워 말을 더듬더니
半掩紅裙背面行 붉은 치마로 얼굴 반쯤 가리고 등 돌리고 가버리네요.

【작가】☞1월 23일 참조.

〖출전〗『침우당집』1권.

- 남전(南甸): 지금의 천안 목천으로 삼남지방으로 가려면 꼭 거쳐야 했던 교통요충지.
- 甸(경기 전). 拄(떠받칠 주). 笻(지팡이 공). 羞(부끄러울 수). 澁(말 더듬을 삽). 掩(가릴 엄). 裙(치마 군).

낙화落花 4·5

허균(許筠, 1569~1618)

怨蝶慇懃護墮芳 원망하는 나비들 은근히 떨어진 꽃 감싸 주고
小園斜日斷人腸 작은 동산 비낀 해는 사람 애를 끊는구나.
東君似識傷春意 동군은 봄을 아파하는 마음 알기라도 하듯
吹作回風舞一場 회오리바람 불어 보내 한마당 춤추게 하네.

怊悵深紅更淺紅 서글프다, 짙붉음과 연분홍아
一時零落小庭中 한꺼번에 다 떨어져 작은 뜰에 가득하네.
不如留着青苔上 검푸른 이끼 위에 머무는 것보다
猶勝吹吹西復東 바람 따라 이리저리 흩날리는 것이 더 좋을 듯.

【작가】자는 단보(端甫), 호는 교산(蛟山)·학산(鶴山)·성소(惺所)·백월거사(白月居士). 당대 명문가의 후예로 자유분방한 삶과 파격적인 학문을 했던 인물이다. 굴곡진 삶을 살았던 정치인이자 자기 꿈의 실현을 바라던 호민(豪民: 세력이 있고 재물이 넉넉한 백성)을 그리워하던 사상가였다. 관아에 불상을 모시고 염불과 참선을 함으로써 탄핵을 받아 쫓겨났다. 기생 계생(桂生)을 만났고 천민 출신의 시인 유희경(柳希慶)과도 교분이 두터웠다.

〖출전〗『성소부부고』2권.

- 은근(慇懃): 은밀(隱密)하게 정(情)이 깊음.
- 동군(東君): 동황(東皇). 봄을 관장하는 동녘의 신.
- 초창(怊悵): 마음에 섭섭하게 여김.
- 영락(零落): 초목(草木)이 시들어 떨어짐.
- 慇(은근할 은). 懃(은근할 근). 怨(슬퍼할 원). 傷(이지러질 상). 怊(슬플 초). 悵(슬퍼할 창).

5. 12

낙화落花 7·8

허균(許筠, 1569~1618)

桃李爭誇富貴容　복사꽃 오얏꽃 다투어 부귀 자랑하며
笑他篁竹與寒松　대나무 소나무를 쓸쓸하다 비웃누나.
須臾九十春光盡　잠깐인 석 달 만에 봄빛이 가버리면
惟有松篁翠萬重　소나무 대나무만 만 겹으로 푸르겠지.

墮葉因風各自飛　떨어진 잎 바람 따라 저마다 날아가
一飄簾幕一汚池　하나는 주렴 위로, 하나는 연못으로
誰知榮辱皆天分　뉘라 알리 영욕이 모두가 천분임을
不是封姨用意爲　봉이가 마음 써서 그리된 것 아니라네.

〖출전〗『성소부부고』 2권.

- 九十春: 석 달의 봄.
- 천분(天分): 타고난 소질(자질). 천부(天賦)·천자(天資)라고도 한다.
- 봉이(封姨): 풍신(風神)의 이름.
- 誇(자랑할 과). 篁(대의 통칭 황). 寒(쓸쓸할 한). 須(모름지기 수). 臾(잠깐 유). 惟(생각할 유). 墮(떨어질 타). 飄(회오리바람 표). 簾(발 렴). 汚(더러울 오). 封(봉할 봉). 姨(이모 이).

즉흥적으로 짓다卽事

정추(鄭樞, 1333~1382)

雨餘庭院不生塵 비 온 뒤, 뜰에는 먼지조차 일지 않고
墻下青青草色新 담장 아래엔 푸릇푸릇 풀빛이 새롭네.
酣寢起來無一事 취해 든 잠 깨고 보니 할 일이 없어
眼穿窓隙數行人 창틈에 눈 대고 행인이나 세어보네.

【작가】자는 공권(公權), 호는 원재(圓齋), 본관은 청주(淸州). 초명은 추였으나 나중에 자로써 개명했다. 원나라 과거에 급제한 재사(才士)로서 아버지는 설곡(雪谷) 정포(鄭誧)이며, 여말선초에 명성을 떨쳤던 정총(鄭摠)과 정탁(鄭擢)은 그의 아들이다.

〖출전〗『원재집』 상권.

■ '시 속에 그림이 담겨 있다(詩中有畫)'고 하는 당시풍(唐詩風)의 전형이다.

■ 무일사(無一事): 아무런 일도 없다는 의미로 무사태평하거나 한가로운 상황을 표현하는 말이다. '일(一)'자는 같은 의미의 '개(箇)'로 쓰이기도 하고 '별다른'이라는 의미인 '별(別)'이나 '타(他)'를 쓰기도 한다. 또 '전혀 일이 없다'는 의미의 '도무사(都無事)' 등을 쓰기도 한다.

■ 3구는 소동파(蘇東坡)의 「春日(춘일)」에 보이는 표현과 흡사하다. "낮술 취기 깨고 나니 할 일이 없어/ 봄날 졸음 속에서 맑은 봄을 감상할 뿐(午醉醒來無一事 只將春睡賞春晴)."

■ 酣(술에 취할 감). 穿(뚫을 천). 隙(틈 극).

등불을 읊다詠燈火

위백규(魏伯珪, 1727~1798)

照物無欺暗 사물 비추어 어둠 없애니
丹心本自明 붉은 마음 본래부터 밝았네.
獨作房中晝 홀로 방 안에 낮 만들었는데
窓外過三更 창밖은 삼경을 지나가고 있네.

【작가】자는 자화(子華), 호는 존재(存齋)·계항(桂巷)·계항거사(桂巷居士). 과거에서 계속 낙방하자 향리의 장천재(長川齋: 장흥의 관산면 방촌리)에 기거하면서 면학과 교화의 일익을 담당했다. 경세적 실학자로 경학·지리·역사·의학 등 학문의 폭이 매우 넓고 다양했다. 그에 대한 후인의 인물평이나 저술과는 달리 교우관계나 후학은 매우 소략하고 묘연해 밝히기가 힘들다. 이는 호남의 벽지에서 무명의 선비로 일생을 보냈기 때문이다.

〖출전〗『존재집』1권.

▪존재가 이 시를 지었을 때의 나이는 고작 8살이었다.

▪기암(欺暗): 어둠을 얕잡아 보다. 보이지 않는 곳.

▪欺(속일 기).

저물어 가는 봄에春晩

진화(陳澕, 1180?~?)

雨餘庭院簇莓苔　비 온 뒤의 정원에 소복이 난 이끼 떼
人靜雙扉晝不開　인적은 고요하고 사립문은 낮에도 아니 열었네.
碧砌落花深一寸　푸른 섬돌에 떨어진 꽃은 한 치나 쌓였는데
東風吹去又吹來　봄바람에 날려갔다 다시 또 날려 오네.

【작가】☞ 5월 5일 참조.

〖출전〗『동문선』 20권.

■ 簇(모일 족). 莓(이끼 매). 扉(문짝 비). 砌(섬돌 체).

5. 16

그림에 쓰다題畵 2

이달(李達, 1539~1612)

綠楊閉戶是誰家　버들 앞의 닫힌 문은 누구네 집이런가.
半出紅樓映斷霞　반쯤 솟은 붉은 누각에 조각 놀 비치네.
無賴流鶯啼盡日　무료한 꾀꼬리는 종일토록 지저귀는데
晩晴門巷落花多　비 개인 골목에는 떨어진 꽃잎 가득하네.

【작가】☞3월 24일 참조.

〖출전〗『손곡시집』6권. 『해동역사』49권. 『열조시집』.

- 봄이 저물도록 찾아오지 않는 임을 그리워하는 여인의 슬픔을 나타낸 제화시(題畵詩)다.
- 무뢰(無賴): 무료(無聊)와 같은 뜻.
- 斷(조각 단). 霞(놀 하). 賴(힘입을 뢰). 鶯(꾀꼬리 앵). 啼(울 제).

그리워하는 것이 있어 有所思

오수(吳璲, 고려 충렬왕 때)

玉人逢時花正開　옥인을 만날 때는 꽃이 한창 피었더니
玉人別後花如掃　옥인과 이별한 뒤 소제한 듯 꽃이 없네.
花開花落無了期　꽃은 피었다 졌다 하여 마칠 때가 없으나
使我朱顏日成耄　내 젊은 얼굴은 날로 늙어만 가누나.
顏色難從鏡裏回　거울 속 안색은 예로 돌아가기 어려운데
春風還向花枝到　꽃가지에 봄바람은 도로 돌아오는구나.
安得相逢勿寂寞　어떻게 하면 떠나지 말고 서로 만나
與子花前長醉倒　그대와 꽃 앞에서 길이 취해 쓰러지랴.

【작가】오형(吳詗)의 3남 중 장남 정도로만 알려져 있다. 『고려사』에 의하면, 오형은 학문이 정밀하고 넓었으며, 조정에 있으면서 비록 현저한 공적은 없었으나 마음이 너그럽고 꾸밈이 없었으며 큰 요체(要諦)를 알았고 윗사람으로서의 풍모가 있었다고 한다.

〖출전〗『동문선』6권.

■ 유소사(有所思): 악부시의 하나로 많은 시인들이 이 제목의 시를 남겼다.
■ 옥인(玉人): 생김새와 마음이 아름다운 사람.
■ 적막(寂寞): 외로움.
■ 正(때마침 정). 耄(늙은이 모). 安(어찌 안). 寂(고요할 적). 寞(쓸쓸할 막). 子(그대 자).

흥 나는 대로漫興

이인로(李仁老, 1152~1220)

境僻人誰到　이 궁벽진 곳에 어느 누가 올 것인가
春深酒半酣　봄이 한창인데 술이 거나하네.
花光迷杜曲　꽃 빛은 두씨의 마을인가 싶고
竹影似城南　대 그림자는 성남과 비슷하구나.
長嘯愁無四　휘파람 길게 부니 네 시름(四愁) 다 없고
行歌樂有三　거닐며 노래 부르니 즐거움(三樂) 갖았네.
靜中滋味在　고요한 가운데 재미있으니
豈是世人諳　세상의 어느 누가 이 맘을 알쏘냐.

【작가】☞2월 17일 참조.

〖출전〗『청구풍아』 3권. 『동문선』 9권.

- 『대동시선』에는 '杜曲(두곡)'이 '社曲(사곡)'으로, '滋味在(자미재)'가 '滋味永(자미영)'으로 되어 있다. 마지막의 '諳(알 암)'이 '識(알 식)'으로 되어 있는 곳도 있다.
- 두곡(杜曲): 당나라 때 대성(大姓)인 두씨(杜氏)가 대대로 살아 온 섬서성(陝西省) 서안(西安)의 동남쪽 지역으로 꽃이 많았다.
- 죽영사성남(竹影似城南): 당나라 한유(韓愈)와 맹교(孟郊)가 성남(城南)에서 처음 연구(聯句)를 짓는데, 첫 머리에 "대 그림자는 금가루 쏟아지듯 하네(竹影金瑣碎)"라 했다. '성남'은 당나라 한유의 별장이 있는 곳으로 맹교가 성남에서 시를 짓곤 했다.
- 사수(四愁): 온갖 근심. 후한(後漢) 때 장형(張衡, 78~139)이 양부(梁父: 泰山 근처의 산)에 있는 이(작자)가 보고 싶은 미인(군주)이 멀리 태산(太山)·계림(桂林)·한양(漢陽)·안문(雁門)에 있어 볼 수 없음을 안타까워하며 네 수의 시(四愁詩)로 읊었

다. 그러나 그 속뜻은 하간왕(河間王)이 교만·사치하며 법도(法度)를 준행하지 않아 불안한 시국(時局)을 근심한 것이다.

■ 삼락(三樂): 영계기(榮啓期)가 말한 세 가지의 즐거움이니, 사람 된 즐거움, 사내로 태어난 즐거움, 나이가 95세나 된 즐거움이다. 그는 녹피(鹿皮) 갖옷에 새끼(索) 띠를 띠고 다니면서 노래를 불렀다(『孔子家語』「六本」). 삼락은 이외에도 몇 가지가 더 있다. 그중 공자의 삼락은 때때로 배우고 익히는 것, 벗이 먼 곳으로부터 찾아오는 것, 남이 알아주지 않아도 성내지 않는 것이다. 맹자(孟子)의 삼락은 부모형제 무고한 것, 하늘 우러러 부끄럼 없는 것, 천하의 영재를 얻어 교육하는 것이다.

■ 자미(滋味): 속마음. 기분. 심정. 느낌. = 미미(美味).

■ 境(지경 경). 僻(후미질 벽). 酣(즐길 감). 迷(미혹할 미). 杜(팥배나무 두). 嘯(휘파람 불 소). 滋(불을 자). 豈(어찌 기). 諳(알 암).

담포 서미수가 장단상에서 시를 보내 왔기에 화답하다

澹圃徐公美自湍上寄詩奉和二首 2

이서구(李書九, 1754~1825)

白首窮經樂亦存　늙도록 글 읽어도 즐거움 있나니
藤床堅坐送朝昏　등상에 단좌(端坐)하여 세월 보내네.
羲皇世界元如此　희황의 세계가 바로 이와 같은 걸
且向青山獨掩門　청산을 향하여 홀로 사립 닫았네.

【작가】☞2월 16일 참조.

〖출전〗『척재집』1권.

▪이 시는 척재가 포천 영평에 은거할 때 쓴 것으로 보인다.

▪담포(澹圃): 서미수(徐美修, 1752~?)의 호. 공미(公美)는 자. 호조참판 역임. 광주부윤(廣州府尹)으로 있을 때 조세를 가볍게 하여 백성을 편하게 하는 것을 직무의 중점으로 삼았고 백성의 고통을 어루만지는 것을 행정의 최우선 순위로 했다.

▪湍(여울 단): 두 수 중 앞의 수에 임진강이 나오므로 단은 지금의 경기도 장단(長湍)으로 생각된다.

▪궁경(窮經): 경학을 깊이 연구함.

▪희황(羲皇): 복희(伏羲). 중국 고대의 전설상의 임금. 백성에게 처음으로 수렵과 어로 및 목축을 가르쳤고 팔괘(八卦)를 만들어 역(易)의 시조가 되었다. '희황세계'는 태평한 시대를 말한다.

꽃 꺾는 노래折花行

이규보(李奎報, 1168~1241)

牧丹含露眞珠顆	진주알 같은 이슬 맺힌 모란꽃
美人折得窓前過	미인은 그 꽃 꺾어 창문 앞을 지나며
含笑問檀郎	웃음 머금고 낭군에게 묻기를,
花强妾貌强	"꽃이 예뻐요, 제가 예뻐요?"
檀郎故相戲	낭군이 장난으로 대답하기를,
强道花枝好	"예쁘기야 꽃이 좋지."
美人妬花勝	미인은 그 말에 질투가 솟아
踏破花枝道	꽃가지를 짓밟으며 하는 말,
花若勝於妾	"꽃이 저보다 더 예쁘면
今宵花同宿	오늘밤은 꽃과 함께 주무세요."

【작가】☞2월 3일 참조.

〖출전〗『다시 옛 시정을 더듬어-한국역대 한시 평설』(손종섭. 태학사). 『대동시선』1권에는 이규보의 작품으로 되어 있는데 정작 그의 문집에는 없는 작품이다.

- 단랑(檀郎): 남편이나 사랑하는 남자의 미칭. 미남인 진(晉)나라 반악(潘岳)의 아명이 단노(檀奴)였던 데서 비롯된 말이다.
- 顆(낟알 과). 檀(박달나무 단). 强(왕성할 강). 貌(얼굴 모). 勝(뛰어날 승). 道(말할 도). 宵(밤 소).

5. 21 소만(小滿)

햇볕이 풍부하고 만물이 점차 생장하여 가득 찬다.

석류꽃石榴花

신유한(申維翰, 1681~1752)

歡來復何日　당신은 그 언제나 돌아오시려나.
新物謾芳菲　새로 핀 꽃 부질없이 향기로워라.
柳葉開時別　버들잎 돋아날 때 떠나가더니
榴花落不歸　석류꽃 다 지도록 오시질 않네.

【작가】 자는 주백(周伯), 호는 청천(青泉). 1719년 제술관(製述官)으로 통신사 홍치중(洪致中)을 따라 일본에 다녀왔으며, 봉상시첨정에 이르렀다. 문장으로 이름이 났으며, 특히 시에 걸작품이 많고 사(詞)에도 능했다.

〖출전〗『청천집』1권.

■ 석류꽃은 왕안석의 「영석류화(詠石榴花)」로 인해 '홍일점'이라는 단어가 생겨난 것으로 유명하다. "온통 푸르름 속에 빨간 점 하나/ 사람 즐겁게 하는 봄의 경치는 그것으로 충분하네(萬綠叢中紅一點 動人春色不須多)."

■ 옛 문학작품에서 버드나무는 이별의 의미를 담고 있다. 한(漢)나라 사람들이 헤어질 때에는 장안(長安)의 동쪽 패교(霸橋)에 가서 버들가지를 작별 선물로 주곤 했으므로 버들가지를 꺾는 것이 증별(贈別) 혹은 송별의 뜻으로 쓰이게 되었다. 참고로 백거이의 「청문류(青門柳)」 시에 "도성 문 가까이서 송별을 많이 하니, 긴 가지 모두 꺾여 봄바람이 줄었도다(爲近都門多送別 長條折盡減春風)"라는 명구(名句)가 있다.

■ 榴(석류나무 류). 謾(느릴 만). 菲(향기 짙을 비).

5. 22

가야산 독서당에 제하여題伽倻山讀書堂

최치원(崔致遠, 857~?)

狂奔疊石吼重巒　미친 물이 바위에 부딪쳐 산이 울부짖으니
人語難分咫尺間　가까이의 사람 소리조차 구별키 어려워라.
常恐是非聲到耳　세상 시비 소리 귀에 들릴까 두려워
故教流水盡籠山　일부러 흐르는 물로 온 산을 둘러막았네.

【작가】☞1월 10일 참조.

〖출전〗『고운집』1권.

- 「제가야산(題伽倻山)」 또는 「가야산옥류동(伽倻山玉流洞)」이라고도 하는 이 시는 고운이 생의 마지막 시기에 가야산에 은거할 때 쓴 것으로, 시시비비를 다투는 세속의 분쟁이 싫어 대자연 속에 묻혀 살아가겠노라는 그의 정신세계를 나타내고 있는 작품이다.
- 광분(狂奔): 미쳐 달림, 또 대단히 분주해서 돌아다님.
- 첩석(疊石): 겹쳐진 돌.
- 중만(重巒): 겹겹이 들어선 산봉우리.
- 고교(古教): 일부러 ~로 하여금 ~하게 함.
- 농산(籠山): 산을 감쌈.

5. 23

승사에서 짓다題僧舍

이숭인(李崇仁, 1347~1392)

山北山南細路分 산 북쪽 산 남쪽 나뉘는 오솔길
松花含雨落繽紛 솔꽃이 비 머금고 분분히 떨어지네.
道人汲井歸茅舍 도인이 물 길어 띳집으로 돌아가니
一帶青煙染白雲 한 가닥 푸른 연기 흰 구름 물들이네.

【작가】고려 말의 시인·대학자. 자는 자안(子安), 호는 도은(陶隱). 야은 길재 대신 목은 이색, 포은 정몽주와 함께 삼은으로 꼽히기도 한다. 정몽주·정도전·권근 등과 깊이 있는 교우관계를 가졌다. 문사로서 국내외에 이름을 떨쳤고, 문재로서 고려의 국익을 위해 기여했으며, 시는 후대에 많은 극찬을 받았다. 또한 이색으로부터 성리학을 전수받아 유풍을 새롭게 하는 데도 크게 기여했다.

【출전】『도은집』1권. 『성소부부고』25권. 『해동역사』47권. 『지봉유설』13권. 『청구풍아』7권. 『기아』. 『열조시집』.

- 「오호도(嗚呼島)」·「신설(新雪)」과 함께 그의 가장 대표적인 작품이다. 『지봉유설』에서 "목은이 이 시를 보고 당풍에 가깝다고 하는 바람에 명성이 마침내 이루어졌다(牧隱見之 以爲逼唐 聲名遂成)"고 전하고 있다.
- 『지봉유설』에는 '繽紛(빈분)'이 '紛紛'으로, '汲井(급정)'이 '汲水'로 되어 있다.
- 승사(僧舍): 사찰.
- 繽(어지러울 빈). 紛(어지러워질 분). 汲(물 길을 급).

늦은 봄날에春晩

이색(李穡, 1328~1396)

春晩南城遍綠蕪	늦은 봄 성 남쪽에 풀이 우거졌는데
寂寥庭宇鳥相呼	적적한 뜰엔 새들이 서로를 부르네.
天陰欲雨連山暗	하늘이 비를 내리려니 산조차 어둑하고
花落猶風掃地無	꽃이 떨어지자 바람이 모두 쓸어 가누나.
放膽幾年揮筆札	호기 부리며 몇 해나 붓을 휘둘렀던고
乞身何日向江湖	퇴직하여 어느 날 강호로 돌아가리라.
古來豪傑能輕世	예부터 호걸은 세상을 깔보거늘
自笑區區一腐儒	우습구나, 나는야 구차한 썩은 선비로세.

【작가】☞10월 11일 참조.

〖출전〗『목은집』21권.『동문선』16권.

■ 남성(南城): ☞3월 23일, 4월 12일, 5월 18일 참조.

■ 적료(寂寥): 적적하고 고요함.

■ 정우(庭宇): 집안의 정원.

■ 방담(放膽): 큰마음을 먹고 대담하게 일을 하는 모양.

■ 걸신(乞身): 늙은 재상이 나이가 많아 관청에 출근하지 못하게 될 때 임금에게 그만두기를 청원함.

■ 遍(두루 편). 蕪(거칠어질 무). 寥(공허할 료). 膽(마음 담). 揮(휘두를 휘). 札(종이 찰).

시골의 경관을 시로 읊어 서울 이선달에 보내다

村居卽事寄京都李先達

번계량(卞季良, 1369~1430)

村居寂寞亂峯前　겹겹의 봉우리를 앞에 둔 적적한 촌집
數樹柔桑二頃田　밭 두어 이랑에 어린 뽕나무가 몇 그루
斸藥每從林下步　약초를 캘 때마다 숲속을 산책하고
曬書偏向日中眼　책 말리다 햇빛 아래 졸기 일쑤
江天雲盡見歸雁　수평선에 구름 걷히자 날아가는 기러기 보이고
山竹月明聞杜鵑　산 대나무에 달 밝자 접동새 소리 들리네.
回首兩鄕何限意　두 고을에서 서로 바라는 마음 끝이 있으랴
新詩一首爲君傳　시 한 수 새로 지어 그대에게 전하노라.

【작가】☞4월 19일 참조.

〖출전〗『춘정집』1권. 『동문선』17권.

■ 이선달(李先達): 이름은 지항(志恒), 자는 무경(茂卿). 선달은 조선시대 문·무과에 급제하고도 아직 벼슬하지 못하고 있는 사람을 말한다.

■ 두견(杜鵑): 달리 두견새·접동새·정조(鼎鳥)·제결(鶗鴂)·시조(時鳥)·주곡제금(主穀啼禽)·주각제금(住刻啼禽)이라고도 한다. 촉(蜀)나라 두우(杜宇)라는 제후가 강물에 빠져 거의 죽어서 떠내려 온 별령(鱉靈)을 건져 정승으로까지 중용했는데, 아예 별령에게 나라까지 빼앗기고 국외로 추방되는 비운을 당한다. 원통함을 참을 수 없었던 그는 죽어서 접동새가 되어 촉나라로 돌아갔다고 한다. 이후 두우(杜宇), 자규(子規), 귀촉도(歸蜀途), 불여귀(不如歸), 망제혼(望帝魂), 최귀(催歸), 주연(周燕), 사귀조(思歸鳥) 등의 별칭으로도 불리게 되었다.

■ 斸(괭이 촉). 曬(쬘 쇄).

5. 26

우연히 쓰다偶題

기대승(奇大升, 1527~1572)

庭前小草挾風薰　뜰 앞 작은 풀에 훈풍이 감도는데
殘夢初醒午酒醺　낮술에 취해 옅은 꿈꾸다 깨어나니
深院落花春晝永　그윽한 정원에 꽃 지고 봄날은 긴데
隔簾蜂蝶晚紛紛　주렴 너머 벌 나비 저물도록 분분하네.

【작가】조선 중기의 문신·학자. 자는 명언(明彦), 호는 고봉(高峯)·존재(存齋). 이황(李滉)의 문인(門人)이며 김인후(金麟厚) 등과 사귀었다. 이황과 13년 동안 학문과 처세에 관한 편지를 주고받으면서 이루어진 사칠논변(四七論辨)은 조선 유학사상 깊은 영향을 끼친 논쟁이다. 그는 시인이기보다는 철학자로 더 잘 알려져 있지만, 700여 편에 달하는 적지 않은 시를 남기고 있다.

【출전】『고봉집』1권.

- 분분(紛紛): 흩어져 어지러움. 뒤얽혀 갈피를 잡을 수 없음.
- 挾(낄 협). 薰(향 풀 훈). 醒(깰 성). 醺(취할 훈). 院(정원 원). 隔(사이 뜰 격). 簾(발 렴). 蜂(벌 봉). 蝶(나비 접). 紛(어지러워질 분).

지는 꽃을 탄식하며 주필로 짓다落花歎走筆

이행(李荇, 1478~1534)

庭前小桃樹　뜰 앞의 작은 복숭아나무
昨日何紛披　어제는 그리도 활짝 피었더니
今朝忽衰謝　오늘 아침에는 홀연 시들어
萬片隨風吹　만 조각 꽃잎 바람 따라 흩날린다.
明日已可料　내일 일은 이미 짐작이 가느니
綠葉空葳蕤　푸른 잎만 속절없이 무성할 테지.
幽人惜春色　유인은 가는 봄빛이 아까워서
但悲花易衰　꽃이 쉬이 시듦을 그저 슬퍼할 뿐.
豈解渠且老　어이 알랴, 그 자신도 장차 늙어서
滿鬢生白絲　머리카락 가득 흰 올이 생겨날 줄.
花衰當復開　꽃은 시들어도 응당 다시 피련만
白絲難更緇　흰 머리카락은 다시 검어지지 않나니
今年歎花落　올해도 꽃이 떨어진다 탄식을 하고
來歲又如之　내년에도 또 이와 같이 탄식하리라.
物情互榮悴　만물은 영고성쇠가 뒤바뀌는 법
此生寧久持　이내 인생인들 어이 오래가리요.
久生秖自苦　오래 산대도 스스로 괴로울 뿐
一死良亦宜　한 번 죽음은 진실로 당연한 것.
唯願未死前　바라노니 이네 몸 죽기 전에
莫忘金屈巵　오직 술잔만은 잊지 말았으면….

【작가】조선 중기의 문신. 자는 택지(擇之), 호는 용재(容齋)·창택어수(滄澤漁水)·청학도인(靑鶴道人). 갑자사화 때 폐비 윤씨의 복위를 반대하다가 유배되었으나, 기묘사화 후 입조(入朝)하여 대제학·이조판서·우의정 등을 지냈다. 문장이 뛰어났으며 글씨와 그림에도 능했다.

〖출전〗『용재집』5권.

- 복사꽃은 봄을 장식하는 대표적인 꽃으로서 봄의 서경을 읊은 것을 비롯해서 무릉도원으로 인한 선경의 상징, 또는 염정(艶情)을 읊은 것이 주축을 이룬다. 그러나 여기에서는 복사꽃의 시듦을 통해 인생무상을 읊고 있다.
- 주필(走筆): 글이나 글씨를 흘려서 매우 빨리 씀. 여기서는 시를 빨리 짓는 것을 말함.
- 쇠사(衰謝): (초목이나 꽃잎이) 시들어 떨어지다.
- 위유(葳蕤): 초목이 무성함.
- 유인(幽人): 속세를 피해 조용히 사는 이.
- 금굴치(金屈巵): 구부러진 손잡이가 달린 금 술잔.
- 紛(어지러워질 분). 披(열 피). 謝(시들 사). 葳(초목이 무성한 모양 위). 蕤(드리워질 유). 料(헤아릴 료). 鬢(귀밑털 빈). 解(깨달을 해). 渠(갑자기 거). 緇(검은 비단 치). 悴(파리할 췌). 寧(어찌 녕). 秖(마침 지). 良(진실로 량). 屈(굽을 굴). 巵(술잔 치).

농가의 네 계절田家四時—春

김극기(金克己, 고려 명종 때)

草箔遊魚躍　풀밭 아래 물고기들이 뛰놀고
楊堤候鳥翔　버들 둑엔 철새들 날아오네.
耕皐菖葉秀　봄갈이하는 밭둑엔 창포잎 빼어나고
饁畝蕨芽香　새참 먹는 이랑에 고사리 순 향기롭네.
喚雨鳩飛屋　비 부르는 비둘기들 지붕 위서 날고
含泥燕入樑　진흙 물고 제비는 들보로 들어오네.
晩來茅舍下　저녁이면 초가집 방에 들어와
高臥等羲皇　베개 높이 베니 태고적 사람이라네.

【작가】☞ 9월 10일 참조.

〖출전〗『동문선』 9권.

■ 초박(草箔): 풀밭.

■ 고와(高臥): 세속의 정을 끊고 고아하게 삶. 달리 귀와(歸臥)·고침(高枕)이라고도 함. 진(晉)나라 사안(謝安)이 조정의 부름에 응하지 않고 "동산에 높이 누워(高臥東山)" 지냈고(『晉書』 「謝安傳」), 도잠(陶潛)이 "북창 아래 높이 누워(高臥北窓之下)" 스스로 복희(伏羲)시대의 사람이라 했다(『晉書』 「隱逸傳 陶潛」).

■ 희황(羲皇): 중국 고대의 전설상의 임금. 백성에게 처음으로 수렵과 어로 및 목축을 가르쳤고 팔괘(八卦)를 만들어 역(易)의 시조가 되었다. 달리 복희(伏羲)라고도 함.

■ 箔(발 박). 候(철 후). 翔(날 상). 皐(언덕 고). 菖(창포 창). 饁(들밥 엽). 畝(이랑 무). 蕨(고사리 궐). 喚(부를 환). 泥(진흙 니). 等(같을 등). 羲(복희 희).

함박꽃芍藥

조통(趙通, 고려)

誰導花無主　꽃에 주인 없다 누가 이르는가.
龍顔日賜親　용안이 날마다 친히 와 보신다네.
也應迎早夏　첫 여름은 응당 맞이해야 할 텐데
獨自殿餘春　혼자서 남은 봄을 지키고 있구나.
午睡風吹覺　졸던 잠이 바람결에 깨이고
晨粧雨洗新　새벽 단장이 비에 씻겨 새롭네.
宮娥莫相妬　궁녀들 혹시나 시샘하지 마소,
雖似竟非眞　비슷하지만 정녕 참은 아닌걸.

【작가】경남 양산(梁山)에서 활동한 고려시대 문신. 1197년 금나라에 원외랑(員外郞)으로 파견되었다가 3년간 구금당하고 풀려났다. 지서북면유수사(知西北面留守事)를 지내며 백성을 다스리고 1199년(신종 2) 2월 경주에서 민란이 일어났을 때 반란군을 무마시켰다. 이인로가 『파한집』을 집필할 때 도운 것을 계기로 평장사 최당·백광신과 함께 기로회(耆老會)를 결성했다. 이인로·임춘 등과 함께 강좌칠현으로 불렀다.

〖출전〗『동문선』9권.

- 이준(李濬)의 『송창잡록(松窗雜錄)』에 "당 현종 때 대궐 안에 피어 있던 목작약이 곧 오늘날의 모란이다(開元中 禁中初重木芍藥 即今牡丹也)"라고 한 것으로 미루어 흔히 목작약을 목단(모란)이라고도 불렀던 것으로 보인다.
- 용안(龍顔): 임금의 얼굴. 여기서는 당 현종을 가리킨다. 양귀비와 함께 궁궐 안 침향정(沉香亭) 앞에 만개한 모란꽃을 구경했다고 한다.

5. 30

지는 꽃이 아쉬워 읊다惜花吟

석원감(釋圓鑑, 1226~1293)

臘月念六初入郭	납월 스무엿샛날에 처음 성에 들어와
轉頭春已七十有三日	머리 돌리는 사이 봄은 벌써 일흔세 날이네.
去年今年同逝川	작년이나 올해도 물처럼 흘러가고
昨日今日甚奔馹	어제도 오늘도 역말처럼 달려가네.
昨日看花花始開	어제 꽃을 보매 꽃이 처음 피더니
今日看花花欲落	오늘 꽃을 보매 꽃이 지려 하는구나.
花開花落不容惜	꽃이 피었다 지는 것은 애석해할 겨를도 없고
春至春歸誰把捉	봄이 왔다 가는 것 누가 잡을 것인가.
世人但見花開落	세상 사람은 꽃이 피고 지는 것만 보고
不知身與花相若	제 몸이 저 꽃과 같은 줄은 모르네.
君不見	그대는 보지 못했는가?
朝臨明鏡誇紅顏	아침에 거울 앞에서 젊은 얼굴 자랑하다가
暮向北邙催紼翣	저녁에는 북망산 향해 불삽 재촉하는 것을.
須信花開花落時	모름지기 믿어라, 꽃이 피고 질 때에
分明說箇無常法	그것은 분명 무상한 법을 말하는 것이니라.

【작가】☞4월 20일 참조.

〖출전〗『동문선』6권.

- 七十有三日: 한 절기는 90일(세 달)씩인데, 봄이 73일이면 곧 늦봄이라는 뜻이다.
- 북망산(北邙山): 중국 하남성 낙양시(洛陽市) 북쪽에 있는 작은 산의 이름. 낙양(뤄양)은 기원전 11세기에 주(周)나라 성왕(成王)이 이곳에 왕성을 쌓은 이래 후

한(後漢)을 비롯한 서진(西晉)·북위(北魏)·후당(後唐) 등 여러 나라의 도읍지로서 역사적으로 번창했다. 그만큼 낙양에는 많은 귀인·명사이 살았으며, 이들이 죽은 뒤 대개 북망산에 묻히고 있어 이곳에는 한나라 이후의 역대 제왕과 귀인·명사의 무덤이 많다. 이로 인해 북망산은 무덤이 많은 곳, 사람이 죽어서 가는 곳의 대명사처럼 쓰이게 되었다.

■ 불삽(紼翣): 발인 때 상여의 앞뒤에 세우고 가는 제구.

■ 念(20 념). 郭(성곽 곽). 逝(갈 서). 奔(달릴 분). 馹(역말 일). 把(잡을 파). 捉(잡을 착). 誇(자랑할 과). 催(재촉할 최). 紼(얽힌 삼 불). 翣(운삽 삽). 箇(그것 개).

〈파초〉(강세황)

산속에 살다山居 2

서경덕(徐敬德, 1489~1546)

花潭一草廬　화담 연못가에 있는 초가집 한 채
蕭洒類仙居　깨끗해서 마치 신선 사는 데 같아
山色開軒近　산 빛은 마루 바짝 펼쳐져 있고
泉聲到枕虛　샘물 소리 침상 맡에 들려온다네.
洞幽風澹蕩　골짝 그윽해 바람은 조용히 불고
境僻樹扶疎　땅은 궁벽지고 나무들 우거졌는데
中有逍遙子　그 가운데 소요하는 사람 있어
晨朝聞讀書　첫새벽에 글 읽는 소리 들리네.

【작가】☞1월 26일 참조.

〖출전〗『해동역사(海東繹史)』48권. 『명시종(明詩綜)』94권.

- 『화담집(花潭集)』1권에는 '花潭一草廬 瀟灑類僊居 山簇開軒面 泉絃咽枕虛 洞幽風淡蕩 境僻樹扶疎 中有逍遙子 清朝聞讀書'로 되어 있다.
- 부소(扶疎): 나뭇가지와 잎이 우거짐.
- 瀟(물이 맑고 깊을 소). 僊(신선 선). 簇(무리 족). 扶(도울 부). 疎(트일 소 = 疏). 洒(물을 뿌릴 쇄 = 灑). 色(모양 색). 澹(담박할 담). 蕩(흩어질 탕). 逍(거닐 소). 遙(거닐 요).

六月

저물어가는 봄날에暮春

김만중(金萬重, 1637~1692)

暮春暄氣敷　늦은 봄날 따뜻한 기운 천지에 퍼지고
草樹繞我廬　풀과 나무들 내 오두막을 둘러쌓네.
捲簾望時景　주렴 걷고 시절경치 바라보노라니
觸目皆可娛　보이는 것 모두가 즐길 만하구나.
白雲散遙岑　흰 구름은 아득한 산봉우리에 흩어지고
初日滿平蕪　비로소 따사로운 햇살이 들판에 가득하네.
竹抽嫩綠排　죽순은 연둣빛으로 솟아나오고
桃謝殘紅鋪　복사꽃은 남은 꽃잎 사이로 지네.
圓荷出綠波　둥근 연잎은 푸른 물결 위로 솟고
嘉木蔭淸渠　아름다운 나무들 맑은 도랑에 그늘지우네.
惠風從東來　봄바람이 동쪽에서 불어오고
谷鶯聲相呼　꾀꼬리는 골짝에서 서로 불러대는데
安得故人詩　어떻게 하면 고인들의 시를 얻어
永日時卷舒　긴 날에 때때로 폈다 말 수 있을까.

【작가】아명은 선생(船生), 자는 중숙(重淑), 호는 서포(西浦), 시호는 문효(文孝). 조선조 예학(禮學)의 대가인 김장생(金長生)의 증손이다. 한자에 조예가 깊은 편모 밑에서 자라며 공부했다. 귀한 책이 있으면 짜던 명주를 잘라 사 준 어머니에 대한 애정을「윤씨행장」으로 표현했다.

〖출전〗『서포집』1권.

■ 혜풍(惠風): 화창하게 부는 봄바람. 음력 삼월을 달리 이르는 말.

산속의 집 山家

이용휴(李用休, 1708~1782)

青白紛縈繚　푸른 산 흰 구름 어지러이 감돌아
很狂亂吐呑　미친 듯이 뱉고 삼키네.
冽泉清耳目　찬 샘물에 귀와 눈 맑아지고
谺壑駭心魂　빈 골짝은 내 마음 경계토록 한다.
峩鬱烟霧界　높고 울창한 연무 자욱한 경계요
陰森樹竹村　짙은 그늘의 나무와 대숲 속 마을이네.
鹿鳴兼鶴唳　사슴 우니 학도 따라 울지만
還自勝塵喧　오히려 시끄러운 속세보다는 낫다네.

【작가】☞3월 6일 참조.

〖출전〗『혜환집초(惠寰集抄)』.

- 청백(青白): 산청수백(山青水白)의 준말이지만, 영청(縈青: 푸른 산이 감돌다)과 요백(繚白: 흰 물이 굽이치다)으로 풀이해도 무방하다.
- 흔광(很狂): 산과 골짝의 들쭉날쭉한 형세가 미친 듯 거칠게 보이는 것을 말함. 한유(韓愈)의 시에 "산은 거세고 골은 벌어져 서로 뱉고 삼키곤 하네(山狂谷很相吐呑)"라 했다.
- 駭(경계할 해): 경계(警戒). ① 잘못되는 일이 일어나지 않도록 미리 조심하는 것. ② 잘못이 없도록 타일러 주의시키는 것.
- 계(界): 경계(經界). 시비나 선악이 분간되는 한계.
- 縈(얽힐 영). 繚(감길 료). 很(말과 행동이 매우 거칠고 비꼬여 있을 흔). 呑(삼킬 탄). 冽(찰 렬). 谺(골 휑할 하). 壑(골 학). 峩(산이 높고 험한 모양 아). 唳(울 려). 還(도리어 환).

아름다운 숲芳林

허균(許筠, 1569~1618)

入峽春猶在　산골짝 접어드니 봄기운 남아 있어
沿溪草正芳　시냇가 풀들이 때맞춰 아름답네.
歇鞍投古驛　안장 풀고 옛 역에 들어가
攲枕借匡床　베개 기대며 편한 침상에 눕는다.
怪鳥多幽響　괴이한 새들은 그윽한 울음이 많고
高林有晩香　높은 나무숲은 늦 향기를 지녔네.
勞生幾時息　고달픈 인생 어느 때나 쉬게 될까
雙鬢惜流光　귀밑머리에 흐르는 세월이 아깝구나.

【작가】☞5월 11일 참조.

〖출전〗『성소부부고』2권.

■ 이 시는 허균이 삼척부사로 있을 때 지은 것이다.

■ 광상(匡床): 편한 침상.

■ 상빈(雙鬢): 늙어서 양 귀밑털이 희게 되었음을 나타냄.

■ 沿(가장자리 연). 正(때마침 정). 歇(쉴 헐). 攲(기울 의). 匡(편안할 광). 鬢(귀밑털 빈).

목계가木鷄歌

이제현(李齊賢, 1287~1367)

木頭雕作小唐鷄 나무토막으로 조그만 당닭을 조각하여
筯子拈來壁上棲 젓가락으로 집어다 벽 위에 앉혔다네.
此鳥膠膠報時節 이 닭이 꼬끼오하며 시간을 알리면
慈顔始似日平西 그때서야 어머님 얼굴 해지듯 변하소서.

【작가】☞ 3월 10일 참조.

〖출전〗『급암시집(及菴詩集)』 1권. 『기언(記言)』 27권. 『삼탄집(三灘集)』 3권. 『용천담적기(龍泉談寂記)』. 『희락당고(希樂堂稿)』 8권. 『삼명시집(三溟詩集)』. 『익재난고(益齋亂藁)』 4권의 「소악부」 가운데 일곱째 수다.

- 목계가(木鷄歌): 이 시는 본래 고려시대 문충(文忠)이란 효자가 지은 것이다. 『고려사』 71권 「악지(樂志)」에 따르면, 문충은 오관산(五冠山) 아래에 살았는데 30리 길이나 되는 개성을 매일 오가며 벼슬살이하여 받은 녹봉으로 어머니를 봉양했다. 그는 아침저녁으로 문안하는 것을 게을리 하지 않았는데 어머니가 늙어 가는 것을 한탄하여 이러한 노래를 지은 것이다. 이 노래는 향악의 형식으로 전래되다가 이제현이 악부의 형식으로 한역하여 현재까지 전하고 있다. 『고려사』에는 「오관산곡」이라는 제목으로 실려 있는데, 후세에는 「목계가」·「당계곡(唐鷄曲)」이란 이름으로 불리기도 했다. 문충의 기사는 『고려사』 121권 「효우열전(孝友列傳)」에도 실려 있다. 이후 이익의 「해동악부」와 『기언』·『급암시집』·『임하필기』 등 많은 전적에 「오관산곡」의 일화가 인용되었고, 수많은 시인이 효성을 주제로 읊을 때 그의 시를 인용하기도 했다.
- 교교(膠膠): 닭 우는 소리.
- 雕(새길 조). 筯(젓가락 저). 拈(집을 념). 棲(살 서). 膠(아교 교).

6. 5

우연히 느낌이 있어서感遇

허봉(許篈, 1551~1588)

君好堤邊柳　낭군께선 둑 가의 버들 좋아하셨고
妾好嶺頭松　소첩은 고개 위 솔을 좋아했지요.
柳絮忽飄蕩　버들개지는 홀연히 흩날리어
隨風無定蹤　바람 좇으니 정해진 자취 없고
不如歲寒姿　겨울에도 그 자태 변하지 않는
青青傲窮冬　늘 푸른 소나무 같지 않아서
好惡苦不定　좋아하고 싫어함이 늘 변하기에
憂心徒忡忡　걱정스러운 마음만이 가득하다오.

【작가】조선 중기의 문인. 자는 미숙(美叔), 호는 하곡(荷谷). 난설헌의 오빠이자 균(筠)의 형이다. 백운산, 인천, 춘천 등지를 돌아다니며 방랑생활을 하던 차에 과음으로 병을 얻어 상경하던 중 강원도 김화군(金化郡) 생창역(生昌驛)에서 38세의 젊은 나이로 죽었다. 그의 시는 깨끗하고 산뜻하면서도 정숙하고 아름답다는 평을 들었다.

〖출전〗『하곡집』. 『해동역사』 49권. 『열조시집』.

■ "『열조시집』에 '허봉의 여동생 난설헌이 김성립(金成立)에게 시집갔는데, 착하였으나 사랑을 받지 못하였기에 이 시를 지은 것이다'"(『해동역사』 49권)라 했다.

■ 유서(柳絮): 버들개지(버드나무의 꽃).

■ 표탕(飄蕩): 정처 없이 흩어져 떠돎. = 표박(漂迫).

■ 청청오궁동(青青傲窮冬): 추운 겨울이 다할 때까지 오만하게 푸름을 굽히지 않음.

■ 絮(솜 서). 飄(회오리바람 표). 蕩(쓸어버릴 탕). 蹤(자취 종). 傲(거만할 오). 忡(근심할 충).

6. 6 망종(芒種)

까끄라기 곡식의 종자를 뿌려야 할 시기로
보리 베기에 알맞은 때.
실제로는 한 절기 더 앞선
소만(小滿) 무렵에 모내기가 시작된다.

정백유의 시에 차운하다次鄭伯兪韻 1

이광윤(李光胤, 1564~1637)

露泫畦蔬晚雨餘　저녁 비 끝 채소밭에 이슬방울 맺혔는데
生憎狂潦亂鳴渠　불어나 콸콸 대는 도랑물 소리 거슬리네.
多情最是南山色　사랑스럽기야 남산의 빛이 제일이니
依舊青青不負余　변함없는 짙푸름이 나를 저버리지 않네.

【작가】자는 극휴(克休), 호는 양서(讓西). 3세에 글자를 배우고 8·9세에 문장을 지었으며 초서를 잘 썼다. 서천군수·부제학을 지냈다. 임란과 이괄(李适)의 난 때 의병활동을 했고 임금을 호종한 공으로 공신에 녹훈되기도 했다. 시에 뛰어나 중국에 사신을 가거나 중국 사신을 접대할 때 적임자로 우선하여 선발되었다.

〖출전〗『양서집』2권.

- 국량(局量)이 좁은 사람이 권세가 없을 때는 숨죽여 지내다가 권세를 얻으면 요란을 떠는 세태(도랑물 소리)를 변함없는 남산의 소나무와 대비시킴으로써 조롱하고 있다.
- 백유(伯兪): 정윤해(鄭允諧, 1553~1618)의 자. 호는 서귀자(鋤歸子). 임진왜란 때 창의하여 태조의 영정을 수호한 공로로 원종훈(原從勳) 3등을 받았다. 광해군의 난정을 보고는 세상에 나가지 않고 시와 술로 세월을 지냈다.
- 최시(最是): 시인이 가장 강조하고 싶은 대상을 드러낼 때 주로 사용하는 시어로서 '가장 ~한 것은 ~이다'로 쓰인다.
- 泫(이슬 내리는 모양 현). 畦(밭두둑 휴). 蔬(푸성귀 소). 潦(길바닥에 괸 물 료). 渠(도랑 거).

규방 속의 원망閨怨

이매창(李梅窓, 1573~1610)

相思都在不言裡　서울 계신 임께 속엣말 할 길 없어
一夜心懷鬢半絲　온밤을 생각느라 귀밑머리 반은 희었어요.
欲知是妾相思苦　소첩의 맘고생 알고 싶으시다면
須試金環減舊圍　헐거워진 이 가락지 좀 보시구려.

【작가】☞ 4월 3일 참조.

〖출전〗『매창집』.

- 상사(相思): 서로 생각하고 그리워함.
- 심회(心懷): 마음속 생각.
- 반사(半絲): 반이 실처럼 하얗게 셈.
- 鬢(귀밑 털 빈). 環(고리 환).

6. 8

진산의 시에 차운하여 학전 스님에게 주다次晋山韻贈學專上人 1

노사신(盧思愼, 1427~1498)

呂枕五十年　오십 년 황량몽을
一覺空彷佛　깨고 나니 허망하네.
欲知夢幻境　덧없음의 경계를 알고 싶어
試問瞿曇佛　시험 삼아 부처에게 물어보노라.
巫山世緣盡　인간 세상 인연을 끊어 버리고
思歸衣欲拂　옷소매 뿌리치며 귀의하고 싶어라.
昨夜夢山林　어젯밤에 꾼 산림의 꿈
眼前無俗物　안중엔 속물이 없었다네.
白雲生杖屨　지팡이와 신 자국에 흰 구름 일어나니
豈復戀朱紱　어찌 다시 벼슬에 미련 있으리.

【작가】자는 자반(子胖), 호는 보진재(葆眞齋)·천은당(天隱堂). 유년 시절에 홍응(洪應)과 함께 윤형(尹炯)에게 수학했다. 학문에 조예가 깊어 문과 급제 직후에 이미 집현전학사가 되었다. 집현전학사 때에는 장서각에 나가 독서에 전념하여 진박사(眞博士)라는 별칭이 붙기도 했다. 세조·성종의 총애를 받아 문치를 도와서 호조판서에 재직할 때는『경국대전』의 편찬을 주관했다. 또한 성종 때는 여러 사서(史書)의 편찬을 담당하기도 했다.

〖출전〗『속동문선』3권.

■『속동문선』에는 '巫山世緣盡'에서 '緣(인연 연)'자가 없다.

■ 여침(呂枕): 황량몽(黃粱夢)으로 더 많이 알려진 고사. 중국 한단(邯鄲)에 사는 노생(盧生)이 객점에서 여옹(呂翁)을 만나 자기의 곤궁한 신세를 탄식했더니, 여옹이 베개 하나를 내어 주며 "이 베개를 베고 눕게 되면 뜻대로 될 것이오" 했다.

노생이 그 베개를 베고 곧 잠이 들었는데, 꿈에 "50년 동안 장상(將相)에 이르기까지 극도의 영화를 누리다가 80세에 죽었다" 하여 깨어 보니, 한바탕 꿈으로 처음 누울 때에 그 집 주인이 황량(黃粱: 기장)을 솥에 넣어 찌는 것을 보았는데, 황량이 아직 익지도 않았었다.

■ 구담불(瞿曇佛): 구담은 석가모니가 대각하기 이전의 성(姓).

■ 무산(巫山): 무산지몽(巫山之夢). 무산은 중국 사천성 무산현의 동쪽에 있는 명산. 초(楚)나라 송옥(宋玉)의 「고당부(高唐賦)」 서(序)에 의하면, 초나라의 양왕(襄王)이 양대(陽臺 또는 高唐)라는 곳에서 놀다가 낮잠이 들었는데 꿈에 어떤 아리따운 여인이 나타나 함께 잠자리를 하고 이튿날 떠나면서 "첩은 무산의 양지쪽 높은 언덕에 사는데 아침이면 구름이 되고 저녁에는 비가 됩니다(妾在巫山之陽高丘之岨 旦爲朝雲 暮爲行雨)"라 했다고 한다. 이로써 양대몽(陽臺夢)·무산지몽(巫山之夢)·우운(雨雲)은 남녀의 교정을 가리키게 되었고 '세속적인 것'이 되었다.

■ 주불(朱紱): 붉은 인끈. 인끈은 기다랗고 넓적한 사슴 가죽 끈으로 관찰사·절도사 등 병권(兵權)이 있는 관리가 이 발병부(發兵符: 군대를 동원할 때 쓰던 신표)의 주머니를 차고 다니면서 그 신분을 표시했다.

■ 瞿(볼 구). 曇(흐릴 담). 紱(인끈 불). 戀(사모할 련).

산에 살다山居

이인로(李仁老, 1152~1220)

春去花猶在　봄은 가도 꽃은 아직 남아 있고
天晴谷自陰　하늘은 맑아도 골짜기는 절로 어둑하네.
杜鵑啼白晝　두견새가 한낮에 울어대니
始覺卜居深　비로소 깨닫노라 깊은 골에 사는 줄을.

【작가】☞ 2월 17일 참조.

〖출전〗『동문선』 19권.

- 「소상팔경(瀟湘八景)」과 함께 그의 대표작으로 꼽히는 이 시는 요일이 머물렀던 경상도 고령 미숭산(美崇山) 반룡사(盤龍寺)에서 지은 것이다.
- 『소화시평』 상권에는 '山居(산거)'가 '幽居(유거)'로 되어 있다.
- 두견(杜鵑): 이명은 접동새, 정조(鼎鳥), 제결(鶗鴂), 시조(時鳥), 주곡제금(主穀啼禽), 주각제금(住刻啼禽). 촉나라 두우(杜宇)와 관련된 고사에 의해 두우(杜宇), 자규(子規), 귀촉도(歸蜀途), 불여귀(不如歸), 망제혼(望帝魂), 최귀(催歸), 주연(周燕), 사귀조(思歸鳥) 등의 별칭으로도 불린다.
- 복거(卜居): 살 곳을 점쳐서 삶. 여기서는 사는 곳을 가리킨다.

자방에게 보이다示子芳

임억령(林億齡, 1496~1568)

古寺門前又送春　옛 절 문 앞에서 다시 봄을 보내나니
殘花隨雨點衣頻　남은 꽃, 비를 따라 옷에 자주 점을 찍네.
歸來滿袖淸香在　돌아올 때 온 소매 가득 맑은 향기 있어
無數山蜂遠趁人　수많은 벌들이 멀리까지 나를 따라오네.

【작가】 자는 대수(大樹), 호는 석천(石川). 천성적으로 도량이 넓고 청렴결백하며, 시문을 좋아하여 사장(詞章)에 탁월하여 당시의 현인들이 존경했으나 이직(吏職: 관리의 직책이나 직무)에는 적당하지 않았던 것으로 사신들이 평했다. 담양 식영정 계곡에 살면서 정철·김성원·고경명과 더불어 식영정 4선(仙)으로 불렸다. 안방준·김인후와 더불어 호남3고(湖南三高: 호남의 세 높은 선비)로 불리기도 했다.

〖출전〗『석천시집』 7권.

- 자방(子芳): 이란(李蘭, ?~1428)의 자. 조선 왕실의 친족으로, 대호군을 거쳐 동지총제전라도처치사(同知摠制全羅道處置使)에 이르렀으며, 1395년(태조 4)에는 개국원종공신(開國原從功臣)에 책봉되었다.
- 頻(자주 빈). 袖(소매 수). 趁(좇을 진).

바위 위 작은 소나무石上矮松

최치원(崔致遠, 857~?)

不材終得老煙霞　재목이 못되어 끝내 자연에서 늙을 수 있었나니
澗底何如在海涯　골짝 아래가 어찌 바닷가에 있는 것만 같으리오.
日引暮陰齊島樹　지는 해는 그림자 끌어와 섬 속 나무에 가지런하고
風敲夜子落潮沙　밤바람은 솔방울 흔들어 조수 이는 모래에 떨어뜨린다.
自能盤石根長固　반석에 내린 뿌리 오래도록 단단하거니
豈恨凌雲路尙賖　어찌 구름 길 능멸하기 멀었다고 한탄하리.
莫訝低顔無所愧　키 작다 부끄러울 것 없음을 의심하지 말라
棟樑堪入晏嬰家　안영의 집 동량으로 들어가는 데는 충분하니까.

【작가】☞1월 10일 참조.

〖출전〗『계원필경집』20권.

■부재종득로(不材終得老): '재목감이 못 된다(不材)'고 여겨지는 나무는 벌목을 당하지 않고 천수를 누린다는 말이다. 『장자』「소요유(逍遙遊)」와「인간세(人間世)」에 관련된 이야기가 나온다.

■간저하여재해애(澗底何如在海涯): 볼품없는 바닷가의 소나무와는 달리 계곡 아래의 소나무는 벌써 목수의 눈에 띄어 베였을 것이니, 해변에 있는 것이 얼마나 다행이냐는 말이다. 간저(澗底)는 간저송(澗底松)의 준말로, 진(晉)나라 좌사(左思)의「영사(詠史)」의 "계곡 아래엔 울창하게 소나무가 서 있고, 산꼭대기엔 축 늘어진 묘목이 서 있는데, 직경 한 치에 불과한 저 묘목이 백 척의 소나무 가지에 그늘을 지우누나(鬱鬱澗底松 離離山上苗 以彼徑寸莖 蔭此百尺條)"를 원용했다.

■안영(晏嬰): 제(齊) 경공(景公) 때의 명재상으로 키가 작았다고 한다. 『사기』「관안열전(管晏列傳)」에, 그는 "키가 6척이 채 못 되지만 몸은 제나라의 재상이 되었고 이름은 제후 사이에서 드러났다(長不滿六尺 身相齊國 名顯諸侯)"고 했다.

6. 12 소만(小滿)

만물이 점차로 생장하여 가득 찬다는 뜻으로,
기후는 초여름이고
모내기가 시작되며 보리 베기에 바쁜 때다.

미친 듯 읊조리다狂吟

이색(李穡, 1328~1396)

我本靜者無紛紜	나는 본디 고요한 자, 시끄러움이 없는데
動而不止風中雲	움직여 그치지 않는 건 바람 가운데 구름이라.
我本通者無彼此	나는 본디 트인 자, 이것저것 막힘이 없는데
塞而不流井中水	막혀서 흐르지 않는 건 우물 속 물이라네.
水兮應物不迷於姸媸	물은 만물을 비칠 제 미추(美醜)에 헷갈리지 않고
雲兮無心不局於合離	구름은 무심하여 모이고 갈라짐에 구애되지 않네.
自然上契天之心	그러므로 자연은 천심과 합치하나니
我又何爲兮從容送光陰	나만 어이 조용한 세월 보낼 것인가.
有錢沽酒不復疑	돈 있으면 술 사 먹자, 무얼 의심할 것이냐.
有酒尋花何可遲	술 있으면 꽃을 찾자, 무얼 주저할 것이냐.
看花飮酒散白髮	꽃 보며 술 마시고 백발을 흩날리며
好向東山弄風月	동산에 멋대로 올라 풍월을 희롱하자꾸나.

【작가】☞ 10월 11일 참조.

【출전】『목은집』 21권.

■ 분운(紛紜): 여러 사람의 의논(議論)이 일치(一致)하지 않고 이러니저러니 하여 시끄럽고 떠들썩함.

■ 연치(姸媸): 미추(美醜)와 같은 말.

■ 姸(고울 연). 媸(추할 치). 塞(막힐 색). 兮(어조사 혜). 契(합치할 계). 沽(술 살 고). 遲(더딜 지).

6. 13

밤중에 앉아 옛날 생각하며夜坐感舊

정사룡(鄭士龍, 1491~1570)

人生百年內　백 년도 못 사는 우리네 인생살이
擾擾竟何爲　부산떨었으되 무엇을 이루었나?
未得先愁失　얻지도 못하고 잃을까봐 먼저 걱정했고
當歡已作悲　기쁜 일 만나도 벌써 슬픔부터 일어났지.
扶衰藜動覓　노쇠한 몸 부축하노라 툭 하면 지팡이나 찾고
和困枕多欹　피곤함을 푼다고 자주 베개에 기대는 꼴일세.
回首山中桂　머리 돌려 산속 계수나무 보면서
聊煩小隱詩　잠시 은사 흉내 내어 시 지어 보노라.

【작가】자는 운경(雲卿), 호는 호음(湖陰). 중국에까지 문명을 떨쳤고 여러 번 중국 사신을 접대하는 동안 중국인과 주고받은 시가 많았다. 중국에 다녀와서 『조천록(朝天錄)』을 남겼으며, 당시 문단에서 그와 신광한(申光漢)을 쌍벽으로 꼽기도 했다.
〖출전〗『호음잡고(湖陰雜稿)』 4권.

- 원래 제목이 「倒用前韻(앞서 게재한 시의 운자를 거꾸로 쓰다)」인데 그 앞에 수록된 시 제목이 「養叔來訪夜坐感舊(양숙이 찾아와 밤에 앉아 옛이야기 하다)」이므로 편의상 「夜坐感舊」로 했다.
- 藜(명아주 려): 청려장을 가리킨다.
- 桂(계수나무 계): 계림일지(桂林一枝)는 사람됨이 비범하면서도 겸손함의 비유로 쓰인다. 한편으로는 계적(桂籍)은 과거 급제자의 명부를 가리키는데, 山中桂이니 계적 따위에 초연함을 나타낸 것이다.
- 覓(찾을 멱). 欹(기울 의). 聊(잠시 료). 煩(애써 고민할 번).

하혼 군에게 보내다寄河君

정인홍(鄭仁弘, 1535~1623)

若知前進效　만약 전진하는 효과를 알고 싶다면
階級若登樓　층계 밟고 누각 오르듯 하라.
一層復一層　한 층 또 한 층 오르다보노라면
身登第一頭　제일 꼭대기에 올라 있을 것이네.

【작가】조선 중기의 학자·의병장·정치가. 자는 덕원(德遠), 호는 내암(來庵). 남명 조식의 수제자로 실제로 강우학파(江右學派: 남명학파)를 이끌었으며 남명의 의리실천사상을 몸소 실천했다. 임란이 일어나자 창의장(倡義將)으로서 왜병을 물리치고 성주성을 탈환하는 등 많은 전과를 올렸으며 왜군들의 보급로를 차단함으로써 왜군의 호남 진출을 막았다. 광해조에는 대북세력의 영수로서 산림정승의 위명을 높이 떨치기도 했다. 그러나 대북의 몰락을 의미하는 인조반정으로 말미암아 광해조 혼정의 모든 책임이 그에게로 돌아가 죽임을 당하고 말았다. 이에 따라 그에 대한 혹평은 극에 달했고 남명학파도 결집력을 상실하고 말았다. 파란만장한 그의 생애는 찬사와 비난을 동시에 안고 전개되었다고 해도 과언이 아니다.

〖출전〗『내암집』1권.

▪하군(河君): 하혼(河渾, 1548~1620). 자는 성원(性源), 호는 모헌(慕軒). 임진왜란 때 창의했으며 정인홍의 문인이다.

▪높은 산에 오를 때는 정상을 바라보면서 오르면 아득하여 힘이 더 들게 마련이다. 그저 발아래만 내려다보면서 한 발 한 발 걷다 보면 어느 듯 정상에 도달하게 됨을 작품화한 것이다.

우연히 읊다偶吟

박반아당(朴半啞堂, 1820~1851)

黃昏獨坐竟何求 황혼 무렵 홀로 앉아 무얼 그리 골똘한가.
咫尺相思悵未休 지척에 임을 두고 안타까워 못 견디네.
月明夜沈千古夢 달 밝아도 밤 깊으면 천고의 꿈에 들고
好花春盡一年愁 꽃 고와도 봄이 가면 남은 해는 수심에 젖네.
心非鐵石那能定 마음이 쇠나 돌이 아니거니 어찌 진정되랴
身在樊籠不自由 몸은 새장 안에 갇힌 듯 자유롭지 못하다네.
歲色背人長倏忽 세월은 날 등지고 멀리 빠르게 지나가나니
試看橋下水東流 시험 삼아 다리 아래 동류수를 굽어본다.

【작가】조선 철종 때의 여류 시인. 호는 죽서(竹西)·반아당(半啞堂). 종언(宗彦)의 서녀(庶女). 서기보(徐箕輔)의 소실(小室). 어려서부터 『소학(小學)』 등 경사(經史)를 비롯하여 옛사람들의 시문을 탐독했고, 또한 중국의 문장가인 한유.소식의 영향을 받았다. 일생을 병마와 싸운 탓으로 시풍은 감상적이다. 126수의 시가 전해지고 있다.

【출전】『동양역대여사시선』(곽찬. 보문관, 1920).

- 試看橋下水東流(시간교하수동류): 이는 공자의 말씀을 원용한 것으로 보인다. "공자께서 냇가에서 말씀하시길 '가는 것이 이와 같구나. 밤낮없이 멈추지 않으니(子 在川上曰 逝者如斯夫 不舍晝夜)'라 했다." 이를 두고 정자(程子)는 "이는 도체(道體: 수도하는 사람의 체후[體候])이니, 하늘이 운행하여 그침이 없어서 해가 가면 달이 오고 추위가 가면 더위가 온다"고 했다. 체후(體候)는 체모(體貌)와 태도를 아울러 이르는 말이다.
- 悵(슬퍼할 창). 那(어찌 나). 樊(울 번). 籠(대그릇 롱). 倏(잠깐 숙).

바둑 즐기는 늙은이 碁翁

변종락(邊宗洛, 1792~1863)

自謂居鄕了債翁　나는야 시골 살며 빚이 없는 늙은이.
有無要與四隣通　재물은 이웃과 사이좋게 나눠 쓴다.
青雲金馬緣何薄　벼슬길 청운에는 인연 없어 못 올라도
白首林泉興不窮　전원에서 늙어 가며 흥겨운 일 끝이 없네.
多少園田貽後計　얼마간의 논밭은 후손에게 물려주고
若干卷軸付兒工　약간의 서책일랑 아이 주어 공부시키네.
老來碁癖還堪笑　늙을수록 바둑벽은 우습기도 하거니와
滿目詩饞月又風　눈에 가득 시 부르는 달과 바람 어쩔거나.

【작가】자는 원화(元華), 호는 기옹(碁翁). 전남 장성읍 출생. 조부에게 글을 배우고 일찍이 과거에 응시했지만 실패하자 평생 시서(詩書)와 바둑을 벗하며 살았다. 1845년 흉년이 들자 장성부사 이장우(李章愚)와 함께 사재를 털어 구휼에 나섰다. 만년에는 마을 앞에 연못을 파고 그 가운데에 섬을 만들어 자신의 호를 딴 기옹정이란 정자를 짓고 당시의 명사들과 구로회(九老會)를 조직하여 풍류를 즐겼다.

〖출전〗『기옹유고』1권.

- 금마(金馬): 금마문(金馬門). 한(漢)나라 때 옥당전(玉堂殿)과 함께 학사(學士)가 출사(出仕)하던 곳. 뒤에 한림원(翰林院)이 되었다.
- 임천(林泉): 은사의 정원.
- 권축(卷軸): 두루마리. 종이나 비단으로 된 글이나 그림, 또는 문서나 시험 답안지 등을 표장(表裝)하여 말아놓은 것. 권자본(卷子本)·권축장(卷軸裝)·축장(軸裝)이라고도 한다.
- 貽(증여할 이). 付(줄 부). 碁(바둑 기). 軸(두루마리 축).癖(버릇 벽). 堪(견딜 감). 饞(탐할 참).

6. 17

초당에서 함자진을 맞이하여 먼저 시를 지어 보이다

草堂邀咸子眞 以詩先之

이규보(李奎報, 1168~1241)

佳節駸駸去不留　아름다운 절후 흘러가 머무르지 않으니
可堪書室咄哉愁　서재에서 우울한 시름 어이 감내하리.
有花絶欲邀賓賞　꽃이 있으니 손님 맞아 감상하고 싶고
無酒猶能與婦謀　술은 없으나 아내와 더불어 구해 올 테니.
爲我何妨廻鈿勒　나를 위해 말머리 돌림이 어떠한가?
捨君誰與倒瓊舟　그대 없으면 누구와 술잔 기울이겠는가?
莫言窮巷無兼味　궁벽한 마을에 별미 없단 말 마시게
偶得紅鱸玉尺脩　우연히 한 자 길이의 농어를 얻어 왔다네.

【작가】☞ 2월 3일 참조.

〖출전〗『동국이상국집』 13권.

■ 자진(子眞): 함수(咸修, 1155~1211)의 자. 고려 후기의 문신. 춘주도(春州道: 강원도 영서 지방)의 염안사(廉按使)로 파견되어 백성을 위무, 좋은 평판을 얻었다.

■ 4행: 두보의 「送重表姪王砅評事使南海(남해로 사신 가는 중표질 왕빙을 전송하며)」에서 당나라 왕규(王珪)의 아내 두씨(杜氏)가 머리털을 잘라 술을 사서 손님을 대접한 것을 읊어 "집에 들어와 아내의 머리카락이 없는 것을 보고 괴이쩍어 오랫동안 탄식하였더니, 아내가 스스로 말하기를 머리카락을 잘라 저자에서 술을 사 왔어요(入怪鬢髮空 吁嗟爲之久 自陳剪髻鬟 鬻市充杯酒)" 했다.

■ 경주(瓊舟): 옥으로 만든 술통을 받치는 쟁반. 나아가 술잔을 가리킨다.

■ 駸(빨리 지나가는 모양 침). 咄(어이 돌). 邀(맞을 료). 妨(방해할 방). 鈿(나전 세공 전). 勒(굴레 륵). 捨(버릴 사). 瓊(옥 경). 舟(술통 받치는 쟁반 주). 偶(짝 우). 鱸(농어 로). 脩(포 수).

6. 18

대곡의 낮에 앉아 우연히 읊다大谷晝坐偶吟

성운(成運, 1497~1579)

夏木成帷晝日昏　여름 나무 휘장 이뤄 대낮에도 어두운데
水聲禽語靜中喧　물소리 새소리, 고요 속에 시끄럽네.
已知路絶無人到　길 끊어져 아무도 안 올 줄 알면서도
猶倩山雲鎖洞門　산 구름에 부탁하여 골짝 어귀 막았다네.

【작가】자는 건숙(建叔), 호는 대곡(大谷). 16세기에 속리산 일대를 학문의 무대로 삼으면서 처사형 사림(士林)의 입지를 지킨 대표적인 인물로 남명 조식의 가장 가까운 벗이었다. 그의 학풍과 사상에 대해서는 당대에도 높은 평가가 있었으며, 허목.윤휴 등 17세기 중·후반 근기남인(近畿南人: 서울·경기 지역의 남인) 학자들에게도 일정한 영향력을 주었다.

〖출전〗『대곡집』上.

■ 帷(휘장 유). 喧(어린아이가 울음을 그치지 않을 훤). 倩(청할 천). 鎖(잠글 쇄).

6. 19

산山

원천석(元天錫, 1330~1395)

道直難容世路間　올곧아 세상에 받아들여지기 어려워
一生蹤跡寄湖山　평생 강호와 청산에 위탁하여 사노라.
高吟大醉乾坤裏　천지간에 맘껏 노래하고 술에 취하여
笑看孤雲尚未閑　외로운 구름 바쁜 것을 웃으며 바라보네.

【작가】☞3월 13일 참조.

〖출전〗『운곡행록(耘谷行錄)』1권.

■ 건곤(乾坤): 천지(天地).

붓 가는대로 쓰다漫筆 1

이용휴(李用休, 1708~1782)

猛虎錦毛斑　맹호는 비단 같은 털이 아름답고
毒蛇花文燦　독사는 꽃무늬가 찬란하다네.
甚美惡亦隨　지나치게 아름다운 데는 악함도 따르나니
遠之愼勿玩　그들을 멀리하여 삼가 즐기지 말지어다.

【작가】☞3월 6일 참조.

〖출전〗『혜환시집』.

■ 斑(얼룩 반). 燦(빛날 찬). 愼(삼갈 신). 玩(희롱할 완).

6. 21 **하지**(夏至)

태양의 양기(陽氣)가 극에 달해 화기(火氣)가 극히 왕성하다.

제멋대로 읊다 浪吟

박수량(朴遂良, 1475~1546)

口耳聾啞久 말하지 않고 듣지 않은 지 오래지만
猶餘兩眼存 두 눈은 남아 또랑또랑 뜨고 있다.
紛紛世上事 어지럽고 시끄러운 세상만사
能見不能言 볼 수는 있어도 말할 수는 없구나.

【작가】 조선 중기의 학자·효자. 자는 군거(君擧), 호는 삼가정(三可亭)·쌍한정(雙閑亭). 혼란한 연산군과 중종 시대에 지조를 지켜 고향 강릉에 물러나 당숙인 박공달(朴公達)과 쌍한정에서 시와 술과 담론으로 여생을 보냈다. 천성이 순수하며 후하고 소박했으며 뜻이 독실해 지조가 구차하지 않았다.

〖출전〗『삼가집』.

- 이 시는 중종 때 기묘사화(1519)를 겪으면서 읊은 것이라 한다. 그때나 이제나 세상에서는 입으로 한 약속 따위는 아무것도 아니고, 믿음이니 의리니 하는 단어는 한낱 공염불에 불과하며, 시기·질투로 없던 일조차 있는 것처럼 꾸며 가며 하루아침에 수십 년의 인간관계를 헌신짝 버리듯 예사로이 내팽개친다. 그러면서도 남들 앞에서는 성인군자입네 하는 부류들에게 보내는 준엄한 꾸짖음이 담겨 있다. 기묘사화는 남곤·심정·홍경주 등의 훈구파가 성리학에 바탕을 둔 이상 정치를 주장하던 조광조·김정 등의 신진파를 죽이거나 귀양 보낸 사건이다.
- 분분(紛紛): 흩어져 어지러움. 뒤얽혀 갈피를 잡을 수 없음.

반달을 읊다詠半月

황진이(黃眞伊, 조선 중종 때)

誰劚崑山玉　그 누가 곤륜산의 옥을 깎아서
裁成織女梳　직녀의 얼레빗을 만들어 주었던고?
牽牛一去後　견우님 떠난 뒤 오시질 않아
愁擲碧空虛　시름겨워 푸른 하늘에 던져 버렸네.

【작가】☞3월 7일 참조.

〖출전〗『소화시평』하권.

- '劚(깎을 촉)'이 벽자(僻字)이다 보니 그러는 듯 흔히 '斷(끊을 단)'으로 쓰고 있다.
- 곤륜(崑崙): 곤륜산(崑崙山). 昆侖으로도 쓴다. 신강(新疆) 서장(西藏)에 있으며, 하늘에 닿을 만큼 높고 보옥(寶玉)이 나는 명산으로 전해졌으나, 전국시대 이후 신선설(神仙說)이 유행하면서 신선경(神仙境)으로서의 성격이 두드러지게 되어 산중에 불사의 물이 흐르고 선녀인 서왕모(西王母)가 살고 있다는 신화들이 생겨났다.
- 직녀(織女): 직녀성에 산다는 선녀. 직녀성은 '은하수 동쪽에 있는 별'로 칠석날에 직녀와 견우성의 목동 신선 견우가 은하수를 건너 서로 만나본다고 하니, 직녀성과 견우성이 칠석이면 가까이 다가 있어 보여서 생긴 전설이다.
- 결구의 '愁(시름 수)'가 '謾(속일 만)'으로 되어 있는 곳도 있다. 이 경우 끝의 虛(빌 허)자와 호응되어 '아무렇게, 함부로, 마구, 헛되이' 등의 뜻으로 풀이한다.
- 裁(마름질 할 재). 梳(얼레빗 소). 牽(끌 견). 擲(던질 척).

6. 23

꽃을 보며看花

박준원(朴準源, 1739~1807)

世人看花色　세상사람 꽃의 빛깔을 볼 때

吾獨看花氣　나는 홀로 꽃의 기운을 보노라.

此氣滿天地　그 기운 천지에 가득 찰 때면

吾亦一花卉　나 또한 한 송이 꽃이 되리라.

【작가】 자는 평숙(平叔), 호는 금석(錦石). 순조의 외조부. 어려서부터 독서를 좋아하여 육경(六經)과 백가(百家)의 글에 두루 통달했으며, 만형 윤원(胤源)과 함께 서로 학문을 강론했다. 여주에 있는 그의 신도비를 순조가 친히 지었다.

〖출전〗『금석집』 1권.

- 꽃이든 사람이든 모든 생명체의 진정성은 겉모습만으로는 다 알 수 없다. 드러나지 않은 생명체 내면에 함장된 기운을 볼 수 있을 때 비로소 그의 진정한 실체를 알 수 있게 된다. 오늘날처럼 이웃에 누가 살고 있는지조차 잘 모르면서 어쩌다 잠시 스치며 바라본 겉모습만으로는 사람을 평가할 수 없다. 옛날 농경사회일 때는 한 지역에서 일생을 붙박이로 더불어 살아가다 보니 한 사람의 실체를 알기가 훨씬 쉬웠을 터임에도 이와 같은 글이 있는 걸 보면 예나 지금이나 사람 속을 알기가 어렵기는 마찬가지인가 보다. 꽃의 기운을 알려면 내가 꽃이 되어야 한다는 고결한 작품에 대한 감상이 지나치게 비루하다.
- 화훼(花卉): 꽃이 피는 풀. 화초(花草).
- 卉(풀 훼).

6. 24

돈에 대해 읊다詠錢

신석우(申錫愚, 1805~1865)

能平世上難平事　해결하기 힘든 세상일을 잘도 해결하고
愚者爲賢智者愁　우자를 현자로, 지혜로운 이를 걱정꾼으로 만드네.
字辨開元疑月缺　개원이란 글자는 분간되나 달이 찌그러진 듯하고
形圜齊府象泉流　제부처럼 둥글어서 물 흐르듯 굴러가네.
摧殘百物權何重　온갖 물건을 헐값 만드니 권세 정말 무겁고
破盡千家意不休　일천 집안 파산시키고도 욕심을 그치지 않네.
子貸殖繁勤駔儈　이자 놓고 재물 불리느라 거간꾼들 바쁘니
飜令編戶等王侯　서민도 하루아침에 제왕처럼 변하누나.

【작가】 자는 성여(聖如), 호는 해장(海藏). 순조 34년에 식년문과 급제. 용강현감·병조참판·우승지·양주목사·홍문관제학·이조참판·경상도관찰사·예조판서 역임. 문장과 글씨에 뛰어났다.

【출전】『해장집』.

- 개원(開元): 개원통보(開元通寶). 개원(開元)은 개국건원(開國建元)의 준말로 당나라의 창업을 기념한 것이다. 이 동전은 몇 왕조에서 주조되었다. 여기서는 오대십국 때 민왕(閩王) 심지(審知) 시기에 만든 대연전(大鉛錢)을 가리키는데, 후면 상부에 민(閩)자가, 아래에는 앙월(仰月: ‿) 모양이 새겨져 있다. '월결(月缺)'은 이 ‿을 가리킨다.
- 제부(齊府): 제왕부(齊王府). 당(唐) 고조(高祖)는 큰아들인 건성(建成)을 태자로 세우고 태종(太宗)인 세민(世民)을 진왕(秦王)에, 원길(元吉)을 제왕(齊王)에 봉했는데, 뒤에 건성과 원길이 태종의 세력이 커지는 것을 시기하여 태종을 죽이려 하다가 도리어 태종의 공격을 받고 모두 죽임을 당했다. 후계자가 된 태종이 동궁

과 제왕부에 있던 사람들을 모두 우대하여 등용한 것을 가리킨다.

- 장쾌(駔儈): 중도위. 예전에 장(場)마다 돌아다니며 과일이나 나무 따위의 흥정을 붙이고 돈을 받던 사람. 거간꾼이라고도 한다.
- 편호(編戶): 호적에 편입된 호구. 곧 서민.
- 愚(어리석을 우). 圜(둥글 환). 摧(억압할 최). 駔(거간 장). 儈(거간 쾌). 飜(뒤칠 번).

개원통보(뒷면)

6. 25

그대를 보내며送人

정지상(鄭知常, ?~1135)

雨歇長堤草色多　비 갠 긴 둑에 풀빛 고운데
送君南浦動悲歌　남포에서 그대 보내며 슬픈 노래 울먹이네.
大同江水何時盡　대동강 물은 어느 때나 마르랴
別淚年年添綠波　해마다 이별 눈물 푸른 물에 보태나니.

【작가】☞4월 12일 참조.

〖출전〗『동문선』19권, 『상촌고(象村稿)』52권. 『성소부부고』25권. 『심전고(心田稿)』. 『운양집(雲養集)』2권. 『익재집. 櫟翁稗說 後集 二』. 『제호집(霽湖集)』9권. 『지봉집(芝峯集)』10권.

- 이 시는 고려시대 시를 대표하는 작품이다. 대동강가의 연광정(練光亭)에는 수많은 시가 걸려 있는데, 중국 사신이 올 때면 모두 걷어 버리고 이 시만 뒀다고 한다.
- 남호의 시에는 "庭前一葉落"으로 시작되는 또 다른 「송인」(10월 13일 참조)도 있다.
- 『기아』에는 제목이 「大同江(대동강)」으로 되어 있다. 『파한집』과 『보한집』에는 '添綠波(첨록파)'가 '添作波(첨작파)'로 되어 있다.
- 남포: 굴원(屈原)이 『초사』「구가(九歌), 하백(河伯)」에서 "그대의 손을 잡고 동으로 가서, 사랑하는 그대를 남포에서 보내네(子交手兮東行 送美人兮南浦)"라고 읊은 이후부터 남포는 단순히 남쪽 포구가 아닌 '이별의 장소'라는 의미로 쓰이게 되었다.

가볍게 짓다漫題

권필(權韠, 1569~1612)

卜地依淸澗　맑은 시냇가에 집을 지으니
開軒對小塘　방문 열면 작은 연못 마주 보인다.
窓虛山入座　창이 텅 비니 푸른 산이 자리에 들고
簷短雨侵牀　처마 짧으니 빗발이 침상에 들이친다.
得意乾坤闊　뜻대로 되면 하늘과 땅이 드넓고
無營日月長　하는 일 없어 날과 달이 길어라.
唯餘詩酒習　시 쓰고 술 마시는 버릇만 남아
老去益顚狂　늙어 갈수록 더욱 광태를 보인다.

【작가】자는 여장(汝章), 호는 석주(石洲). 과거에 뜻을 두지 않고 술과 시를 즐기며 자유분방한 일생을 살았다. 강화에 있을 때 명성을 듣고 몰려온 많은 유생을 가르쳤으며, 명나라의 대문장가 고천준(顧天俊)이 사신으로 왔을 때 영접할 문사로 뽑혀 이름을 떨쳤다. 광해군의 비 류씨의 동생 등 외척들의 방종을 비난하는 「궁류시(宮柳詩)」로 인해 해남으로 유배되었다. 귀양길에 올라 동대문 밖에 다다랐을 때 행인들이 주는 동정술을 폭음하고 그다음 날 44세로 죽었다. 시재가 뛰어나 자기 성찰을 통한 울분과 갈등을 토로하고 잘못된 사회상을 비판 풍자하는 데 주목할 만한 성과를 거두었다.

〖출전〗『석주집』 3권.

- 복지(卜地): 살 만한 곳을 가려서 정함.
- 득의(得意)~일월장(日月長): 백거이의 「우작(偶作)」에 "일이 없으니 세월이 길고 얽매이지 않으니 천지가 광활하네(無事日月長 不羈天地闊)"라 했는데, 이를 원용한 것이다.
- 전광(顚狂): 미친 짓. '顚(꼭대기 전)'은 '癲(미칠 전)'과 통한다.

웃으며 적다書笑 1

김시습(金時習, 1435~1493)

板屋如轎小　가마처럼 작은 판잣집
矮窓闔不開　작은 창 열지 않았더니
階前鼯出沒　섬돌 앞에는 다람쥐가 오락가락
簷外鳥飛回　추녀 끝에는 새가 들락날락한다.
蕎麥和皮擣　메밀을 껍질째 방아에 찧고
葑根帶葉檑　이파리 붙은 무를 통째로 갈아
和羹作餑飥　국 끓이고 만두 만들어
喫了笑咍咍　먹고 나니 껄껄껄 웃음 나온다.

【작가】☞3월 2일 참조.

〖출전〗『매월당집』14권.

- 이 시는 매월당이 50세를 전후하여 강원도 강릉에 머물 때 지었다.
- 轎(가마 교). 矮(키 작을 왜). 闔(문짝 합). 鼯(날다람쥐 오). 簷(처마 첨). 蕎(메밀 교). 擣(찧을 도). 葑(순무 봉). 檑(큰 통나무 뢰). 和(양념할 화). 羹(국 갱). 餑(만두 발). 飥(떡 탁). 喫(마실 끽). 咍(웃을 해).

손님이 나에게 근황을 묻길래客問余近況

변종운(卞鍾運, 1790~1866)

客來談水月 손님이 와서 물과 달을 이야기하니
吾已悟盈虛 나는 이미 차고 비는 것을 깨달았네.
萬事雙蓬鬢 만사는 흐트러진 귀밑머리요
孤村一草廬 외로운 마을에 초가 한 채.
落花春有酒 꽃이 지는 봄에는 술 마시고
細雨夜看書 가랑비 내리는 밤에는 책을 보네.
窮達都無意 궁함과 현달함에 모두 뜻이 없으니
浮生任卷舒 덧없는 인생을 되는 대로 맡기네.

【작가】조선 후기의 역관. 자는 붕칠(朋七), 호는 소재(嘯齋)·밀산(密山). 중인 출신. 순조 때 역과(譯科)에 급제하고 1865년(고종 2)에 왜관을 수리한 공로로 가선대부, 오위장이 되었다. 시문에 능했다.

【출전】『소재집』3권.

▪오영허(悟盈虛): 소식의「적벽부」에 "손도 저 물과 달을 아는가? 가는 것은 이와 같으되 일찍이 가지 않았으며, 차고 비는 것이 저와 같으되 마침내 줄고 늚이 없으니, 변하는 데서 보면 천지도 한순간일 수밖에 없다(客亦知夫水與月乎 逝者如斯而未嘗往也 盈虛者如彼 而卒莫消長也 蓋將自其變者而觀之 則天地曾不 能以一瞬)"고 했다.

▪쌍봉빈(雙蓬鬢): 두 귀밑머리가 헝클어져 있는 모양. 상투 틀 때 귀밑머리는 짧아 단정히 정리가 잘 안 되어 자주 흐트러진 모양을 하고 있게 마련이다.

▪궁달(窮達): 빈궁(貧窮)과 영달(榮達).

▪蓬(흐트러질 봉). 鬂(살쩍 빈. 鬢[관자놀이와 귀 사이에 난 머리털 빈]의 속자). 舒(펼 서). 嘯 = 歗(휘파람 소).

6. 29

태백산에 올라登太白山

안축(安軸, 1282~1348)

直過長空入紫煙　곧장 먼 하늘 지나 푸른 이내로 들어가니
始知登了最高巓　비로소 최고봉에 오른 줄을 알겠구나.
一丸白日低頭上　둥근 해는 머리 위에 나직이 떠 있고
四面群山落眼前　사면의 뭇 산은 눈앞에 떨어져 있네.
身逐飛雲疑駕鶴　몸이 나는 구름 좇으니 학을 탄 듯하고
路懸危磴似梯天　벼랑에 걸린 길은 하늘 사다리인 듯하네.
雨餘萬壑奔流漲　비 온 뒤 온 골짝에 세찬 물결 넘치니
愁度縈回五十川　굽이도는 오십천 건널 일이 걱정이네.

【작가】 고려 후기 문신·문인. 자는 당지(當之), 호는 근재(謹齋). 죽계(竹溪: 지금의 풍기)에서 세력 기반을 가지고 중앙에 진출한 신흥 사대부의 한 사람으로 탁월한 재질로 학문에 힘써서 문명이 높았다.

〖출전〗『근재집』1권. 『동문선』5권.

- 오십천(五十川): 강원도 삼척시와 태백시 경계인 백병산(白屛山, 1259m)에서 발원하여 동해로 흐르는 하천. 50개의 건널목이 있고 50굽이를 휘돌아 내리는 하천이라 하여 五十川이라 한다.
- 巓(산꼭대기 전). 逐(좇을 축). 疑(의심할 의). 駕(탈 가). 磴(돌 비탈길 등). 梯(사다리 제). 壑(골 학). 奔(달릴 분). 漲(불을 창). 縈(돌 영).

가야산에서 석천의 시에 차운하다在伽倻次石川韻

곽재우(郭再祐, 1552~1617)

莫不苦長夜　긴 밤을 괴로워하지 않을 수 없는데
誰令日未曛　뉘라서 해 저물지 않게 할 수 있으랴.
欲看天地鏡　천지의 거울을 보려고 하면
須自絶塵紛　반드시 속세의 먼지를 끊어야 하네.

【작가】조선 중기의 의병장. 자는 계수(季綏), 호는 망우당(忘憂堂). 그는 벼슬에 나가지 않고 한가로이 시를 읊고 술과 낚시로 세월을 보내던 시골 선비였다. 학문을 하지 않은 것은 아니었다. 조식의 문하에서 공부했고 그 인연으로 조식의 외손녀와 혼인했다. 34세에 정시문과에 응시해 뽑히기도 했다. 그러나 얼마 후 글의 내용이 선조의 마음에 들지 않는다고 해서 합격이 취소된 이후 벼슬에 대한 뜻을 접었다. 그런 그가 임란이 일어나자 의병을 일으켜 왜군에 맞서 싸웠다.

〖출전〗『망우집』2권.

- 석천(石川): 임억령(林億齡, 1496~1568)의 호. 천성적으로 도량이 넓고 청렴결백하고 시문을 좋아하여 사장(詞章)에 탁월했으므로 당시의 현인들이 존경했다. 그러나 이직(吏職)에는 적당하지 않았던 것으로 사신(史臣)들이 평했다.
- 曛(석양빛 훈). 紛(어지러워질 분). 綏(편안할 수).

七月

스스로 느낌이 있어 自感

이색(李穡, 1328~1396)

無悶是聖人　근심이 없는 이가 성인이요
遣之賢者事　이를 떨치는 것이 현자의 일이라네.
戚戚以終身　근심 걱정으로 몸을 마치는 것
斯爲小人耳　이것이 곧 소인이니라.
我學本空疏　내 학문은 본래 텅 비었고 서투르며
我行多乖異　내 행실은 어긋남이 많나니
有聲觸于耳　무슨 소리가 귀에 들리기만 하면
妄動寧復止　망령된 행동을 어찌 다시 그치랴.
鶯語融吾神　꾀꼬리 울음은 내 심신을 융화시키고
蟲鳴悽我志　벌레 소리는 내 뜻을 슬프게 하네.
我則踐我迹　내가 내 자취만 밟는 사이에
歲月其逝矣　세월은 끝없이 흘러만 가누나.
抑戒皎如日　억의 경계가 해와 같이 밝으니
尙期無自棄　아직 자포자기 않기를 기약하노라.

【작가】☞10월 11일 참조.

〖출전〗『목은고』 25권. 『동문선』 5권.

- 아측천아적(我則踐我迹): 성인의 자취를 본받지 않고 자기 의지대로만 살아왔음을 의미한다(『論語, 先進』).
- 억계(抑戒): '抑(삼가할 억)'은 『시경』 「대아(大雅)」의 편명인데, 춘추시대 위(衛) 무공(武公)이 나이 90에 친히 이 시를 지어서 악공(樂工)에게 날마다 곁에서 노래하게 하여 스스로 위의(威儀)와 공경(恭敬)을 다하여 조금이라도 방심하지 않으려고 자신을 경계했던 데서 온 말이다.
- 遣(놓아줄 견). 之(이것 지). 戚(근심할/두려워할 척). 疏(서투를 소). 乖(어그러질 괴). 則(본받을 측). 皎(달빛 교).

길섶 소나무路傍松

김굉필(金宏弼, 1454~1504)

一老蒼髥任路塵　한 늙은이 푸른 수염 길 먼지에 맡겨 두고
勞勞迎送往來賓　수고로이 오고가는 길손 보내고 맞는다.
歲寒與汝同心事　날씨 차가워지는데 그대와 마음 같이하는 이
經過人中見幾人　지나는 사람들 중에 몇몇이나 보았느냐.

【작가】조선 전기의 문신·학자. 자는 대유(大猷), 호는 사옹(蓑翁)·한훤당(寒暄堂). 김종직의 제자로 김일손·김전·남곤·정여창 등과 동문이었다. 『소학』에 심취하여 스스로 '소학동자'라 칭했고 『소학』의 가르침대로 생활했다. 『소학』을 행동의 근간으로 삼아 『소학』을 알지 못하고는 사서육경을 알 수 없다고 주장하기도 했다.
〖출전〗『해동잡록(海東雜錄)』 2권. 『퇴계집』 8권. 『동문선』 10권.

- 창염(蒼髥): 푸른 구레나룻, 곧 소나무를 가리킨다.
- 세한(歲寒): 『논어』 「자한(子罕)」의 "날씨가 추워진 후에야 소나무와 측백나무가 늦게 시듦을 알게 된다(歲寒然後知松柏之後彫也)"는 말을 원용한 것이다.
- 傍(곁 방). 髥(구레나룻 염). 塵(티끌 진). 賓(손 빈).

고염잡곡古艶雜曲 1

최성대(崔成大, 1691~1761)

歡爲樸樕林　그대는 덤불이요
儂作忍冬花　나는야 인동초꽃.
花花自糾結　꽃과 꽃이 저절로 얽히고
葉葉自偎斜　잎과 잎이 저절로 기대네.

【작가】자는 사집(士集), 호는 두기(杜機). 시문에 뛰어나 김창흡(金昌翕) 이후의 제일인자라 칭해졌다. 신유한(申維翰)과 친교를 맺고 화답한 시가 많다.

〖출전〗『두기시집』1권.

- 고염곡은 '예전에 부인들이 부르던 민요'로서 이를 작가가 한시로 옮긴 것이다.
- '糾(꼴 규)'가 '紐(끈 뉴)'로 되어 있는 곳도 있다.
- 인동(忍冬)은 말 그대로 추운 겨울을 견뎌내는 상록 덩굴식물이면서 꽃향기가 무척 달다. 그래서일까 김대중 전 대통령은 이를 호로 삼았다.
- 복속(樸樕): 무더기로 자란 작은 나무를 말하는 것으로, 평범하고 하찮으며 보잘것없는 사람을 비유하는데 잘 쓰인다.
- 樸(나무 빽빽할 복). 樕(잡목 속). 偎(가까워질 외).

우연히 읊다偶吟

김성일(金誠一, 1538~1593)

出處亦何常　이 세상 나고 듦에 덧이 있으랴.
卷舒雲無心　흰 구름만 무심하게 흘러가누나.
抱病歸故山　병들어 고향 산천 돌아와 보니
倦飛憐野禽　날다 지친 들새가 가련하구나.
南窓夏景長　남쪽 창가 여름 경치 유장하고
北塢松桂深　북쪽 언덕 소나무 숲 깊고도 깊네.
塵機坐消歇　앉은 채로 세상 생각 삭이노라니
何者爲升沈　무엇이 내 인생에 부침이 되리오.
雖無耦耕人　함께 밭 갈 사람은 비록 없지만
至樂吾獨尋　지극한 즐거움 나 홀로 찾는다네.
時從鹿豕遊　때때로 노루 사슴 따라 노닐며
相對開幽襟　그들에게 내 가슴속 열어 보인다네.

【작가】조선 중기의 문신·학자. 자는 사순(士純), 호는 학봉(鶴峯). 1590년 통신 부사로서 일본에 가서 실정을 살핀 후 민심이 흉흉할 것을 우려하여 침략의 우려가 없다고 보고했다. 이 보고 때문에 임진왜란을 불러온 장본인으로 각인되었고 임란이 발발하자 파직되었다. 그러나 곧 류성룡의 변호로 경상우도 초유사(招諭使)로 임명되었다. 의병장 곽재우를 도와 의병활동을 했고, 뒤이어 경상도 관찰사로 임명되어 의병을 규합하고 군량미를 모았으며, 김시민(金時敏)을 도와 진주성을 지키도록 했다.

〖출전〗『학봉집』1권.

- 권서(卷舒): 구름이 말렸다 흩어졌다 하는 모양.
- 송계(松桂): 송백(松柏)처럼 초심·절조를 나타낸다. 송백과 달리 은자가 사는 곳을 가리키기도 한다.
- 진기(塵機): 속된 생각. 機(심기 기)는, 교법(敎法)에 의해 격발되어서 활동하는 심기(心機: 마음을 움직이는 실마리) 또는 교법을 위해 격발되는 심기.
- 豕(돼지 시): '멧돼지'이지만 시의 흐름상 노루로 번역한다.
- 卷(말 권). 舒(흩어질 서). 倦(피로할 권). 憐(불쌍히 여길 련). 塢(둑 오). 機(틀 기). 歇(쉴 헐). 升(오를 승). 耦(짝 우). 尋(찾을 심). 襟(옷깃 금).

절명시絶命詩

성삼문(成三問, 1418~1456)

擊鼓催人命　목숨을 재촉하는 북소리 둥둥 울리는데
回頭日欲斜　고개 돌려 바라보니 해는 지려 하는구나.
黃泉無一店　저승에는 주막집 하나 없다는데
今夜宿誰家　오늘밤은 뉘네 집에서 묵으려나.

【작가】자는 근보(謹甫)·눌옹(訥翁), 호는 매죽헌(梅竹軒). 외가인 홍주(洪州) 노은골에서 출생할 때 하늘에서 "낳았느냐?" 하고 묻는 소리가 세 번 들려서 삼문(三問)이라 이름을 지었다는 일화가 전한다. 단종의 복위를 꾀하다 죽은 사육신 가운데 한 사람으로 조선왕조의 대표적인 절신(節臣)으로 꼽힌다. 성삼문 등 사육신의 처형 후 그들의 의기와 순절에 깊이 감복한 한 의사(義士)가 시신을 거두어 한강 기슭 노량진에 묻었다 하는데, 현재 노량진 사육신 묘역이 그곳이다.

〖출전〗『육선생유고(六先生遺稿)』. 『연려실기술』 4권.

- 지은이가 형장으로 끌려가면서 지은 즉흥시로, 본디 시의 제목은 없지만 편의상 '절명시'라 붙인 것이다.
- 『육선생유고』 중 「성선생사실(成先生事實)」에 의하면, 명나라 손궤(孫蕢)의 "북치는 소리 급하기도 한데/ 서산에 해가 또 지려 하는구나./ 황천에는 객점이 없다고 하니/ 오늘밤을 뉘 집에서 묵을까(鼉鼓聲正急 西山日又斜 黃泉無客店 今夜宿誰家)" 라는 시가 있는데, 이를 보고 누군가가 개작하여 성삼문의 작품이라 했다 하고 있다.
- 절명(絶命): 목숨이 끊어져 죽음.
- 격고(擊鼓): 북을 두드림.
- 擊(부딪칠 격). 鼓(북 고).

이내 개인 산간 마을山市晴嵐

진화(陳澕, 1180?~?)

靑山宛轉如佳人 푸른 산은 오롯이 예쁜 여인 같아서
雲作香鬟霞作脣 구름은 향기로운 쪽머리요 노을은 입술 같네.
更敎橫嵐學眉黛 다시 비낀 이내는 눈썹 그리는 먹 본뜨더니
春風故作西施嚬 봄바람은 일부러 서시의 찡그림을 만들었네.
朝隨日脚卷還空 아침에는 햇살 따라 걷히어 비었다가
暮傍疏林色更新 저녁에는 성긴 숲 끼고서 빛이 더욱 새롭다.
遊人隔岸看不足 유람하는 사람, 언덕 너머 봐도 더 보고 싶으니
兩眼不博東華塵 두 눈이 동화 티끌과 바꾸지 않으리.

【작가】☞5월 5일 참조.

〖출전〗『매호유고』.

- 이 시는 진화가, 북송(北宋)의 송적(宋迪)이 중국 호남성 소수와 상수가 합류하는 곳의 경치를 여덟 폭의 산수화(瀟湘八景圖)로 그렸는데 이를 보고 지은 것으로 「宋迪八景圖」 가운데 네 번째 수이다.
- 소상팔경도: 소수와 상수는 중국 호남성 동정호의 남쪽 영릉(零陵) 부근으로, 「소상팔경도」는 중국에서 가장 아름다운 경관을 그린 것으로 간주되어 왔다. 중국에서는 북송의 이성(李成)에 의해 처음으로 「소상팔경도」가 그려졌고, 송적도 이른 시기에 '소상팔경'을 그렸다. 우리나라와 일본에도 일찍부터 전해져 사대부 계층은 물론 서민 사이에서도 크게 유행했다. 정선 등의 화가들에 의한 그림과 민화, 이인로·이규보·이제현 등의 한시가 있다.
- 서시(西施): 중국 4대 미인 중 한 사람. 기원전 5세기경 춘추 말기의 저장성 회계(会稽) 출신으로 본명은 시이광(施夷光)이며 서자(西子)라고도 불렸다. 당시 저라

산(苧蘿山) 아래쪽에는 2개의 촌락이 동서로 분리되어 있었으며 대부분이 시(施)씨로 시이광이 서촌(西村)에서 살았기 때문에 사람들은 그녀를 서시라고 칭했다. '서시빈(西施嚬)'은 서시가 너무나 아름다워 찡그리는 모습조차 예쁘게 보이므로 옆집 추녀가 그 찡그리는 모습을 본뜨려다 오히려 비웃음을 샀다는 고사를 말한다.

■ 동화진(東華塵): 관리가 조정에 출퇴근할 적에 내는 먼지를 말한다. 동화는 송나라 궁성의 동쪽 문 이름인데, 입조할 때 이 문을 이용했다. 소식의 시에 "은거하여 뜻을 구함엔 의리를 따를 뿐, 동화문의 먼지나 북창의 바람은 아예 계교치 않네(隱居求志義之從 本不計較東華塵土北窓風)"라는 구절이 있다(『蘇東坡詩集, 薄薄酒』).

■ 嵐(남기 람). 宛(완연할 완). 鬟(쪽찐 머리 환). 教(~로 하여금 ~하게 할 교). 黛(눈썹먹 대). 嚬(찡그릴 빈). 博(노름 박).

〈소상팔경도-산시청람〉(작자 미상)

어부漁父 5

성간(成侃, 1427~1456)

數疊青山數谷烟　겹겹이 푸른 산, 골짝마다 안개
紅塵不到白鷗邊　흰 갈매기 곁엔 속세 티끌 이르지 않네.
漁翁不是無心者　고기잡이 노인은 무심한 사람 아니라
管領西江月一船　한 배 가득 서강의 달을 싣고 오네.

【작가】☞2월 25일 참조.

〖출전〗『진일유고』2권. 『해동역사』48권.

- 홍진(紅塵): 번거롭고 속(俗)된 세상.
- 관령(管領): 도맡아 다스림.
- 疊(겹쳐질 첩). 鷗(갈매기 구). 管(주관할 관).

준 스님에게 주다贈峻上人 8

김시습(金時習, 1435~1493)

終日芒鞋信脚行　종일토록 짚신 신고 발길 따라 가노라니
一山行盡一山靑　한 산을 지나고 나면 또 한 산이 푸르도다.
心非有想奚形役　마음에 생각이 없는데 어찌 몸이 부려지랴.
道本無名豈假成　도는 본래 이름이 없거니 어찌 거짓으로 이루랴.
宿露未晞山鳥語　간밤 이슬 마르기도 전에 산새는 지저귀고
春風不盡野花明　봄바람 그치지 않으니 들꽃이 환하구나.
短笻歸去千峯靜　짧은 지팡이로 돌아가노니 뭇 봉우리 고요한데
翠壁亂烟生晩晴　푸른 벼랑에 어지러운 안개가 저녁볕에서 나네.

【작가】☞3월 2일 참조.

〖출전〗『매월당집』3권. 『동문선』7권.

- 이 시는 『매월당집』에 「증준상인(贈峻上人)」 20수 가운데 제8수로, 1452년 호남의 상사대(上社臺)에 살 때 함께 지냈던 당대의 명승 준에게 준 것이다. 『동문선』에는 「無題」로 되어 있다. '心非有想'이 '心非無像'으로 되어 있는 곳도 있다.
- 망혜(芒鞋): 마혜(麻鞋)를 잘못 일컫는 말. 미투리·승혜(繩鞋)·삼신·마구(麻屨)·청혜(靑鞋)라고도 부른다.
- 형역(刑役): 몸이 구속되거나 사역당하는 것으로, 공명이나 이록(利祿)에 끌리거나 지배당하는 것을 이른다.
- 도본무명(道本無名): 『노자(老子)』에 "도라 말할 수 있는 도는 영원한 도가 아니고, 이름 부를 수 있는 이름은 영원한 이름이 아니다. 이름이 없는 것은 천지의 시작이요, 이름이 있는 것은 만물의 어머니다(道可道 非常道 名可名 非常名 無名天地之始 有名萬物之母)"라는 말이 있다.

7. 9

손톱에 봉선화 물들이며 노래하다染指鳳仙花歌

허초희(許楚姬, 1563~1589)

金盆夕露凝紅房　금 화분 속 붉은 꽃망울에 저녁 이슬 맺혔어라
佳人十指纖纖長　아름다운 여인의 열 손가락 가늘고 길구나.
竹碾搗出捲菘葉　대나무 절구에 찧어 장다리 잎으로 말고
燈前勤護雙鳴璫　쌍 귀고리 울리며 등불 앞서 동여맸네.
粧樓曉起簾初捲　단장한 누대에서 새벽에 일어나 발을 걷어 보니
喜看火星拋鏡面　거울 안에 붉은 별이 던져 있는 것을 기쁘게 보네.
拾草疑飛紅蛺蝶　꽃잎 뜯을 때는 붉은 범나비가 날아다니는 듯.
彈箏驚落桃花片　가야금 탈 땐 복사꽃이 깜짝 놀라 떨어지는 듯.
徐匀粉頰整羅鬟　천천히 분화장 곱게 하고 비단결 머리 매만지니
湘竹臨江淚血斑　소상강의 대나무에 피눈물이 얼룩진 듯.
時把彩毫描却月　때때로 채색 붓으로 반달눈썹 곱게 그리니
只疑紅雨過春山　붉은 비가 봄 산을 지나가는 듯하네.

【작가】호 난설헌(蘭雪軒), 별호 경번(景樊). 허균(許筠)의 누나. 이달(李達)에게 시를 배워 8세에 상량문(上梁文)을 짓는 등 신동으로 칭송되었다. 1577년(선조 10) 15세의 나이에 김성립(金誠立)과 결혼했으나 원만하지 못했다. 사랑하던 남매를 잃은 뒤 뱃속의 아이까지 잃는 아픔을 겪었다. 친정집에 옥사(獄事)가 있었고 동생 균마저 귀양 가는 등 비극의 연속으로 삶의 의욕을 잃고 책과 먹으로 고뇌를 달래다 26세로 요절했다.

〖출전〗『난설헌시집』.

■ 홍방(紅房): 붉은 꽃망울.

■ 장루(粧樓): 여성이 거주하는 다락집.

- 서균(徐勻): 분을 골고루 바르기 위해 얼굴을 토닥이는 모습.
- 상죽(湘竹): 소상강(瀟湘江) 가에서 나는 무늬 있는 대나무(斑竹). 순(舜)임금이 창오(蒼梧)에서 죽었을 때 그의 두 비인 아황(娥皇)과 여영(女英)이 소상강 가에서 슬피 울다 눈물이 강가의 대에 뿌려져 얼룩이 들었다. 이것이 소상반죽인데, 남편을 따라 죽은 그들의 절개를 상징하게 되었다.
- 凝(엉길 응). 纖(가늘 섬). 碾(맷돌 년). 搗(찧을 도). 捲(말 권). 菘(배추 숭). 璫(귀고리 옥당). 粧(단장할 장). 抛(던질 포). 箏(쟁 쟁). 勻(적을 균). 湘(강 이름 상). 斑(얼룩 반). 把(잡을 파). 彩(무늬 채). 毫(가는 털 호). 描(그릴 묘). 疑(의심할 의).

실제失題

정희량(鄭希良, 1469~?)

水澤魚龍國　못은 물고기와 교룡들의 나라요
山林鳥獸家　숲은 새와 짐승들의 집이러니.
孤舟明月客　달빛 속 외로운 배 위의 객은
何處是生涯　어느 곳에 이 몸 하나 의지할거나.

【작가】자는 순부(淳夫), 호는 허암(虛庵). 1497년 대교(待教: 조선시대 예문관과 규장각에 소속된 관직) 때 왕에게 경연(經筵: 임금이 학문이나 기술을 강론·연마하고 더불어 신하들과 국정을 협의하던 일. 또는 그런 자리)에 충실할 것과 신하들의 간언을 받아들일 것을 상소하여 왕의 미움을 샀다. 갑자년에 큰 사화가 일어날 것을 예언했다고 한다. 시문에 능하고 음양학에 밝았다.

【출전】『허암유집』1권.

- 『소화시평』에는 작가가 '무명씨'로, '魚龍'이 '龍魚'로 되어 있다. 『국조시산』에는 제목이 「題壁(벽에 쓰다)」으로 되어 있고 작가를 최수성(崔壽城)으로 보기도 한다 했다.
- 생애(生涯): 보통은 '살아 있는 한평생 동안'으로 쓰이지만, 여기에서는 '살아갈 방도나 형편'으로 쓰였다.

7. 11

비 온 뒤 초정에 앉아雨後坐草亭

신흠(申欽, 1566~1628)

峽裏逢連雨　산골짜기에 장맛비 계속되다가
初晴麗景新　하늘 개니 고운 경치 새롭구나.
江平鷗出戲　강 잔잔하니 갈매기 나와 놀고
山靜鹿來馴　산 고요하니 사슴 와서 길든다.
草合誰開徑　풀 무성하니 뉘라서 길을 열까
苔深欲上茵　이끼 왕성하니 자리까지 올라올 듯.
僮兒翻解事　어린 종은 오히려 사리를 알아
把釣下溪濱　낚싯대 들고 냇가로 내려가네.

【작가】☞3월 29일 참조.

〖출전〗『상촌집』11권.

■ 峽(골짜기 협). 鷗(갈매기 구). 馴(길들 순). 茵(자리 인). 僮(아이 동). 翻(도리어 번). 把(잡을 파). 釣(낚시 조). 濱(물가 빈).

7. 12

관란사 누각에서觀瀾寺樓

김부식(金富軾, 1075~1151)

六月人間暑氣融　세속의 유월은 더위가 한창인데
江樓終日足淸風　강가 누각엔 종일토록 맑은 바람 넉넉하네.
山容水色無今古　산 모양 물빛은 고금이 한결같으나
俗態人情有異同　세태와 인정은 다르기도 같기도 하네.
舴艋獨行明鏡裏　맑은 거울 속을 거룻배 홀로 가고
鷺鶿雙去畵圖中　가마우지 한 쌍이 날아가니 그림 같구나.
堪嗟世事如銜勒　아아, 세상사 마치 재갈과 굴레 같아
不放衰遲一禿翁　노쇠한 대머리 늙은이를 놓아 주지 않는구나.

【작가】자는 입지(立之), 호는 뇌천(雷川). 얼굴이 검고 우람했으며 고금의 학식에 있어 그를 당할 사람이 없었다고 한다. 『삼국사기』의 편찬자로 우리 역사에서 너무나도 유명한 인물이다. 그러나 그를 두고 좋게 평가하지만은 않는다. 그는 정치가·문인·유학자·역사학자 등 여러 역할을 했다.

【출전】『동문선』 12권.

- 관란사는 김부식이 만년에 개성 부근에 세운 원찰이다.
- 강루(江樓): 강가의 다락집.
- 책맹(舴艋): 거룻배. 쪽배.
- 노자(鷺鶿): 백로.
- 감차(堪嗟): 감당하기 어려운 슬픔. '아!' 등의 감탄사로도 쓴다.
- 함륵(銜勒): 재갈.
- 融(왕성할 융). 舴(작은 배 책). 艋(작은 배 맹). 鷺(해오라기 로). 鶿(가마우지 자). 堪(견딜 감). 嗟(탄식할 차). 銜(재갈 함). 勒(굴레 륵). 遲(더딜 지). 禿(대머리 독).

7. 13

한가로운 거처閑居

이하곤(李夏坤, 1677~1724)

苔色閑來碧　이끼 빛깔은 한가로이 푸르고
蟬聲睡後凉　낮잠을 깨자 매미 소리 더 서늘하다.
蕭然聊隱几　쓸쓸히 애오라지 안석에 기대노니
寂爾卽禪房　적막한 게 선방이 따로 없구나.
山水忘憂物　산과 물은 시름을 잊게 하는 물건이요
文章却老方　문장은 늙음을 물리치는 방편이로구나.
心無關一事　마음에는 담아 둔 일 하나도 없어
幽味似茶長　그윽함이 차 맛처럼 길고 길어라.

【작가】 자는 재대(載大), 호는 담헌(澹軒)·계림(鷄林)·소금산초(小金山樵)·무우자(無憂子)·금산병부(金山病夫)·담옹(澹翁)·담헌거사(澹軒居士)·담암(澹庵). 특히 책을 매우 사랑하여 수집한 장서가 1만 권을 헤아렸다. 성격이 곧아 아첨하기 싫어하고 여행을 좋아하여 전국 방방곡곡을 두루 다녔으며 불교에도 관심을 두어 각 사찰과 암자를 찾아다녔다. 평생을 관직에 나가지 않고 독서와 시서화 및 장서에 힘썼다. 당대의 유명한 시인이었던 이병연(李秉淵), 서예·문장으로 유명한 윤순(尹淳), 화가였던 정선·윤두서 등과 교유했다.

〖출전〗『두타초(頭陀草)』 6책.

■ 蟬(매미 선). 蕭(쓸쓸할 소). 聊(애오라지 료). 几(안석 궤). 爾(가까울 이). 卽(가까울 즉). 却(물리칠 각).

7. 14

유월 스무사흗 날 취중에六月二十三日醉

이덕무(李德懋, 1741~1793)

今年已過半　올해도 벌써 반이 지났는데
歎歎欲何爲　한탄한들 무엇 하리오.
古俗其難見　옛날 풍속 보기 어려우니
吾生迺可知　우리 인생 알 만하구나.
物情饒伺察　물정은 지겹게 꼬집으려 하고
心事浪猜疑　심사는 공연히 시기하고 의심하네.
內子還佳友　아내만은 그래도 좋은 벗이어서
賖醪快灌之　외상술을 흔쾌하게 마신다오.

【작가】자는 무관(懋官), 호는 아정(雅亭)·형암(炯庵)·청장관(青莊館)·동방일사(東方一士). 박제가·이서구·유득공과 더불어 청나라에까지 4가 시인의 한 사람으로 문명(文名)을 날린 실학자이다. 그는 경서(經書)와 사서(四書)에서부터 기문이서(奇文異書)에 이르기까지 박학다식하고 문장이 뛰어났으나, 서자였기 때문에 출세에 제약이 많았다.

〖출전〗『청장관전서』9권.

- 하위(何爲): 무엇을 할 것인가?
- 물정(物情): 세상의 이러저러한 실정이나 형편. 세상 사람의 심정이나 인심. 세상의 정세.
- 심사(心事): 마음속으로 생각하는 일.
- 歎(탄식할 탄). 迺(이에 내). 饒(넉넉할 요). 伺(엿볼 사). 猜(샘할 시). 還(도리어 선). 賖(외상으로 살 사). 醪(막걸리 료). 灌(물 댈 관).

7. 15

유월 보름밤에 비 그치자 달을 보고 회포가 있어서

六月十五夜雨霽 對月有懷 1

임춘(林椿, 고려 의종 때)

對影成人不解飮　그림자는 마주해도 술 마실 줄 모르니
空憶高吟郊與賀　노래하던 맹교와 이하를 그리워하네.
清光長欲照金尊　맑은 빛은 늘 술동이 비추려 하지만
其奈乍圓還半破　둥글자 반으로 부숴짐을 어이하랴.
相看與結無情遊　마주보며 정 없이도 사귀려는데
未曉天涯看已墮　새벽도 오기 전에 벌써 기울어졌네.

【작가】 예천 임씨의 시조. 자는 기지(耆之), 호는 서하(西河). 의종 때 태어나 30대 후반까지 살았던 것으로 추정된다. 고려 건국공신의 후예로 문학적 명성이 있었으나 20세 전후에 무신정변을 만나 가문 전체가 화를 입고 실의와 빈곤 속에서 방황하다 일찍 죽었다. 그는 이인로를 비롯한 죽림고회(竹林高會)의 벗들과 시와 술을 즐기며 현실에 대한 불만과 탄식, 커다란 포부 등을 문학을 통해 표현했다. 강한 산문성을 띤 그의 시는 자신의 현실적 관심을 짙게 드러내고 있다.

〖출전〗『서하집』 2권.

- 이 시는 임춘의 고율시(古律詩) 여섯 수 가운데 첫째 수의 한 부분이다.
- 맹교(孟郊): 당나라 호주(湖州) 무강(武康) 사람. 자는 동야(東野), 시호는 정요선생(貞曜先生). 곤산(昆山)에서 태어났고 젊어서 숭산(嵩山)에 은거했다. 성격이 결백·분명했고, 한유(韓愈)와 가깝게 사귀었다.
- 이하(李賀): 자는 장길(長吉). 당나라 황실의 후예이며 두보(杜甫)의 먼 친척이기도 하다. 특출한 재능과 초자연적 제재(題材)를 애용하는 데 대해 '귀재(鬼才)'라는 명칭이 붙었던 시인이다.

7. 16

스스로 육유를 흉내 내며 놀다 自戲效放翁

안정복(安鼎福, 1712~1791)

翁年垂八十　늙은이 나이 여든에 가까운데
日與小兒嬉　날마다 아이들과 장난을 즐기네.
捕蝶爭相逐　나비 잡을 때 뒤질세라 따라다니다
黏蟬亦共隨　매미 잡으려 또한 함께 나가네.
磵邊抽石蟹　시냇가에서 가재도 잡고
林下拾山梨　숲에 가서 돌배도 주워 온다네.
白髮終難掩　흰머리는 끝내 감추기 어려우니
時爲人所嗤　이따금 남들에게서 비웃음도 받네.

【작가】자는 백순(百順), 호는 순암(順庵)·한산병은(漢山病隱)·우이자(虞夷子)·상헌(橡軒). 제천(提川) 출신. 무주에서의 은거생활은 안정복의 학문활동에도 영향을 주어 출세와는 거리가 먼 학문을 좋아하는 데 영향을 미쳤다. 기본적인 유학 경전도 공부했지만, 음양·성력(星曆)·의약·점복·손자병법·불교·노자 등 다양한 분야에 관심을 가졌고 15~16세에 이미 통달의 경지에까지 이르렀다 한다. 이익의 문인이다.

〖출전〗안대회 교수가 순암의 작품이라 소개했는데『순암집』에서는 찾을 수 없다.

- 방옹(放翁): 남송 때 시인 육유(陸游)의 호. 그는 65세에 은퇴한 후 농촌에 묻혀 농사를 지으며 지냈다. 32세에서 85세까지 약 50년간 1만 수에 달하는 시를 남겨 중국 시사상(詩史上) 최다작의 시인이다. 자신의 파란만장한 생애와 국토 회복의 절규를 담은 비통한 우국의 시를 짓는가 하면, 가난하면서도 평화스러운 전원생활의 기쁨을 노래하는 한적한 시를 짓기도 했다.
- 效(본받을 효). 垂(거의 수). 嬉(장난할 희). 捕(사로잡을 포). 黏(달라붙을 점). 蟬(매미 선). 磵(계곡의 시내 간). 蟹(게 해). 抽(뺄 추). 拾(주울 습). 掩(가릴 엄). 嗤(웃을 치).

비 갠 저녁晩晴

이건창(李建昌, 1852~1898)

拓戶鉤簾愛晩晴　창문 열고 발을 올려 비 갠 저녁 내다보니
夏天澄綠似秋生　여름 하늘 맑고 파래 가을인 듯 선선하다.
已聞巷裏樵車入　골목에는 벌써 나무 실은 수레 들어오고
正憶田間秧馬行　무논에는 이제 한창 모심는 기구 다니겠군.
靑嶂排空回舊色　푸른 산은 허공을 밀쳐 옛 빛깔로 돌아왔고
綺霞沈樹澹餘情　고운 노을은 나무에 잠겨 아쉬운 정 담박하네.
今宵解帶不須早　오늘밤은 띠를 풀고 서둘러 자려 않고
坐待星河拂滿城　성 안 가득한 은하수를 마냥 앉아 기다리리.

【작가】아명(兒名)은 송열(松悅), 자는 봉조(鳳朝, 鳳藻), 호는 영재(寧齋). 용모가 청수(淸秀)하했으며 천성이 강직해 부정·불의를 보면 추호도 용납하지 않고 친척·친구나 지위의 고하를 막론하고 처단했다. 대인관계에서도 양보 없이 소신대로 대처하여 인심 포섭에는 결점이 되기도 했고 정사 처리에서 또한 지나친 충간과 냉철일변도의 자세는 벼슬길에 많은 지장을 초래하기도 했다. 경기도암행어사 때 관리들의 비행을 파헤치고 흉년을 당한 농민들을 일일이 찾아다니면서 식량 문제 등 구휼에 힘썼다.

〖출전〗『명미당집(明美堂集)』2권.

- 정억(正憶): 참으로 생각나다.
- 해대(解帶): 정제한 의관을 벗고 편한 옷으로 갈아입다.
- 拓(넓힐 척). 鉤(끌어 올릴 구). 澄(맑을 징). 樵(땔나무 초). 秧(모 앙). 嶂(높고 가파른 산 장). 綺(아름다울 기). 霞(놀 하). 澹(담박할 담). 宵(밤 소). 拂(덮어 가릴 불).

그 얼마나 유쾌할까라는 노래不亦快哉行 17

정약용(丁若鏞, 1762~1836)

落盡家貲結客裝　세간살이 모두 팔아 괴나리봇짐 꾸려 지고
雲游蹤跡轉他鄕　뜬구름 신세 되어 타향을 떠돌다가
路逢失志平生友　길에서 뜻 못 펴고 유랑하는 지기지우 만나
交與囊中十錠黃　주머니 속 돈 열 냥을 그에게 꺼내 주면
不亦快哉　그 얼마나 유쾌할까?

【작가】자는 귀농(歸農)·미용(美庸), 호는 다산(茶山)·여유당(與猶堂)·사암(俟菴)·탁옹(籜翁)·태수(苔叟)·자하도인(紫霞道人)·철마산인(鐵馬山人)·채산(茱山). 청년기에 접했던 천주교로 인한 오랜 유배기간 동안 자신의 학문을 더욱 연마해 육경사서에 대한 연구를 비롯해 일표이서(一表二書:『經世遺表』·『牧民心書』·『欽欽新書』) 등 모두 500여 권에 이르는 방대한 저술을 남겼고, 이 저술을 통해서 조선 후기 실학사상을 집대성한 인물로 평가되고 있다.

〖출전〗『여유당전서』3권.

■가자(家貲): 살림살이.

■객장(客裝): 나그네의 차림.

■종적(蹤迹): 없어지거나 떠난 뒤에 남는 자취나 형상.

■哉(어조사 재). 貲(재물 자). 裝(길 떠날 차비를 할 장). 蹤(자취 종). 迹(자취 적). 囊(주머니 낭). 錠(은화 정).

접시꽃蜀葵花

최치원(崔致遠, 857~?)

寂寞荒田側　적막한 묵정밭 둑에
繁花厭柔枝　여린 가지 무겁도록 다닥다닥 핀 꽃.
香輕梅雨竆　향기는 장맛비 거쳐 시들해지고
影帶麥風湫　그림자는 맥풍 맞아 기울어졌네.
車馬誰見賞　거마 탄 어느 분이 감상하랴
蜂蝶徒相竆　벌 나비만 날아와 엿볼 뿐.
自璃生地賤　출신이 비천하여 스스로도 부끄러운데
堪恨人棄遺　사람에게 버림받는 한을 감당하겠는가.

【작가】☞1월 10일 참조.

〖출전〗『고운집』1권.

- '황폐한 밭'은 망해 가는 조국 신라를, 화려한 접시꽃은 고운 자신을 나타낸다. 나말의 실상과 재능은 가졌으나 집권층인 진골 귀족의 배척을 받아 이를 실행에 옮길 수 없었던 자신의 처지를 잘 나타고 있는 작품이다.
- 매우(梅雨): 매실이 누렇게 익을 무렵에 내리는 비로, 초여름부터 시작되는 장맛비를 가리킨다. 이 기간 동안에는 공기가 음습하여 곰팡이가 쉽게 슬기 때문에 매우(霉雨)라고도 한다.
- 영대(影帶): 천문학에서는 '개기일식 때 그 직전이나 직후에 지상에 명암이 있는 줄무늬가 흔들려 보이는 현상'을 뜻한다. 여기서는 '그림자' 정도로 쓰였다.
- 맥풍(麥風): 보리 익는 계절, 즉 맥추(麥秋: 보리 추수)에 불어오는 훈풍을 말한다. 맥신(麥信)이라고도 한다.
- 竆(엿볼 규). 湫(다할 추). 璃(유리 리). 堪(견딜 감). 棄(버릴 기 = 弃). 霉(곰팡이 매).

신광사에서題神光寺 1

남곤(南袞, 1471~1527)

千重簿領抽身出　천 겹 문서더미에서 몸을 빼내어
十笏僧房借榻眠　열 자 남짓 절 방에 잠자리 빌려 누웠네.
六月炎塵飛不到　유월 뜨거운 기운도 날아들지 못하니
上方知有別般天　절에는 별세계가 있는가 보네.

【작가】자는 사화(士華), 호는 지정(止亭), 본관은 의령. 김종직의 문인이다. 1519년 심정(沈貞) 등과 함께 기묘사화를 일으켜 조광조·김정 등을 숙청한 뒤 좌의정을 지내고 1523년 영의정이 되었다. 문장과 글씨에 능했으나, 사화를 일으킨 것으로 해서 사림의 지탄을 받았다.

〖출전〗『국조시산(國朝詩刪)』2권. 『소화시평』상권.

- 신광사(神光寺): 해주 북숭산(北嵩山)의 절.
- 부령(簿領): 매일 기입하는 기록문서.
- 笏(홀 홀): 조선시대의 홀은 약간 굽은 것으로 길이가 3㎝ 정도의 장판(長板)으로 되어 있다. 30.3㎝인 1尺(자 척) 길이와 비슷하다.
- 염진(炎塵): 더운 여름날의 먼지.
- 상방(上方): 원뜻은 '중심이 되어 한 절을 책임지고 관리하는 승려'를 이르지만, 여기서는 그냥 사찰이라는 정도로 쓰였다.
- 簿(장부 부). 領(가장 요긴한 곳 령). 抽(뺄 추). 借(빌 차). 榻(좁고 길게 만든 평상 탑). 塵(티끌 진).

천력 기사년 유월에 예성강에서 배를 타고 출발하여 남쪽으로 한산에 가려다가 강어귀에서 바람에 막히다

天曆己巳六月 舟發禮成江南往韓山 江口阻風 3

이곡(李穀, 1298~1351)

山居畏虎豹　산에 살자니 호랑이 표범 두렵고
水行厭蛟蚤　물로 가자니 교룡 이무기가 싫어.
人生少安處　인생에 편안한 곳이 거의 없는데
肘下生白刃　믿는 도끼에 발등 찍히기도 하나니.
不如從險易　험하면 험한 대로 쉬우면 쉬운 대로
天命且自信　천명으로 믿고 따르는 게 더 나으리.
速行固所願　빨리 가는 것이 본래 소원이나
遲留亦何吝　조금 늦는다고 무슨 탈이 나랴.
日月江河流　세월은 강물처럼 흘러가나니
百年眞一瞬　백년 인생 참으로 한순간이라.
作詩相棹歌　시를 지어 뱃노래에 화답하노니
明當風自順　내일은 바람도 절로 순해지리라.

【작가】 초명은 운백(芸白), 자는 중보(仲父), 호는 가정(稼亭). 이제현(李齊賢)의 문인. 1333년(충숙왕 복위 2) 원나라 향시에 수석으로 급제했다. 원제(元帝)에게 건의하여 고려에서의 처녀 징발을 중지하게 했다. 문장에 뛰어났고 고려에 돌아와 정당문학(政堂文學: 국가 행정을 총괄하던 관직)을 지냈다.

〖출전〗『가정집(稼亭集)』 14권.

▪ 천력기사(天曆己巳): 1329년(충숙왕16).

■ 교신(蛟蜃): 이무기, 또는 교룡과 이무기.

■ 주하생백인(肘下生白刃): 주액조(肘腋助: 가장 믿을 수 있는 도움)의 의미를 뒤집어 쓴 것으로, 믿는 사람에게서 원수나 배신이 생겨난다는 뜻이다. 소동파의 시에 양자(養子)인 여포(呂布)가 동탁(董卓)을 죽인 것을 두고 "흰 칼날이 느닷없이 주하에서 나왔나니, 황금만 공연히 산처럼 쌓아 두었구나(白刃俄生肘 黃金謾似丘)"라 했다. 주액(肘腋)은 ① 팔꿈치와 겨드랑이, ② 사물이 자기 몸 가까이 있음, ③ 임금의 가장 가까운 측근 등을 뜻한다.

■ 相(서로 상): 거성(去聲)으로는 주로 '보다'·'돕다'·'힘쓰다'의 뜻으로 쓰인다.

■ 阻(험할 조). 蛟(교룡 교). 蜃(이무기 신). 肘(팔꿈치 주). 腋(겨드랑이 액). 遲(늦을 지). 吝(뉘우칠 린). 棹(노 도).

홀로 앉아獨坐

서거정(徐居正, 1420~1488)

獨坐無來客　오는 손 없어 홀로 앉았으니
空庭雨氣昏　빈 뜰엔 비 기운만 어둑하네.
魚搖荷葉動　물고기가 흔드니 연잎이 움직이고
鵲踏樹梢飜　까치가 밟으니 나무 끝이 너풀거리네.
琴潤絃猶響　거문고 눅었어도 줄에 아직 소리 있고
爐寒火尙存　화로는 찬데 불씨는 여전히 남아 있네.
泥途妨出入　진흙길이 나들이를 방해하니
終日可關門　종일토록 문 닫아걸고 있으리라.

【작가】☞ 3월 26일 참조.

〖출전〗『사가집보유(四佳詩集補遺)』 1권.

■ 搖(흔들릴 요). 荷(연 하). 鵲(까치 작). 踏(밟을 답). 梢(나무 끝 초). 飜(뒤칠 번). 潤(젖을 윤). 響(울림 향). 爐(화로 로). 泥(진흙 니). 途(길 도). 妨(방해할 방).

7. 23 대서(大暑)

더위가 맹렬해진다.

패랭이꽃石竹花

정습명(鄭襲明, 1076?~1151)

世愛牧丹紅　세상 사람들 붉은 모란을 좋아하여
栽培滿院中　뜰에 가득 심어 가꾸지만
誰知荒草野　누가 알리, 거친 풀 벌판에도
亦有好花叢　또한 좋은 꽃포기가 있는 줄을.
色透村塘月　꽃빛은 마을 연못 달에 침투하고
香傳隴樹風　향기는 언덕 나무 바람에 풍겨 오네.
地偏公子少　궁벽한 땅이라 귀공자가 적으니
嬌態屬田翁　그 고운 교태는 다만 촌옹의 몫이로다.

【작가】고려 중기의 문신·시인·작가. 호는 동하(東河)·형양(滎陽)이다. 글을 잘하여 향공(鄕貢)에 급제했고 관직은 추밀원지주사에 이르렀다. 정몽주가 그의 10대손이다. 의종이 태자 시절에 그의 스승이었으며, 김부식·김효충 등과 함께 『삼국사기』의 편찬에 참여했다. 인종의 유명(遺命)을 받들어 의종의 비행과 향락을 간했으나 도리어 미움을 받자 격분 끝에 음독자살했다.

〖출전〗『동문선』9권.

■ 석죽(石竹): 구맥(句麥)·석죽(石竹)·천국(天菊)·거구맥(巨句麥)·남천축초(南天竺草)·죽절초(竹節草)·대란(大蘭)·산구맥(山瞿麥)·지여죽(枝如竹)·꽃패랭이·참대풀이라고도 한다. 줄기가 대나무를 닮았고 돌 틈에서도 싹을 틔우기에 석죽화(石竹花)라고 한다. 꽃의 모양이 옛날 민초들이 쓰던 모자인 패랭이를 닮아서 패랭이꽃이라는 이름도 붙었다. 모란이 귀족적 꽃이라면 석죽화는 민초의 꽃이다.

■ 叢(떨기 총). 透(환할 투). 隴(언덕 롱). 偏(치우칠 편). 嬌(아리따울 교). 屬(거느릴 속).

패랭이꽃石竹花

이용휴(李用休, 1708~1782)

花中奇品畵難描　꽃 중에서도 기이하여 그리기가 어려운데
悅目妖嬌勝艶妹　보기 좋은 아름다움, 미녀보다 낫네.
色色形形無一似　형형색색 한 가지도 같은 것 없으니
化工於此費工夫　조물주가 이 꽃에 많은 공을 들였네.

【작가】☞3월 6일 참조.

〖출전〗『혜환시집(惠寰詩集)』.

■ 화공(化工): 조물주.

■ 描(그릴 묘). 悅(기쁠 열). 妖(아리따울 요). 嬌(아리따울 교). 艶(고울 염). 妹(소녀 매). 費(쓸 비).

〈황묘농접도-석죽화〉(김홍도)

게으름이 심하여慵甚

이첨(李詹, 1345~1405)

平生志願已蹉跎　평생 뜻 한 바 이미 다 글렀으니
爭奈疎慵十倍多　게으르고 엉성한 것 열 배나 늘었으니 이를 어이하랴.
午枕覺來花影轉　낮잠에서 깨어 보니 꽃 그림자 옮겼기에
暫携稚子看新荷　잠시 아이 손잡고 새로 핀 연꽃 구경하네.

【작가】☞5월 1일 참조.

〖출전〗『동문선』22권.

- 차타(蹉跎): 발을 헛디디어 미끄러져 넘어짐. 시기를 놓침.
- 소용(疎慵): 느리고 게으름. 옹골차지 못하고 게으름.
- 蹉(넘어질 차). 跎(헛디딜 타). 奈(어찌 나). 疎(성길 소). 慵(게으를 용). 暫(잠시 잠). 携(끌 휴). 稚(어릴 치).

〈향원익청(香遠益淸)〉(강세황)

즉사卽事 3

류방선(柳方善, 1388~1443)

門巷年來草不除　문 앞 골목 풀을 여러 해 베지 않았더니
片雲孤木似僧居　조각구름 외로운 나무, 절집 같구나.
多生結習消磨盡　평생의 버릇 이제 다 없어지고
只有胸中萬卷書　가슴속엔 만 권의 책만 남았네.

【작가】☞2월 19일 참조.

〖출전〗『태재집』2권.

- 연래(年來): 여러 해 전부터.
- 다생(多生): 차례차례로 태어나는, 헤아릴 수 없이 많은 여러 세상. 많은 생사를 거듭하여 윤회하는 일.
- 결습(結習): ① 뿌리 깊은 습관. ② 적습(積習).

무더위苦熱

이숭인(李崇仁, 1347~1392)

軒窓蒸鬱汗翻漿　창가는 푹푹 찌고 땀은 물 흐르듯 한데
赤日彤雲晝刻長　붉은 태양 붉은 구름 낮시간 하 길어라.
賴有寸心能似水　그래도 마음만은 물처럼 될 수 있어
却於炎處作清涼　무더운 곳에서도 서늘함 생각하노라.

【작가】☞ 5월 23일 참조.

〖출전〗『도은집』 3권.

■ 번장(翻漿): 여름날 따가운 태양 아래에서 마치 그릇의 물을 쏟는 것처럼 땀방울이 흘러내림.

■ 蒸(찔 증). 鬱(무성할 울). 翻(날 번). 漿(음료 장). 彤(붉을 동). 刻(시간 각). 賴(의뢰할 뢰).

잠자리에서 일어나 짓다睡起有述 1

신흠(申欽, 1566~1628)

溪上茅茨小　시냇가 초가집 자그마한데
長林四面回　긴 숲이 사방을 에워싸고 있네.
夢醒黃鳥近　꿈에서 깨어나니 꾀꼬리 가까이 있고
吟罷白雲來　읊조리기 끝나자 흰 구름 날아드네.
引瀑澆階筍　폭포수 끌어다 섬돌 죽순에 물대고
拖笻印石苔　지팡이 끄니 돌이끼에 자국 남네.
柴扉無剝啄　사립문 두드리는 이 없으나
時復爲僧開　이따금 오는 스님 위해 열어 둔다네.

【작가】☞3월 29일 참조.

〖출전〗『상촌고』 11권.

■ 이 시는 57세에 귀양에서 풀려난 작가가 김포에서 한가롭게 전원생활을 누리며 지은 것이다.

■ 茨(지붕 이을 자). 澆(물 댈 요). 筍(죽순 순). 拖(끌 타). 笻(지팡이 공). 柴(섶 시). 扉(문짝 비). 剝(두드릴 박). 啄(쫄 탁).

더위를 없애는 여덟 가지 일-깨끗한 자리에서 바둑 두기

消暑八事 4, 淸簟奕棋

정약용(丁若鏞, 1762~1836)

炎天瞌睡厭攤書　더운 날 졸음 와서 책 보기 싫구나.
聚客看棋計未疏　손님 모아 바둑 구경 그 계책이 괜찮네.
棗核療飢諧者怪　대추씨로 요기한단 건 해자의 괴담이거니와
橘皮逃世理耶虛　귤 속에서 세상 피한 건 사실일까? 거짓일까?
已忘火傘寧揮麈　뜨거운 햇볕 잊었는데 어찌 주미를 휘두르랴.
思切銀絲且賭魚　생선회 생각 간절하니 또 고기 내기를 해라.
對局旁觀均一飽　대국자 방관자 똑같이 배부르니
息機閒話復何如　물욕 끊고 한담이나 나누는 게 어떠하리오.

【작가】☞7월 18일 참조.

〖출전〗『다산시문집』6권.

- 조핵료기(棗核療飢): 후한 때 방술사(方術士)인 학맹절(郝孟節)이 대추씨만 입에 머금은 채 밥을 먹지 않고도 5년·10년을 지낼 수 있었다는 데서 온 말이다.
- 해자괴(諧者怪): 해자(諧者)의 괴담(怪談). 『장자』「소요유(逍遙遊)」에 "제해(齊諧)란, 괴이한 말들을 적은 책이다"라 한 데서 온 말이다. 여기서는 '해자'를 괴담을 잘 하는 사람의 뜻으로 쓴 것이다(『後漢書』82권).
- 귤피도세(橘皮逃世): 옛날 파공(巴邛)이란 사람이 귤을 쪼개어 보니 그 속에서 세 노인이 바둑을 두며 즐기고 있었다는 고사에서 온 말이다.
- 麈(먼지떨이 주): 주미(麈尾). 고라니 꼬리로 만든 먼지떨이.
- 은사(銀絲): 엷게 저민 은빛 생선회.
- 식기(息機): 기심(機心: 계략을 꾸미는 마음)을 쉬는 것.

소악부小樂府 8

이제현(李齊賢, 1287~1367)

縱然巖石落珠璣　구슬은 바윗돌에 떨어져 깨진다 해도
纓縷固應無斷時　꿰미만큼은 끊어지지 않으리.
與郎千載相離別　임과 천추의 이별을 하였으나
一點丹心何改移　한 점 단심이야 변함이 있으랴.

【작가】☞3월 10일 참조.

〖출전〗『익재난고』4권.

■소악부: ☞3월 27일 참조.

■종연(縱然): 가령.

■꿰미: 물건을 꿰는 데 쓰는 끈이나 꼬챙이 따위. 또는 거기에 무엇을 꿴 것.

■縱(늘어질 종). 璣(구슬 기). 纓(끈 영). 縷(실 루). 移(바꿀 이).

구름雲

정도전(鄭道傳, 1342~1398)

浮雲多變態　뜬 구름 하도 많이 모양 변해서
舒卷也飄然　모였다 흩어졌다 표연하구나.
閒繞遙岑上　한가히 먼 봉우리 둘러도 보고
纖籠淡月邊　가늘게 맑은 달을 감싸도 보고
迢迢風共遠　바람과 함께 아득히 멀어도 지고
漠漠雨相連　자욱하여 비와 서로 잇대기도 하며
亦解尋逋客　숨은 선비 찾을 줄 또한 알아서
朝來入洞天　아침에 골짜기로 들어오누나.

【작가】☞5월 3일 참조.

〖출전〗『삼봉집』2권.

■서권(舒卷): 모이고 흩어지다. 펼치고 오므리다(주로 구름이나 연기를 말함).

■표연(飄然): 거처를 정하지 않고 떠도는 모양.

■초초(迢迢): 아득히 멀다.

■막막(漠漠): (구름·안개·연기 등이) 자욱한 모양. 짙게 낀 모양.

■포객(逋客): 세상을 피하여 숨은 사람.

■동천(洞天): ① 도가(道家)에서 말하는 신선이 산다는 별천지. ② 산천으로 둘러싸인 경치 좋은 곳.

■舒(펼 서). 卷([돌돌] 말을 권). 飄(회오리바람 표). 繞(두를 요). 纖(가늘 섬). 籠(대그릇 롱). 迢(멀 초). 漠(움직이지 아니 할 막). 解(깨달을 해). 尋(찾을 심). 逋(달아날 포).

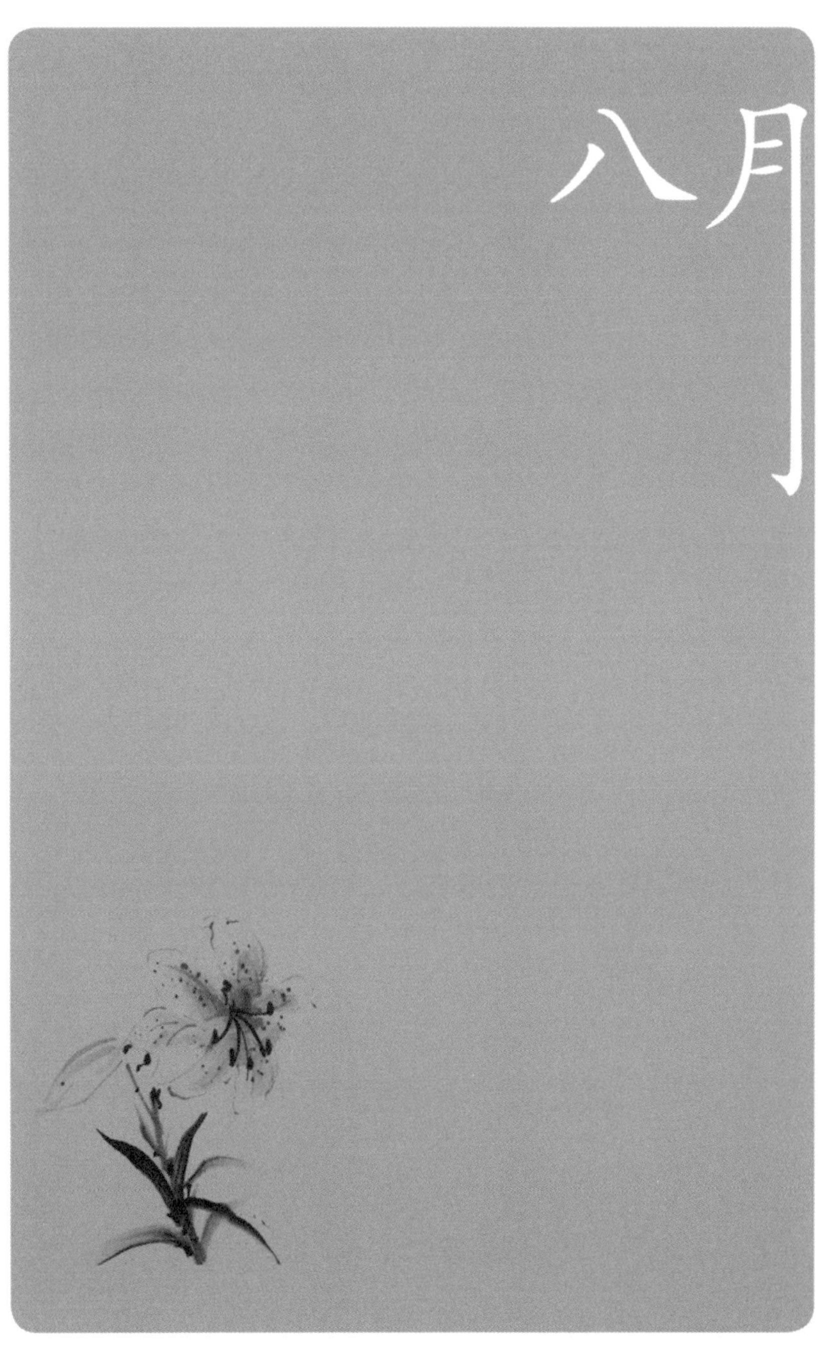
八月

신응사에서 독서하다讀書神凝寺

조식(曺植, 1501~1572)

瑤草春山綠滿圍　봄 산엔 고운 풀 푸른빛으로 가득한데
爲憐溪玉坐來遲　옥 같은 개울물 좋아 오래도록 앉아 있네.
生世不能無世累　세상 살다 보면 세사에 얽매이게 되는데
水雲還付水雲歸　물과 구름은 도로 물과 구름으로 돌아가는구나.

【작가】☞2월 13일 참조.

〖출전〗『남명집』1권.

■ 이 시는 남명이 39세 되던 해(1539) 여름 제자들과 1560년대까지 번창했던 신응사에서 독서할 때 지은 것이다. 신응사는 경남 하동군 화개면 범왕리 신흥마을에 있던 절로, 사세에 따라 신흥사라 불릴 때도 있었다.

■ '滿(찰 만)'이 '萬'으로 되어 있는 곳도 있다.

■ 憐(사랑할 련). 遲(늦을 지). 累(묶을 루). 付(따를 부).

8. 2

여름날의 즉흥夏日卽事 2

김삼의당(金三宜堂, 1769~1823)

雨乍霏霏風乍輕　여우비 내리더니 바람 가벼이 불고
草堂長夏不勝清　초당의 긴 여름 청량하기 그지없네.
一聲歌曲來何處　한 자락 노래 소리 어디서 들려오나
芳樹陰中好鳥鳴　꽃다운 녹음 속 아름다운 새소리네.

【작가】삼의당은 탁영(濯纓) 김일손(金馹孫, 1464~1498)의 후손 김인혁(金仁赫)의 딸이며 담락당(湛樂堂) 하욱(河澋, 1769~1830)의 부인이다. 남원에서 태어나 32세 때 진안군 마령면 방화리로 이주하여 살았던 조선 후기 몰락한 양반가의 여성 문인이다. 삼의당은 18세에 생년월일과 출생지가 같은 하욱과 결혼 후 곧 남편의 과거 시험 뒷바라지에 전력했으며, 남편은 과시 준비를 위해 처음에는 산사에 들어가 공부하다가 뒤에는 상경하여 약 십여 년간을 서로 떨어져 살았다. 삼의당은 그 당시에 가난한 살림을 꾸리면서 남편에 대한 애정과 기대, 일상생활 속의 일과 전원의 풍치 등을 한시와 문장으로 남겼다.

〖출전〗『조선역대여류문집』「삼의당고」1권(민병도 편. 1950).

- 여우비: 맑은 날에 잠깐 내리는 비. 옛 이야기에서는 여우를 사랑한 구름이 여우가 시집가자 너무 슬퍼 우는 비를 여우비라고 했다고 한다.
- 불승(不勝): 어떤 감정이나 느낌을 스스로 억눌러 견디내지 못함.
- 방수(芳樹): 한창 꽃이 피어 있는 나무 또는 방향(芳香)이 있는 나무.
- 乍(잠깐 사). 霏(조용히 오는 비 비).

소나기驟雨

김정희(金正喜, 1786~1856)

樹樹薰風葉欲齊　나무마다 훈풍 부니 나뭇잎 가지런해지고
正濃黑雨數峯西　두어 봉우리 서쪽에는 비 짙어 시커멓네.
小蛙一種靑於艾　쑥빛보다 새파란 작은 청개구리 한 마리
跳上蕉梢效鵲啼　파초 잎에 뛰어올라 까치울음 흉내 내네.

【작가】☞2월 28일 참조.

〖출전〗『완당전집』 10권.

- 유득공(柳得恭, 1748~1807)의 「將雨(비가 오려나)」를 조금 고친 작품이다. 유득공의 시는 "나무마다 훈풍 부니 푸른 잎 가지런해지고/ 두어 봉우리 서쪽에는 구름 기운이 짙어지네./ 쑥빛보다 푸른 작은 청개구리 한 마리/ 매화가지에 뛰어올라 까치울음 흉내 내네(樹樹熏風碧葉齊 正濃雲意數峯西 小蛙一種靑於艾 跳上梅梢效鵲啼)"이다(『영재집(泠齋集)』 4권). 몇 글자만 달리했는데도 분위기는 사뭇 다르다.
- 훈풍(薰風): 첫여름에 훈훈하게 부는 바람. = 황작풍(黃雀風).
- 驟(빠를 취). 薰(향기로울 훈). 齊(가지런할 제). 濃(짙을 농). 蛙(개구리 와). 艾(쑥 애). 蕉(파초 초). 梢(나무 끝 초). 鵲(까치 작). 啼(울 제).

8. 4

연잎에 내리는 비雨荷

최해(崔瀣, 1287~1340)

胡椒八百斛　팔백 섬의 후추를 쌓아 둔 것을
千古笑其愚　천고토록 어리석다 비웃는데도
如何綠玉斗　어찌하여 녹옥으로 됫박 만들어
竟日量明珠　종일토록 고운 구슬 헤아리는가?

【작가】자는 언명보(彦明父)·수옹(壽翁), 호는 졸옹(拙翁)·예산농은(猊山農隱). 안축(安軸)·이연경(李衍京) 등과 함께 원나라의 과거에 응시했는데, 최해만 급제하여 판관(判官)이 되었다가 5개월 만에 병을 핑계하고 귀국하여 예문응교(藝文應教)·검교(檢校)·성균관대사성이 되었다. 말년에는 사자갑사(獅子岬寺)의 밭을 빌려서 농사를 지으며 저술에 힘썼다. 평생을 시와 술로 벗을 삼고 이제현·민사평과 가까이 사귀었다. 성품이 강직하여 세속에 아부하지 않고 거리낌 없이 남의 선악을 밝힘으로써 윗사람의 신망을 사지 못하여 출세에 파란이 많았다. 그는 독서나 창작에 있어서 스스로 깨달음을 중히 생각했다.

〖출전〗『해동역사』48권.

■ '綠玉(녹옥)'이 '碧玉(벽옥)'으로 되어 있는 곳도 있다.

■ 호초팔백곡(胡椒八百斛): 당나라 때 원재(元載)가 매우 탐학스러워 뇌물을 받아 축재했는데, 그를 처형할 때 재산을 몰수하니 후추가 팔백 섬이나 나왔다고 한다(『新唐書, 元載列傳』).

■ 명주(明珠): 고운 빛이 나는 구슬. 여기서는 연잎(綠玉)에 내린 빗방울을 가리킨다.

■ 胡(턱밑 살 호). 椒(산초나무 초). 斛(휘[열 말] 곡). 竟(다할 경).

만남에 감동하여 정철에게 부치다感遇寄鄭季涵 10

최경창(崔慶昌, 1539~1583)

莫涉銀漢水　은하수 건너지 마오.
莫登靑雲途　청운 길에 오르지 마오.
無波能覆舟　파도 없어도 배는 엎어질 수 있고
平地亦摧車　평지에서도 수레는 꺾인다오.
曾參終殺人　증삼의 살인도 끝내는 믿게 되고
薏苡爲明珠　율무는 진주로 둔갑하였다죠.
只知讒者巧　다만 참소자의 교언(巧言)만 알아주니
孰云聽者愚　누가 듣는 이의 어리석음을 말하랴.
浮生似幻化　부평초 같은 인생 허깨비 같아
是非兩空無　옳고 그름 다 부질없거늘
當隨東陵侯　마땅히 동릉후 좇아
種瓜手自鋤　오이 심고 김이나 맵시다.

【작가】☞4월 24일 참조.

〖출전〗『고죽유고』.

- 이 시는 송강 정철에게 보낸 오언고시 열 수 가운데 마지막 수다.
- 감우(感遇): 우연하게 얻어진 감상이나 감회.
- 계함(季涵): 송강 정철(1536~1593)의 자. 어려서부터 궁중 출입. 여러 벼슬과 탄핵·파직·귀양·은거로 점철된 굴곡 심한 삶을 살았다. 네 편의 가사와 시조 107수가 전한다.
- 은한수(銀漢水): 은하수. 무속에서는 사람이 죽으면 은하수를 건너 저승으로 간

다고 믿는다.

- 증참종살인(曾參終殺人): 공자의 제자이자 효자인 증삼과 동명이인이 살인을 했는데, 사람들이 증삼의 어머니에게 증삼이 살인했다 고하니 처음에는 믿지 않았으나 많은 사람이 말하자 그 어머니도 결국 믿게 되었다는 고사.
- 억이위명주(薏苡爲明珠): 한나라의 마원(馬援)이 교지(交趾) 태수로 있을 때 율무로 풍토병을 다스렸다. 임기가 끝나고 돌아갈 때 율무 한 수레를 싣고 가니 사람들이 남방의 진귀한 구슬을 한 수레나 가져왔다고 했다.
- 巧(공교할 교): 교언(巧言: 교묘하게 꾸며대는 말)의 준말.
- 참자(讒者): 참소하는 사람. 참소는 남을 헐뜯어서 없는 죄를 있는 듯이 꾸며 고해바치는 일.
- 동릉후(東陵侯): 한(漢)나라의 소평(召平)은 원래 진(秦)나라 동릉후였는데 진이 망하자 평민이 되어 성의 동쪽에 오이를 심어 연명했다.
- 涉(건널 섭). 途(길 도). 覆(뒤집힐 복). 摧(꺾을 최). 薏(율무 억/의). 苡(질경이 이). 讒(헐뜯을 참). 孰(누구 숙). 鋤(호미 서).

8. 6

구름 낀 산雲山

보우(普愚, 1301~1382)

白雲雲裏青山重　흰 구름 그 속에 첩첩이 청산
青山山中白雲多　청산은 산중이라 구름도 많아
日與雲山長作儷　날마다 구름 산 벗하여 사노니
安身無處不爲家　몸 편하면 어디든 내 집 아니랴.

【작가】일명 보허(普虛), 호는 태고(太古), 시호는 원증(圓證), 탑호는 보월승공(寶月昇空), 속성은 홍(洪). 고려왕조의 누적된 폐단이나 정치의 부패 그리고 고려 불교계의 타락 등에 대해 개혁의 필요성을 주장했다. 그뿐만 아니라 도읍을 한양으로 옮겨 인심을 일변하고 정치와 종교의 혁신을 도모할 것을 주장하기도 했지만 끝내 받아들여지지는 않았다.

〖출전〗『태고유음(太古遺音)』.

- 이 작품은 게송(偈頌: 시의 형식으로 부처님을 찬탄하는 문장)이기 때문에 시작법에 맞추지 않았고 '白雲'과 '青山' 등 시어가 중첩되어 있다. 백운은 무상(無常)이요 청산은 영원이다. 백운은 스님 자신이요 청산은 변함없는 불법이다.
- '作儷(작려)'보다 '作伴(작반)'으로 더 많이 알려져 있다. 작려(作侶)라고도 한다.
- 儷(짝 려). 侶(짝 려).

산에 살다山居

권응인(權應仁, 조선 중기)

結屋倚靑嶂　푸르른 산기슭에 집을 짓고는
携甁盛碧溪　물병에다 푸른 시냇물을 담누나.
徑因穿竹細　오솔길은 대숲 뚫어 가느다랗고
籬爲見山低　울타리는 산 보려고 낮게 둘렀네.
枕石巾粘蘚　돌 베고 누웠더니 두건에 이끼 붙었고
栽花屐印泥　꽃 꺾느라 나막신엔 진흙 묻었네.
繁華夢不到　번화한 곳은 꿈속서도 가지 않나니
閑味在幽棲　한가한 맛은 그윽하게 사는 데 있네.

【작가】조선 중기의 문인. 16세기 초에서 임진왜란 직전까지 활약한 인물로 추정. 자는 사원(士元), 호는 송계(松溪). 퇴계 이황의 제자로 시문에 능했다. 서얼금고(庶孼禁錮: 서얼 출신은 벼슬에 재한을 두는 것)에 얽혀 벼슬은 겨우 한리학관(漢吏學官: 사역원 소속으로 중국어와 이문을 전문으로 하는 관리)에 머물렀다.

【출전】『해동역사』49권.

■ 嶂(높고 가파른 산 장). 携(손에 가질 휴). 甁(병 병). 盛(담을 성). 粘(붙을 점). 屐(나막신 극). 印(묻어날 인). 泥(진흙 니). 棲(살 서).

8. 8 입추(立秋)

우물가의 한담井上閒話 1

윤기(尹愭, 1741~1826)

世上爲爲事　세상의 하고 한 일
爲爲不盡爲　해도 해도 다 못하리.
爲爲人去後　하다하다 떠나가면
來者復爲爲　뒷사람이 하고 하리.

【작가】☞3월 22일 참조.

〖출전〗『무명자집』.

■ 저자가 73세이던 1813년 어느 우물가에 살 무렵에 들었던 이야기를 채록하여 시로 옮긴 것이다.

■ 이 시를 두고 영조는 "내가 우연히 한 책을 보았더니 시가 있었는데…비록 속담과 같지만 그 뜻은 지극히 절실하다"라 했다(『英祖實錄 32年[1756] 4月 14日』).

향로봉에 올라登香爐峯

휴정(休靜, 1520~1604)

萬國都城如蟻垤　온 나라 도성은 바글대는 개미굴이요
千家豪傑若醯鷄　숱한 호걸들은 우글대는 초파리 떼로다.
一窓明月淸虛枕　밝은 달빛 스며드는 창 아래 욕심 없이 누웠으니
無限松風韻不齊　끝없는 솔바람 소리 멀었다 가까웠다 하네.

【작가】속성은 최(崔), 이름은 여신(汝信), 아명은 운학(雲鶴), 자는 현응(玄應), 호는 청허(淸虛). 별호는 백화도인(白華道人), 서산대사(西山大師), 풍악산인(楓岳山人), 두류산인(頭流山人), 묘향산인(妙香山人), 조계퇴은(曹溪退隱), 병로(病老) 등이고 휴정은 법명이다. 선과(禪科)에 합격되어 선(禪)·교(敎) 두 종(宗)의 판사(判事)가 되었는데, 얼마 후에 "무엇 때문에 벼슬에 얽매여 있겠는가"라고 탄식하고는 벼슬을 내놓고 금강산으로 들어갔다. 임란 때에는 제자 송운(松雲)·처영(處英) 등과 더불어 의승(義僧) 3천여 명을 거느리고 명나라 군사를 도왔다.
【출전】『성호사설』17권. 『검재집(儉齋集)』30권. 『어우야담』1권.

- 의질(蟻垤): 개미가 집을 짓기 위해 파낸 흙가루가 땅 위에 수북하게 쌓인 것. 나아가 개미집을 가리킨다.
- 혜계(醯鷄): 초파리.
- 청허(淸虛): 마음이 맑고 잡된 생각이 없어 깨끗함.
- 蟻(개미 의). 垤(개밋둑 질). 醯(초 혜).

8. 10

여뀌꽃과 백로蓼花白鷺

이규보(李奎報, 1168~1241)

前灘富魚蝦　앞 여울에 고기와 새우 많으매
有意劈波入　백로가 물속으로 들어가려다
見人忽驚起　문득 사람보고 놀라 일어나
蓼岸還飛集　여뀌꽃 언덕에 도로 내려앉았네.
翹頸待人歸　목을 들고 사람 가기 기다리나니
細雨毛衣濕　보슬비에 온몸의 털 다 젖는구나.
心猶在灘魚　그 마음은 오히려 여울의 고기에 있는데
人道忘機立　사람들은 그를 한가히 서 있다고 이르네.

【작가】☞2월 3일 참조.

〖출전〗『동국이상국집』2권.

- 각월(覺月)이라는 스님이 거처하는 방 안의 족자에 여뀌꽃이 핀 강가에 해오라기가 서 있는 그림을 보고 쓴 제화시(題畫詩)이다. 이 시는「月師方丈畫簇二詠(방장 월사의 두 그림 족자를 읊다)」라는 제목하의 두 번째 수로, 첫째 수는「夾竹桃花(대나무와 복사꽃)」이다.
- 이와 흡사한 시에 김안로(金安老, 1481~1537)의「鷺(해오라기)」가 있다. "蓼灣容與更苔磯　意在窺魚立不飛　刷得雪衣容甚暇　傍人誰不導忘機"(『희락당고(希樂堂稿)』4권).
- 요화(蓼花): 여뀌꽃. 양지바른 들이나 냇가에서 흔히 볼 수 있으며, 8~9월에 분홍색 또는 흰색의 꽃이 모여 핀다.
- 망기(忘機): 기심(機心: 세속적 욕망)을 잊음.
- 蓼(여뀌 료). 灘(여울 탄). 劈(가를 벽). 翹(꼬리 긴 깃털 교). 頸(목 경). 導(이를 도).

고향 산을 생각하며 思舊山

곽균(郭珚, 고려)

舊山煙蘿中　옛 동산 안개 낀 넝쿨 사이로
三椽有老屋　세 칸짜리 오래된 집이 있다네.
故人昨寄信　벗이 어제 소식을 보내오며
當歸盈一掬　당귀 한 움큼도 부쳐 왔구나.
微官不放歸　하찮은 벼슬 놓고 돌아가지 못하고
歸計徒自熟　돌아갈 계획만 그저 묵혀 두고 있다네.
愁來鳴玉琴　수심에 싸여 옥 거문고 울리니
霜風生古木　서릿바람이 고목에서 일어나는구나.

【작가】 곽균에 대해서는 『고려사』 114권 「윤환열전(尹桓列傳)」에 "충정왕(忠定王)이 일찍이 모든 신하를 위해 연회를 열었을 때 윤환이 정방제조(政房提調) 곽균에 대해 뇌물을 받은 일로 힐책했다. 곽균이 받아들이지 않자 윤환은 팔을 걷고 곽균을 구타했으며 옆의 사람들이 말리지 못했다"라는 기사가 보이는 정도다.

이 작품은 『동문선』 4권에서는 곽균(郭珚)의 작품으로, 『청구풍아』 1권에서는 곽연(郭瑌)의 작품으로 되어 있다. 둘의 행적에 대해서는 자세히 알려진 바가 없다. 다만 곽연과 관련해서는 『고려사』 74권 「선거지(選擧志) 2 과목(科目)」에 "충목왕(忠穆王) 1년(1345) 11월에 윤안지(尹安之)·안보(安輔)·곽연을 송나라에 보내 과거에 응시시켰는데 다음해에 안보가 제과(制科)에 합격되었다"는 기사가 보인다. 둘 다 비슷한 시기의 인물로 현재로서는 이 시를 누가 지은 것인지 확정하기 어렵다.

【출전】 『동문선』 4권. 『청구풍아』 1권. 『제정집(霽亭集)』 1권.

■ 당귀(當歸): 벗이 약재인 당귀(當歸) 한 움큼을 보냈다는 것은 '당장(當場) 돌아오라(歸)'는 뜻을 담은 것이다. 강유(姜維, 202~264)는 중국 삼국시대 위(魏)나라 천

수군(天水郡) 사람으로 자는 백약(伯約)이다. 촉(蜀)의 제갈량이 북벌할 당시 사로잡혀 제갈량의 부하가 되었는데, 제갈량은 강유가 자신을 이을 만한 인물이라고 높이 평가했다. 강유가 촉에 귀의했을 때 그의 어머니는 강유에게 편지를 보내 위나라로 다시 돌아올 것을 호소하면서 당귀를 함께 보냈다. 이에 강유는 답서에서 "(자신의 밭에는) 다만 원지(강장제, 원대한 뜻)만 보일 뿐 당귀는 없습니다(但見遠志 無有當歸)"라고 했다(『晉書 28, 五行志 18』).

■ 미련(7·8구)은 고향으로 돌아가지 못하여 이는 쓸쓸함을 읊었다.

■ 蘿(담장이 넌출 라). 椽(서까래 연). 掬(움킬 국).

여름밤이 짧아서夏夜短

이만도(李晩燾, 1842~1910)

人愛夏日長 여름 해 긴 것을 남들은 좋다지만
我愛夏夜短 여름밤이 짧은 걸 나는 좋아한다네.
夜短易成寐 밤이 짧아 잠을 쉽게 이루는 탓에
百憂自消散 온갖 걱정 절로 녹아 다 흩어지니까.

【작가】조선 말기의 학자·독립운동가. 자는 관필(觀必), 호는 향산(響山). 1895년 을미사변 때 예안에서 의병을 모아 일제에 항거했다. 1905년 을사늑약이 체결되자 5적신(五賊臣)의 처형을 상소했으며 1910년 국권 피탈 때 24일간의 단식 끝에 순국했다. 1876년 양산군수로 재임하면서 쓴 『양산군읍지초(梁山郡邑誌草)』는 양산의 문화를 이해하는 데 매우 중요한 사료가 되고 있다.

- 을사오적(乙巳五賊): 일제가 1905년 을사늑약 체결 당시 서명한 다섯 대신. 즉, 박제순(朴齊純, 외부대신), 이지용(李址鎔, 내부대신), 이근택(李根澤, 군부대신), 이완용(李完用, 학부대신), 권중현(權重顯, 농상부대신).

〖출전〗『향산집(響山集)』 1권.

날이 갠 뒤에 더위를 식히며晴後納涼

류희춘(柳希春, 1513~1577)

大廈深簷樹木連　큰 집의 깊은 처마에 수목이 이어져서
光風時至氣冷然　맑은 바람 때때로 불면 기분 시원하다네.
誰言大地紅爐熱　대지가 붉은 화로 같다고 누가 말하였나
獨占淸涼三伏天　삼복염천에 시원함을 홀로 차지하였네.

【작가】자는 인중(仁仲), 호는 미암(眉巖). 함경도 종성에 유배되어 19년간을 보내면서 독서와 저술에 몰두했다. 이때 국경지방에는 글을 아는 사람이 적었는데, 교육을 베풀어 글을 배우는 선비가 많아졌다 한다. 경전에 널리 통했고 제자(諸子)와 역사에도 능했다. 성격이 소탈해 집안 살림을 할 줄 몰랐으나, 사람들과 세상 이야기나 학문, 정치하는 도리에 관한 말을 꺼내면 투철한 소견과 해박한 지식은 남들이 도저히 생각하지 못한 것들이었다고 한다.

〖출전〗『미암집』2권.

- 광풍(光風): 비가 갠 뒤의 맑은 햇살과 함께 부는 시원한 바람.
- 홍로(紅爐): 빨갛게 달아오른 화로(火爐).

8. 14

양화 나루터에서楊花渡 1

류득공(柳得恭, 1748~1807)

江上峭峰碧兀兀　강 위에 비친 봉우리 푸르고 우뚝한데

江間宿霧白濛濛　강 사이 짙은 안개 하얗게 자욱하네.

亂蟬一帶垂楊岸　시끄러운 매미소리 들리는 수양버들 언덕

柔櫓鳴歸罨畫中　가벼이 노 저어 한 폭 그림 속으로 들어가네.

【작가】조선 후기의 실학자·문신·시인. 자는 혜보(惠甫)·혜풍(惠風), 호는 영재(泠齋)·영암(泠菴)·가상루(歌商樓)·고운거사(古芸居士)·고운당(古芸堂)·은휘당(恩暉堂). 규장각 검서(檢書: 서책을 교정하는 것) 당시 다양한 서적을 읽으면서 신라사 위주의 국사를 비판적으로 바라보았고 이후 『발해고』 등을 출간했다. 외직에 있으면서도 검서관을 겸임하여 이덕무·박제가·서이수 등과 함께 4검서라고 불렸다. 서얼 출신으로 실학사상가이자 역사가로 신라와 발해를 남북국시대로 인식한 학자이다.

【출전】『영재집』 2권.

- 양화(楊花): 경기도 여주시 능서면 양화동 내양리에 있는 나루.
- 숙무(宿霧): 전날 밤부터 낀 안개.
- 엄화(罨畵): 채색이 고운 그림.
- 峭(가파를 초). 兀(우뚝할 올). 濛(가랑비 올 몽). 蟬(매미 선). 櫓(방패 로). 罨(그물을 덮어 씌울 엄).

이러저러한 흥이 나서 雜興 2

최유청(崔惟淸, 1093~1174)

人生百歲間　사람이 한 백 년 사는 일은
忽忽如風燭　바람 앞의 등불인양 잠깐의 일.
且問富貴心　또 묻나니, 부귀코자 하는 마음
誰肯死前足　뉘라서 죽기 전에 만족했는가?
仙夫不可期　신선 될 기약은 있을 수 없고
世道多飜覆　세상일 엎치락뒤치락 많으니
聊傾北海尊　애오라지 술병이나 기울이고
浩歌仰看屋　호탕하게 노래하며 천정이나 바라보리.

【작가】☞ 2월 22일 참조.

〖출전〗『동문선』 4권.

- 이 시는 그의 대표작으로 만년에 양주(楊州)에 은거생활을 하면서 지은 「잡흥(雜興)」 9수 가운데 제2수이다.
- '百歲'가 '百世'로 되어 있는 곳도 있다.
- 홀홀(忽忽): ① 조심성이 없고 행동이 매우 가벼움. ② 별로 대수롭지 아니함. ③ 문득 갑작스러움.
- 북해준(北海尊): 후한 때 공융(孔融)은 북해(北海) 태수가 되어 이르기를 "좌석 위에 손님 늘 가득하고 술통 속에 술이 비지 않았으면(坐上客恒滿 樽中酒不空)" 했다.
- 忽(갑자기 홀). 飜(뒤칠 번). 覆(뒤집힐 복). 聊(애오라지 료). 尊(술그릇 준 = 樽).

그 얼마나 유쾌할까不亦快哉行 9·14

정약용(丁若鏞, 1762~1836)

支離長夏困朱炎	지루한 여름날 불볕더위에 시달려서
濈濈蕉衫背汗沾	등골에 땀 흐르고 베적삼 축축할 때
洒落風來山雨急	시원한 바람 끝에 소나기가 쏟아져서
一時巖壑掛氷簾	단번에 벼랑에 얼음 주렴이 걸린다면
不亦快哉	그 얼마나 상쾌할까.

篁林孤月夜無痕	대숲 위에 외로운 달 소리 없이 밤 깊을 때
獨坐幽軒對酒樽	초당에 홀로 앉아 술항아리 앞에 놓고
飮到百杯泥醉後	한 백 잔 마시고는 질탕하게 취한 후에
一聲豪唱洗憂煩	한바탕 노래 불러 근심 걱정 씻어 버리면
不亦快哉	그 얼마나 유쾌할까.

【작가】☞7월 18일 참조.

〖출전〗『다산시문집』3권.

- 지리(支離): '지루(하다)'의 한자어.
- 즙즙(濈濈): 많은 물건이나 어떤 것이 모여 있는 모양.
- 빙렴(氷簾): 원뜻은 고드름이 발처럼 드리워진 것이나 여기서는 소나기에 의해 갑자기 만들어진 시원한 폭포를 가리킨다.
- 유헌(幽軒): 그윽한 초당.
- 이취(泥醉): 술에 몹시 취함.
- 濈(화목할 즙). 蕉(생마[生麻] 초). 沾(더할 첨). 洒(물을 뿌릴 쇄). 壑(골 학). 篁(대숲 황).

8. 17

양덕 가는 길에서 우연히 읊조리어陽德途中偶吟

신숙주(申叔舟, 1417~1475)

前年一齒落 작년에는 이 한 개가 빠지더니
今年一髮白 금년에는 털 하나가 세었다.
固知老不免 늙어짐은 면치 못할 줄 알지마는
奈此便相迫 이렇게 서로 재촉하는 것을 어이하랴.
役役猶未休 분주하여 오히려 쉬지 못하고
萬里事劍戟 만 리 밖에서 전쟁에 종사한다.
功業無足取 공업은 취할 것이 못 되고
虛名亦已極 헛된 이름은 이미 극진하도다.
庶幾謝簪紱 바라건대 벼슬을 사양하고
歸來保迂拙 낙향하여 우졸함을 보전하리라.

【작가】 자는 범옹(泛翁), 호는 희현당(希賢堂)·보한재(保閑齋). 뛰어난 능력을 바탕으로 화려한 경력과 중요한 업적을 이룬 조선 전기의 대표적 명신이다. 훈민정음 창제에 큰 공을 세웠다. 세조가 단종을 몰아내고 왕위에 오를 때 이에 가담했으며, 이 일로 가까운 친구인 성삼문과 멀어지게 되었다. 이후 잘 변하는 녹두나물을 숙주나물이라 하게 되었다. 그러나 신숙주를 변절자라 비난하는 기록은 실록 어디에도 없다. 그런데도 소문은 정확치 않은 풍문에 기대어 발설되고 어느새 비방이 되어 널리 퍼져 나간다. 그 당사자나 근친(近親)의 절망과 분노에는 관심조차 없다. 이는 예나 지금이나 마찬가지다. 신숙주를 좋게 평가하는 표현으로는 '항상 대체(大體)를 생각하고 소절(小節: 작은 절의)에는 구애되지 않았다'든가, '큰일에 처하여 중요한 결정을 내릴 때는 강하(江河)를 자르듯 했다'는 것과 같은 것이 있다.

【출전】『보한재집』 10권. 『동문선』 5권.

■ 검극(劍戟): 칼과 창, 곧 다툼 또는 전쟁. 신숙주는 1460년 강원·함길도의 도체찰사에 임명되어 야인 정벌을 위해 출정했다.

■ 공업(功業): 큰 공로.

■ 서기(庶幾): 바라건대.

■ 잠불(簪紱): 벼슬아치가 쓰는 관(冠)에 꽂는 비녀와 인끈. 고위 관리 또는 벼슬아치를 이르는 말. 잠거(簪裾)·잠신(簪紳)·잠조(簪組)라고도 한다.

■ 우졸(迂拙): 융통성 없고 어리석다.

■ 簪(비녀 잠). 紱(인끈 불). 迂(물정에 어두울 우). 拙(서투를 졸).

혹독한 더위酷熱

안축(安軸, 1282~1348)

火輪飛出御長空　불 바퀴가 날아올라 긴 하늘 내달리니
萬國渾如在烘中　온 세상이 모두 함께 화톳불에 들어갔네.
疊疊彤雲奇作岫　뭉게뭉게 붉은 구름 기봉(奇峯)을 만들고
童童翠樹寂無風　우뚝우뚝 푸른 나무 고요하여 바람 없네.
蕉裳濕盡惟煩汗　삼베옷이 땀에 흠뻑 젖어 괴로우나
葵扇揮來不見功　파초선을 부쳐 봐야 아무런 소용없네.
安得兩腋生羽翼　어찌하면 겨드랑이에 날개 돋아서
廣漢宮裏伴仙翁　광한궁의 신선들과 어울리려나.

【작가】☞ 6월 29일 참조.

〖출전〗『근재집』 3권.

▪화륜(火輪): 불타는 수레바퀴. 곧 붉은 태양.

▪동동(童童): 우뚝우뚝 무성한 모양.

▪규선(葵扇): 빈랑(檳榔)나무의 잎으로 만든 부채. 파초선(芭蕉扇)이라고도 한다.

▪광한궁(廣漢宮): 보통 광한궁(廣寒宮)으로 쓴다. 당 현종이 8월 보름날 밤에 달 속에서 놀다가 큰 궁부(宮府) 하나를 보았는데, 거기에 '광한청허지부(廣寒淸虛之府)'라고 써 있었다. 이는 항아(姮娥)가 사는 달의 궁전이다. 항아는 항아(嫦娥)·항아(恒娥)·상희(常羲)·상의(常儀)로도 쓰는데, 신화에 나오는 달 속에 있는 여신이다.

▪御(거동할 어). 渾(뒤섞일 혼). 烘(화톳불 홍). 疊(겹쳐질 첩). 彤(붉을 동). 岫(산봉우리 수). 蕉(생마 초). 惟(~이 될 유). 煩(괴로워할 번). 葵(빈랑나무 규). 揮(휘두를 휘). 安(어찌 안).

괴로운 무더위苦熱吟

석원감(釋圓鑑, 1226~1293)

有地盡炎赫　지상엔 온통 더위 천지인데
無階奔廣寒　광한전으로 달아날 재주 없으니
瀑川思雪岳　폭포 있는 설악산이 생각나고
風穴憶氷巒　풍혈 있는 빙산이 그리워라.
未學乘飆列　열자의 바람 타기를 못 배웠으니
空希愛華潘　반랑의 화산 사랑함을 공연히 바라네.
何當酷吏去　어쩌면 가혹한 관리 떠나가고
得與故人歡　고인 반가이 만나 기쁘게 놀까.

【작가】☞4월 20일 참조.

〖출전〗『동문선』9권.

- 광한(廣寒): 광한전(廣寒殿). 달나라에 있다는 궁전. ☞8월 18일 참조.
- 列(벌일 렬): 열자(列子). 이름은 어구(禦寇·圄寇·圉寇). 전국시대 정(鄭)나라 사람으로 기원전 389년경에 살았으며 장자(莊子) 이전의 사람으로 알려져 있다. 『장자』에서는 열자가 바람을 타고 다닌다고 했다.
- 潘(성씨 반): 반랑(潘閬). 송나라 반랑은 화산(華山)을 사랑하여 "언제든 저 상봉(上峯)에 가서 살겠노라" 했다.
- 혹리(酷吏)·고인(故人): 오대(五代) 때 범질(范質)이 벼슬하기 전에 가지고 있던 부채에 "큰 더위에 혹리가 가고 맑은 바람에 고인이 온다(大暑去酷吏 淸風來故人)" 고 썼다. 그는 뒤에 후주(後周)의 재상이 되었다.
- 階(길 계). 巒(뫼 만). 飆(폭풍 표). 潘(성 반). 酷(독할 혹).

마음 가는대로適意

이규보(李奎報, 1168~1241)

獨坐自彈琴　홀로 앉아 거문고 타고
獨吟頻擧酒　홀로 읊으면서 자주 술잔 드나니
旣不負吾耳　이미 내 귀를 저버리지 않았거니와
又不負吾口　내 입 또한 저버리지 않았노라.
何須待知音　어찌 꼭 지음을 기다릴 건가
亦莫須飮友　함께 마실 술벗이 없어도 좋나니.
適意則爲歡　뜻에 맞으면 곧 즐겁다는
此言吾必取　이 말을 내 반드시 취하리라.

【작가】☞2월 3일 참조.

〖출전〗『동국이상국집』2권. 『동문선』4권.

- 적의(適意): "아침에 잠 실컷 자고 일어나고, 밤에는 술 취해 그대로 잠잔다. 사람 마음 자적하면 그만이니 자적 외에 무엇을 추구하랴(朝睡足始起 夜酌醉卽休 人心不過適 適外復何求)"라는 백거이의 「적의」 시를 본 뒤 지은 듯하다.
- 지음(知音): 친구. 옛날에 백아(伯牙)가 거문고를 잘 탔는데, 그 친구인 종자기(鍾子期)만이 그 곡조를 알아들었다. 종자기가 죽자 백아는 거문고 줄을 끊어 버리고 세상에 자기를 알아주는 사람이 없음을 슬퍼했다.
- 시상의 전개가 수련(1·2구) '거문고 - 술', 함련(3·4구) '귀 - 입'이므로 그다음인 경련(5·6구)이 '친구 - 친구'이기보다 '음율 - 친구'로 보는 것도 가능하다. 이 경우 "어찌 꼭 음율을 알아주길 바랄건가"로 번역해야겠다.
- 頻(자주 빈). 須(모름지기 수).

세상을 경계하며警世 1

석나옹(釋懶翁, 1578~1607)

金烏東上月沈西 해가 동녘에서 솟자 달은 서녘으로 잠기니
生死人間事不齊 인간의 죽고 삶이 천태만상이어라.
口裏吐將三寸氣 입 안에서 세 치 기운을 토해 내다가도
山頭添得一堆泥 산머리에 한 더미 흙을 보태 놓을 뿐
塵緣擾擾誰先覺 세상 인연 시끄러움 뉘 먼저 깨달으리.
業識茫茫路轉迷 업과 식이 망망하니 길 더욱 헤매네.
要脫輪回無別法 윤회를 벗어나려면 다른 법이 없나니.
祖師公案好提撕 조사의 주신 공안을 잘 받들어 깨치소.

【작가】나옹(懶翁)은 이정(李楨)의 호. 자는 공간(公幹), 호는 나옹 외에 나재(懶齋)·나와(懶窩)·설악(雪嶽)이 있다. 대대로 화원인 집안에서 태어나 일찍 부모를 여의고 작은아버지 이흥효(李興孝)에게 양육되었다. 5세 때 승형(僧形)을 그렸으며 이흥효가 가법(家法)을 가르쳐 10세에 이미 대성하여 산수화·인물화·불화를 모두 잘 그렸다고 한다. 허균 등과 가까이 지냈다. 술을 매우 좋아했으며 의리가 강하고, 좋은 산수를 보면 집에 돌아가는 것을 잊곤 할 만큼 호방한 성격이었다. 시와 글씨도 잘했고 중이 되고자 시도하기도 했다. 과음으로 평양에서 30세의 짧은 생애를 마쳤다. 하지만 유작들은 원숙한 솜씨와 세련된 화격(畵格)을 보여 준다.

〖출전〗『동문선』17권.

- 금오(金烏): 태양의 이명. 태양 속에 삼족오(三足烏)가 있다는 전설에서 기인했다.
- 업식(業識): 과거에 저지른 미혹한 행위와 말과 생각의 과보로 현재에 일으키는 미혹한 마음 작용. 業(업 업)은 자신의 선택과 상관없이 주어진 환경이고, 識(알 식)은 이 업에 따라 적응하는 과정에서 배운 것들이다.

8. 22

농삿집田家

박지원(朴趾源, 1737~1805)

翁老守雀坐南陂 늙은이 참새 쫓느라 남녘 둑에 앉았는데
粟拖狗尾黃雀垂 개꼬리 같은 조 이삭에 노란 참새 매달렸네.
長男中男皆出田 큰아들 작은아들 모두 다 들에 나가
家田盡日晝掩扉 시골집 하루 종일 사립문 닫혔구나.
鳶蹴鷄兒攫不得 솔개가 병아리 채가려다 빗나가니
群鷄亂啼匏花籬 박꽃 핀 울 밑 뭇 닭이 꼬꼬댁 대네.
小婦戴棬疑渡溪 젊은 아낙 함지박 이고 주춤대며 개울 건너고
赤子黃犬相追隨 꾀복쟁이와 누렁이가 졸랑졸랑 뒤따르네.

【작가】☞2월 18일 참조.

〖출전〗『연암집』4권.

- 연암은 실학자이면서도 농사에 관해 많은 관심을 기울였는데, 한양 출신인 연암이 당쟁을 피해 중년 이후 황해도 금천군 연암협(燕巖峽)에 은거할 때 농업에 관심을 가지고 농학을 연구한 것으로 알려져 있다. 이 작품은 이때 이루어진 것으로 보인다.
- 陂(둑 피). 拖(드리울 타). 掩(가릴 엄). 扉(문짝 비). 鳶(솔개 연). 蹴(찰 축). 攫(붙잡을 확). 匏(박 포). 戴(일 대). 棬(나무 그릇 권). 疑(머뭇거릴 의).

햇볕이 누그러져 풀이 더 자라지 않기 때문에
산소에 벌초한다.

거사의 초막居士庵

이색(李穡, 1328~1396)

我愛山中人　나는 산중 사람을 좋아하나니
白駒芻一束　흰 망아지에 꼴 한 다발이네.
仙去何寥寥　신선이 되어 가고 나니 어찌 이리 적막한가
高風誰繼躅　고상한 풍도(風度)를 뉘라서 계승할까.
石室書已殘　석실의 책은 이미 쇠잔해졌건만
芝田雨猶綠　지초 밭은 비에 아직 푸르구나.
至今鳴夜鶴　지금도 밤중엔 학이 울어대고
山月照幽獨　산 달은 그윽한 거처를 비쳐 주네.
撫古一長吁　옛일 생각하며 한 번 크게 탄식하니
紛紛幾榮辱　분분한 세상 영욕이 얼마였던가?

【작가】☞ 10월 11일 참조.

〖출전〗『목은고』 3권.

■「봉산 십이영(鳳山十二詠)」 가운데 여섯째 수로서, 원래 『목은고』에는 「자통이 떠나면서 짓기를 부탁했다(子通臨行索賦)」로 되어 있다. 자통은 여말선초의 문신인 권집경(權執經)의 자. 말년에 고향인 상주로 퇴거했다. 이 시에서 居士·山中人·仙·石室·芝·鶴은 모두 자통과 관련 있다.

■백구(白駒): 어진 은자(隱者)가 돌아가려 할 때 말리지 못하고 보내야 하는 주인의 그리워하는 정을 노래한 것이다. 『시경』「소아」 '백구(白駒)'에서 온 말이다.

■駒(망아지 구). 芻(꼴 추). 去(거두어들일 거). 寥(쓸쓸할 료). 躅(머뭇거릴 촉). 撫(기댈 무).

오궤烏几

신흠(申欽, 1566~1628)

混混沌沌際　만물이 뒤섞여 구분되지 않는 때
溟溟涬涬初　천지가 나뉘기 이전의 상태일세.
希夷眞世界　소리도 빛도 없는 진리의 세계에서
烏几靜憑餘　고요히 오궤에 기대어 앉네.

【작가】☞3월 29일 참조.

〖출전〗『상촌고』17권.

- 신흠의「현헌팔영(玄軒八詠)」가운데 셋째 수이다.
- 신흠은 혼돈을 무질서의 부정적 상태가 아니라 무한한 가능성과 생명력을 지닌 진리의 세계로 보고 그 속에서 지극히 편안한 자세를 취하고 있음을 나타내고자 했다. 불가에서 행하는 선정(禪定: 한마음으로 사물을 생각하여 마음이 하나의 경지에 정지하여 흐트러짐이 없음)에 듦과 비슷한 상태를 이른다.
- 오궤(烏几): 오피궤(烏皮几)의 준말. 검은 염소 가죽을 덮어 만든 좌구(坐具) 또는 와구(臥具)로 조그마한 궤안(几案). 『두시비해(杜詩批解)』21권「阻雨不得歸瀼西甘林(비가 와서 양서의 감귤 숲으로 돌아가지 못하다)」에 "오궤의 먼지 닦고 앉아 나무꾼 목동 노래 즐겨 듣노라(拂拭烏皮几 喜聞樵牧音)" 한 데서 비롯된 것으로 흔히 고향을 그릴 때 인용한다.
- 혼돈(混沌): 『장자』에 나오는 말로 '새로운 세계를 창조할 수 있는 무한한 가능성과 생명력을 갖춘 상태'를 가리킨다.
- 희이(希夷): 현묘한 우주의 이치, 진리의 세계. 노자의 『도덕경』에 "보아도 보이지 않는 것을 이(夷)라 하고, 들어도 들리지 않는 것을 희(希)라 한다(視之不見 名曰夷 聽之不聞 名曰希)" 했다.

개미蟻

이규보(李奎報, 1168~1241)

穴竅珠中度　구멍 난 구슬 속을 지나고
隨輪磨上奔　바퀴 따라 맷돌 위를 달린다.
誰知槐樹下　누가 알랴, 느티나무 아래에
別占一乾坤　따로 한 세상 차지했음을.

【작가】☞2월 3일 참조.

〖출전〗『동국이상국집』3권.

- 이 고율시는「군충을 읊다(群蟲詠)」여덟 수 중 다섯째 수이다.
- 혈규주중도(穴竅珠中度): 공자가 구곡보주(九曲寶珠: 구멍이 꼬불꼬불한 귀한 구슬)를 얻어서 실을 꿰려 했으나 꿸 수 없었는데, 상간(桑間: 복양[濮陽] 남쪽 복수[濮水] 강안의 고을 이름)의 여인이 구멍에 꿀을 발라 개미로 하여금 꿰게 하라고 가르쳐 줬다는 고사.
- 수륜마상분(隨輪磨上奔): 개미가 맷돌 위에서 다닐 때에 맷돌은 왼쪽으로 돌고 개미는 오른쪽으로 가면 맷돌은 빠르고 개미는 느리기 때문에 맷돌을 따라 왼쪽으로 돌지 않을 수 없다는 것. 즉 맷돌을 천체, 개미를 일월의 운행에 비유한 것이다(『晉書』「天文志」).
- 괴수하(槐樹下): 순우분(淳于棼)이 느티나무 아래에서 자다가 꿈에 괴안국에 들어가 남가군수(南柯郡守)가 되어 수십 년 부귀를 누리다가 깨었다는 고사(『異聞錄』). 槐(홰나무 괴)는 발음이 중국 발음(huái)과 유사한 '회'로 부른다. 槐자에는 鬼(귀신 귀)자가 들어 있듯 악귀를 물리치는 나무로 알려져 있다. 한국은 행운의 나무, 중국은 출세의 나무, 서양에서는 학자의 나무라고 소중히 여긴다.
- 竅(구멍 규). 奔(달릴 분).

8. 26

개미蟻

이인로(李仁老, 1152~1220)

身動牛應鬪　몸을 움직이면 소가 다투게 되고

穴深山恐頹　구멍이 깊으면 산이 무너지리라.

功名珠幾曲　공명은 구슬이 몇 구비인가

富貴夢初回　부귀의 꿈이 비로소 깨어나네.

【작가】☞2월 17일 참조.

〖출전〗『보한집』중권.

- 1구는 진나라 은중감(殷仲堪)의 부친이 귓병으로 개미가 움직이는 소리를 듣고 소가 다투는 것으로 알았다는 고사를 사용한 것(『晉書』「殷仲堪傳」).
- 2구는『한비자』「유로(喩老)」의 "천 길 제방도 개미굴 때문에 무너진다(千丈之堤以蟻蟻之穴潰)"의 용사.
- 3구는 공자가 가지고 있던 구곡보주(九曲寶珠)처럼 공명 또한 부침이 있음을 가리킨다.
- 4구는 괴안몽(槐安夢)의 고사를 원용한 것이다. ☞괴안몽은 2월 27일 참조.
- 蟻(개미 의). 恐(아마 공). 頹(무너질 퇴).

8. 27

예스러운 시古風 2

이제현(李齊賢, 1287~1367)

山中有故人 산중에 있는 친구가
貽我尺素書 내게 긴 편지를 보내 왔네.
學仙若有契 신선술 배워 그리된다면
此世眞蘧廬 이 세상은 참으로 여관이겠지.
軒裳非所慕 높은 벼슬 바라지도 않지만
木石難與居 목석과도 함께 살기 어려우니
不如飮我酒 차라리 술이나 마시면서
死生任自如 생사를 초연하게 맞으리.

【작가】☞3월 10일 참조.

〖출전〗『익재집』4권.

■ 척소서(尺素書): 동한(東漢) 때 채옹(蔡邕)이 지은 「飮馬長城窟行(장성굴에서 말에게 물을 먹이다)」의 "客從遠方來 遺我雙鯉魚 呼兒烹鯉魚 中有尺素書"에서 나온 말이다. 여기서 '잉어 두 마리(雙鯉魚)'는 진짜 잉어가 아니라 죽목간(竹木簡) 즉 '편지'를 의미하고, 烹(삶을 팽)은 봉투를 열게 하는 것을 가리킨다. 옛날 중국에서는 종이가 발명되기 전에는 편지를 주로 흰 비단 위에 적었는데, 이 편지가 훼손되지 않도록 두 쪽의 대나 나무판 가운데에 넣고 판 위에는 고기(잉어) 모양을 새겨서 보냈다고 한다. 이후 종이 편지가 등장했을 때는 편지를 접은 바깥 면에다 잉어 두 마리 모양(또는 그림)으로 접어서 보냈다고 한다. 그때 이후로 편지를 쌍리(雙鯉) 또는 어서(魚書)라 부르게 되었다. 그러므로 위 시구 앞부분을 의역하면, "손님이 먼 곳으로부터 와서 내게 준 편지봉투를 아이에게 열어보게 했더니, 비단 편지가 들어 있네"가 된다.

8. 28

잠깐 갰다가 비 내리고乍晴乍雨

김시습(金時習, 1435~1493)

乍晴還雨雨還晴　잠깐 개었다 비 내리고, 비 내리다 다시 개니
天道猶然況世情　하늘의 이치도 그러한데 하물며 세상인심이야…
譽我便是還毁我　나를 높이는 듯 하더니 곧이어 나를 헐뜯고
逃名却自爲求名　명예를 마다하더니 문득 공명을 구하는구나.
花開花謝春何管　꽃이 피고 지는 걸 봄이 어찌 주관하며
雲去雲來山不爭　구름이 오고가도 산과는 다투지 않네.
寄語世人須記認　세인들에게 말하노니 모름지기 기억하라,
取歡無處得平生　평생토록 기쁨 얻을 수 있는 곳은 없다는 것을.

【작가】☞3월 2일 참조.

〖출전〗『매월당집』4권.

■ 기인(記認): 기억하고 알아보다.

■ 乍(잠깐 사). 毁(헐 훼). 逃(달아날 도). 謝(물러날 사). 管(주관할 관). 須(모름지기 수).

벼슬 버리고 고향으로 돌아가棄官歸鄕

신숙(申淑, ?~1160)

耕田消白日　논밭 갈며 하루해를 보내고
採藥過靑春　약초 캐며 청춘을 보내네.
有山有水處　산 있고 물 있는 이곳에는
無榮無辱身　영예도 굴욕도 없는 몸일세.

【작가】고려 전기의 문신. 청렴하고 검박하며 충직하기로 이름 높았다. 여러 차례 관직을 옮겨 어사잡단(御史雜端)이 되었다. 의종 초 시어사(侍御史) 송청(宋淸)과 함께 합문(閤門: 임금이 평상시에 거처하는 궁전의 앞문)에 엎드려 3일 동안 시사를 논했으나 왕이 답하지 않자 병을 구실로 사직했다. 1158년(의종 12) 지문하성사(知門下省事)에 올랐는데 당시 왕이 환관 정함(鄭函)을 합문지후(閤門祗侯)에 임명하자 부당하다고 간함으로써 의종의 미움을 사 수사공(守司空)으로 좌천되었다. 이듬해 벼슬을 버리고 고향인 고령으로 돌아가 이 시를 지었다.

【출전】『고려사』 99권. 『동사강목』 9上. 『송암집(松巖集)』 5권. 『구당집(久堂集)』 19권. 『입재집(立齋集)』 5권.

■ 棄(버릴 기). 消(사라질 소).

8. 30

쥐를 놓아 줌放鼠

이규보(李奎報, 1168~1241)

人盜天生物　사람은 하늘이 준 물건을 훔치는데
爾盜人所盜　너는 사람들이 훔친 것을 훔치는구나.
均爲口腹謀　모두 같이 먹기 위해 하는 일이니
何獨於汝討　어찌 너만 나무라랴.

【작가】☞2월 3일 참조.

〖출전〗『동국이상국집』16권.

■구복(口腹): 먹고살기 위해 음식물을 섭취하는 입과 배.

■鼠(쥐 서). 爾(너 이). 腹(배 복). 謀(꾀할 모). 討(꾸짖을 토).

8. 31

몸을 씻다浴川

조식(曺植, 1501~1572)

全身四十年前累　온몸에 찌든 사십년 찌꺼기를
千斛淸淵洗盡休　천 섬의 맑은 물로 다 씻어 없애리라.
塵土倘能生五內　그래도 오장에 흙먼지 남았거든
直今刳腹付歸流　곧바로 배를 갈라 물에 흘려보내리라.

【작가】☞2월 13일 참조.

〖출전〗『남명집』1권.

- 이 시는 제주(題注)에 "기유년(1549) 8월 초에 우연히 감악산(안음과 거창 사이에 있는 산) 아래에서 노닐었는데, 함양의 문사인 임희무와 박승원이 듣고서 달려와 함께 목욕했다(己酉八月初 偶遊於紺岳山下 咸陽文士林希茂朴承元 聞而馳到 侍與之同浴焉)"라 되어 있다.
- 累(더럽힐 루). 斛(열 말 곡). 休(그만둘 휴). 倘(혹시 당). 刳(가를 고). 付(붙일 부).

九月

파리蠅

이규보(李奎報, 1168~1241)

疾爾誤鳴鷄　닭이 우는 듯 착각케 함을 미워하고
畏爾點白玉　흰 옥에 점 남기는 것 꺼린다.
驅之又不去　쫓아도 가지 않으니
宜見王思逐　왕사의 쫓김 당하는 것 당연하구나.

【작가】☞2월 3일 참조.

〖출전〗『동국이상국집』3권.

- 오명계(誤鳴鷄): 파리 소리를 닭이 우는 것으로 착각한 것을 말한다(『詩經』「齊風 鷄鳴」).
- 왕사축(王思逐): 왕사는 위나라 사람인데 성질이 급했다. 글씨를 쓰는데 파리가 붓끝에 앉자 두세 번 쫓았으나 또 날아오니 왕사가 화가 나서 일어나 파리를 쫓았다. 그래도 되지 않자 붓을 땅에 던지고 밟아 망가뜨렸다(『魏略』「苛吏傳」).
- 疾(미워할 질). 爾(너 이). 畏(두려워할 외). 驅(몰 구). 宜(마땅할 의). 見(당할 견). 逐(쫓을 축).

9. 2

연밥 따는 노래采蓮曲

허난설헌(許蘭雪軒, 1563~1589)

秋淨長湖碧玉流　맑은 가을 호수 옥처럼 새파란데
蓮花深處繫蘭舟　연꽃 깊숙한 곳에 목란배를 매었네.
逢郎隔水投蓮子　물 건너 임을 만나 연밥 따서 던지고는
或被人知半日羞　행여 남이 알까봐 반나절 부끄러웠네.

【작가】 별호는 경번(景樊), 본명은 초희(楚姬). 강릉에서 출생. 허균(許筠)의 누나. 이달(李達)에게 시를 배워 8세에 「광한전백옥루상량문(廣寒殿白玉樓上梁文)」을 짓는 등 신동으로 칭송되었다. 15세의 나이에 김성립(金誠立)과 결혼했으나 원만하지 못했다고 한다. 남편은 급제한 뒤 관직에 나갔으나 가정의 즐거움보다 노류장화(路柳墻花)의 풍류를 즐겼다고 한다. 시어머니와의 사이가 원만하지 않았으며, 사랑하던 남매를 잃은 뒤 뱃속의 아이까지 잃는 아픔을 겪었다. 친정집에 옥사(獄事)가 있었고 동생 균마저 귀양 가는 등 비극의 연속으로 삶의 의욕을 잃고 책과 먹으로 고뇌를 달랬다.

【출전】 『성소부부고』 26권.

- 채련곡은 원래 중국 남방에서 연밥을 따면서 부르던 민요로 남녀 간 상사(相思)의 정을 읊은 노래이다. 연꽃이 있는 연못은 남녀가 자연스럽게 만날 수 있는 공간으로 사랑이 무르익는 장소였으며 연꽃과 연밥은 남녀 간의 사랑을 노래하는 매개로 인식되었다. 뒤에 노동요의 성격은 거의 사라지고 주로 남녀의 사랑과 밀접한 관련을 가진 모티브로 인식되었다.
- 난주(蘭舟): 목란주(木蘭舟). 춘추시대에 노반(魯班)이라는 사람이 심양강(潯陽江)의 목란주(木蘭洲)에서 자라는 목란을 깎아서 만들었다는 배.
- 『이아(爾雅)』에 의하면, 연꽃은 菡萏(연꽃 봉우리 함, 연꽃 봉우리 담), 잎은 荷(연하), 열매는 蓮(연밥 련), 연뿌리는 藕(연뿌리 우)라고 한다.

9. 3

명성을 낚으려는 데 대한 풍자釣名諷

이규보(李奎報, 1168~1241)

釣魚利其肉　물고기 낚으면 고기 살점 얻지마는
釣名何所利　이름을 낚으면 무슨 이익 되는가.
名乃實之賓　이름이란 곧 실상의 손님이거니
有主賓自至　주인(실상) 있으면 손은 스스로 오네.
無實享虛名　실상이 없이 헛이름만 누리면
適爲身所累　마침내 그 몸에 누만 끼치게 되네.
龍伯釣六鼇　용백은 여섯 마리 큰 자라 낚았나니
此釣眞壯矣　그 낚시질 진실로 장한 것이네.
太公釣文王　태공이 문왕을 낚을 때에는
其釣本無餌　그 낚시에 원래 미끼 없었네.
釣名異於此　이름 낚기는 이와 달라
僥倖一時耳　한때의 요행만을 바람이네.
有如無鹽女　그것은 마치 추한 여자가
塗飾暫容媚　잠깐 용모를 단장한 것과 같아서
粉落露其眞　분이 지워져 참 모양이 드러나면
見者嘔而避　보는 이마다 구역하고 피하리라.
釣名作賢人　이름을 낚아 어진 사람 된다면
何代無顏子　어느 시대엔들 안자 없으리.
釣名作循吏　이름을 낚아 착한 관원 된다면
何邑非龔遂　어느 고을인들 공수 없으리.
鄙哉公孫弘　질박하여라, 저 공손홍은

爲相乃布被　정승이 되어서도 베 이불을 덮었고
小矣武昌守　삼가하였도다, 무창 태수는
投錢飮井水　돈을 주고 우물물을 마셨다네.
淸畏人之知　청백함을 사람들이 알까 두려워했으니
楊震眞君子　양진은 진실로 참 군자였네.
吾作釣名篇　내 여기 조명편을 지어서
以諷好名士　이름 좋아하는 선비를 풍자하노라.

【작가】☞2월 3일 참조.

〖출전〗『동국이상국집』13권. 『동문선』4권.

- 『동국이상국집』에는 '武昌守'가 '虎昌守'로 되어 있다.
- 용백(龍伯): 옛날 용백국(龍伯國)에 키가 30길 되는 큰 사람이 있었는데, 몇 걸음에 오산(五山)에 이르러 한 번에 여섯 마리의 거오(巨鼇)를 낚았다고 한다(『列子』「湯問」).
- 태공(太公): 본성은 강(姜), 이름은 상(尙), 자는 자아(子牙). 봉성(封姓)을 따라 여상(呂尙)이라고 했다. 주(周) 문왕(文王)이 사냥을 나갔다가 위수(渭水) 가에서 만나 맞아들여 태사(太師)를 삼았는데, 문왕의 아들 무왕(武王)을 도와 상(商)나라를 멸하고 주(周)의 천하를 세웠다(『史記』32권). 일설에는 태공이 일부러 위수 가에서 바늘 없는 낚싯대를 드리우고 문왕이 지나가기를 기다렸다고 한다.
- 요행(僥倖): = 요행(儌幸). ① (거의 가능성이 없는 어려운 일이)우연히 잘 되어 다행함. ② 뜻밖에 얻는 행복.
- 무염녀(無鹽女): 무염은 중국 산동성 동평현(東平縣)에 있는 지명인데, 얼굴이 못생기기로 유명한 제 선왕(齊宣王)의 후비 종리춘(鍾離春)이 그 고을 사람이었기에 무염녀 하면 매우 못생긴 여자를 가리킨다.
- 안자(顔子): 안회(顔回)의 존칭. 노(魯)나라 곡부(曲阜) 사람으로 자가 자연(子淵)이므로 흔히 안연(顔淵)이라 칭한다. 안자 외에 복성(復聖)·아성(亞聖)이라 존칭하기도 한다. 공자가 가장 총애했던 수제자였으나 젊은 나이에 요절했다. '안씨빈(顔氏貧)'은 단사표음(簞食瓢飮: 한 광주리의 먹거리와 한 바가지의 마실 것)의

가난함 속에서도 학문을 즐기며 청빈하게 생활한 안회의 삶을 가리키며, 작가 자신도 그와 같은 삶을 추구하고자 하는 바람을 드러낸 것이다.

- 공수(龔遂): 한(漢) 선제(宣帝) 때 발해(渤海)에 도둑이 일어나 수령이 제어하지 못하자 공수를 태수(太守)를 삼으니, 도둑이 양민으로 화하여 발해가 크게 다스려졌다(『漢書』「龔遂傳」).
- 공손홍(公孫弘): 한 무제 때 승상이 되어 평진후(平津侯)에 봉해졌고, 동각(東閣)을 열어 사류(士流)를 연접하여 그 봉록이 모두 빈객 접대에 들어갔으며, 자신은 현미밥을 먹고 베 이불을 덮었다(『前漢書』「公孫弘傳」).
- 무창수(武昌守): 남북조시대에 양(梁)나라 하원(何遠)이 무창태수(武昌太守)가 되었는데, 여름에 마실 물이 나쁘므로 사람을 시켜 민가의 좋은 우물의 냉수를 길어다 먹으면서 물 값으로 돈을 주었는데 주인이 받지 아니하자 "그러면 그 물은 길어다 먹지 않겠다"며 기어이 돈을 주었다.
- 양진(楊震): 양진이 형주자사(荊州刺史)가 되어 행차가 창읍(昌邑)을 지날 때 전에 천거받은 형주의 무재(茂才: 관리 등용시험에 합격한 사람) 왕밀(王密)이 창읍령(昌邑令)이 되어 알현하고 밤에 찾아와서 황금 10근을 바쳤다. 이에 양진이 "고인(故人)은 그대를 아는데, 그대는 고인을 알지 못함은 무슨 까닭인가?" 하니, 왕밀이 "깊은 밤에 이 사실을 아는 자가 없습니다" 했다. 그러자 양진이 "하늘이 알고 땅이 알며 내가 알고 그대가 아는데, 어찌 아는 자가 없다 하겠는가?" 했다(『後漢書』「楊震傳」). 이와 같은 내용을 두고 정약용은 "한밤중에 행한 것이 아침이면 이미 드러난다(中夜所行 朝已昌矣 = 夜行朝昌)"고 했다(『목민심서』「율기(律己)」).
- 適(마침 적). 鰲(자라 오). 餌(먹이 이). 僥(바랄 요). 倖(요행 행). 鹽(소금 염). 塗(칠할 도). 媚(풍치가 아름다울 미). 嘔(토할 구). 龔(공손할 공). 遂(이를 수). 鄙(질박할 비). 小(몸가짐이나 언행을 조심할 소). 投(줄 투).

어옹漁翁

설장수(偰長壽, 1341~1399)

不爲浮名役役忙　헛된 이름에 매어 구질구질 바쁘지 않고
生涯追逐水雲鄕　평생토록 물과 구름의 고장을 좇아다니네.
平湖春暖煙千里　따뜻한 봄날 평평한 호수엔 안개가 천 리
古岸秋高月一航　가을 깊은 옛 언덕 위 달은 한 척의 배.
紫陌紅塵無夢寐　서울의 거리와 속세는 꿈에도 생각 없고
綠蓑靑蒻共行藏　푸른 도롱이 부들 삿갓으로 평생을 짝하누나.
一聲款乃歌中趣　어여차 한 마디 뱃노래 속의 그 멋이
那羨人間有玉堂　어찌 인간 세상 벼슬살이를 부러워하리.

【작가】자는 천민(天民), 호는 운재(芸齋). 경주 설씨의 시조. 여말선초의 문신으로 위구르족 출신의 귀화인이다. 중국어와 몽고어에 모두 능통해 중국과의 외교와 사역원(司譯院)의 교육을 체계화하는 데 크게 기여했다. 언변이 뛰어났으며 시와 글씨에도 능했다.

〖출전〗『동문선』17권.

- 수운향(水雲鄕): 물이 흐르고 구름이 머무는 물가의 고장. 강가 마을.
- 월일항(月一航): 넓은 하늘을 노 젓듯이 가는 외로운 달.
- 자맥(紫陌): 서울의 큰 거리.
- 녹사(綠蓑): 푸른 볏짚으로 만든 도롱이.
- 청약(靑蒻): 푸른 대나 갈대로 만든 삿갓.
- 행장(行藏): 세상에 나오거나 물러나 은퇴함. 세상살이.
- 관내(款乃): '노 젓는 소리'에서 전의되어 어부의 '뱃노래'를 나타낸다.
- 옥당(玉堂): 아름답게 꾸민 집. 관청. 벼슬살이.

그리운 님居士戀

이제현(李齊賢, 1287~1367)

鵲兒籬際噪花枝　울타리 곁 꽃가지엔 까치가 깍깍
喜子床頭引網絲　침상 머리엔 거미가 줄을 늘이네.
余美歸來應未遠　그리운 임 머지않아 오시려나 봐
精神早已報人知　내 마음에 이렇게 미리 알리니.

【작가】☞3월 10일 참조.

〖출전〗『익재집』4권.

■작가에 의해 우리나라 처음으로 쓰여 진 소악부다. ☞소악부는 3월 27일 참조.

■『익재난고』에는 제목이 「소악부」이나 『임하필기(林下筆記)』 38권(해동악부)에는 「거사련」으로 되어 있고 그 내용도 1·2행은 같으나 3·4행은 완전히 다른 "부역 나가 돌아오지 못하고 고생하는 님/ 그 형용 벌써 선생의 시에 다했네(行役幾年苦不返 形容已盡先生詩)"이다. 또한 그 주에 "객지에 부역 나간 사람의 아내가 이 노래를 지었는데, 까치와 거미에 의탁하여 그 남편이 돌아오기를 바랐다. 익재 이제현은 시를 지어 이렇게 풀이하였다(行役者之妻 作歌 托鵲蟢以冀其歸 李益齋 作詩解之如此)"라 했다.

■거사(居士): ① 도덕과 학예(學藝)가 도저(到底)하면서도 숨어 살며 벼슬을 아니하는 선비. ②출가하지 아니한 속인으로 불교의 법명을 가진 사람.

■희자(喜子): 거미(蜘蛛)의 별칭. 거미가 내려오면 기다리는 사람이 온다는 데서 나온 말이다. 여기서 喜는 蟢(갈거미 희)를 가리킨다.

■際(가장자리 제). 噪(떠들썩할 조). ◦蜘(거미 지). 蛛(거미 주).

독서를 하다 느낌이 있어讀書有感

서경덕(徐敬德, 1489~1546)

讀書當日志經綸　책 읽는 당초에는 경륜에 뜻을 뒀는데
歲暮還甘顏氏貧　늙어지자 다시 안회의 가난이 좋아졌네.
富貴有爭難下手　부귀는 다툼이 있기에 손대기 어렵지만
林泉無禁可安身　샘물 마시는 게야 간섭 없어 몸 편하다네.
採山釣水堪充腹　나물 캐고 고기 낚아 배 채우니 살 만하고
詠月吟風足暢神　달과 바람 읊조리면 맑은 정신 화창해지네.
學到不疑知快活　학문은 의심 없는데 이르러야 통쾌함을 아노니
免敎虛作百年人　한평생 헛된 사람 되는 것은 면해야지.

【작가】☞1월 26일 참조.

【출전】『화담집』1권. 『상촌집(象村集)』60권. 『연려실기술』9권. 『문봉집(文峯集)』5권.

- 제목이 「독서유감」으로 많이 알려져 있으나, 『화담집』에는 「述懷(술회: 마음에 품은 생각을 말함)」로 되어 있다.
- 경륜(經綸): 어떤 포부를 가지고 일을 조직하고 계획하는 것.
- 안씨(顏氏): 안회(顏回)의 존칭. ☞9월 3일 안자(顏子) 참조.
- 하수(下手): 손을 댐. 어떤 일을 시작함. = 착수(着手).
- 足(넉넉할 족). 暢(펼 창). 敎(~로 하여금 ~하게 할 교).

산수화에 쓰다題山水畫 1

강희안(姜希顔, 1419~1464)

仙山鬱岧嶢　신선이 사는 산 울창하고 높은데
雲氣連蓬瀛　구름 기운은 봉래산 영주산에 이어졌네.
茅亭隱巖下　띠로 이은 정자는 바위 밑에 숨어 있고
綠竹繞簷楹　푸른 대는 처마 기둥을 에워쌌네.
高人奏綠綺　고상한 사람 거문고를 연주하는데
細和松風淸　가늘게 솔바람과 어울려 맑도다.
彈成太古曲　태고의 가락을 연주하니
超然悟長生　초연히 장생의 법을 깨달았네.

【작가】☞1월 16일 참조.

〖출전〗『동문선』5권.

- 신선은 모두 (산세가 좋은 깊은) 산속에 산다. 그래서 신선을 '사람이 山에 들어간다(入)'는 의미의 '仚(신선이 될 선)' 또는 산에 사는 사람(仙)으로 나타낸다.
- 봉영(蓬瀛): 신선이 산다는 중국 전설상의 봉래산(蓬萊山)과 영주산(瀛洲山). 방장산(方丈山)과 더불어 3신산이라 한다.
- 첨영(簷楹): 처마 밑 앞부분의 들보와 기둥.
- 녹기(綠綺): 녹기금(綠綺琴)의 준말. 한(漢)나라 사마상여(司馬相如)가 양왕(梁王)에게 하사받은 거문고. 신선이 즐겨 쓰는 악기가 금슬(琴瑟)과 생황(笙簧)이다.
- 鬱(우거질 울). 岧(산 높을 초). 嶢(높을 요). 蓬(쑥 봉). 瀛(바다 영). 楹(기둥 영). 綠(초록빛 록). 綺(비단 기).

고요함을 지키는 것守靜

이황(李滉, 1501~1570)

守身貴無撓 몸을 지킴에 있어 흔들림 없음을 귀하여 여기고
養心從未發 마음을 기름에는 발하기 전을 따라야 하네.
苟非靜爲本 진정 고요함을 근본으로 삼지 않으면
動若車無軏 움직임이 수레에 끌채 없는 것과 같으리.

【작가】☞1월 24일 참조.

〖출전〗『퇴계집』 5권에 있는 「次韻奇明彦贈金而精(기대승이 김취려에게 지어준 시의 운자를 쓰다)」이라 제목을 붙인 연작시 중 둘째 작품인 「수정(守靜)」의 앞부분이다. 참고로 뒷부분은 다음과 같다. "나의 타고난 성품이 산에 숨기 좋아하여 티끌 세속 먼지를 털어버린 지 오래건만 하루아침 여기 와서 세상일을 맛보니 이미 정신이 흩어졌음 느끼겠는데 하물며 도시 가운데에서 욕심의 바다에 휩쓸렸음에랴. 그대는 아직도 선비의 몸이라서 심은 난을 어찌 스스로 베어내리. 그대는 싸리문 닫기 좋아하고 그대의 우물에는 흙탕물 일지 않게 하시게. 네 벽에 도서 가득하니 분향하고 초연히 앉아 밝고 어둠 살피어 선악을 가려 한 장수로서 천만 군사 지휘하라. 어찌 중도를 행하는 선비로서 품은 보배를 자랑하여 스스로를 해칠 것인가. 잃고 얻음 더하고 빼는 것은 하늘과 땅에 달려 있음이니 그대 둘은 정신 가다듬어 학업에 전념하라. 늙은 나도 정성을 다하리라(我性愛山隱 塵紛久消歇 一朝來嘗世 已覺神外滑 何況都城中 欲海競顚越 君爲布衣生 樹蘭寧自伐 君門扉好掩 君井泥莫汨 四壁有圖書 焚香坐超忽 潛昭判善利 一帥麾千卒 豈有中行士 衒寶甘自刖 乘除得與失 不啻霄壤揭 二子勉專精 老我誠亦竭)."

■ 撓(어지러울 뇨). 軏(끌채 끝의 멍에를 매는 끝부분 월).

부령 포구扶寧浦口

이규보(李奎報, 1168~1241)

流水聲中暮復朝　아침저녁으로 들리느니 물소리뿐
海村籬落苦蕭條　바닷가 촌락이 하도 쓸쓸하구나.
湖清巧印當心月　호수 맑아 한복판엔 달이 도장 찍었는데
浦闊貪呑入口潮　포구는 넓어 조수를 탐욕스레 삼키고
古石浪舂平作礪　오랜 돌이 파도에 닳아 숫돌마냥 평평하고
壞船苔沒臥成橋　부서진 배가 이끼에 묻혀 누운 채 다리가 되었네.
江山萬景吟難狀　이 강산의 온갖 경치 읊어내기 어려우니
須倩丹青畫筆描　화가의 붓 빌려야 묘사할 수 있겠구나.

【작가】☞2월 3일 참조.

〖출전〗『동국이상국집』 10권. 『동문선』 14권.

- 『동국이상국집』에는 제목이 「題浦口小村(작은 마을 포구에 제하여)」으로 되어 있다.
- 부령(扶寧): 현 전북 부안.
- 이락(籬落): 울타리. = 파리(巴籬)·번리(藩籬)·바자울(笆子籬).
- 소조(蕭條): 분위기가 매우 호젓하고 쓸쓸하다.
- 籬(울타리 리). 蕭(쓸쓸할 소). 條(길 조). 闊(트일 활). 舂(찧을 용). 礪(숫돌 려). 壞(무너질 괴). 倩(예쁠 천). 藩(덮을 번). 笆(가시대 파).

9. 10

길 가던 중에途中卽事

김극기(金克己, 고려 명종 때)

一逕青苔濕馬蹄　한 줄기 오솔길 푸른 이끼에 말발굽이 젖는데
蟬聲斷續路高低　매미소리는 끊어졌다 이어졌다, 길은 오르락내리락.
窮村婦女猶多思　궁벽한 마을의 아낙네는 오히려 생각이 많은 듯
笑整荊釵照柳溪　웃음 짓고 나무 비녀 매만지며 버들 개울에 비춰보네.

【작가】 자는 예근(禮謹), 호는 지월당(池月堂). 고려가 망한 뒤로는 유세(遺世: 세상 일을 잊음)의 뜻을 가져 거업(擧業: 과거 응시)에 힘쓰지 않고 이름난 산수를 찾아 시작(詩作)으로 소일했다. 문명(文名)이 나자 태종 때 윤상(尹祥)의 천거로 남대(南臺: 사헌부)로 불렀으나 나아가지 않다가 그 뒤 부득이 몇 번 나아갔다가 그만두었다. 그는 평장동(平章洞: 현 전남 담양군 대전면 평장리)에 정자를 짓고 '池月'이란 편액을 달고 자연과 벗하며 시로써 일생을 보냈다.

〖출전〗『동문선』19권.

- 즉사(卽事): 즉흥적으로 읊음.
- 형채(荊釵): 가시나무 비녀. 가난하거나 검소함을 가리킨다.
- 荊(가시나무 형). 釵(비녀 채).

대나무를 읊다詠竹

정두경(鄭斗卿, 1597~1673)

綠影參差上拂雲　들쭉날쭉 푸른 대숲 위로 구름 지나가고
夜風成韻亦堪聞　밤바람 불 때 내는 소리 들을 만하구나.
傍人莫道無來客　곁 사람아 오는 손님 없단 말 하지 마시게.
長向階前對此君　섬돌 앞서 오래도록 차군 마주 서 있다오.

【작가】 조선 후기의 문인·학자. 자는 군평(君平), 호는 동명(東溟). 효종이 즉위하자 임금의 절실한 도리를 27편의 풍시로 지어 올려 효종으로부터 호피(虎皮)를 하사 받았다. 여러 벼슬에 임명되었으나 모두 노병으로 사양하고 나아가지 않았다.

〖출전〗『동명집』 2권(규장각본). 고려대본에서는 3권에 들어 있다.

- 참치(參差): 길고 짧고 들쭉날쭉하여 같지 않음.
- 차군(此君): 대나무의 별칭. 진(晉)나라 때 왕휘지(王徽之)가 사는 곳마다 대나무를 심었는데, 다른 사람들이 그 까닭을 물으면 “어찌 하루인들 차군(此君)이 없이 지낼 수가 있겠는가” 했다(『晉書』 80권).
- 參(간여할 참). 差(들쭉날쭉할 치). 拂(덮어 가릴 불). 道(말할 도).

백일홍을 노래하다詠百日紅

이색(李穡, 1328~1396)

青青松葉四時同 늘 한결같이 푸르디푸른 것이 솔잎이라면
又見仙葩百日紅 백일 내내 붉은 것은 선경의 꽃이로다.
新故相承成一色 새 꽃과 오랜 꽃이 서로 이어 한 색깔 되니
天公巧思儘難窮 조물주의 묘한 생각 끝까지 알기 어렵네.
經霜與雪心逾苦 눈서리 겪으면서 내 마음 더욱 고달픈데
自夏徂秋態自濃 여름부터 가을까지 꽃 모습 여전히 농염해라
物自不齊齊者少 만물은 원래 다른 법이니 같게 될 수가 있으랴
對花三歎白頭翁 백발 늙은이 너를 대하며 거듭 탄식하노라.

【작가】☞10월 11일 참조.

〖출전〗『목은고』34권.

- 백일홍을 자미화(紫薇花: 백거이의 「자미화시」에서 비롯), 파양화(怕痒花: 손톱으로 나무껍질을 긁으면 가지와 잎이 모두 흔들리기 때문에 간지럼나무라고도 함), 만당화(滿堂花)라고 한다. 『양화소록』에 의하면, 중국 조정에서 중서성(中書省) 안에 많이 심었기에 많은 문사가 이 꽃을 두고 글을 짓고 시를 읊었다. 추위에 약한 탓에 서울의 높은 벼슬아치들이 집 안에 많이 심었으나 대부분 얼어 죽었다. 우리나라에서 가장 오래된 백일홍나무는 부산시 화지공원의 동래 정씨 시조 정문도(鄭文道)의 묘 앞 양쪽에 서 있다. 나이는 800살 정도로 추정된다.
- 물자불제제자소(物自不齊齊者少): 『맹자』「등문공 상(滕文公上)」에 "각 존재는 똑같을 수가 없다. 이것이 바로 존재의 속성이다(夫物之不齊 物之情也)"라 했다.
- 葩(꽃 파). 經(지날 경). 逾(더욱 유). 徂(갈 조). 怕(부끄러워할 파). 痒(앓을 양).

감흥感興 1

이숭인(李崇仁, 1347~1392)

昨日苦炎燠　어제는 못 견디게 무덥더니
今朝忽凄慄　오늘 아침 갑자기 싸늘하구나.
霜露衆卉腓　서리 이슬에 모든 풀은 시들고
歲月如駒隙　세월은 망아지가 틈 지나가는 듯.
人生穹壤閒　사람이 천지 사이에서 나매
身世兩役役　몸과 세상이 모두가 바쁘구나.
況復非金石　하물며 쇠와 돌이 아니어서
行年不盈百　백 년도 살지 못함에랴.
所以古時人　그러므로 옛날 사람들은
分陰當自惜　푼음의 시간조차 아꼈느니라.

【작가】☞ 5월 23일 참조.

〖출전〗『도은집』 1권.

- 『청구풍아』 1권에는 '燠(따뜻할 욱)'이 '熱(더울 열)'로, '忽(소홀히 할 홀)'이 '急(급할 급)'으로, '盈(찰 영)'이 '滿(찰 만)'으로 되어 있다.
- "昨日苦炎燠 今日忽凄慄"은 서거정(徐居正, 1420~ 1488)의 「皇天幹造化」에도 나온다.
- 구극(駒隙): 백구과극(白駒過隙)의 준말(『장자』 「지북유(知北遊)」). 극히 짧은 시간. 달리 극구광음(隙駒光陰)·광음여류(光陰如流)·광음여시(光陰如矢)·일촌광음(一寸光陰)이라고도 한다.
- 腓(앓을 비): 『청구풍아』 원주(原註)에 '傷也(시들은 것이다)'라 했다.
- 역역(役役): 몸을 아끼지 않고 일에만 힘을 씀.
- 燠(따뜻할 욱). 慄(오싹할 률). 卉(풀 훼). 駒(망아지 구). 隙(틈 극). 穹(하늘 궁).

다시 좌랑 심동로 시에 차운하다復次沈佐郞東老詩韻 4

민사평(閔思平, 1295~1359)

流年過眼隙駒如	흐르는 세월은 틈을 지나는 망아지 같은데
忽放狂歌憶孟諸	문득 큰 소리로 노래 부르며 맹저를 그리네.
今世有誰收老馬	지금 세상에 누가 늙은 말을 거두랴.
此身無處泣前魚	이 몸은 앞에 잡은 물고기 때문에 울 곳도 없네.
銀蓴玉膾淸江上	은빛 순챗국, 옥빛 생선회는 맑은 강가에서 즐기고
蒻笠簑衣細雨餘	부들 삿갓, 도롱이는 이슬비 내린 뒤에 쓰리라.
好趁秋風飛一棹	가을바람 따라 배 타고 가기 좋으니
不須回首更踟躕	구태여 고개 돌려 망설일 것 없나니.

【작가】 고려 후기의 문신. 자는 탄부(坦夫), 호는 급암(及庵). 성품이 온아하며 친척들과 화목하게 교유했으며, 관직에 있을 때도 일을 처리하는 데 모나지 않았다. 시서를 즐기고 학문에 힘을 써서 이제현 등과 함께 문명이 높았으며, 6편의 소악부를 남겨 한시가 민족문학으로서 적극적인 의의를 가질 수 있게 했다.

〖출전〗『급암시집』4권.

- 심동로(沈東老): 삼척 심씨의 시조. 처음 이름은 심한(沈漢)이고 호는 신재(信齋). 1342년 출생했고 공민왕 10년 봉순대부예의판서(奉順大夫禮儀判書)를 마지막으로 퇴관하고 삼척으로 낙향했다. 공민왕은 심한이 낙향하자 퇴관에 대한 예우로 '동귀안로(東歸安老)'의 뜻을 따서 동로라는 이름을 하사하고 진주군(眞珠君)에 봉했다.
- 극구(隙駒): ☞9월 13일 '구극(駒隙)' 참조.
- 맹저(孟諸): 중국 남방의 늪(藪澤) 이름. 당나라 고적(高適)의 「봉구작(封丘作)」 시에 "나는 본래 맹저의 어부에 나무꾼으로 일생을 언제나 거칠 것 없이 유유자

적 했다(我本漁樵孟諸野 一生自是悠悠者)" 했다.

- 읍전어(泣前魚): 용양군(龍陽君)이 고기를 낚으며 울었다. 위왕(魏王)이 까닭을 물으매 대답하되 "신(臣)이 처음 고기를 얻었을 땐 몹시 기쁘더니, 뒤에 더욱 큰 것을 많이 잡으니 전에 잡았던 것을 버릴 생각이 나옵니다. 지금 신이 총행(寵幸: 특별히 총애를 받음)되었다는 소문을 듣고 달려오는 자가 많사오니, 신도 또한 전에 얻은 고기 같이 버려질까 해서 그렇사옵니다" 했다(『戰國策』「魏策 四」).
- 은순옥회(銀蓴玉膾): 진(晉)나라의 장한(張翰)이 벼슬살이를 하다가 가을바람이 불어오는 것을 보고는 오중(吳中)의 순챗국과 농어회 생각이 나서 "인생이란 유쾌하게 사는 것이 제일이다"라 말하고 벼슬을 버린 채 곧바로 고향에 돌아갔던 고사를 원용한 것이다(『진서(晉書)』「장한전(張翰傳)」).
- 약립사의(蒻笠簑衣): 당나라 장지화(張志和)의 「어부사(漁父詞)」에 "푸른 부들 삿갓, 파란 도롱이 쓰고, 비낀 바람 가랑비에 돌아갈 것 없어라(青篛笠綠簑衣 斜風細雨不須歸)" 했다.
- 蓴(순채 순). 膾(회 회). 蒻(부들 약). 笠(삿갓 립). 簑(도롱이 사). 趁(좇을 진). 棹(노 도). 踟(머뭇거릴 지). 躕(머뭇거릴 주). 藪(늪 수).

9. 15

보름달望月

송익필(宋翼弼, 1534~1599)

未圓常恨就圓遲　이지러질 땐 더디 둥글어 늘 한스럽더니

圓後如何易就虧　둥글고 나니 어이하여 쉽게 기우나.

三十夜中圓一夜　서른 날 밤에 하룻밤만 둥그나니

百年心事總如斯　평생의 심사도 모두 이와 같다네.

【작가】☞5월 9일 참조.

〖출전〗『구봉집』1권.

- 시대를 잘못 만나 불우하게 지내는 지은이의 처지를 달에 비겨 드러냈다.
- 『장자』「추수(秋水)」에 "늙어가는 나이는 막을 수 없고, 흐르는 시간은 멈추게 할 수 없으며, 없어지고 생겨남과 찼다가 비는 일을 반복해, 끝나는가 하면 또 시작된다(年不可擧 時不可止 消息盈虛 終卽有始)" 했는데 이를 원용한 듯하다.
- 취원(就圓): 둥글게 되다.
- 취휴(就虧): 이지러지기 시작하다.
- 虧(이지러질 휴).

나그네의 꿈客夢

이양연(李亮淵, 1771~1853)

鄕路千里長　고향 가는 길 천 리라 멀고도 먼데
秋夜長於路　가을밤은 그 길보다 더욱 길구나.
家山十往來　꿈에 고향 산천 열 번이나 오갔건만
簷鷄猶未呼　처마 밑에 새벽닭은 아직도 울지 않네.

【작가】☞1월 2일 참조.

〖출전〗『임연당집(臨淵堂集 = 山雲集)』.

■ 제목이 「夜夢(야몽)」으로 되어 있는 곳도 있다.

■ 簷(처마 첨). 猶(지금도 역시 유). 未(아직 ~하지 못할 미).

9. 17

백일홍운百日紅韻

장유(張維, 1587~1638)

滿樹如堆錦　뜰 가득 꽃나무 비단 겹쳐 펼쳐둔 듯
繁英次第紅　온갖 꽃들 붉은 망울 차례로 터뜨리네.
京華稀見汝　서울에선 보기 드문 너의 고운 모습에
偏憶在南中　남쪽 지방 추억들이 자꾸만 떠오르네.

【작가】☞1월 17일 참조.

〖출전〗『계곡집』33권.

- 전구의 내용은 배롱나무(초본 백일홍과 구분하기 위해 흔히 일컫는 말)가 주로 충청 이남에서 자라지만 가끔 경기 지역에서도 자라는 것을 가리킨다. 경화(京華)는 번화한 서울. ☞백일홍에 대해서는 9월 12일자 참조.
- 堆(쌓을 퇴). 偏(치우칠 편).

고시古詩 11

정약용(丁若鏞, 1762~1836)

庭心綠芭蕉　뜰 가운데 있는 푸르른 파초
展葉何光絢　피어나는 잎 그 빛 정녕 곱구나.
牛乳待秋摘　우유초는 가을 들면 씨알 따고
鳳尾含風轉　봉미초는 바람결에 간들대지만
朝來吐一花　아침에 피는 한 송이 꽃은
陋恣不堪見　차마 볼 수 없는 꼴불견이네.
萬物各一美　만물이 좋은 점은 하나씩인 것
齒角寧得擅　뿔과 어금니를 독차지할 수 있는가?
達官好作詩　달관이 시 짓기까지 좋아한다면
何以待窮賤　궁천한 자는 무얼 차지할 것인가?

【작가】☞ 7월 18일 참조.

〖출전〗『다산시문집』 4권.

- 우유(牛乳): 파초의 일종인 우유초(牛乳蕉)(『本草』 甘蕉).
- 봉미(鳳尾): 파초의 일종인 봉미초(鳳尾蕉). 그 잎이 봉황의 꼬리처럼 생겼다 하여 붙여진 이름이다(『輟耕錄』).
- 치각(齒角): 동중서(董仲舒)의 「치각설(齒角說)」을 가리킨다. 이는, 강한 이빨을 준 동물에게는 뿔을 주지 않고 날개를 준 새에게는 두 다리만 주듯이 하늘이 동물에게 재능을 나누어 줄 때 큰 것을 주고 나서 또 작은 것까지 아울러 주지는 않는다는 것이다. 이렇듯이 사람도 나라의 녹을 먹는 자는 작은 이득을 취하기 위해 서민과 다투지 말고 절제해야 한다는 것이다.

9. 19

가을밤의 밝은 달秋夜月又明

사도세자(思悼世子, 1735~1762)

繡簾捲盡畵樓頭	그림 같은 다락 위 비단 주렴 걷고
坐看金風木葉流	갈바람에 지는 낙엽을 앉아서 바라보네.
萬星碧霄如海月	푸른 하늘의 무수한 별과 바다의 달은
年年高著不曾休	해마다 높이 걸려 떨어질 줄 모르네.

【작가】 영조의 아들로 이름은 선(愃), 자는 윤관(允寬), 호는 의재(允寬). 2세 때 왕세자로 책봉되고 10세 때 혼인해 곧 별궁에 거처했다. 그는 나면서부터 매우 영특해 3세 때 이미 부왕과 대신들 앞에서 『효경』을 외우고 7세 때 『동몽선습』을 떼었다. 또한 글씨를 좋아해서 수시로 문자를 쓰고 시를 지어서 대신들에게 나누어 주기도 했다. 그리고 10세 때에는 이미 정치에 대한 안목이 생겨 집권 세력인 노론이 처결한 신임사화를 비판하기도 했다. 뒤에 장헌(莊獻)·장조(莊祖)로 추존되었다. 뒤주에 갇혀 죽임을 당하게 된 이유에 대해서는 여러 설이 있다.

〖출전〗『능허관만고(凌虛關漫稿)』1권.

▪금풍(金風): 가을바람. 추풍(秋風). 가을은 5행(五行)에서 금(金)에 속하므로 하는 말임.

▪繡(비단 수). 捲(말 권). 霄(하늘 소).

감흥感興 4

변계량(卞季良, 1369~1430)

春蠶復秋蛾　봄누에 가을이면 다시 나방 되나니
歲月無停期　세월은 멈출 기약 없구나.
人生非金石　인생은 단단한 금석이 아니어든
少年能幾時　소년 시절 얼마나 유지될까?
馳名日拘束　명예 좇느라 날마다 얽매였으니
靜言心傷悲　가만히 생각하니 마음 상해 슬프다.
旣壯不努力　젊어서 노력하지 않았으니
白首而無知　늙어서는 아는 것이 없도다.
思之一長嘆　생각하면 한 번 길게 탄식할 일
庶幾來可追　오늘 이후로나 잘해 보리라.

【작가】☞ 4월 19일 참조.

〖출전〗『춘정집』 1권.

■ 서기래가추(庶幾來可追): 초나라의 접여(接輿)가 공자에게 더 이상 정치에 간여하지 말라고 충고하며 "지나간 일은 바로잡을 수 없지만 미래의 일은 그래도 바로잡을 수 있으니(往者不可諫 來者猶可追)"라 한 말을 변용한 것이다(『論語』 「微子」).

■ 서기(庶幾): ~를 바라다. 바라건대.

■ 蠶(누에 잠). 蛾(나방 아). 馳(달릴 치). 言(견해 언). 庶(바라건대 서). 幾(바라건대 기).

촌가村家

김극기(金克己, 고려 명종 때)

青山斷處兩三家	푸른 산 끊어진 곳 두서너 집
抱壠縈回一徑斜	언덕을 안고 돌아 한 가닥 길이 비껴 있네.
讖雨癈池蛙閣閣	비 오겠다며 웅덩이의 개구리는 개골개골.
相風高樹鵲査査	바람을 점친 높은 나무의 까치는 까악까악.
境幽柳巷埋荒草	버들 늘어선 그윽한 골목은 풀에 덮여 있고
人寂柴門掩落花	사람 없는 싸리문은 낙화에 가리었네.
塵外勝遊聊自適	세상 밖에서 노닐며 애오라지 즐기나니
笑他奔走覓紛華	분주히 분화를 찾아 쏘다님이 우습구나.

【작가】☞9월 10일 참조.

〖출전〗『동문선』13권.

- 비 오기 직전의 정중동(靜中動)한 시골 전경을 묘사한 작품이다.
- 각각(閣閣): 개구리소리를 가리키는 의성어.
- 사사(査査): 까치소리를 가리키는 의성어. 사사(楂楂)로도 쓴다.
- 분화(紛華): 분잡하고 화려하다.
- 壠(언덕 롱). 縈(얽힐 영). 讖(조짐 참). 相(점칠 상). 埋(묻을 매). 掩(가릴 엄). 聊(애오라지 료). 覓(찾을 멱).

9. 22

스스로를 살피며 自警

이길상(李吉祥, 고려 공민왕 때)

班白豈非爲老翁　머리털 반백이니 이미 늙은이 아닌가?
飄飄日用尙孩童　까불까불 일상 행동은 아직도 어린애라네.
驚人只有疏狂語　엉뚱한 수작으로 사람들 놀라게는 했어도
輔世曾無細小功　털끝만한 공으로도 세상 돕지는 못했네.
嗜酒過三杯止渴　술은 즐겨 석 잔 마셔야 갈증이 그치고
題詩無一句全工　시는 옳게 된 것 한 수도 못 지었네.
乾坤容汝德何厚　천지가 덕이 두터워 너를 용납했으니
汝自加修善始終　네 삼가 몸을 닦아 시종여일하여라.

【작가】고려 말기의 문신 이존오(李存吾, 1341~1371)의 아버지. 이존오의 자는 순경(順卿), 호는 석탄(石灘)·고산(孤山)이다.

〖출전〗『동문선』16권.

- 반백(班白): 흑백(黑白)이 반씩 섞인 머리털.
- 표표(飄飄): 나부끼거나 날아오르는 꼴이 가볍게 혹은 초탈한 듯한 모습을 비유적으로 표현함.
- 소광(疏狂): 거리낌이 없다. 자유분방하다. 호방하다.
- 語→수작(酬酌): 서로 말을 주고받음. 또는 그 말.
- 尙(아직 상). 孩(어린아이 해). 嗜(즐길 기). 工(잘할 공).

9. 23 추분(秋分)

낮과 밤의 길이가 같아진다.

세상을 깨우치다警世 1·2

석나옹(釋懶翁, 1578~1607)

昨是新春今是秋　어제 새봄이더니 오늘은 가을이니
年年日月似溪流　해마다 날과 달은 시냇물처럼 흐르네.
貪名愛利區區者　명리를 탐하고 좋아하는 구차스런 자들
未滿心懷空白頭　욕심 다 못 채웠는데 헛되이 머리만 세네.

終朝役役走紅塵　아침 내내 허덕이며 세상에 뛰어다니느라
頭白焉知老此身　어찌 머리 희어 자신이 늙은 줄을 알랴.
名利禍門爲猛火　명리는 재앙의 문이라 사나운 불길 되어
古今燒殺幾千人　고금에 몇 천 사람이나 태워 죽였던고?

【작가】☞8월 21일 참조.

〖출전〗『동문선』21권.

- 구구(區區): 떳떳하지 못하고 구차(苟且)함. 잘고 용렬(庸劣)함.
- 종조(終朝): 하루아침이 지날 때까지의 동안. 아침에 일어나 아침밥 먹을 때까지의 사이.
- 역역(役役): 몸과 마음을 아끼지 아니하고 일에만 힘을 씀.
- 언지(焉知): 어찌 알리오.
- 명리(名利): 명예와 이익. 성리(聲利).

9. 24

어느 곳이 가을 깊어 좋은가何處秋深好 1

김시습(金時習, 1435~1493)

何處秋深好　그 어느 곳이 가을 깊어 좋은가
漁村八九家　갯마을 여덟아홉 집이려니.
淸霜明柿葉　맑은 서리는 감잎에 빛나고
綠水漾蘆花　푸른 물결은 갈대꽃에 일렁이네.
曲曲竹籬下　구불구불한 대 울타리 아래
斜斜苔逕賒　비뚤비뚤한 이끼 길이 멀어라.
西風一釣艇　갈바람에 낚싯배 한 척
歸去逐煙霞　노을 좇아 돌아오누나.

【작가】☞3월 2일 참조.

〖출전〗『동문선』6권.

■「하처추심호(何處秋深好)」는 세 수로 이루어진 연작시로 나머지 두 수는 '은사(隱士)의 집'과 '여관(旅館)'을 중심 소재로 삼고 있다.

■사사(斜斜): 경사짐.

■漾(출렁거릴 양). 賒(멀 사). 艇(거룻배 정).

그림을 노래하다詠畫

임영(林泳, 1649~1696)

蒼蒼長松下　푸르디푸른 커다란 소나무 아래
白雲生其間　흰 구름이 그 사이서 피어나네.
臨溪有釣客　냇가엔 낚시하는 나그네 있으니
恐是富春山　아마도 이곳이 부춘산인가 보다.

【작가】자는 덕함(德涵), 호는 창계(滄溪). 1665년 사마시, 1671년 정시문과에 급제했고, 이조정랑·검상·부제학·대사헌·전라도관찰사 등을 지냈다. 1694년에는 대사간·개성부유수를 거쳐 부제학·참판까지 역임했다.

【출전】『창계집』1권.

■ 시제주(詩題注)에 의하면, 이 시는 창계가 11세 되던 해(1659)에 지은 것이라 한다.

■ 부춘산(富春山): 중국 절강성 동려현(桐廬縣)에 있는 산으로 후한 광무제(光武帝) 때의 고사(高士) 엄광(嚴光)이 은거한 곳이다. 광무제와 동학(同學)한 인연으로 어려서부터 절친한 사이였던 그는 광무제가 제위에 오르자 성명을 바꾸고 자취를 감추었는데, 뒤에 광무제가 간의대부(諫議大夫)로 불렀으나 나가지 않고 부춘산 칠리탄(七里灘)에서 낚시질하며 생을 마쳤다고 한다. 엄광의 자가 자릉(子陵)이므로 이 여울을 엄릉뢰(嚴陵瀨) 혹은 엄탄(嚴灘)·군자탄(君子灘)이라 부르고 그가 낚시하던 대를 자릉대 또는 엄광대라고 한다.

■ 恐(아마도 공). 瀨(여울 뢰). 灘(여울 탄).

집에서 쉬다家食

이만도(李晩燾, 1842~1910)

翠柏苦可食　푸른 잣은 맛이 써도 먹을 만하고
晨霞高可飡　새벽안개 높긴 해도 마실 만하네.
如何口腹憂　어찌하여 배곯을까 걱정을 하여
不避往來難　오고 가기 어려움을 아니 피하나.
石脫懸徑澁　돌 솟아난 벼랑길 울퉁불퉁하고
雨過暝彴寒　비 온 뒤의 어둑한 외다리는 차갑기도 하구나.
猶多靜坐時　고요하게 앉아 있는 때가 많으매
松巓我月看　소나무 꼭대기 걸려 있는 달 바라보네.

【작가】☞8월 12일 참조.

〖출전〗『향산집』1권.

■가식(家食): 집에서 밥을 먹는다는 뜻으로『주역』「대축괘(大畜卦)」에 나오는 말이다. 아직 관직에 나아가지 않고 집에서 놀고먹는 것을 말한다. 가거(家居)라고도 한다.

■취백(翠柏): 두보의「공낭(空囊)」시에 "푸른 잣은 맛이 써도 먹을 수 있고, 새벽안개 높다 해도 마실 수 있네(翠柏苦猶食 晨霞高可餐)"라 했다.

■飡(저녁밥 손). 澁(껄끄러울 삽). 暝(어두울 명). 彴(외나무다리 작). 巓(산꼭대기 전).

9. 27

즉사卽事

류방선(柳方善, 1388~1443)

四山松櫟一茅廬	첩첩 산중 솔 참나무 사이 한 초가집
坐負墻暄睡味餘	담 등지고 햇볕 쪼이니 졸음 솔솔 오누나.
衣縫每捫王猛蝨	옷 꿰맨 데선 왕맹처럼 이를 잡고
漁竿空釣呂望魚	낚싯대론 부질없이 강태공처럼 고기 낚네.
軒裳已是無心得	높은 벼슬 행여 얻을 마음 없으니
金玉何須滿意儲	금과 옥을 욕심 부려 저축해서 무엇 하리.
芋栗自堪謀送日	토란이랑 밤으로도 날 보내기 넉넉하니
盤飡不必蟹爲胥	반찬으로 하필 게장 먹어 무엇 하랴.

【작가】☞2월 19일 참조.

〖출전〗『태재집』3권.

- 왕맹문슬(王猛捫蝨): 왕맹이 권력가 환온(桓溫)을 처음 만났을 때 이를 잡으며 이야기한 것으로 방약무인함을 가리킨다(『晉書』「王猛傳」).
- 여망(呂望): 흔히 강태공(姜太公)으로 알려진 그는 서주(西周) 초기의 공신으로 성은 강(姜), 이름은 상(尙) 또는 망(望), 자는 자아(子牙)·단호아(单呼牙), 호는 비웅(飛熊)이다. 강상·강자아·제태공(齊太公)·무성왕(武成王)·상부(尙父)·사상부(師尙父)라 부르기도 하고, 그 선조가 우(禹)임금을 도와 치수에서 큰 공을 세워 여(呂)라는 땅에서 책봉되었기 때문에 여망·여상·여아(呂牙)라 부르기도 한다.
- 헌상(軒裳): 초헌(軺軒: 벼슬아치가 타던 수레)과 관복. 높은 벼슬.
- 櫟(상수리나무 력). 暄(따뜻할 훤). 縫(꿰맬 봉). 捫(붙잡을 문). 蝨(이 슬) = 虱. 軒(수레 헌). 裳(치마 상). 軺(수레 초). 儲(쌓을 저). 芋(토란 우). 盤(소반 반). 飡(먹을 찬). 胥(게장 서).

누항陋巷

정총(鄭摠, 1358년~1397)

陋巷生涯只一瓢　누항에선 평생토록 표주박 하나뿐
門堪羅雀轉寥寥　참새 그물 칠 만큼 문전 더욱 쓸쓸하네.
樹頭病葉知秋下　나무 끝 병든 잎은 가을 알아 떨어지고
階面新苔挾雨驕　섬돌 위 새 이끼는 비를 맞아 으스대네.
懶慢有如嵇叔夜　게으르고 느리기야 혜숙야도 있었지
醒狂或似蓋寬饒　술 깨고도 미친 듯하긴 개관요 비슷할까.
邇來三徑荒松菊　이즈음 세 길에 솔과 국화가 거칠어도
五斗令人尙折腰　닷 말 쌀에 사람들은 오히려 허리 굽히네.

【작가】 여말선초의 문신. 자는 만석(曼碩), 호는 복재(復齋)·서원군(西原君). 정도전(鄭道傳)과 같이 『고려사』를 편찬하고 그 서문을 썼다. 명나라에 사신으로 파견되었다가 때마침 명나라에 보낸 표전문(表箋文: 國書)이 불손하다 하여 명나라 황제에게 억류되어 대리위(大理衛: 현 운남성)에 유배 도중 죽었다.

〖출전〗『복재집』上.

- 수련 대구의 '寥寥(요료)'가 『복재집』에는 한 글자뿐이다.
- 수련 출구(1구)는 『논어』「옹야(雍也)」편에 나오는 "한 광주리의 먹을거리와 한 바가지의 마실 것으로 더러운 거리에 사는 것을 사람들은 그 근심을 감당하지 못하는데, 안회는 그 즐거움을 바꾸지 않으니, 어질도다! 안회여(一簞食 一瓢飮 在陋巷 人不堪其憂 回也 不改其樂 賢哉回也)"를 원용한 것이다.
- 누항(陋巷): 일반적으로 '가난한 사람들이 밀집해서 사는 동네'라는 뜻으로 많이 쓰지만 여기서는 '자기 집의 겸칭'으로 쓰였다.
- 혜숙야(嵇叔夜): 숙야(叔夜)는 죽림칠현 중 한 사람인 혜강(嵇康)의 자.

■ 개관요(蓋寬饒): 한(漢)나라 사람으로 강직한 사람이었는데 당시의 귀족인 허백(許伯)의 새 집 낙성식에 가서 술을 마시다가 "이 집이 객관과 같으니 주인이 갈리겠구나" 했다. 옆의 사람이 민망하여 "차공(次孔: 개관요의 자)은 술만 취하면 미친다" 하자, 주인이 "차공은 깨어 있으면서도 미쳤구먼" 했다.

■ 삼경황송국(三徑荒松菊): 도연명의 「귀거래사(歸去來辭)」에 "세 갈래 길이 비록 거칠어졌어도, 솔과 국화는 아직 있네(三徑雖荒 松菊猶存)"라 했다.

■ 오두(五斗): 오두미(五斗米). 도연명이 팽택령(彭澤令)으로 있다가 "내 어찌 녹쌀(祿米) 다섯 말 때문에 허리를 굽혀 독우(督郵)에게 절을 할 것이냐" 하고 벼슬을 버리고 고향으로 돌아갔다.

■ 寥(쓸쓸할 료). 驕(교만할 교). 懶(게으를 라). 慢(게으를 만). 嵆(산 이름 혜). 饒(넉넉할 요). 邇(가까울 이).

참새 지저귐雀噪

이색(李穡, 1328~1396)

雀噪茅簷日欲西	해질녘 처마에 참새가 지저귀니
遙憐晏子惜泥谿	안자가 이계를 아끼던 것 가련해지네.
王風幸矣興於魯	왕풍이 다행히 노나라에서 일어났는데
女樂胡然至自齊	여악이 어이해 제나라에서 건너왔던가.
衰草淡煙迷遠近	쇠한 풀 엷은 안개 속엔 원근이 아득하고
白雲青嶂互高低	흰 구름 푸른 산이 번갈아 높고 낮네.
鳳歌忽向門前過	봉의 노래가 문득 문 앞을 지나가니
老我方將傳滑稽	늙은 나는 바야흐로 골계를 전하려 하네.

【작가】☞10월 11일 참조.

〖출전〗『목은고』 26권.

- 수련 출구(1구) '해질녘 참새들의 지저귐'은 고려 말 소인배들이 군자를 제쳐두고 정치나 세상사를 농간하는 현실을 읊은 것이다. 함련(3·4구)은 공자가 노나라를 흥기시킬 때 이를 우려한 제나라가 계교를 써서 여자 악대를 보내 공자의 경륜을 펴지 못하게 한 사실에 빗대어 당시의 고려 상황을 읊었다. 경련(5·6구)은 서경적 표현 속에 고려 사회를 은유하고 있다. 미련(7·8구)은 초나라 접여가 공자더러 벼슬길에 나가지 말라고 충고하듯, 고려 사회가 나를 받아들이지 않으니 그저 골계전이나 지어야겠다고 하고 있다.
- 안자(晏子): 이름은 영(嬰), 자는 중(仲), 시호는 평(平). 평중(平仲)이라고도 한다. 춘추시대 제(齊)나라의 대부(大夫)로 정치가·사상가·외교가이다. 제나라 경공(景公)이 '이계(泥谿)'의 땅을 공자에게 봉해 주려 했으나 안자가 반대했는데, 공자는 오히려 안자가 30년 동안 옷 한 벌로 산 검소함에 감복하여 칭찬하는 말을

남겼다(『論語』「公冶長」).

■ 왕풍(王風): 『시경』의 편명. 王은 왕기(王畿)의 약칭으로 동주(東周) 지역을 가리킨다. 곧 왕기 지역의 민요라는 뜻이다.

■ 여악(女樂): 궁중에서 연회를 베풀 때 기녀가 악기를 타고 노래 부르고 춤추는 일. 춘추시대 노(魯) 정공(定公) 14년에 공자가 노나라의 사구(司寇: 형조판서)가 되어 노나라가 잘 다스려지자 제나라에서 이를 두렵게 여긴 나머지 노나라에 여악을 보내어 공자의 정사를 저지시켰던 데서 온 말이다. 『논어』「미자(微子)」에 "제나라 사람이 여악을 보내거늘, 계환자가 이를 받아들이고 삼일 동안 조회를 보지 않자 공자가 노나라를 떠났다(齊人歸女樂 季桓子受之 三日不朝 孔子行)" 했다.

■ 봉가(鳳歌): 춘추시대 초나라의 광인(狂人) 접여(接輿)가 난세에 도를 행하려고 애쓰는 공자를 못마땅하게 여긴 나머지, 공자의 집 앞을 지나면서 노래하기를 "봉이여, 봉이여. 어찌 그리도 덕이 쇠했느뇨. 지나간 일은 탓할 수 없거니와 앞으로의 일은 고칠 수 있으니, 그만둘지어다, 그만둘지어다(鳳兮鳳兮 何德之衰 往者不可諫 來者猶可追 已而已而)" 했다(『論語』「微子」). 여기서는 세상이 어지러움을 의미한다.

■ 골계(滑稽): 골계는 실답지 못한 해학적인 말재주나 부리는 것으로, 전하여 여기서는 시문이나 짓는 것을 의미한다.

■ 滑(어지러울 골). 稽(머무를 계).

임을 그리는 노래囉嗊曲 5

성간(成侃, 1427~1456)

妾心如斑竹　첩의 마음은 무늬 든 대나무 같고
郎心如團月　임의 마음은 둥그런 달과 같지요.
團月有虧盈　둥근 달 찼다가는 기울어져도
竹根千萬結　대 뿌리는 얼키설키 서려 있지요.

【작가】☞2월 25일 참조.

〖출전〗『진일유고』2권.

■ 나홍곡(囉嗊曲): 가곡(歌曲)의 이름으로, 원래는 진(陳)나라 유채춘(劉采春)이 읊은 망부가(望夫歌)였다.

■ 반죽(斑竹): 잎에 얼룩진 무늬가 있는 대나무. 소상강(瀟湘江)에서 많이 난다. 여기에는 슬픈 전설이 있다. 순임금이 순행하다가 창오(蒼梧)에서 세상을 떴다. 왕비인 아황(娥皇)과 여영(女英)이 통곡을 했는데 그 눈물이 곁에 있던 대나무를 적셔 얼룩무늬가 생겼는데 이를 반죽이라 한다. 이래로 소상반죽은 '정절'을 뜻하는 말로 많이 쓰인다.

■ 囉(소리 얽힐 라). 嗊(노래 홍). 斑(얼룩 반).

十月

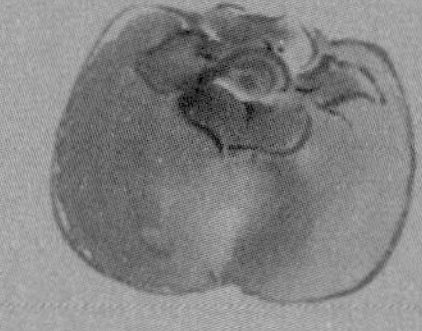

가을날秋日

권우(權遇, 1363~1419)

竹分翠影侵書榻　대는 푸른빛 나누어 글 읽는 자리에 스며들고
菊送清香滿客衣　국화는 맑은 향기 보내와 객의 옷에 가득 차네.
落葉亦能生氣勢　지는 잎은 또 무엇이 그리 좋은지
一庭風雨自飛飛　비바람에 뜰 가득 팔랑대며 떨어지네.

【작가】초명은 원(遠), 초자(初字)는 중려(仲慮), 자는 여보(慮甫), 호는 매헌(梅軒). 어려서는 형 근(近)에게, 자라서는 정몽주 문하에서 수학하고, 1385년(우왕 11) 문과에 급제, 성균관박사를 거쳐 공양왕 말에 이조좌랑이 되었다. 글씨를 잘 썼으며 작품으로 권근의 신도비가 남아 있다. 또한 시문에 능했으며 성리학과 『주역』에 밝았다. 당시 그의 학풍이 떨쳐져 정인지·안지(安止) 등 많은 학자를 배출했다.
〖출전〗『매헌집』 5권. 『해동잡록』 6. 『소화시평』 상권. 『청구풍아』 7권.

■ 翠(비취색 취). 榻(걸상 탑).

〈국화도〉(강세황)

가을밤秋夜

백원항(白元恒, 고려 충렬왕 때)

草堂淸夜雨初收　맑은 밤 초당에 비 이제 막 개었는데
小雨寒螢濕不流　비에 젖은 반딧불이 날지 못하는구나.
獨臥床頭思往事　책상머리 홀로 누워 지난일 생각하는데
砌蟲啼破一簾秋　풀벌레들이 온 발에 가을소리 울어대네.

【작가】 생몰년 미상. 고려 후기의 문신. 일찍이 안향(安珦)으로부터 "뒷날에 반드시 귀함이 드러나리라"는 말을 들었다. 1279년(충렬왕 5)에 국자감시(國子監試)에 수석으로 합격했다.

〖출전〗『해동역사(海東繹史)』 48권. 『열조시집(列朝詩集)』 윤집(閏集) 6.

- '雨初收(우초수)'가 『동문선』 20권에는 '暑情收(서정수: 더운 기운이 걷히다)'로, '破(깨뜨릴 파)'가 '獻(바칠 헌)'으로 되어 있다.
- 破자는 시안(詩眼)이다. 풀벌레 소리가 고요함을 '깨뜨리다'는 뜻으로 쓰이고 있다. 시안은 시의 눈 곧 시 작품에서 핵심 되는 말을 뜻한다. 시적인 안목(眼目), 화룡점정(畵龍點睛)의 점안(點眼)에서 유래했다.
- 砌(섬돌 체). 啼(울 제).

자야의 거문고 소리를 듣다聽子野琴

허균(許筠, 1569~1618)

秋風入高樹 가을바람 높은 나뭇가지에 불어
幽齋聞淸音 그윽한 서재에 맑은 소리 들려오네.
誤疑在溪壑 시냇가에 있는 줄로 착각을 하고
不知傍有琴 거문고가 곁에 있는 줄을 몰랐네.
我愛康子野 나는야 강자야를 사랑하나니
與世任浮沈 세상 물결 가는 대로 몸 맡기었네.
美哉恬澹質 아름답도다, 담박한 자질 가져서
滌我塵垢心 더러운 나의 맘을 씻어 주누나.

【작가】☞5월 11일 참조.

〖출전〗『해동역사』49권.

- 강자야(康子野): 강호문(康好文)의 자. 호는 매계(梅谿). 고려 공민왕~우왕 때의 문신. 1362년(공민왕 11)에 과거에 급제하여 판전교시사(判典校寺事)를 지냈다. 시문(詩文)에 능했으며, 정도전·이색.권근 등과 교유했다. 부인 문씨(文氏)는 왜구에게서 순결을 지켜 열녀로 칭송되었다.
- 壑(골 학). 傍(곁 방). 恬(고요할 념). 澹(담박할 담). 滌(씻을 척). 垢(때 구).

초가집을 짓고結廬

정포(鄭誧, 1309~1345)

結廬在澗曲　시내 구비에 초가집 지었으니
地僻心茫然　땅은 궁벽하나 마음은 망연하다.
山光滿席上　산 빛은 자리 위에 가득하고
澗水鳴窓前　시냇물은 창 앞에서 울어대는데
高謌紫芝曲　소리 높여 자지곡을 노래하다
靜撫朱絲絃　고요히 주현금을 어루만진다.
門無車馬至　문에는 이르는 거마 없으니
此樂可終年　이 즐거움 생애를 마칠 만하네.

【작가】고려 후기의 문신. 자는 중부(仲孚), 호는 설곡(雪谷). 성품이 강직하여 충혜왕의 폭정을 서슴지 않고 직간하곤 했는데 이에 미움을 받아 면직되더니 무고까지 당해 울주로 유배되었다. 적소(適所)에서 오랫동안 은일자적하면서 시작으로 세월을 보냈다. 문장과 글씨에도 매우 능했다.

〖출전〗『설곡집』 상권.

- 망연(茫然): 매우 넓고 멀어서 아득하다.
- 자지곡(紫芝曲): 은자의 노래. 진(秦)나라 말엽 상산사호(商山四皓)인 동원공(東園公)·기리계(綺里季)·하황공(夏黃公)·녹리선생(甪里先生)이 폭정을 피해 상산에 들어가 자지(紫芝) 즉 영지버섯으로 배고픔을 달래며 천하가 안정되기를 기다린 고사가 있다.
- 주사현(朱絲絃): 주현금(朱絃琴). 은자들이 탄다는 붉은 줄로 된 거문고. 『예기』에 "이는 종묘 제향에 쓰이는 금슬(琴瑟) 등의 악기를 일컫는 말인데, 모두 왕업을 도울 기량이 있는 훌륭한 신하를 뜻한다"고 했다(『禮記』「明堂位 樂記」).
- 廬(오두막집 려). 茫(아득할 망). 謌(노래 가). 撫(어루만질 무).

밤중에 일어나 홀로 걷다夜起獨行

김상헌(金尙憲, 1570~1652)

南阡北陌夜三更　남북 밭 두렁길은 밤 깊어 삼경인데
望月追風獨自行　달을 보며 바람 따라 홀로 걷노라.
天地無情人盡睡　천지는 무정하고 사람 모두 잠들었으니
百年懷抱向誰傾　백년의 이 회포 누굴 향해 쏟아낼까.

【작가】자는 숙도(叔度), 호는 청음(淸陰)·석실산인(石室山人). 1636년 병자호란이 일어나자 남한산성으로 인조를 호종했고 선전후화론(先戰後和論)을 강력히 주장했다. 대세가 기울어 항복하는 쪽으로 굳어지자 최명길이 작성한 항복문서를 찢고 통곡했다. 이후 식음을 전폐하고 자결을 기도하다가 실패한 뒤 안동의 학가산(鶴駕山)에 들어가 '와신상담해서 치욕을 씻고 숭명배청해야 한다'는 내용의 상소를 올린 뒤 두문불출했다. 이로 인해 청나라로부터 위험인물로 지목되어 심양에 끌려가 4년여 동안 묶여 있었다. 그때에도 강직한 성격과 기개로써 청인들의 굴복 요구에 불복하여 끝까지 저항했다.

〖출전〗『청음집』3권.『암서집(巖棲集)』37권.

- 청음이 69세(1638)에 병자호란으로 오랑캐에게 짓밟힌 민족의 자긍심과 치욕을 씻을 길 없어 잠 못 들고 배회하는 자신의 심경을 읊은 작품이다.
- 남천북맥(南阡北陌): 온 누리.
- 阡(두렁 천). 陌(두렁 맥).

국화를 읊다詠菊

고의후(高義厚, 1569년~미상)

有花無酒可堪嗟　꽃 있고 술 없으면 탄식이 절로 나고
有酒無人亦奈何　술 있고 벗 없으면 이 또한 딱한 일.
世事悠悠不須問　세상사 하염없이 따질 것 무엇이랴.
看花對酒一長歌　꽃 보고 술 마시며 노래나 불러 보세.

【작가】 조선 중기의 문신. 자는 여식(汝植). 문장과 행의가 높아 당대에 유명했다. 1624년 이괄(李适)의 난이 발발하자 거의유사(擧義有司: 의병을 일으키는 사무를 맡아보는 직무)가 되어 의병과 군량을 모집하는 데 적극적으로 참여했다. 아들 부필(傅弼)도 정묘호란 때 의병을 모집했다.

〖출전〗『이조명인시선』(을유문화사, 1972).

- 고려가요 「동동(動動)」 9월령에서 보이듯 우리 민족은 오래전부터 중양절에 국화주를 담가 먹고 그것을 약주로 인식하고 있음을 알 수 있다.
- 감차(堪嗟): 탄식할 만하다.
- 불수문(不須問): 물어볼 것도 없다.
- 堪(견딜 감). 嗟(탄식할 차).

큰 소리大言

장유(張維, 1587~1638)

彈指兮崑崙粉碎　손가락 튕기니 곤륜산 박살나고
嘘氣兮大塊紛披　숨 한 번 내쉬니 땅덩이가 뒤집힌다.
牢籠宇宙輸毫端　우주를 가둬 붓 끝에 옮겨 오고
傾寫瀛海入硯池　큰 바다 기울여 벼루에 쏟아 붓네.

【작가】☞1월 17일 참조.

〖출전〗『계곡집』34권.

■ 이 시는 연작시 가운데 첫째 수로 편(篇)의 제목은 "옛날 초나라 왕은 신하들에게 대언과 소언의 시를 짓게 했고, 진나라 사람은 위어(危語: 사람을 놀라게 하는 과격하고 무서운 말)와 요어(了語: 막말)의 시를 지었으며, 당나라 시승 교연과 안노공 등 여러 사람은 饞(탐할 참)·醉(취할 취)·滑(익살스러울 골)·暗(어리석을 암) 등의 주제로 함께 시를 지었다. 이에 내가 대상을 확대하여 모두 24장의 시를 지어 보았다(昔楚王使群臣賦大言小言 晉人有危語了語 唐詩僧皎然與顔魯公諸人 共作饞醉滑暗等語 余因以廣之 作二十四章)"이다. 노공(魯公)은 노군공(魯郡公)에 봉해진 당나라 안진경(顔眞卿)을 추존하여 부르는 명호(名號)이다.

■ 이백의 「오로봉」 시도 이와 내용이 비슷하다. "오로봉 멧부리를 붓으로 삼고/ 삼상의 강물을 연지로 삼아/ 푸른 하늘 한 장의 종이 위에다/ 내 마음속에 품은 시를 옮겨 쓰련다(五老峯爲筆 三湘作硯池 青天一丈紙 寫我腹中詩)."

■ 뇌롱(牢籠): 농락(籠絡).

■ 연지(硯池): 산음(山陰) 땅 난정(蘭亭)에 있는 왕희지(王羲之) 연못은 그가 쓴 먹물로 검게 되었다고 한다(『다향실삼초(茶香室三鈔)』「왕일소연지이적(王逸少硯池異迹)」).

절로 흥이 나서漫興 1

차운로(車雲輅, 1559~1637)

欲坐而坐欲眠眠　앉고 싶으면 앉았다가 졸리면 잠을 잔다.
看飹林巒聽飹泉　보이느니 푸른 산이요 들리느니 물소리라.
蓬屋草庭人不到　초가집 풀 우거진 뜰 찾는 이 하나 없고
往來風月與雲烟　바람과 달과 함께 구름과 안개 오고 가네.

【작가】☞ 3월 20일 참조. 이 작품은 형 차천로가 광해군에게 상소문을 올렸다가 역적으로 몰려 삼족을 멸하는 처지가 되자 경기도 장단 골짜기로 파난했을 때 지은 것으로 보인다.

〖출전〗『오산집(五山集)』 7권.

▪ 차운로의 작품이 그의 형인 차천로의 것으로 잘못 소개되어 있는 경우가 많다. 이는 차운로의 문집인 『창주집』이 독자적인 서책으로 있기도 하지만, 차천로의 문집인 『오산집』 7·8권에 '부록'으로 실려 있기도 하다. 그런데 독립된 『창주집』은 『오산집』보다 상대적으로 덜 유명하고 소장처도 적다. 이에 널리 알려져 있는데다 소장처도 많아 열람이 쉬운 차천로의 『오산집』이 많이 읽혀지게 되면서 『창주집』이 『오산집』의 부록이 아닌 『오산집』의 연장, 즉 차천로의 작품으로 잘못 알려지게 된 것으로 보인다.

▪ 巒(뫼 만). 蓬(쑥 봉).

뜻을 좇아述志

길재(吉再, 1353~1419)

臨溪茅屋獨閑居　시냇가 띳집에서 한가로이 사노라니
月白風清興有餘　달 밝고 바람 맑아 흥겨움 남음 있네.
外客不來山鳥語　바깥손님 아니 오고 산새 지저귀는데
移床竹塢臥看書　대밭 언덕에 평상 놓고 누워 책을 보노라.

【작가】 자는 재보(再父), 호는 야은(冶隱)·금오산인(金烏山人). 조선 개국 후 태상박사(太常博士: 의례에 관한 찬술과 시호 제정 등의 일을 맡는 관직)에 임명을 받았으나 고려에 대한 충절을 지키며 거절하고 고향인 선산(善山)으로 내려가 후진 교육에 전력했다. 이색·정몽주와 함께 고려 삼은(三隱)이라 한다.

〖출전〗『야은집』上.

- 『동문선』 22권에는 제목이 「閑居(한거)」로 되어 있다.
- 조승숙(趙承肅, 1357~1417)은 야은의 시를 보고 「贈吉冶隱(야은 길재 선생께 드리다)」라는 시를 지었다. "뒤에는 산이요 앞에는 물이 있는 한적한 곳에 사시면서 / 달 밝은 저녁이나 안개 끼는 아침이나 흥취 넘치겠지요./ 서울의 옛 친구들 요즘 어떠냐고 나에게 물으면/ 대숲 으슥한 곳에서 쉬엄쉬엄 글 읽으신다고 전하겠습니다(負山臨水卜閑居 月夕烟朝興有餘 京洛故人如問我 竹林深處臥看書)."
- 모옥(茅屋): 띠로 지붕을 이은 집. 초가집. '자기 집'의 겸칭.
- 월백풍청(月白風淸): 달 밝고 바람 시원함. 소동파는 「후적벽부(後赤壁賦)」에서 "달이 밝고 바람이 맑으니, 이 좋은 밤을 어찌하면 좋을꼬(月白風淸 如此良夜何)"라 했다.
- 와간서(臥看書): '누워서 책을 보다'는 '쉬엄쉬엄 독서한다'는 뜻이다.
- 塢(둑 오).

국화를 읊다詠菊

정포(鄭誧, 1309~1345)

我愛黃金菊　내가 황금빛 국화를 사랑하는 것은
凌霜有光輝　서리를 이기고 아름다운 빛이 있어서라네.
獨立晩更好　홀로 서 있는 저녁 무렵이 더욱 좋나니
孰謂孤芳微　뉘라서 외로운 꽃을 미약하다 이르는가.
風霜雖凜冽　바람서리 비록 차고 매서우나
亦不畏其威　그 위엄은 두려워하지 않네.
足以制頹齡　국화 먹으면 늙음을 막기에 좋나니
匪獨救我飢　나의 주림 구제할 뿐만 아니니라.

【작가】☞10월 4일 참조.

〖출전〗『설곡집』上.

- 고방(孤芳): 홀로 뛰어나게 향기로움.
- 7구의 '(국화를 먹으면) 나이를 먹지 않는다'는 말에 대해서는 11월 4일 팽조(彭祖) 고사 참조.
- 凜(찰 름). 冽(찰 렬). 制(억제할 제). 頹(무너질 퇴). 匪(아닐 비).

가을날에 秋日 2

이색(李穡, 1328~1396)

曉上高樓獨自憑　새벽에 다락 올라 홀로 기대어 바라보니
白雲青嶂共層層　흰 구름 푸른 산이 층층이 쌓였구나.
一庭雨過苔逾長　뜰에 비 지나자 이끼는 더욱 자라고
萬里天晴日又昇　만 리 하늘 개어 해가 다시 솟아오르네.
膽氣崢嶸身老大　담력은 우쭐해도 몸은 다 늙어서
顔容枯槁鬢鬅鬙　얼굴은 메마르고 귀밑머리 더부룩하네.
乾坤幾度秋風起　천지간에 몇 번이나 갈바람 일었던가?
回首江東憶季鷹　강동을 바라보며 장계응을 생각하네.

【작가】 자는 영숙(穎叔), 호는 목은(牧隱). 중국 원나라에 가서 과거에 급제하고 귀국하여 대사성 등을 지냈다. 삼은(三隱)의 한 사람으로 문하에 권근과 변계량 등을 배출하여 학문에 큰 발자취를 남겼다. 조선 개국 후 태조가 여러 번 불렀으나 절개를 지키고 나가지 않았다. 그는 원나라에서의 유학과 이제현을 통해 주자 성리학을 수용하는 한편, 죽음과 인간적 고뇌와 같은 초인간적·종교적 문제는 여전히 불교에 의존했다.

〖출전〗『목은고』 25권.

- 계응(季鷹): 진(晉)나라 장한(張翰)의 자. 낙양(洛陽)에서 벼슬살이를 하다가 가을바람이 불어오자 고향인 강동(江東) 오중(吳中)의 순챗국과 농어회가 생각나서 벼슬을 그만두고 곧장 고향으로 돌아갔다는 고사가 전한다.
- 嶂(높고 가파른 산 장). 逾(넘을 유). 膽(담력 담). 崢(가파를 쟁). 嶸(가파를 영). 槁(마를 고). 鬢(귀밑 털 빈). 鬅(머리 흐트러질 붕). 鬙(머리 헝클어질 승). 鷹(매 응).

산에 올라 혜상인의 암자에 대해 쓰다登山題惠上人院

변계량(卞季良, 1369~1430)

山徑迢迢半入雲 아득한 산길은 반쯤 구름 속에 들었으니
茲遊足可避塵喧 이번 유람은 시끄런 티끌세상 피할 만하네.
百年身世客迷路 평생 신세는 나그네로 길을 헤매는 것
滿壑煙霞僧閉門 골 가득한 연하 속에 승려는 문을 닫았구나.
晴澗束薪隨野老 개울가에서 촌로와 나뭇단을 묶기도 하고
秋林摘實共寒猿 숲에서 잔나비와 함께 열매를 따먹기도 하며
我來欲問楞伽字 내가 선방에 들어가 능가를 물으려 하니
合眼低頭無一言 스님은 눈 감고 고개 숙인 채 한 말씀도 없구나.

【작가】☞4월 19일 참조.

〖출전〗『춘정집』1권.

- 여기서 가리키는 산은 과천의 청계산(淸溪山)이다.
- 상인(上人): 승려에 대한 존칭.
- 한원(寒猿): '외로운 원숭이' 정도로 해석되나, 보통은 그냥 원숭이로 풀이한다. 그런데 우리나라에 야생 원숭이가 있었다는 기록이 없다. 그럼에도 우리 시가에서는 원숭이가 가끔 등장한다. 이는 아마도 상징적인 표현일 것으로 보인다.
- 능가(楞伽): 능가경(楞伽經). 부처가 능가산에서 대혜보살(大慧菩薩)을 상대로 설한 가르침을 모은 책. 이 경에서 강조되고 있는 중심 사상은 무분별에 의한 깨달음이다. 무분별을 스스로 체험하는 철저한 깨달음에 의해서만 진리의 전개를 획득할 수 있다는 것이다. 그럼에도 불구하고 작자가 능가에 대해서 물으니 스님이 침묵한 것이다.
- 迢(멀 초). 茲(이 자). 喧(시끄러울 훤). 薪(섶나무 신). 寒(쓸쓸할 한). 楞(위엄 릉). 伽(절 가).

그대를 보내며送人

정지상(鄭知常, ?~1135)

庭前一葉落　뜰 앞에 나뭇잎 하나 떨어지니
床下百蟲悲　마루 밑 온갖 벌레 슬피 우네요.
忽忽不可止　홀연히 떠남을 말릴 수 없습니다만
悠悠何所之　유유히 어디로 가시려는지요?
片心山盡處　산 다한 곳까지 한 조각 마음 따르고
孤夢月明時　달 밝은 밤이면 외로이 꿈꾸리라.
南浦春波綠　남포에 봄 물결 푸르러질 때
君休負後期　그대여, 다시 온단 약속 잊지 마소서.

【작가】☞4월 12일 참조.

〖출전〗『동문선』9권.

- 홀홀(忽忽): 일을 돌보지 않는 모양.
- 유유(悠悠): 여유 있고 한가함.
- 편심(片心): 작은 마음. 일방적인 마음.
- 남포(南浦): 대동강 남쪽 기슭. 복건성 포성현(浦城縣) 남문 밖의 지명. 강엄(江淹)이 「별부(別賦)」에서 "그대를 남포에서 보내니 상심을 어이할꼬(送君南浦 傷如之何)"라 읊은 이후 이별하는 곳의 대명사처럼 쓰고 있다.
- 휴부(休負): 저버림을 그침.

창암정蒼岩亭

추향(秋香, 조선시대)

移棹蒼江口　노 저어 강어귀에 배를 대니
驚人宿鳥飜　자던 새 놀라 깨어 날아오르네.
山紅秋有迹　산이 붉어 가을 흔적 남겼고
沙白月無痕　모래밭 희니 달빛이 무색하네.

【작가】 전남 장성(長城)의 기생. 시에 능하고, 거문고를 잘 탔다고 한다.

〖출전〗『대동시선』 12권. 『소화시평』 하권.

- 창암정(蒼岩亭): 현전하지 않아 위치를 모른다. 다만 조선의 명필가였던 창암(蒼巖) 이삼만(李三晩, 1770~1845)이 추향이 살았던 장성과 가까운 정읍시 부전동 부무실에서 기거했던 것으로 미루어 이곳 가운데에 있었을 가능성이 있다. 정황상 여기서의 산은 내장산일 확률이 높다.
- 『소화시평』에는 '蒼江(창강)'이 '淸江(청강)'으로, '鳥(새 조)'가 '鷺(해오라기 로)'로 되어 있다.
- 棹(노 도). 飜(날 번). 迹(자취 적). 痕(자취 흔).

시골에 살다村居

정도전(鄭道傳, 1342~1398)

村居儘幽絶　시골살이 모든 것이 한적하여
未見外人來　바깥사람 오는 것을 볼 수가 없네.
病葉霜前落　병든 잎 서리 오기 전에 떨어지고
黃花雨後開　국화는 비온 뒤에 피어나누나.
着書從散帙　보던 서책 흩어진 대로 두고
有酒自傾杯　술이 있어 홀로 잔 기울이네.
不是忘機事　세상일 잊자는 것뿐만 아니라
冥心久已灰　깊은 생각조차 없어진 지 이미 오랠세.

【작가】☞5월 3일 참조.

【출전】『삼봉집』2권.

■ 삼봉이 유배지 나주에서 쓴 것으로 보이는 「촌거즉사(村居即事)」도 있다. 마지막 구를 제외하고는 시골 풍경이 흡사하다. "띠풀 지붕의 몇 칸짜리 집/ 깊고도 외지다 보니 먼지도 일지 않네./ 낮이 길어 책 보기 게을러지고/ 바람 맑아 두건 젖힐 때가 많네./ 푸른 산은 어느 때고 문으로 들어오고/ 밝은 달은 밤이면 이웃이 되어 주네./ 어쩌다 번뇌를 내려놓고는 있지만/ 원래 세상을 피하는 사람은 아니라네(茅茨數間屋 幽絶自無塵 晝永看書懶 風淸岸幘頻 靑山時入戶 明月夜爲鄰 偶此息煩慮 原非避世人)."

■ '不是'가 '不時'로 잘못되어 있는 곳이 있다.

■ 기사(機事): 밖으로 드러나서는 안 될 비밀스러운 일. 세상일.

■ 儘(다할 진). 帙(책갑 질). 冥(깊숙할 명). 灰(재로 만들 회).

10. 16

강가의 밤江夜

차천로(車天輅, 1556~1615)

夜靜魚登釣　밤들어 고요하자 물고기는 낚시 물고
波深月滿舟　물결이 잦아드니 달빛 배에 가득하네.
一聲南去鴈　한 소리 남기고 강남 가는 기러기 편에
嗁送海山秋　바다와 산의 가을을 울며 함께 보내네.

【작가】 자는 복원(復元), 호는 오산(五山)·난우(蘭嵎)·청묘거사(淸妙居士). 선조 때 문과에 급제하여 문사로 뽑혔다. 1589년 통신사 황윤길을 따라 일본에 다녀왔다. 그 후 문장이 수려하여 명나라로 발송되는 대부분의 외교문서를 그가 작성했는데, 재주가 뛰어나 '동방문사'라는 이름으로 명나라에서 불렀다. 1792년 정조 때 왕명으로 그의 저서를 간행하여 반포하게 했다. 작시(作詩)에 뛰어나 한호(韓濩).최립(崔岦)과 함께 송도삼절(松都三絶)로 불린다.

〖출전〗『오산집』1권.

■ '波深(파심)'이 '波淺(파천)'으로 되어 있는 곳도 있다.

■ 鴈(기러기 안). 嗁(울 제).

10. 17

고마운 국화謝菊 2

김정희(金正喜, 1786~1856)

暴富一朝大歡喜　하루아침에 부자 되니 너무나 기쁘구나.
發花箇箇黃金毬　꽃송이 하나하나 모두가 황금 구슬이네.
最孤澹處穠華相　가장 외롭고 조용한 곳에서 화려한 얼굴 하고
不改春心抗素秋　봄 마음 고치지 않고 가을 추위 버틴다.

【작가】☞2월 28일 참조.

〖출전〗『완당전집』10권.

- 최고담처(最孤澹處): 가장 외롭고 조용한 곳, 곧 울타리.
- 소추(素秋): 가을을 달리 일컫는 말. 오행상 흰색은 가을에 해당한다. 그래서 봄을 청춘(青春), 여름은 주하(朱夏), 겨울을 현동(玄冬)이라고도 한다.
- 謝(사례할 사). 毬(공 구). 澹(조용할 담). 穠(꽃나무 무성할 농). 抗(막을 항).

추촌잡제秋村雜題 1

임억령(林億齡, 1496~1568)

志與江湖遠　뜻은 강호와 더불어 멀어지고
形隨草木衰　몸은 초목의 시듦을 따라간다.
美人嗟已暮　미인은 일찍 늙어짐을 한탄하고
楚客自生悲　나그네는 저절로 슬픔이 일어나네.
密綱江魚駭　그물 치니 고기떼 놀라 달아나고
機心海鳥疑　드리운 낚싯대, 갈매기는 의심한다.
非無流水曲　유수곡이 없는 것은 아니지만
何處有鍾期　어느 곳에서 종자기 만날 수 있으랴.

【작가】☞6월 10일 참조.

〖출전〗『서포집(西浦集)』7권.

▪『석천집』3권에서는 수련의 '與(줄 여)'가 '興(일 흥)'으로 되어 있다.

▪초객(楚客): 조정에서 쫓겨나 타향을 유랑한 초(楚)나라 충신 굴원(屈原). 여기서는 타향을 떠도는 나그네인 작가 자신.

▪밀망(密網): 코가 조밀한 그물.

▪기심(機心): 기회를 노리는 마음.

▪유수곡(流水曲): 춘추시대 초(楚)나라 사람인 종자기(鍾子期)의 친구 백아(伯牙)가 탔다고 하는 「고산유수곡(高山流水曲)」. 흔히 마음이 통하던 친구가 죽었을 때 인용하는 곡 이름이다(『열자』「탕문(湯問)」).

운을 따라次韻 1

이행(李荇, 1478~1534)

西風入我室 하늬바람은 내 방으로 스며들고
秋月照我帷 가을 달은 내 휘장을 비춰 주네.
我懷不能定 나의 회포 진정할 수 없는데
天運自相差 하늘 운행은 절로 어긋나도다.
攬衣出門去 옷자락 걷어잡고 문을 나서니
竹杖仍手持 손에는 대지팡이 들었어라.
山氣夕固佳 산기운은 저녁때가 더욱 아름다워
爲我生新姿 나를 위해 새 자태를 뽐내누나.
獨賞有餘興 홀로 완상해도 여흥 많으니
安用兒輩隨 아이들을 따라 놀 필요 있으랴.
群動一已靜 뭇 생물은 이미 모두 잠들었는데
竚立亦多時 나도 오래도록 우두커니 서 있다가
歸還臥空榻 돌아와 빈 침상에 누웠으니
幽夢慰所思 꿈속에서나 그대 생각 달래련다.

【작가】☞ 5월 27일 참조.

〖출전〗『용재집』 3권. 『국조시산(國朝詩刪)』 7권.

■ 서풍(西風): 하늬바람. '하늬'는 뱃사람의 말로 서쪽이다. 따라서 하늬바람은 맑은 날 서쪽에서 부는 서늘하고 건조한 바람을 말한다.

■ 함련(3·4구)은 자신의 회포가 진정이 안 되니 천심조차 어그러지게 느껴짐을 나타낸 것이다.

10. 20

강가의 서재에서 우연히 읊다江齋偶詠

장현광(張顯光, 1554~1637)

耄中尚有少年心	늙어서도 여전히 소년의 마음 있어
時或一分豪氣作	때로는 한 푼의 호기가 일어나네.
呼童收取杖屨來	아이 불러 지팡이와 신 가져오게 하여
扶出西墠玩飛躍	서쪽 뜰에 나가 나는 새와 뛰는 물고기 구경하네.
烏山依舊萬古趣	금오산은 예전처럼 만고의 정취 머금고
玉淵澄涵九天碧	옥연은 깨끗하여 하늘의 푸르름 담고 있네.
此時秋盡冬始至	이제 가을 가고 겨울 오는데
俯仰徘徊一場樂	굽어보고 우러러보며 배회하니 한바탕 즐거워라.
浩浩天地古今裏	넓고 넓은 천지 고금의 사이에
憂喜得喪何須覺	근심과 기쁨, 얻음과 잃음을 어이 생각하랴.
清風明月飽投齋	맑은 바람 밝은 달이 서재로 가득히 드는데
案上數卷千聖迹	책상 위의 몇 권 책은 수많은 성인의 자취라오.

【작가】☞2월 9일 참조.

〖출전〗『여헌속집(旅軒續集)』1권.

■선(墠): 땅을 청소하여 깨끗하게 한 것으로, 제사지내는 장소를 이른다. 한 조상의 주제자(主祭者)와의 관계가 멀어질수록 제사지내는 장소도 묘(廟)·단(壇)·선(墠)의 순서로 옮아 가는데, 선에서도 제사를 받을 수 없는 조상을 귀(鬼)라 부른다. 여기서는 '깨끗이 청소한 뜰'로 쓰였다.

■오산(烏山): 구미의 금오산(金烏山). 임란 때 여헌이 피난한 곳이다.

■耄(늙은이 모). 屨(신 구). 墠(제터 선). 澄(맑을 징). 涵(넣을 함). 俯(구부릴 부).

가을 산秋山

김숭겸(金崇謙, 1682~1700)

秋山樵路轉　가을 산 구비 도는 나무꾼의 길엔
去去唯青嵐　가도 가도 푸른 이내 그것뿐이네.
夕鳥空林下　저녁 새는 빈 수풀로 날아 내리고
紅葉落兩三　붉은 단풍 두세 잎이 떨어지누나.

【작가】조선 후기의 학자·시인·문인. 자는 군산(君山), 호는 관복암(觀復庵). 일찍이 아버지 김창협(金昌協)에게 학문을 배워서 깊이 통달했고 서법 또한 절묘했다. 비록 19세로 요절했으나 그 뜻이 높고 넓어 시격(詩格)이 호방하고 산수를 사랑하여 발길이 이르지 않은 곳이 없었다 한다. 시 수백 편을 남겼다.

〖출전〗『관복암시고』.

▪ 嵐(남기 람): 해질 무렵 멀리 보이는 푸르스름하고 흐릿한 기운. '이내'라고도 한다.

10. 22

스스로를 달래다 自遣

이용휴(李用休, 1708~1782)

無官無爵亦無權　관직도 작위도 없고 권세 또한 없으나
有竹有梅又有蓮　대 있고 매화 있고 연꽃까지 있다네.
醉則便歌歌則飮　취하면 노래하고 노래하면 술 마시니
不妨喚做活神仙　살아 있는 신선이라 한들 무방하리라.

【작가】☞3월 6일 참조.

〖출전〗『혜환집초(惠寰集抄)』.

■ 혜환이 사랑한 대나무·매화·연꽃의 의미는 무엇일까? 대나무는 본성이 굳기 때문에 덕을 세울 수 있고, 본성이 발라 남에게 의지하지 않으며, 속이 비었기에 도를 체득할 수 있다(백거이 「양죽기(養竹記)」). 대체로 유교적인 나무다. 또한 매화는 설중군자(雪中君子)·호문목(好文木)·매은(梅隱)·매선(梅仙)·아치고절(雅致高節)의 꽃이다. 유교적 상징 외에 도교적인 이미지도 있다. 연꽃은 진흙 속에서 나지만 진흙에 물들지 않는다는 면에서 세속에 물들지 않는 군자나 고고한 선비를 표상해 왔다. 유교적 상징 외에 불교적 이미지도 강하다.

■ 妨(거리낄 방). 喚(부를 환). 做(지을 주).

물정物情 2

이광덕(李匡德, 1690~1748)

朝來拍手謝天公　아침이면 손뼉 치고 하느님께 감사하며
萬斛閒愁一笑空　만 섬의 괜한 시름 한바탕 웃고 떨어버리자.
死苦蘄生應自悔　죽기 싫어 살기를 바라나 나중에는 후회할 테고
事皆如願豈爲窮　일마다 소원대로 되면 어찌 궁지에 몰리랴?
鶴到可嘆梅落後　학이 날아왔건만 매화 진 뒤라서 한탄스럽고
驢亡偏惜雪來中　나귀 잃고 나자 눈 오니 애석하기 그지없네.
何妨百代東韓史　아무렴 어떠랴! 오랜 이 땅의 역사에서
不記冠山有此翁　관산 살던 이 늙은이 아무도 기억해 주지 않는데도.

【작가】 자는 성뢰(聖賴), 호는 관양(冠陽). 경종 때 노소론의 당쟁이 심할 때 중간파로서 극렬분자들의 미움을 받았다. 1741년 동생 광의가 천거의 폐를 논하다가 투옥되자 이에 연좌되어 유배되었다가 이듬해 풀려나와 한성부좌윤에 임명되었으나 취임하지 않고 과천 관악산에 은거했다.

【출전】『관양집』 2권.

- 물정(物情): 세상의 이러저러한 실정이나 형편.
- 5구는 북송 때 시인 임포(林逋)가 매화를 아내로 삼고 학을 아들로 삼아(梅妻鶴子) 일생을 살았던 것에 의탁한 것이다.
- 학(鶴): 옛날 사람들은 곧게 서 있는 학의 모습을 통해 선비의 고고한 기상을 읽어 냈고 십장생의 하나로 장수의 상징이기도 했다.
- 하방(何妨): 무슨 상관이 있겠는가. ~해도 무방하다.
- 관산(冠山): 과천의 관악산. 관양이 이 산자락에서 은거했다.
- 斛(휘 곡). 蘄(바랄 기). 窮(다할 궁). 嘆(탄식할 탄). 驢(나귀 려). 妨(방해할 방).

10. 24 상강(霜降)

서리가 내리기 시작한다.

'서리 내린 밤 달' 시에 차운하여次霜月韻

이행(李荇, 1478~1534)

晩來微雨洗長天 저물녘 내린 가랑비가 긴 하늘 씻어 내고

入夜高風捲暝烟 밤 되자 높은 바람이 어두운 안개 걷어 내네.

夢覺曉鍾寒徹骨 새벽 종소리에 잠을 깨니 한기 스며드는데

素娥青女鬪嬋娟 달빛과 서리가 아름다움을 다투네.

【작가】☞5월 27일 참조.

〖출전〗『용재집』8권.

- 주자(朱子)가 벗 남헌(南軒) 장식(張栻)과 함께 남악(南岳)인 형산(衡山)을 등정하면서 지은 시들을, 그 차례에 따라 차운한 시. 주자의 원운(原韻)은『주자대전』5권에 실려 있다.
- 소아(素娥)·청녀(青女): 소아는 월궁(月宮) 선녀인 항아(姮娥)로서 달을 상징하고, 청녀는 서리와 눈을 관장한다는 여신(女神)이다.
- 暝(어두울 명). 徹(통할 철). 娥(예쁠 아). 嬋(고울 선). 娟(예쁠 연).

이존오에게 주다寄李存吾

김구용(金九容, 1338~1384)

夜久坐南軒　밤 깊도록 남쪽 툇마루에 앉았으니
庭陰露泫然　뜰은 어둑한데 이슬이 흥건하네.
螢飛度簾外　주렴 밖엔 반딧불이 나르고
虫泣近床前　침상 앞으론 벌레 울며 다가오네.
氣靜仍無夢　기운이 고요하니 꿈도 없는데
心淸竟不眠　마음 맑아 끝내 잠조차 들지 않네.
誰知到如此　누가 알리, 이 같은 경지에 이르면
自是傲神仙　저절로 신선조차 얕잡아보게 됨을.

【작가】 자는 경지(敬之), 호는 척약재(愓若齋)·육우당(六友堂). 정몽주·이숭인 등과 더불어 성리학을 일으키고 척불숭유의 선봉이 되었으며 사장(詞章)을 잘했다. 문집에 『척약재집』, 『선수집(選粹集)』 등이 있다.

〖출전〗 『척약재학음집(愓若齋學吟集)』 상권.

- 이존오(李存吾, 1341~1371)의 자는 순경(順卿), 호는 석탄(石灘)·고산(孤山). 신돈이 공민왕의 총애를 입고 권력을 농단하자 공민왕에게 상소를 올려 탄핵했다. 공민왕은 이존오의 상소를 반도 읽지 않고 이존오를 사사(賜死)하려 했으나 이색의 만류로 겨우 목숨을 부지하고 낙향하여 울분 끝에 요절했다.
- 寄(부칠 기). 泫(이슬이 내리는 모양 현). 竟(다할 경). 傲(거만할 오).

10. 26

강가의 고기잡이 불빛江浦漁火

오광운(吳光運, 1689~1745)

遙夜漁燈點點愁　깊은 밤 고기잡이 불 점점이 수심 어리는데
伴星和月耿寒洲　별빛 달빛 어울려 찬 물가에 반짝이네.
一時影亂爭明滅　일시에 그림자 이지러지고 불빛은 희미한데
風起蘆花萬頃秋　갈대꽃에 바람 이니 물결마다 가을빛이네.

【작가】조선 후기의 문신. 자는 영백(永伯), 호는 약산(藥山). 어려서부터 문장에 뛰어났으며, 유형원(柳馨遠)의 저서 『반계수록(磻溪隨錄)』의 서문을 썼다. 또 고시언(高時彦)과 채팽윤(蔡彭胤)이 주동이 되어 편찬한 『소대풍요(昭代風謠)』의 서문을 썼다. 여기서 그는 19세기 전반기 신분제의 동요와 함께 나타나기 시작한 위항시인에 대한 그의 뚜렷한 인식을 잘 드러내고 있다.

〖출전〗『대동시선』 6권.

■ 遙(아득할 요). 耿(빛날 경). 頃(밭 넓이 단위 경).

10. 27

가을날에 바라보다秋望 1

정희량(鄭希良, 1469~?)

秋光濃淡雨復晴　비 내리다 날 개이자 가을빛 짙은데
海波不動含深綠　짙푸른 바다에는 파도조차 일지 않네.
平沙若剪雲嵯峨　모래밭은 평평한데 구름은 높고 낮고
鴈背斜光斷復續　기러기 등에 비친 석양은 끊어졌다 이어지네.
西風吹影落魚磯　갈바람에 기러기 그림자 물가에 드리워서
字字新出臨池墨　글자들 생겨나니 연못가의 먹일러라.
稻粱離離網弋多　벼 기장 익은 곳은 새그물 많은 탓에
急向蘆花深處宿　갈대꽃밭 깊숙한 곳에 잠들려고 깃드누나.

【작가】☞7월 10일 참조.

〖출전〗『해동역사(海東繹史)』 48권.

■ 자자신출임지묵(字字新出臨池墨): 직역하면 '묵지에서 글자들이 새로이 생겨난다'지만 여기서는 기러기가 날아가면서 드리운 그림자를 형용한 것이다. 묵지(墨池)는 절강성에 있는 연못으로 진나라 때 왕희지가 영가현(永嘉縣) 태수로 있으면서 항상 이 연못가에서 글씨를 쓰고 연못물에 붓을 씻었으므로 그 물이 까맣게 되었기에 생긴 이름이다.

■ 어기(魚磯): 낚시터.

■ 剪(자를 전). 嵯(우뚝 솟을 차). 峨(높을 아). 磯(물가 기). 粱(기장 량). 弋(주살 익).

밤 나그네夜客

허균(許筠, 1569~1618)

客夜人無睡　밤 나그네 차마 잠 못 이루나니
微霜枕簟寒　엷은 서리에 베개와 자리마저 싸늘하구나.
故林歸不得　고향 숲에 가려 하나 그러질 못하니
新月共誰看　갓 돋은 저 달은 뉘와 함께 바라볼꼬.
北里調砧急　북쪽 고을 다듬이 소리는 급박하고
西隣品笛殘　서쪽 이웃 피리소리는 아득한데
倚楹仍悵望　기둥에 기대어 서글피 바라보나니
鳴雁在雲端　울며 나는 기러기 구름 끝에 있네.

【작가】☞ 5월 11일 참조.

〖출전〗『성소부부고』 1권.

■ 簟(삿자리 점). 砧(다듬잇돌 침). 楹(기둥 영). 悵(슬퍼할 창).

한밤중에 거문고 소리를 듣고中夜聞琴

변종운(卞鍾運, 1790~1866)

中夜萬籟寂　한밤 온갖 소리 죽은 듯 고요한데
何人弄清琴　그 누가 청아하게 거문고를 타는가?
摵摵庭前葉　우수수 뜰 앞의 낙엽 지는 소리
西風吹古林　갈바람이 숲속에서 불어오누나.
幽人聽未半　은자는 그 소리 반도 듣지 못하고
愀然坐整襟　쓸쓸히 앉아서 옷깃 여미네.
寒蟲秋自語　귀뚜라미는 가을이라 절로 울지만
豈盡不平音　불평한 이내 심정 어찌 다 말하랴.
皎皎天上月　밝고 밝은 하늘에 뜬 달조차
照人不照心　육신은 비춰도 내 마음은 못 비추네.

【작가】☞6월 28일 참조.

〖출전〗『소재집』1권.

■ "농부도 장인도 상인도 아니지만/ 생리적으로 수전노의 짓은 더욱 부끄럽네./ 글 배우고 검 배웠으나 모두 이루지를 못해/ 타고난 자질이 스스로 어리석고 노둔함을 부끄러워하네(非農非工又非賈 生來更羞守錢虜 學書學劍俱無成 天質自慙愚且魯)." 소재의 시 「自笑(스스로를 비웃으며)」의 앞부분이다. 「中夜聞琴(중야문금)」을 감상하는 데 도움이 되리라.

■ 색색(摵摵): 잎이 지는 소리.

■ 교교(皎皎): 새하얗고 밝다.

■ 籟(세 구멍 퉁소 뢰). 摵(털어낼 색). 襟(옷깃 금). 皎(달빛 교).

낙엽시落葉詩 4

신위(申緯, 1769~1845)

天地大染局　천지는 커다란 염색 가게
幻化何太遽　환상의 변화를 어쩜 저리 서두를까?
丹黃點飄蘀　빨갛고 노란 잎을 점점이 날리는 바람
紅素吹花絮　붉은 꽃과 흰 꽃솜에 불어왔었네.
春秋迭代謝　봄과 가을 번갈아 바뀌어도
光景兩無處　광경은 양쪽 어디에도 없구나.
空色顚倒間　공(空)과 색(色)이 뒤바뀌는 동안
冉冉流年去　성큼성큼 세월은 흘러가누나.

【작가】☞ 4월 16일 참조.

〖출전〗『경수당전고』 12책.

■ 화서(花絮): 꽃씨의 하얀 솜털.

■ 광경(光景): ① 경치, 경색, 풍경. ② 시간, 세월. ③ 상황, 경우, 광경.

■ 공색전도간(空色顚倒間): 불교 경전 중 『반야심경』의 "색이 공과 다르지 않고 공이 색과 다르지 않으며, 색이 곧 공이요(형체는 헛것이다) 공이 곧 색이다(色不異空 空不異色 色卽是空 空卽是色)" 라는 구절을 원용한 것으로, 물질적인 세계(色)와 평등한 공(空)의 세계가 다르지 않음을 나타낸다.

■ 染(물들일 염). 遽(갑자기 거). 飄(회오리바람 표). 蘀(낙엽 탁). 絮(솜 서). 迭(갈마들 질). 冉(나아갈 염).

10. 31

감로사에서 혜원의 시에 차운하여甘露寺次惠遠韻

김부식(金富軾, 1075~1151)

俗客不到處　세속 사람 발길 닿지 않는 곳
登臨意思清　올라 보니 마음이 맑아지네.
山形秋更好　산은 가을이라 더욱 아름답고
江色夜猶明　강물은 밤이라서 더 밝구나.
白鳥高飛盡　백조는 높이 날아 가뭇해지고
孤帆獨去輕　외로운 배 홀로 가벼이 떠가는데
自慚蝸角上　부끄럽구나, 달팽이 뿔 위에서
半世覓功名　반평생토록 공명을 구한 것이.

【작가】☞7월 12일 참조.

〖출전〗『동문선』9권.

- 『기아』에는 제목이 「甘露寺次韻」으로 되어 있고, 『삼한시귀감(三韓詩龜監)』 상권에는 「題松都甘露寺次惠遠韻」으로 되어 있으며, 『고려시대 한시읽기』(원주용, 이담북스, 2009)에는 「甘露寺次惠素韻」으로, '高飛(고비)'가 '孤飛(고비)'로 되어 있다.
- 감로사(甘露寺): 개성 북쪽 오봉산(五峰山) 밑에 있는 절.
- 혜원(惠遠): 진(晉)의 고승. 혜원(慧遠)이라고도 한다. 여산(廬山)에 살면서 30여 년간 산을 나온 일이 없었다고 한다.
- 백조고비진(白鳥高飛盡): 이백의 시 「獨坐敬亭山(홀로 경정산에 앉아)」 첫머리에 "衆鳥高飛盡 孤雲獨去閑"을 인용했다.
- 와각(蝸角): 와우각상(蝸牛角上)의 준말. 달팽이의 뿔과 뿔 사이, 곧 좁디좁은 세상(『장자』「칙양편(則陽篇)」).

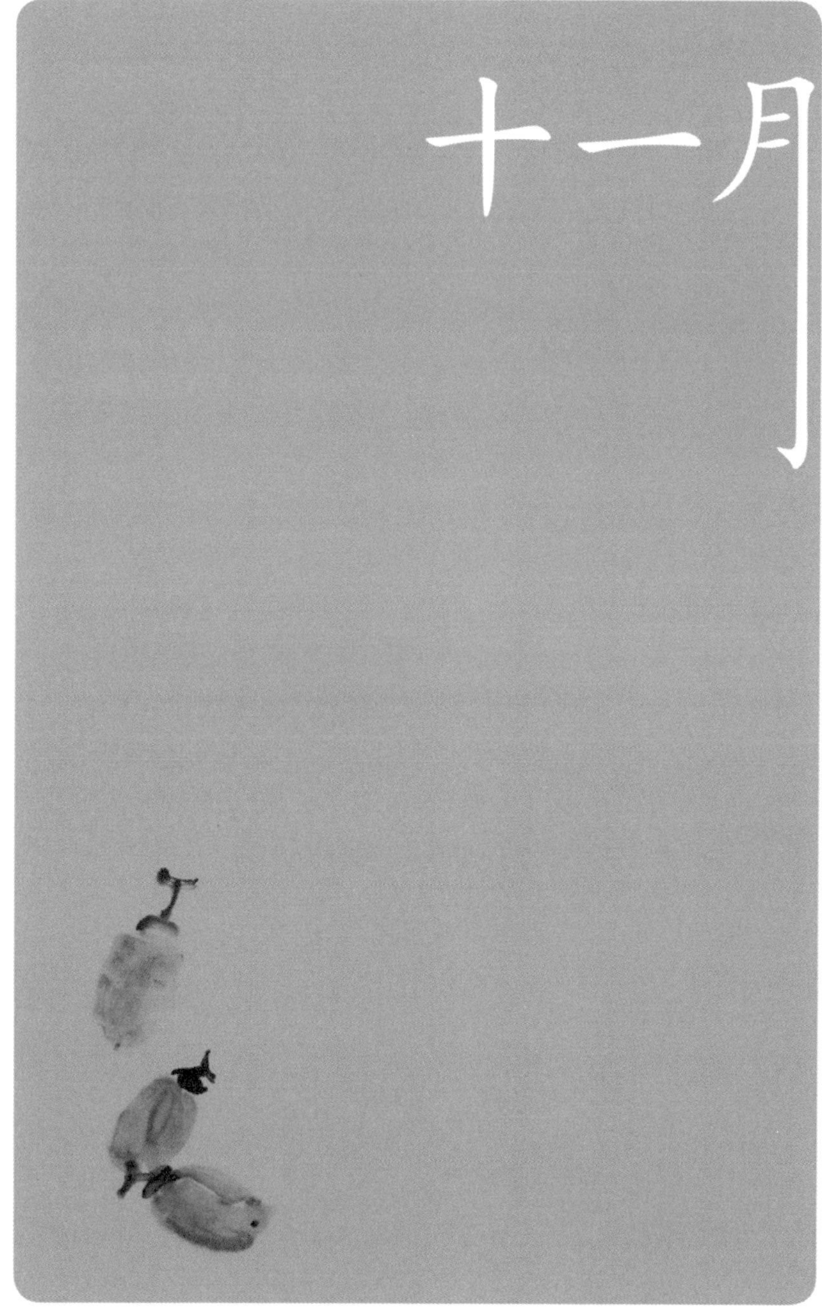
十一月

가을바람秋風

서거정(徐居正, 1420~1488)

茅齋連竹逕　띳집은 대숲길로 이어져 있고
秋日艶晴暉　가을날 햇살은 곱기도 하다.
果熟擎枝重　열매 익으니 받친 가지가 무거워하고
瓜寒著蔓稀　참외가 추우니 달린 넝쿨이 드물구나.
遊蜂飛不定　벌들은 쉴 새 없이 날아다니고
閑鴨睡相依　오리는 한가로이 서로 기대어 존다.
頗識身心靜　몸과 마음 너무나도 고요하나니
棲遲願不違　물러나 살자던 꿈 이루어졌네.

【작가】☞3월 26일 참조.

〖출전〗『대동시선』2권.

■함련 출구는 열매가 익으니 이를 받드는(擎[들 경]) 가지가 무거워 늘어진 모양을 읊은 것이다.

■서지(棲遲): 퇴임하여 삶.

■逕(소로 경). 艶(고울 염). 暉(빛 휘). 蔓(덩굴 만). 頗(자못 파). 棲(살 서). 遲(늦을 지). 違(어길 위).

국화꽃을 원하며 乞菊花

이건(李健, 1614~1662)

清秋佳節近重陽　좋은 계절 가을이라 중양절 가까워지니
正是陶家醉興長　도가네 집같이 흥겹게 취하네.
相見傲霜花滿砌　섬돌 위엔 서리 이긴 꽃 가득하리니
可能分與一枝香　한 가지 좋은 향기 나눠 주시게.

【작가】조선 효종 때의 왕족 문인. 자는 자강(子强), 호는 규창(葵窓). 선조의 일곱째 아들 인성군(仁城君) 공(珙)의 아들로 효종 8년(1657) 해원군(海原君)에 봉해졌다. 천성이 사치를 좋아하지 않고 명리와 재화에 전혀 관심이 없었으며 다만 독서에 열중하여 손에서 책이 떠나지 않았다. 시는 당나라 두목(杜牧)을 배웠고 글씨와 그림에 능하여 사람들이 삼절(三絶)이라 일컬었다.

〖출전〗『규창유고』 2권.

- 국화는 한·중·일 사람들이 모두 좋아하는 꽃이다. 9월 9일 중양절 전후에 피는 대표적인 꽃이 국화다. 지상 최대의 양기를 상징하는 九의 중국어 발음은 jiǔ다. 久(오랠 구)의 발음 또한 jiǔ로 九와 음이 같다. 9월 9일에 피는 국화꽃은 진다고 해도 뿌리가 살아 있는 한 다시 핀다. 九는 久와 통하는 것이다. 그래서 국화는 오래도록 변치 않는 굳은 절개와 지조(志操)의 상징이 되었다.
- 중양절에 국화주를 마시는 내력에 대해서는 11월 4일 참조.
- 정시(正是): 바로 ~이다. 바로 그러하다.
- 도가(陶家): 진(晉)나라 도간(陶侃)의 집을 가리킨다. 범규(范逵)가 그 집을 방문했을 때 대접할 것이 없자 도간의 어미가 머리칼을 잘라 주효(酒殽)를 마련해 주었던 고사가 전해 온다(『晉書』 66권).
- 砌(섬돌 체).

소나무를 노래하다詠松

정인홍(鄭仁弘, 1535~1623)

一尺孤松在塔西　한 자 되는 외로운 솔이 탑 서쪽에 있는데
塔高松短不相齊　탑은 높고 소나무는 낮아 가지런하지 않네.
莫言此日松低塔　오늘 소나무가 탑보다 낮다고 말하지 마라
松長他時塔反低　소나무가 자란 훗날엔 탑이 도리어 낮을 테니.

【작가】☞6월 14일 참조.

〖출전〗『내암집』1권.

■ 이 작품은 정인홍이 11살 때 지었다고 하며, 그의 작품 중 가장 많이 알려져 있다. 이익은『성호사설』「시문부」에서 이에 대한 창작배경을 다음처럼 소개하고 있다. "정인홍이 어렸을 때 산사에서 글을 읽었는데, 그때 마침 도의 감사(후에 장인이 된 梁喜)가 당도하여 그를 기특하게 여겨 탑 옆의 왜송(矮松)으로 글제를 내고 시를 짓게 했더니, 위와 같은 내용을 즉석에서 지었다는 것이다. 이에 감사는 감탄하면서 '후일에 반드시 현달하리라. 그러나 뜻이 참람(僭濫: 분수에 지나침)하니, 부디 경계하라'고 했다."

이 작품은 소나무와 탑의 관계를 대립적 경쟁구도로 설정해 두고 마침내 소나무가 탑을 이길 것이라고 했다. 여기에 목표를 향한 그의 단선적(單線的) 의지가 강하게 내포되어 있다. 물상 속에서 '도덕적 실질'을 찾으려는 정인홍의 시정신을 읽을 수 있다(정우락,「정인홍의 비평정신과 창작의 실제」).

달빛 아래에서 국화를 감상하며月下賞菊

권벽(權擘, 1520~1593)

興來無處不風流　흥이 나면 그 어딘들 풍류 아닌 곳 없나니
佳節須從物色求　명절이란 모름지기 물색에서 찾아야지.
黃菊有花皆九日　노란 국화 활짝 피면 그날이 중구일이고
碧天懸月卽中秋　푸른 하늘에 달 걸리면 그날이 중추절이로다.
清光照席詩魂冷　밝은 달빛 자리에 비추니 시혼이 맑아지고
嫩蘂當樽酒味柔　어여쁜 꽃술 술잔에 띄우니 술맛이 부드럽네.
相對此花兼此月　이 꽃을 마주하며 저 달까지 함께하니
謫仙彭澤擬同遊　적선이랑 팽택이랑 더불어 노니는 격일세.

【작가】자는 대수(大手), 호는 습재(習齋). 안명세(安名世)·윤결(尹潔) 등 청류 선비들과 교유했는데 이들이 을사사화에 화를 입자 모든 교유를 끊고 오로지 학문에만 힘썼다. 50여 년간 벼슬을 하는 동안 가사를 돌보지 않고 자식의 혼사도 모두 부인에게 맡겨 버렸으며 손님도 거의 맞지 않으면서 오직 시에만 마음을 쏟아 높은 경지를 이룩했다. 당대의 명사인 노수신(盧守愼)·정유길(鄭惟吉) 등이 그의 시문을 높이 평가했다.

〖출전〗『습재집』2권.

■ 주(周)나라 때 국자동(菊慈童)은 목왕(穆王)을 섬겨 그의 총애를 받고 있었는데, 어느 날 왕의 베개를 타넘는 일로 왕의 노여움을 사서 호랑이가 우글거리는 남양(南陽)으로 귀양 가게 되었다. 왕은 자동에게 『법화경』 두 구절을 적어 주면서 매일 아침 그것을 외우게 했고, 자동은 소옥(小屋) 옆에 자라고 있는 국화잎에 그 글(偈)을 써서 냇물에 띄우고는 왕이 있는 서울의 궁궐에 가 닿아 주기를 빌었다. 어느 날 한 백발의 신선이 나타나 "자동아, 너는 게(偈)를 띄운 감곡(甘谷)

의 물을 마시도록 하여라. 그러면 네 몸은 영원히 젊을 것이며 머지않아 네가 원하는 서울로 갈 수 있을 것이다"라고 말하고 사라졌다.

자동은 신선이 일러준 대로 했는데, 이미 그 물은 국화의 꽃과 잎에 얹혀 있던 이슬이 냇물에 떨어져 영약이 되어 있었던 것으로 하늘의 감로(甘露: 신선의 주식)처럼 맛이 좋았다. 이 물을 마신 자동에게 호랑이도 겁이 나서 가까이 접근하지 않았으며, 800년이 지나도 동안(童顔)이 그대로였다. 그는 이름을 '팽조(彭祖)'라 고친 후 국화주의 비법을 알려줌으로써 15살밖에 못 산다는 예언을 듣고 있던 위(魏)나라 문제(文帝)을 장수하게 했다 하여 그때부터 재앙을 물리치고 장수하는 비법으로 국화주를 마시는 풍습이 생겨났다고 한다.

또한 중양절에 반드시 국화주를 마셔야 하는 것은, 중국의 환경(桓景)이라는 사람이 9월 9일에 있을 재앙에 대비해 집을 떠나 높은 산에 올라 국화주를 마셔야 한다는 비장방(費長房: 후한 때 여남[汝南] 땅에서 선사[先師] 호공[壺公]에게 가르침을 받았다는 사람)의 말을 좇아 그대로 함으로써 화를 피할 수 있었던 데서 비롯되었다고도 한다.

■ 팽택(彭澤): 국화를 좋아했던 팽택령(彭澤令)을 지낸 도잠(陶潛, 365~427)을 가리킨다. 국화를 좋아하여 「구일한거(九日閒居)」 등의 시를 남겼다.

■ 적선(謫仙): 이 세상에 귀양 온 신선이란 뜻으로 이백(李白, 701~762)을 뜻한다. 「월하독작(月下獨酌)」 등을 통해 달에 대한 애정을 표현했다.

■ 嫩(예쁠 눈). 蘂(꽃술 예). 謫(귀양 갈 적). 彭(땅이름 팽).

이호연의 시에 차운하여次李浩然韻 1

김구용(金九容, 1338~1384)

衡門茅屋可棲遲　누추한 문 띳집이라도 충분히 살 만하고
秋色山光共陸離　가을 산 빛은 눈부시게 아름답네.
終日無人來剝啄　종일토록 찾아와 문 두드리는 이 없으니
倚牕閑話浩然詩　창에 기대어 한가로이 호연의 시를 얘기하네.

【작가】☞ 10월 25일 참조.

〖출전〗『둔촌잡영(遁村雜詠)』.

- 호연(浩然): 이집(李集, 1314~1387)의 호. 그는 1347년(충목왕 3) 문과에 급제한 뒤 정몽주·이색 등과 교유했다. 본명은 이원령(李元齡)이고, 자는 성로(成老), 호는 묵암자(墨巖子)·호연(浩然)·둔촌(遁村)이다. 고려수절신(高麗守節臣)의 한 사람이다. 특히 시에 뛰어났는데, 직설적이면서도 자연스러운 시풍으로 문명을 떨쳤다. 성격 역시 솔직하고 올곧아 불의를 보면 그냥 지나치지 못했다고 한다. 조선시대에 의정부 좌찬성(左贊成)에 추증되었다. 이집과 호연지기(浩然之氣)를 가리키는 중의적 표현이다.
- 육리(陸離): 여러 빛이 뒤섞여 눈이 부시게 아름답다. 뒤섞여 많고 성한 모양.
- 박탁(剝啄): 문을 두드림. 곧 손님이 찾아옴.
- 剝(두드릴 박). 啄(두드리는 소리 탁).

국화가 피지 않아 서글픈 마음에 짓다菊花不開悵然有作

서거정(徐居正, 1420~1488)

佳菊今年開較遲　아름다운 국화가 금년엔 더디 피니
一秋情興謾東籬　가을의 정과 흥취 동쪽 울타리에 느리구나.
西風大是無情思　갈바람은 크게 정다운 생각이 없어서
不入黃花入鬢絲　국화에는 들지 않고 귀밑머리에만 드는구나.

【작가】☞ 3월 26일 참조.

〖출전〗『사가집(四佳集)』 50권.

- 중국어에서 菊[jú]은 酒[jiǔ: 술]·九[jiǔ: 지상 최대의 양기]·久[jiǔ: 영구]·救[jiù: 구원]와 음이 유사하다. 이는 800년을 산 팽조(彭祖)의 국화주, 화를 면하게 한 비장방(費長房)의 국화주, 개화 기간의 오램에서 비롯된 장수, 변치 않는 절개, 영원함, 구원 등의 의미와 상통한다. 그래서 국화를 중양화(重陽花 또는 구화[九花])·구화(久花)·세한화(歲寒花)라고도 부른다.
- 동리(東籬): 국화를 사랑한 도잠(陶潛)의 「음주(飮酒)」 시 "동쪽 울타리에서 국화 꺾어 들고 유연하게 남녘 산을 바라보네(採菊東籬下 悠然見南山)"를 원용한 것.
- 較(견줄 교). 遲(늦을 지). 謾(느릴 만). 鬢(관자놀이와 귀 사이에 난 머리털 빈).

전한 조석윤이 국화를 읊은 시에 차운하다次趙典翰錫胤詠菊韻

신익전(申翊全, 1605~1660)

君看植物不凡姿　그대는 보았는가, 국화의 범상치 않은 자태를
馨德眞堪託晩期　향기로운 모습은 참으로 노년을 맡길 만하네.
千載淵明同此意　천 년 전의 도연명도 이 마음과 같았기에
故將寒蕊映疏籬　짐짓 찬 꽃잎으로 성긴 울타리 비치게 했겠지.

【작가】 자는 여만(汝萬), 호는 동강(東江). 병자호란 때 청나라에 볼모로 잡혀갔다가 귀국한 뒤 여러 관직을 거쳤다. 역학(易學)에 능통했고 필법과 문장에 뛰어났다.

〖출전〗 『동강유집(東江遺集)』 9권.

■ 조전한(趙典翰): 조석윤(趙錫胤, 1606~1655)으로 자는 윤지(胤之), 호는 낙정재(樂靜齋). 1628년(인조 6) 문과에 장원급제하여 대사간·대사헌·대제학 등을 역임했다. 전한은 조선시대 홍문관의 종3품 관직명이다.

■ 전·결구는 외형적으로 도연명이 국화를 매우 좋아하여 울타리 아래에 국화꽃을 심었던 것을 노래한 것이다. 그러나 단순히 국화라는 범상치 않은 자태로 성긴 울타리를 비치게 한 것만이 아니라, 선현의 덕으로써 자신의 부족함을 채우겠다는 의미로 볼 수도 있겠다.

■ 馨(향기 형). 託(부탁할 탁). 蕊(꽃술 예). 映(비출 영).

11. 8

가을밤에 홀로 앉아 흥이 일어 난초를 치며秋夜獨坐因興寫蘭

이우(李瑀, 1542~1609)

切切蟲吟壁　풀벌레 애절하게 벽에서 울고
依依月隱山　달은 뉘엿뉘엿 서산으로 숨어드네.
歸心無處着　돌아갈 마음 붙일 곳이 없어
揮灑一叢蘭　붓으로 한 떨기 난초를 쳐 본다.

【작가】조선시대의 서화가. 호는 옥산(玉山)·죽와(竹窩)·기와(寄窩). 신사임당의 넷째 아들이자 율곡 이이의 동생. 신사임당의 천부적인 예술의 기질을 물려받아 거문고·시·서·화에 능하여 사절(四絶)이라 불렸다. 일찍이 참깨(胡麻子)에다 '귀(龜)' 자를 썼고 콩을 두 조각으로 갈라 그 한쪽에다 오언절구를 썼는데 그 끝맺음과 끄는 법을 상실하지 않았으므로 선조가 매우 칭찬하고 '초결백운(草訣百韻)'이라 하여 손수 책이름을 써서 주었는가 하면, 기타 하사품도 매우 많았다.

【출전】『옥산시고(玉山詩稿)』.

- 이 작품은 공자의 공곡유란(空谷幽蘭) 고사를 생각하고 읊었거나 이 고사에 의탁해서 자신의 심회를 노래한 것이다. ☞ 공곡유란 고사는 1월 3일 참조.
- 절절(切切): 몹시 간절(懇切)한 모양.
- 의의(依依): ① 바람에 가볍고 부드럽게 한들거리는 모양. ② 아쉬워하는 모양. 섭섭해 하는 모양.
- 휘쇄(揮灑): 붓을 휘두른다는 뜻으로, 글씨를 쓰거나 그림을 그리는 것을 이른다. = 휘호(揮毫).
- 揮(휘두를 휘). 灑(뿌릴 쇄).

가을비 내리는 밤에秋夜雨中

최치원(崔致遠, 857~?)

秋風唯苦吟　가을바람에 괴로워 애써 읊어도
世路少知音　세상 어디에도 내 마음 아는 이 없네.
窓外三更雨　창밖엔 밤 깊도록 비 내리는데
燈前萬里心　등잔 앞에서는 천만 리 떠나온 마음.

【작가】☞1월 10일 참조.

〖출전〗『성소부부고』 25권.

■ 이 시는 빈공과 합격 후 표수현위(漂水縣尉)를 지내던 18~23세 사이에 지은 것이다. 당과 신라의 두 왕조의 말기를 몸소 겪은 최치원은 당나라에서는 이방인으로서, 신라에서는 신분제의 한계 때문에 부득이 느껴야 했던 현실 상황에 대한 인식과 자기 소외감, 자기 고독감을 집약하여 표현한 가장 절창(絶唱)으로 평가받고 있다(한국학술정보).

■『동문선』 19권에는 '世路'가 '擧世'로 되어 있다.

■ 삼경(三更): 하룻밤을 다섯으로 나눈 셋째의 시각. 12시경.

11. 10

가을밤에 짓다秋夜作

김연광(金鍊光, 1524~1592)

小窓殘月夢初醒　고이 든 잠 깨어 보니 새벽달 창에 들고
一枕愁吟奈有情　쓸쓸한 이내 심사 베개머리 젖어지네.
却悔從前輕種樹　이럴 줄 모르고서 나무 심어 놓았던가.
滿庭搖落作秋聲　뜰 가득 지는 낙엽이 가을 소리 지어 내네.

【작가】조선 중기의 문신. 자는 언정(彦精), 호는 송암(松巖). 회양부사(淮陽府使)로서 왜적의 침범을 당하게 되자 군사와 무기 등이 없었으므로 대적하기 어려움을 알고 죽음으로써 지킬 것을 맹세했다. 왜적이 경내에 쳐들어오자 조복을 갖추고 단정히 앉아 있었는데, 왜적이 위협하려고 먼저 손가락을 찍었으나 분연히 꾸짖으며 조금도 굴하지 않은 채 참살되었다. 뒤에 조정에서는 그 절개를 기리고자 정표(旌表: 착한 행실을 칭송하고 이를 세상에 드러내어 널리 알림)하게 했고 성혼·유성룡 등이 그 충절을 포증(褒贈: 공로를 인정하여 관위를 추증하는 일)하기를 청하여 예조참판을 증직했다. 평소 재상 윤두수(尹斗壽)는 그의 사람됨을 경탄하여 그 어머니를 찾아 절하고 형제의 의를 맺기도 했다. 시문에 능하고 박학했으며 강직하고 청렴하면서 깨끗한 풍모를 지녔다.

- 직역: 작은 창에 스며든 새벽 달빛에 꿈에서 깨어나/ 시름에 겨워 베개머리에서 시를 읊으며 연모의 정 견뎌 내네./ 예전에 쉽게 나무 심은 것이 오히려 후회되나니/ 뜰 가득 떨어지는 낙엽이 가을 소리 지어 내네.
- 수음(愁吟): 시름에 겨워 웅얼거림. 또는 그런 소리.
- 醒(깰 성). 柰(어찌 내). 却(발어사 각).

11. 11

가을에 짓다秋日作

정철(鄭澈, 1536~1593)

山雨夜鳴竹　산속 빗줄기가 밤새 대숲 울리고
草蟲秋近床　가을 풀벌레 소리 침상에 가깝네.
流年那可駐　흐르는 세월 어찌 멈출 수 있으랴
白髮不禁長　자라나는 흰 머리 막을 수 없구나.

【작가】 자는 계함(季涵), 호는 송강(松江)·칩암거사(蟄菴居士). 기대승(奇大升)·김인후(金麟厚)·양응정(梁應鼎)의 문하생. 「관동별곡」 등과 같은 가사문학의 대가로서 시조의 고산(孤山) 윤선도와 함께 한국 시가사상 쌍벽으로 일컬어진다. 또한 정치적으로는 선명성을 강조하던 당대 서인의 영수로서 동인으로부터 간신이라는 평까지 들었다. 무척 술을 좋아했던 인물로도 유명하다.

〖출전〗『송강집』 1권.

- 홍만종의 『시평보유(詩評補遺)』에 의하면, 정철이 이 시를 지어 중국 종이에 써서 성혼(成渾)에게 보이면서 작자를 알 수 없다고 하니 성혼이 여러 번 보더니 만당(晩唐)의 시라고 했다고 한다.
- 那(어찌 나). 駐(머무를 주).

11. 12

새벽에 읊다曉吟

김창흡(金昌翕, 1653~1722)

晨起坐茅亭　새벽에 일어나 초당에 앉았더니
微月當窓白　그믐달빛에 영창이 하얗구나.
河漢影淸淺　은하수 그림자 맑고 옅은데
村鷄聲斷續　마을의 닭소리 끊어졌다 이어지네.
四顧闃無人　사방을 둘러봐도 인적은 고요하고
蠨蛸掛虛壁　갈거미만 빈 벽에 걸려 있다.
白露夜來濕　흰 이슬 밤새 내려 홍건하고
秋山似膏沐　가을 산은 반질하게 머리감은 듯.
端居不可道　단출한 생활이니 말할 만한 것 없고
景物日蕭索　온갖 경치 날마다 쓸쓸하구나.
蹝履獨彷徨　신을 끌며 홀로 서성대자니
幽懷更寂寞　그윽한 마음 더욱 허전하네.

【작가】☞4월 23일 참조.

〖출전〗『삼연집』1권.

▪미월(微月): 가늘게 빛나는 달, 곧 그믐달.

▪하한(河漢): 남북으로 길게 보이는 은하계(銀河系)를 강으로 보고 하는 말.

▪고목(膏沐): 입술연지를 바르는 일과 머리를 감는 일.

▪단거(端居): 한가하게 살아감. 일상생활.

▪闃(고요할 격). 蠨(갈거미 소). 蛸(갈거미 소). 虛(빌 허 = 虗). 膏(기름 고). 蕭(쓸쓸할 소). 索(쓸쓸할 삭). 蹝(짚신 사). 履(신 리).

11. 13

김 거사의 시골집을 찾아가며 訪金居士野居

정도전(鄭道傳, 1342~1398)

秋陰漠漠四山空　가을 구름 아득하여 사방 산이 쓸쓸한데
落葉無聲滿地紅　소리 없이 내린 낙엽 땅 위에 가득 붉네.
立馬溪橋問歸路　시내 다리에 말 세우고 돌아갈 길 묻노니
不知身在畵圖中　이내 몸이 그림 속에 있는 줄을 몰랐네.

【작가】☞5월 3일 참조.

〖출전〗『삼봉집』2권.

- 秋陰(추음)이 『대동시선』에는 '秋雲(추운)'으로 되어 있다. 秋陰 자체가 '가을의 구름 낀 하늘'을 가리킨다.
- 작가가 김 거사의 시골집을 찾아갔다가 스스로 한 폭의 그림 속에 서 있는 무아(無我)의 경지를 읊은 작품이다.
- 야거(野居): 시골집.
- 막막(漠漠): ① (구름·연기·안개 등이) 짙게 낀 모양. ② 막막하다. ③ 광활하여 아득하다.

작은 못에 호미를 씻으려다洗鋤小池

김창업(金昌業, 1658~1722)

石梁俯小池　돌다리에서 작은 못 굽어보노라니
楓陰水常靜　단풍 그늘 속에 물은 늘 고요해라.
鯈魚戱從容　피라미란 놈 조용함을 희롱하는지
故觸丹書影　짐짓 붉은 글씨 그림자를 건드리네.

【작가】 자는 대유(大有), 호는 노가재(老稼齋)·가재(稼齋). 우암 송시열의 문인이며 단원 김홍도의 스승 중 한 사람이다. 당대를 대표하는 명문가의 자손이었지만 일찌감치 벼슬 욕심을 버리고 한양 도성 동쪽, 지금의 성북구 장위동 인근의 송계(松溪)에 동장(東庄)을 마련하여 평생 손수 농사를 지으며 살았다. 이곳에 거처였던 '노가재'를 비롯하여 농사의 의미와 은거의 정취를 담은 여러 건물을 짓고 농사를 짓는 여가에 자연을 관조하며 삶을 성찰했다.

〖출전〗『노가재집』 2권.

- 이 시는 시인이 농사를 마치고 작은 못에서 호미를 씻으려다 '관조량(觀鯈梁)'이라 이름 붙인 돌다리에서 순간 포착된 자연을 관조하며 읊은 것이다.
- 장자가 혜자(惠子)와 함께 호량(濠梁)을 거닐며 물고기를 구경하다가 '물고기가 즐거움을 아는가'에 대해 토론한 호량지변(濠梁之辯) 일화와 『중용』에 나오는 '연비어약(鳶飛魚躍)'의 활발한 생명의 약동을 상기한다면 저 못은 하나의 소우주이자 작가의 마음 바탕일 것이다.
- 단서(丹書): 물 위에 비친 붉은 단풍의 그림자.
- 鋤(호미 서). 俯(구부릴 부). 觸(닿을 촉). 鯈(피라미 조).

소세양 판서를 보내면서奉別蘇判書世讓

황진이(黃眞伊, 조선 중종 때)

月下梧桐盡　달빛 아래 오동잎 모두 지고
霜中野菊黃　서리 맞은 들국화 노랗게 피었네.
樓高天一尺　누각은 높디높아 하늘과 맞닿았고
人醉酒千觴　사람은 천 잔 술에 취하였도다.
流水知琴冷　흐르는 물은 거문고소리와 응하여 차고
梅花入笛香　매화는 피리소리와 어울려 향기롭다.
明朝相別後　내일 아침 서로 이별하게 되면
情與碧波長　사무치는 정은 푸른 물결처럼 길어지리라.

【작가】☞3월 7일 참조.

〖출전〗『대동시선』 12권.

■ 소세양(蘇世讓, 1486~1562)과의 30일간의 사랑은 참으로 애틋하다. 소세양은 중종 4년에 등과하여 시문에 능했고 벼슬이 대제학까지 오른 인물이다. 황진이의 소문을 들은 소세양은 "황진이가 절색이라 하지만 나는 그녀와 30일만 함께하고 깨끗하게 헤어질 것이다. 만약 하루라도 더 머문다면 너희가 나를 인간이 아니라고 해도 좋다"고 하고 동거에 들어갔다. 마침내 약속한 날짜가 다가오자 소세양은 황진이와 이별의 술잔을 나누었다. 그녀의 이 시 한 수는 소세양의 마음을 움직였고 친구들은 약속을 어긴 소세양을 인간이 아니라고 놀렸다 한다.

■ 觴(잔 상). 笛(피리 적).

회포를 쓰다書懷

이달(李達, 1539~1612)

人間萬事不如意　인간 만사 그 모두 뜻대로 안 되는 것
得失悠悠看塞翁　득실 변함 알려거든 새옹을 볼지어다.
好月樓臺還有病　달빛 좋은 누대에는 병든 사람 누워 있고
落花時節每多風　꽃잎 지는 시절에는 늘 바람이 많이 부네.
倘來軒冕虛無裏　뜻밖의 높은 관직 허무한 데 돌아가고
過去英雄寂寞中　과거의 영웅들은 모두 죽어 적막하네.
五十之年何所有　나이 오십 된 지금 가진 것이 무엇인가?
一聲長嘯望遙空　길게 휘파람 한 번 불고 먼 허공 바라보네.

【작가】☞ 3월 24일 참조.

〖출전〗『손곡시집』 4권.

■ 『열조시집(列朝詩集)』에는 5구의 裏(속 리)가 里(마을 리)로 되어 있다.

■ 새옹(塞翁): 『회남자』 「인생훈」에 나오는 새옹지마(塞翁之馬)의 준말. '변방에 사는 노인의 말'이라는 뜻으로, 세상만사는 변화가 많아 어느 것이 화가 되고 어느 것이 복이 될지 예측하기 어려워 재앙도 슬퍼할 게 못되고 복도 기뻐할 것이 아님을 이르는 말이다.

■ 塞(변방 새). 冕(면류관 면). 嘯(휘파람 불 소).

11. 17

곽산 운흥관에 있는 그림 병풍에 제하다題郭山雲興館畵屛

박문창(朴文昌, 조선)

萬頃滄波欲暮天　만경창파 푸른 바다 날 저물려 하는데
將魚換酒柳橋邊　다리 곁선 물고기를 술과 서로 바꾸네.
客來問我興亡事　누가 와서 나에게 흥망의 일 묻기에
笑指蘆花月一船　웃으며 갈대꽃과 달 아래 배를 가리키네.

【작가】생몰연대 미상. 조선의 시인. 이 시의 작자는 경북 고령군 출신의 효자 박문창일 확률이 높다. 박문창의 아버지가 병으로 앓아누워 음식을 먹지 못하다가 문득 물고기가 먹고 싶다고 했다. 그는 급히 강으로 달려가 고기를 잡고자 했으나 마음처럼 고기가 잡히지 않자 애타는 마음에 땅을 치며 큰 소리로 울었다. 그러자 큰 물고기가 밖으로 튀어나왔다. 또한 아버지가 꿩고기가 먹고 싶다 하여 꿩을 구하려 하자 홀연히 꿩이 마당으로 떨어졌다. 아버지가 임종에 이르자 다급한 마음에 자신의 손가락을 베어 그 피로 소생케 하고자 했다고 한다.

〖출전〗『해동역사』49권. 『명시종』95권.

▪ 운흥관(雲興館): 평안북도 곽산군에서 북쪽으로 17리 되는 곳에 있던 객관으로 사신단이 중국을 오갈 때 숙소로 이용했다는 기록이 여러 곳에서 보인다.

11. 18

화석정花石亭

이이(李珥, 1536~1584)

林亭秋已晩　숲속 정자에 가을 벌써 저물었으니
騷客意無窮　시인의 마음은 끝이 없어라.
遠水連天碧　먼 강물은 하늘을 잇닿아 푸르고
霜楓向日紅　서리 맞은 단풍은 햇살을 향해 붉구나.
山吐孤輪月　산은 외로운 둥근 달을 토해 내고
江含萬里風　강은 만리의 바람을 머금었네.
塞鴻何處去　변방의 기러기는 어디로 가는가.
聲斷暮雲中　울음소리 석양의 구름 속에서 끊어지네.

【작가】☞1월 25일 참조.

〖출전〗『율곡전서』1권.

- 이 시는 율곡이 8살 때 지은 것으로 유명하다.
- 화석정(花石亭): 경기도 파주군 파평면 율곡리에 있는 정자이다.
- 소객(騷客): 초(楚)나라의 굴원(屈原)이 지은 「이소부(離騷賦)」에서 유래한 말로, 시인과 문사(文士)를 통틀어 이르는 말. 소인(騷人)이라고도 한다.
- '塞鴻(새홍)'이 '寒鴉(한아: 추위에 떠는 까마귀)'로 되어 있는 곳도 있다.
- 騷(떠들 소). 塞(변방 새). 鴻(큰 기러기 홍). 鴉(갈까마귀 아).

글을 쓰다 붓을 멈추고停筆

김부용(金芙蓉, 1812~1848?)

天邊清風爽　하늘 가 맑은 바람 상쾌하고
良宵月影團　맑은 밤 달그림자 둥글도다.
雁應愁路遠　기러기는 정녕 먼 길을 걱정하고
鷗亦恐孟寒　갈매기도 첫 추위를 두려워하는구나.
江草因醫識　강가의 풀은 의서로 알게 되었고
山芳替畵看　산의 방초는 그림을 대신하여 보았네.
暗思心內事　마음속 일을 곰곰이 생각하며
停筆仰雲端　붓을 놓고 구름 끝 쳐다보노라.

【작가】 호는 운초(雲楚). 평안도 성천 기생. 송도 기생 황진이, 부안 기생 이매창과 더불어 우리나라 삼대 시기(詩妓)로 일컬어진다. 평양감사 김이양(金履陽, 1755~1845)과 동거하면서 그와 수창한 많은 시를 남겼다. 또한 삼호정시단(三湖亭詩壇)의 동인으로 같은 동인인 경산(瓊山)과 많은 시를 주고받았다. 그의 유고인『운초당시고(雲楚堂詩稿)』(일명『부용집』)에 130여 수의 시가 수록되어 있다. 그의 무덤은 김이양의 무덤 가까이인 천안시 광덕면 광덕리 광덕산 자락에 신라 홍덕왕 때(832) 창건한 광덕사(廣德寺) 오른편 높은 언덕 위에 있다.

〖출전〗『조선역대여류문집』.

■ 宵(밤 소). 爽(시원할 상). 替(바꿀 체).

11. 20

목 놓아 노래 부르다放歌行

정지승(鄭之升, 1550~1589)

有客有客心忡忡　나그네여, 나그네여, 근심스럽구나.
歲晩尙未辭樊籠　한 해가 저무는데 아직도 새장을 벗어나지 못했네.
百年長占夢中夢　평생토록 꿈속에서 또 꿈을 꾸고 있나니
富貴一朝秋水空　부귀는 하루아침에 가을 물처럼 덧없어라.
肝膽與世眞相隔　간담은 세상과 정말로 서로 어긋나 있나니
倘有江船吾亦東　강가에 배 있으면 나는 동녘으로 가리라.
準擬秋來一萬峰　일만 봉우리에 가을이 오듯
翩然披髮御冷風　문득 머리카락 풀어헤치고 찬바람 맞노라.

【작가】☞3월 8일 참조.

〖출전〗『총계당시집』(『북창고옥량선생집(北窓古玉兩先生集)』 수록본).

- 방가(放歌): 높은 목소리로 노래 부름.
- 행(行): 한시의 종류인 악부(樂府)의 제목 뒤에는 주로 가(歌)·행(行)·음(吟)·영(咏)·곡(曲) 같은 글자가 잘 붙는다.
- 준의(準擬): 견주어 흉내 냄.
- 편연(翩然): 민첩하다.
- 有(어조사 유). 忡(근심할 충). 樊(울타리 번). 籠(대그릇 롱). 倘(혹시 당). 翩(빨리 날 편).

11. 21

산속 절에서 밤에 읊다山寺夜吟

정철(鄭澈, 1536~1593)

蕭蕭落葉聲　우수수 낙엽 지는 소리를
錯認爲疎雨　성긴 빗소리로 잘못 알아
呼童出門看　아이 불러 문 밖에 나가 보라 했더니
月掛溪南樹　시내 남쪽 나무에 달만 걸려 있다 하네.

【작가】☞11월 11일 참조.

〖출전〗『송강집 속집』 1권에는 '落葉(낙엽)'이 '落木(낙목)'으로, '呼童(호동)'이 '呼僧(호승)'으로 되어 있으나, 여기서는 허균의 『성소부부고』 26권의 내용을 좇았다. 『성소부부고』·『대동시선』 3권에는 제목이 「추야(秋夜)」로 되어 있다.

- 이 시는, 구양수의 「추성부(秋聲賦)」에서 "내가 한밤에 글을 읽다가 서남쪽서 오는 소리를 들었네.…동자에게 '이 무슨 소리냐, 나가서 보고 와라' 하니, 동자 말하길 '별과 달은 하늘에 맑고 은하수 드리웠는데, 사방을 둘러봐도 사람 소리 없으니 그 소린 나뭇가지 소립니다' 하였다(歐陽子方夜讀書 聞有聲自西南來者…子謂童子地何聲也汝出視之童子曰 星月皎潔 明河在天 四無人聲 聲在樹間)"는 구절에서 뜻을 취한 것이다. 그러나 격조는 「추성부」를 뛰어넘는다.
- 다음은 위항시인 백승창(白承昌)의 「영월(詠月)」인데, 그 전개 방식이 흡사하다. "졸다가 일어나 창문 열고 내다보니/ 겨울 아닌데 온 땅에 흰 눈이 가득하네./ 아이 불러 서둘러 마당을 쓸라 하니/ 웃으며 하늘에 뜬 달을 가리키네(睡起堆窓看 非冬滿地雪 呼童急掃庭 笑指碧天月)."

11. 22 소설(小雪)

살얼음이 얼기 시작하나
따뜻한 햇볕이 남아 있어 소춘(小春)이라고도 한다.

첫눈新雪

이숭인(李崇仁, 1347~1392)

蒼茫歲暮天 아스라한 세모의 하늘
新雪遍山川 첫눈이 산천을 뒤덮었네.
鳥失山中木 새는 산속 둥지를 잃고
僧尋石上泉 스님은 돌 위의 샘물을 찾누나.
飢烏號野外 굶주린 까마귀는 들녘에서 우짖고
凍柳臥溪邊 얼어붙은 버들은 냇가에 누워 있네.
何處人家在 어딘가에 인가가 있는지
遠林生白煙 먼 숲에 흰 연기가 피어나누나.

【작가】☞5월 23일 참조.

〖출전〗『도은집』2권.

■『도은집』에서는 '失題(제목을 잃어버린 것)'으로 되어 있으나 항간에서는 흔히 「新雪(신설)」이라 붙였기에 이를 좇았다.

■ 滄(푸를 창 = 蒼). 茫(아득할 망). 尋(찾을 심). 號(부르짖을 호).

가을 산중에서 즉흥적으로 읊다秋日山中卽事

왕석보(王錫輔, 1816~1868)

高林策策響西風　높은 나무 갈바람에 우수수 소리 나고
霜果團團霜葉紅　서리 맞은 과일 둥글둥글, 단풍잎 붉었구나.
時有隣鷄來啄粟　때마침 이웃집 닭이 와 곡식 쪼아 먹는데
主人看屋臥庭中　집 보는 주인은 마당에서 졸고 있네.

【작가】조선 후기 유학자. 자는 윤국(胤國), 호는 천사(川社). 전남 구례 출생. 12세에 부친을 여의고 홀어머니 밑에서 자랐다. 초년에는 도가의 방술에 몰두했으나 중년에는 오직 경학에만 힘써 일가를 이루었다. 제자 매천 황현은 그의 시를 매우 높이 평가했다.

〖출전〗『대동시선』9권.

▪즉사(卽事): 눈앞의 일. 눈앞의 사물을 즉흥으로 읊는 일.
▪책책(策策): 나뭇잎 떨어지는 소리. 낙엽 소리.
▪단단(團團): 둥근 모양.
▪탁속(啄粟): 찧기 위해 말리려고 늘어놓은 조(곡식)를 쪼아 먹음.
▪策(채찍 책).

유가사瑜伽寺

김지대(金之岱, 1190~1266)

寺在煙霞無事中 안개 노을 고요함 속에 자리 잡은 절
亂山滴翠秋光濃 산은 푸른빛이 들어 가을 빛 무르익고
雲間絶磴六七里 구름 사이 비탈길 육칠 리에 이어지고
天末遙岑千萬重 하늘 끝 먼 봉우리 천만 겹 되는구나.
茶罷松簷掛微月 다회 파한 솔 처마에 초승달 걸려 있고
講闌風榻搖殘鐘 강론 끝나자 휑한 탁자에 종소리 들려오네.
溪流應笑玉腰客 개울물은 나 같은 벼슬아치 비웃으리라
欲洗未洗紅塵蹤 홍진의 때를 씻으려도 씻지 못한다고.

【작가】초명은 중룡(仲龍), 시호는 영헌(英憲). 청도 김씨(淸道金氏)의 시조로 오산군(鰲山君: 현 청도)에 봉해졌다. 풍채가 큰데다가 기개가 있고 얽매이지 않는 원대한 뜻이 있었으며 문장에 뛰어났다고 한다. 1217년(고종 4) 거란 병사들이 침입했을 때 아버지 대신에 군인으로 출정했는데, 병졸들이 모두 방패에다 기괴한 짐승을 그렸으나 김지대는 유독「순두시(盾頭詩)」라 불리는 다음과 같은 시를 썼다. "나라의 근심은 신하의 근심/ 어버이 근심은 자식의 근심/ 어버이 대신 나라 은혜 갚는다면/ 충과 효 두 가지를 다 닦는 것이리(國患臣之患 親憂子所憂 代親如報國 忠孝可雙修)." 원수(元帥) 조충(趙冲)이 이 글을 보고 적재적소에 등용했다. 1218년 조충이 지공거(知貢擧)가 되자 그를 장원으로 발탁하고 전주사록(全州司錄)에 임명했다. 그는 고아와 과부 등 어려운 사람들을 보살펴주는 한편, 힘센 토호들을 억눌러서 관리와 백성들의 존경을 받았다.

〖출전〗『동문선』14권.

■ 화성시향토박물관본 『소화시평』 상권에는 '滴(물방울 적)'이 '積(쌓을 적)'으로

되어 있다.

- 유가사(瑜伽寺): 대구시 달성군 유가면 양리 비슬산에 있는 절.
- 난산(亂山): 산줄기를 이루지 않고 여기저기 높고 낮게 어지러이 솟은 산들.
- 미월(微月): 가늘게 빛나는 달. 곧 초승달.
- 옥요객(玉要客): 옥을 허리에 찬 나그네, 즉 벼슬한 나그네. 작자 본인.
- 홍진(紅塵): 바람이 불어 햇빛에 벌겋게 일어나는 티끌. 곧 번거롭고 속된 세상.
- 瑜(아름다운 옥 유). 伽(절 가). 磴(돌 비탈길 등). 簷(처마 첨). 掛(걸 괘). 微(작을 미). 闌(가로막을 란). 榻(걸상 탑). 蹤(자취 종).

11. 25

즉흥시卽事

장유(張維, 1587~1638)

野水寒收漲　들 물은 싸늘하게 다소곳이 흘러가고
秋雲晩作陰　가을 구름은 저녁나절 그늘을 드리우네.
故園書未達　고향 소식 아직껏 들을 길 없어
歸路夢頻尋　돌아가는 꿈길에 자꾸만 아른거리네.
蕭颯憐衰鬢　가련타, 찬바람에 날리는 흰 귀밑머리.
飛騰負壯心　그래도 마음만은 청년 못지않은 것을.
千秋杜陵老　천추만대에 전해질 두릉의 노인은
異代許知音　다른 시대에 살았어도 지기(知己) 허락했을 터.

【작가】☞1월 17일 참조.

〖출전〗『계곡집』27권.

- 고원(故園): 고향.
- 소삽(蕭颯): 바람이 차고 쓸쓸하다.
- 쇠빈(衰鬢): 성글고 희어진 머리. 노인.
- 두릉로(杜陵老): 두릉에 살았던 당나라 시인 두보를 말한다. 그는 이백과 함께 당대 시인의 쌍벽으로 일컬어지는 불후의 시성(詩聖)으로서 두릉야로(杜陵野老)라고 자호하기도 했다.
- 지음(知音): 지기(知己).
- 收(그칠 수). 漲(불을 창). 蕭(쓸쓸할 소). 颯(바람 소리 삽). 鬢(귀밑털 빈).

11. 26

가을날 오랜 집 풍경蒼軒秋日卽景

범경문(范慶文, 1738~1800)

歸雲映夕塘　흘러가는 구름은 저녁 연못에 비추고
落照飜秋木　노을은 가을 나무에 걸려 있네.
開戶對青山　사립문 열면 푸른 산 마주하는,
悠然太古色　아득한 옛 모습 그대로일세.

【작가】자는 유문(孺文), 호는 검암(儉巖). 중인 출신. 17·18세 때에 문장으로 이름나 진신대부들 사이에 잘 알려져 있었고, 그들로부터 장자(長者)의 풍모를 지녔다는 말을 들었다고 한다. 여항시인인 김시모(金時模)·김진태(金鎭泰) 등과 교유하며 창작활동을 했으며, 최윤창(崔潤昌)·마성린(馬成麟)·백경현(白景炫) 등도 사귀었고, 손아래인 천수경(千壽慶)을 비롯한 이른바 송석원시사(松石園詩社) 구성원들과도 관계를 맺었다.

〖출전〗『검암산인시집(儉巖山人詩集)』2권.

■ 즉경(卽景): 그 자리에서 보는 광경이나 눈앞의 경치.

■ 유연(悠然): 여유롭고 편안한 모양.

■ 蒼(늙을 창). 塘(못 당). 飜(나부낄 번). 悠(멀 유).

제멋대로 읊다漫吟

김효일(金孝一, 조선 초기)

樂在貧還好　즐거움이 있으니 가난도 오히려 좋고
閑多病亦宜　한가로움 많으니 병들어도 또한 괜찮다.
燒香春雨細　향을 사르다 보니 봄비 가늘게 내리는데
覓句曉鐘遲　시구를 찾노라니 새벽 종소리 더디 울리네.
巷僻苔封逕　궁벽진 마을이라 이끼는 오솔길 덮었고
窓虛竹補籬　창밖이 허전하니 대 심어 울타리 만들었네.
笑他名利客　우습구나, 명예와 이익을 좇는 무리들
終歲任驅馳　한 해가 다하도록 치달리기만 하네.

【작가】자는 행원(行源), 호는 국담(菊潭). 조선 초기 금루관(禁漏官: 관상감에 속해 있던 관원 중 하나로 물시계를 써서 시각을 측정하는 일을 맡았음)을 지낸 여항(閭巷) 시인으로『육가잡영(六歌雜詠)』에 41수의 시가 전한다.

〖출전〗『육가잡영』.

- 만음(漫吟): 일정한 제목이 없이 생각나는 대로 시를 지어 읊음.
- 구치(驅馳): 말이나 수레 따위를 타고 빨리 달림.
- 燒(사를 소). 覓(찾을 멱). 遲(늦을 지). 驅(몰 구). 馳(달릴 치).

가을의 생각秋懷 8

장유(張維, 1587~1638)

墻頭短草也能青　울타리 옆 작은 풀은 푸를 법하건마는
卻與芝蘭一倂零　난초와 더불어 전부가 시들어 버렸구나.
天道豈應無肅殺　천도에 어찌 숙살의 계절 없겠는가마는
物情終自惜芳馨　사람 마음에는 사라지는 방초의 향기 아쉽네.
蛟龍冷蟄臧鱗甲　교룡들은 차가운 물속에 몸을 숨기고
鷹隼高飛奮翅翎　송골매는 날개 떨쳐 드높이 나는구나.
湖海旅人增萬感　만감이 교차하는 타향 나그네
濁醪聊復慰沈冥　막걸리 한 잔으로 우울한 마음 달래 보네.

【작가】☞1월 17일 참조.

〖출전〗『계곡집』 30권.

■ 추회(秋懷): 가을철에 느껴 일어나는 온갖 생각.

■ 숙살(肅殺): 쌀쌀한 가을 기운이 풀이나 나무를 말려 죽임. 즉 깊은 가을을 말한다.

■ 칩장(蟄臧): 땅속이나 굴속에 죽치고 있음.

■ 沈(가라앉을 침): 소침(消沈). 기운이나 기세 등이 삭아 없어짐.

■ 零(떨어질 령). 蟄(숨을 칩). 臧(감출 장 = 藏). 鱗(비늘 린). 鷹(매 응). 奮(떨칠 분). 翅(날개 시). 翎(깃 령). 醪(막걸리 료). 聊(귀 울 료). 冥(어두울 명).

11. 29

쥐란 놈이 밤낮으로 당돌하게 설치기에 덫을 놓아 잡아서 죽이다

有鼠日夜唐突 設機獲而殺之

이행(李荇, 1478~1534)

我飢無食　　나는 주려도 먹을 게 없는데
汝耗我糧　　너는 내 양식을 갉아먹었구나.
我寒無衣　　나는 추워도 입을 옷이 없는데
汝穿我裳　　네가 내 옷을 물어서 뚫어 놨구나.
天地胡不仁　　천지는 어찌 이리 어질지 못한가.
產此惡物爲人殃　　이러한 악물 낳아 사람에 재앙 끼치다니
白晝橫行亦便黠　　대낮에 맘대로 설치며 또한 몹시 영악해
縱有猫兒安敢當　　비록 고양이가 있은들 어찌 손쓸 수 있으랴.
我實疾之甚　　내 너를 정말로 몹시 미워하노니
汝罪一死亦莫償　　너의 죄는 한 번 죽어도 갚지 못하리.
刳腸碎腦不旋踵　　잠깐 만에 창자 가르고 뇌를 부수노니
誰復按具如張湯　　뉘라서 다시 장탕처럼 옥사를 갖추랴.
嗚呼未能殲汝類　　오호라, 너희 족속들을 섬멸할 수 없어
撫劍起坐涕淋浪　　칼자루 잡고 일어나 앉아 눈물만 흘리노라.

【작가】☞ 5월 27일 참조.

〖출전〗『용재집』 5권.(남천록[南遷錄])

■ 이행은 폐비 윤씨의 복권을 반대했는데 하필이면 주모자로 지목되어 극형을 처지가 되었다. 주모자는 권달수였다. 이행은 다른 이들과 달리 죄를 벗기 위해 한마디도 않고 버티다 죽도록 맞고는 충주로 유배됐다가 다시 함안(咸安)으로

배소(配所)를 옮긴 뒤에 이 시를 지었다. 그때 그의 나이 27세였다. 섬뜩하다. 그러나 죽이고 싶도록 미운 사람이 있는 이라면 이 시로써 조금은 위안이 되리라.

■ 장탕(張湯): 한(漢)나라 때 정위(廷尉)를 역임한 사람. 그가 어렸을 때 장안승(長安丞)이었던 아버지가 외출하고 집을 지키고 있었는데, 쥐가 고기를 훔쳐가 버렸다. 이에 아버지가 노하여 그를 매질하니, 그가 쥐 굴을 파 뒤져서 쥐와 먹다 남은 고기를 찾아내어 쥐의 죄를 꾸짖는 문안(文案)을 작성, 감옥에서 사용하는 형구를 갖추고는 뜰아래에서 쥐의 시체를 찢어서 처형했다(『古文眞寶 前集 鼠鬚筆 註』).

■ 耗(줄 모). 詰(꾸짖을 힐). 刳(가를 고). 踵(발꿈치 종). 殲(다 죽일 섬).

추회秋懷

허목(許穆, 1595~1682)

宋玉悲秋切　송옥이 가을을 저렇듯 슬퍼함은
感時憂思多　시절을 느끼고 근심이 많아서이리니.
苦吟風雨夕　비바람 부는 저녁 고심하여 읊조리니
蕭瑟撼庭柯　쓸쓸한 갈바람은 뜰의 나뭇가지 흔드네.

【작가】자는 문보(文甫)·화보(和甫), 호는 미수(眉叟)·태령노인(台領老人)·대령노인(臺領老人)·석호장인(石戶丈人)·미로(眉老)·희화(熙和)·공암지세(孔巖之世)·승명(承明)·동교노인(東膠老人)·구주노인(九疇老人)·동서노인(東序老人)·이서포옹(二書圃翁). 과거에 급제하지 않고도 정승 반열에 이르렀다. 성리학자·역사가·시인이었고 화가로도 일가견이 있어 다양한 그림과 난초, 붓글씨 등을 남겼다.

〖출전〗『미수기언(眉叟記言)』 별집 1권.

■ 송옥(宋玉): 전국시대 초나라 사람으로 굴원의 제자. 굴원이 추방됨을 안타깝게 여겨 「구변(九辯)」을 지었는데, 그중에 "슬프다, 가을 기운이여(悲哉 秋之爲氣也)" 라고 한 말이 있다.

■ 소슬(蕭瑟): 바람이 쓸쓸하게 부는 소리.

■ 撼(흔들 감). 柯(나뭇가지 가).

十二月

12. 1

북으로 가는 악정 윤신걸을 전송하며送尹樂正莘傑北上

최해(崔瀣, 1287~1340)

人生一世間　사람이 한 세상 사는 동안
有命懸在天　운명은 하늘에 달렸다지요.
窮達各其分　가난과 영화는 각자의 분수거니
惟道貴如絃　오직 도의 중함을 현처럼 다잡아야겠죠.
奈何枉尋者　어떻게 한 자 굽혀 한 길 펴는 사람
悠悠動百千　많고 많아 백도 되고 천도 되지만
先生中有恃　선생은 마음속에 믿음 지니시어
物莫外相牽　그 어떤 바깥일에 끌리지 않을 것이니
願言一終始　원컨대, 끝과 처음 한결같아서
名節兩俱全　명예와 절조를 모두 보전하소서.

【작가】☞8월 4일 참조.

〖출전〗『동문선』4권.

- 악정(樂正): 성균관에서 음악을 이론적으로 연구하는 일을 맡아 하던 벼슬.
- 윤신걸(尹莘傑, 1266~1337): 고려 후기의 문신. 자는 이지(伊之), 시호는 장명(莊明).
- 여현(如絃): 현악기의 줄처럼 팽팽하게 함. 긴장함. 악기의 줄이 느슨하면 제 소리가 나지 않으므로 하는 말인데, 비슷한 말로 패현(佩弦: 팽팽한 활시위를 참)이 있다.
- 왕심자(枉尋者): '자신의 몸을 굽혀 가면서 부귀를 좇는 사람'(『孟子』「滕文公 下」).
- 명절(名節): 명예와 절조(節操: 절개와 지조).
- 奈(어찌 내). 尋(여덟 자 심). 枉(굽을 왕). 悠(멀 유). 恃(믿을 시). 牽(끌 견).

12. 2

목은 선생이 보내온 시에 차운하여次牧隱先生見寄詩韻 1

이집(李集, 1314~1387)

人世風波沒復浮　인간세상 풍파는 잠겼다간 다시 뜨니
已看五十二春秋　쉰 두 번의 봄가을을 이미 보아 왔다네.
雁聲落日江村晩　지는 해 기러기 울음에 강마을은 저물고
閒詠新詩獨倚樓　한가로이 새 시를 읊으며 홀로 누각에 기댄다.

【작가】본명은 이원령(李元齡). 자는 성로(成老), 호는 묵암자(墨巖子)·호연(浩然)·둔촌(遁村). 고려수절신(高麗守節臣)의 한 사람이다. 특히 시에 뛰어났는데, 직설적이면서도 자연스러운 시풍으로 문명을 떨쳤다. 성격 역시 솔직하고 올곧아 불의를 보면 그냥 지나치지 못했다고 한다. 조선시대에 의정부 좌찬성에 추증되었다. 1347년(충목왕 3) 문과에 급제한 뒤 정몽주·이색 등과 교유했다.

〖출전〗『둔촌잡영(遁村雜詠)』.

- 이 시는 둔촌이 나이 52세 때 개성 현화리 용수산 아래에서 은거하면서 지기들과 시로써 화답하며 세월을 보내고 있을 때 목은 이색이 보내온 시에 차운한 것이다.
- 의루(倚樓): 누각의 난간에 기대다. 등루(登樓)·의란(倚欄)·빙란(憑欄)과 함께 기다림·그리움의 뜻으로 많이 쓰는 표현이다. 여기서는 '한가로움' 정도로 쓰이고 있다.

탁주 동이濁樽

이만도(李晩燾, 1842~1910)

九秋連接濁樽寬　깊은 가을 탁주 동이 잇달아서 접하거니
胡不登高强一歡　어찌 높은 곳에 올라 한 번 아니 즐기리오.
故吏已忘今歲曆　옛 관리는 금년 달력 이미 모두 잊었으며
短髮爲正大明冠　단발령에 중국 갓을 쓰게 되었다네.
五更月落飛烏怨　새벽녘에 달 지니 날던 까마귀 원망하고
萬里風生義鶻寒　만리서 바람 이니 의로운 송골매 몸 차갑네.
滄海揚塵猶海爾　창해에 티 날리어도 바다인 건 그대로니
百川焉往試君看　백천의 물 어디로 가나 그대는 지켜보라.

【작가】☞8월 12일 참조.

〖출전〗『향산집』1권.

- 구추(九秋): 음력으로 '9월은 가을이다'는 뜻.
- 망금세력(忘今歲曆): 음력 대신 양력을 쓰게 되었다는 뜻. '금년 세력(今歲曆)'은 양력을 말한다. 양력의 사용과 단발령이 정식으로 내려진 것은 그다음 해(1895)에 일어난 을미개혁 때였으나, 이 시로 보면 그 이전부터 친일파들은 양력을 쓰고 단발을 했던 것으로 보인다.
- 단발(短髮): 1895년(고종 32)의 단발령.
- 오경월락(五更月落): 왕조의 몰락.
- 비오원(飛烏怨): 백성의 원망.
- 만리풍생(萬里風生): 경술국치 등.
- 의골한(義鶻寒): 의병.
- 창해양진(滄海揚塵): 존주대의(尊周大義)는 바뀔 수 없다는 뜻.

■ 백천(百川): 모든 시냇물. 『시경』 「소아(小雅)」의 "철철 흐르는 저 물 신하가 임금께 조회하듯 흘러 바다로 들어가나니(沔彼流水 朝宗于海)"라는 말을 원용한 것이다.

■ 백천언왕시군간(百川焉往試君看): 결국에는 독립할 것이라는 사필귀정을 비유.

■ 寬(사랑할 관). 胡(어찌 호). 鶻(송골매 골). 焉(어디 언). 試(조사할 시). 沔(물 흐를 면).

외로운 소나무孤松

정인홍(鄭仁弘, 1535~1623)

常願新松百尺長　새로 난 소나무가 백 자로 자라기를 늘 원했더니
歲寒霜雪保風光　추운 해 눈서리에도 풍광을 지켰구나.
不栽花木粧春色　꽃나무 심어 봄빛을 꾸미지 말지어다.
百花終年更不香　온갖 꽃도 명이 다하면 다시는 향기 뿜지 못하리니.

【작가】☞6월 14일 참조.

〖출전〗『내암집』1권.

■ 이 작품은 강고한 자의식을 소나무를 통해 나타냈다. 소나무는 『논어』의 '세한송백(歲寒松柏)' 고사 이래 강한 절개와 지조를 상징하는 대표적 사물로 작품에 자주 등장한다. 이 시도 마찬가지다. 승구의 '歲寒霜雪保風光'이 그것이다. 화목(花木)과 달리 한 해가 끝날 때까지 푸름을 유지하여 아름다운 경치를 유지한다고 했다. 정인홍은 이 때문에 단선적 의지를 상징하는 '백척장'을 먼저 강조한 것으로 보인다. 우리는 여기서 '화목'을 부정하고 '신송'을 강조하는데서 그의 비평정신의 일단을 본다. 전자는 화려한 수식을 의미하고 후자는 도덕적 실질을 의미한다. 이것은 바로 정인홍의 도덕주의적 비평정신이 그의 문학에 반영된 결과이며, 동시에 '義(옳을 의)'에 기반한 단선적 의지가 추구하는 최종 목표라 하겠다(정우락, 「정인홍의 비평정신과 창작의 실제」).

12. 5

대나무를 읊다詠竹韻

권근(權近, 1352~1409)

此君相對憶湘君　차군을 대하니 상군이 생각난다.

血點斕斑半未分　핏방울 아롱아롱 반은 아직 안 가셨네.

千載雪霜懷勁節　천년의 눈서리에도 굳은 절개 품었고

一軒風日拂蒼雲　온 마루 밝은 바람에 푸른 구름 걷히누나.

【작가】☞3월 23일 참조.

〖출전〗『양촌집』4권.

- 차군(此君): 대의 이칭. 진나라 때 왕휘지가 사는 곳마다 대나무를 심었는데, 다른 사람들이 그 까닭을 물으면, "어찌 하루인들 차군이 없이 지낼 수가 있겠는가" 했다(『晉書』 80권).
- 상군(湘君): 순임금의 두 비인 아황(娥皇)과 여영(女英)을 말한다. 순임금이 죽었을 때 아황·여영 두 비가 소상강(瀟湘江) 가에서 슬피 울어, 떨어진 눈물이 대나무에 배어 얼룩이 져서 반죽(斑竹)이 되었다. 이를 소상반죽이라 한다. 소상강은 남령에서 발원하여 북으로 흘러 호남성에 들어가 동정호에 이르는 1150킬로미터의 강이다.
- 湘(강 이름 상). 斕(문채 란). 分(떨어져 나갈 분). 勁(굳셀 경). 拂(떨 불). 斑(얼룩 반).

장난삼아 짓다戲成

조위한(趙緯漢, 1567~1649)

世情大抵嫌衰老　사람들은 대체로 늙는 걸 싫어하지만
老我猶欣作老身　늙은 나는 오히려 늙은 내가 좋다네.
金鼓在聽何用樂　징소리며 북소리가 귀에 들리니 음악이 무슨 필요며
煙花着眼不須春　아지랑이며 꽃이 눈에 보이니 봄을 기다릴 것 없어라.
華顚已禿抛梳好　흰머리나마 이미 다 빠졌으니 빗은 없어도 되고
午睡常稀得句新　낮잠이 여간해선 들지 않으니 참신한 시구도 얻지.
臥看兒孫供戲謔　누워서 손주 녀석 재롱떠는 모습 보고 있노라니
全勝托契少年人　어찌 봐도 내가 아는 젊은이들보다야 낫고말고.

【작가】호 현곡(玄谷). 1592년(선조 25) 임진왜란 때 김덕령을 따라 종군했고 1624년(인조 2) 이괄의 난을 진압했으며, 1627년(인조 5년) 정묘호란 때 의병을 이끌고 싸웠다. 글과 글씨에 뛰어났다. 광해군의 폭정과 혹독한 부세를 개탄하여 그 정경을 자세히 엮어놓은 가사 작품 「유민탄(流民歎)」을 지었다고 하나 전하지는 않는다.

〖출전〗『현곡집』 6권.

- 희학(戲謔): 실없는 말로 하는 농지거리.
- 탁계(托契): 긴밀한 계분(契分: 친한 벗 사이의 두터운 정분)을 맺음.
- 抵(거스를 저). 嫌(싫어할 혐). 欣(기뻐할 흔). 禿(대머리 독). 抛(던질 포). 梳(빗 소). 戲(놀 희). 謔(희롱거릴 학). 托(밀 탁). 契(맺을 계).

12. 7 대설(大雪)

눈이 많이 내린다는 뜻이나,
재래 역법의 발생지이자 기준 지점인
중국 화북 지방의 상황을 반영한 것으로
꼭 이 시기에 적설량이 많진 않다.

눈雪

김병연(金炳淵, 1807~1863)

天皇崩乎人皇崩　천황께서 돌아가셨나, 인황께서 돌아가셨나?
萬樹千山皆被服　천만 산 나무마다 모두 소복 입었네.
明日若使陽來弔　내일 만약 햇볕이 문상을 온다면
家家簷前淚滴滴　집집마다 처마 끝에서 눈물 뚝뚝 떨어지겠지.

【작가】☞3월 4일 참조.

〖출전〗『김립시집』(대문사, 1948).

- 천황(天皇): 옥황상제.
- 崩(무너질 붕): 황제의 죽음.
- 인황(人皇): 임금.
- 簷(처마 첨). 淚(눈물 루). 滴(떨어질 적).

12. 8

눈 온 뒤에 고부를 출발하여 흥덕으로 향하다 雪後發古阜向興德

김종직(金宗直, 1431~1492)

一夜湖山銀界遙 하룻밤 새 호수와 산이 아득한 은세계 되었는데
瀛州郭外馬蕭蕭 영주의 성곽밖에 말울음이 쓸쓸하다.
村家竹盡頭搶地 촌가의 대나무는 모두 땅에 대고 절을 하고
野樹禽多翅綴條 들녘 나무엔 새들이 가지마다 붙어 있네.
沙浦煙痕蒼海岸 갯가 연기 솟아오르는 곳은 창해 언덕이요
笠巖霞氣赤城標 입암의 노을 기운은 적성산의 표시로다.
臘前已是饒三白 납일 전에 이미 삼백이 흠뻑 내렸으니
想聽明年擊壤謠 아마도 명년에는 격양가 들을 수 있으리라.

【작가】 조선 전기의 문신·사상가·성리학자·정치가·교육자·시인. 자는 계온(季昷)·효관(孝盥), 호는 점필재(佔畢齋). 생전에 항우가 초나라 회왕을 죽인 것을 빗대어 세조가 단종을 몰아내고 왕위에 오른 것을 비판하는 「조의제문」을 지어 기록으로 남겼는데, 사후인 1498년 사관으로 있던 제자 김일손이 이를 사초에 수록하여 무오사화의 원인이 되었다. 그는 부관참시를 당하고 숱한 선비들을 죽음으로 내몰았다.

〖출전〗『점필재집』 21권.

- 영주(瀛州)·입암(笠巖)·적성산(赤城山): 영주는 고부의 옛 지명이고, 입암·적성산은 그 주변의 지명.
- 삼백(三白): 납일(臘日: 동지 뒤의 셋째 미일[未日]) 이전에 눈이 세 차례 내리는 것을 이른다. 그렇게 되면 그다음 해에 반드시 풍년이 든다는 속설이 있다.
- 격양요(擊壤謠): 요임금 때 어느 늙은 농부가 부른 태평가.
- 翅(날개 시). 綴(맬 철). 痕(자취 흔). 臘(섣달 랍). 饒(넉넉할 요). 擊(부딪칠 격). 壤(흙 양).

12. 9

늙은 말老馬

최전(崔澱, 1567~1588)

老馬枕松根　늙은 말 솔뿌리 베고 누워
夢行千里路　꿈결에 천리 길을 달려가네.
秋風落葉聲　가을바람 낙엽 지는 소리에
驚起斜陽暮　놀라 깨니 벌써 해가 저물었네.

【작가】☞1월 9일 참조.

〖출전〗『양포유고』. 『성소부부고』 26권.

▪이 시는 작가가 8세에 지은 것으로 기발한 시상(詩想)과 절묘한 대구로 시인으로서의 천재적 재질을 보여 주었다는 평가를 받는다.

12. 10

옛 시를 모방하여擬古 1

이색(李穡, 1328~1396)

古人貴從道　옛날 사람들은 도 좇는 것을 귀하게 여겼는데
今人重趨時　지금 사람들은 시세 좇는 것을 중히 여긴다네.
庖羲畫大易　복희씨가 주역의 괘를 그었고
文王初系辭　문왕이 처음으로 계사를 붙였으며
周孔迭有術　주공과 공자가 번갈아 법을 말하였으니
君子當念茲　군자는 마땅히 이것을 생각할지어다.
變動如流水　변동하는 것은 흐르는 물과 같은 것
天理分毫釐　하늘의 이치가 털끝으로 나뉜다.
差之信千里　털끝의 차이에도 천 리로 어긋나나니
守經無自危　도리 지켜 스스로 위태하지 말지어다.

【작가】☞10월 11일 참조.

〖출전〗『목은집』11권. 『동문선』5권.

▪ 의고(擬古): 시가나 글월 등을 옛 격식에 맞추어 지음.

▪ 포희(庖羲): 농서(隴西) 성기(成紀) 사람으로 성은 풍(風)이다. 복희(伏羲)라고도 한다. 중화민족의 시조로 사람 머리에 뱀의 몸을 가졌으며, 누이인 여와(女媧)와 결혼하여 자녀를 낳아 길렀다. 또 천지만물의 변화에 근거하여 팔괘(八卦)를 발명했고 결승문자를 창조했다. 수렵과 고기잡이, 거문고, 노래 등을 창작했다. 111년을 살고 승천했다.

▪ 문왕(文王): 주나라가 상(商)을 멸망시킬 수 있는 역량을 닦았을 뿐만 아니라 아들 무왕(武王)이 상의 마지막 군주 주(紂)를 정벌하는 데 필요한 길을 닦아 놓은 인물.

- 계사(系辭): 문왕(文王)과 주공(周公)이 주역(周易)의 괘(卦)와 효(爻)의 아래에 써 넣은 설명의 말. 계사(繫辭)·괘사(卦辭)라고도 한다.
- 호리(毫釐): 조금도 틀림이 없는 것을 호리불차(毫釐不差)라 하며, 처음에는 조금도 차이가 없는 것 같지만 나중에는 대단히 크게 벌어지는 것을 호리지차(毫釐之差)·천리현격(千里懸隔)이라 한다.
- 수경(守經): 상경(常經: 사람으로서 항상 지켜야 할 떳떳한 도리)을 지키는 것.
- 經(날 경): 법(法). 도리(道理).
- 趨(좇을 추). 庖(부엌 포). 羲(숨 희). 迭(갈마들 질). 玆(이 자). 毫(가는 털 호). 釐(다스릴 리).

무제無題

운향각(雲香閣, 구한 말)

試拂殘粧滿臉羞　화장기 지우려니 뺨 가득한 부끄러움
糢糊脂粉減風流　분칠은 흐릿해져 멋스러움 가셨구나.
雁遲北海書仍阻　북녘 기러기 끊어져 소식마저 막혔으니
仙老陽臺夢已休　함께 늙자 하던 꿈은 벌써 허사로다.
臂悔鶯紅消舊點　팔뚝에는 왜 새겼던가, 붉은 앵혈 사라지고
眉憐蛾翠蹙新愁　검은 눈썹 애달프다, 수심 생겨 찌푸리네.
臥看牛女晨無寐　견우직녀별을 보며 새벽까지 잠 못 들 때
河漢迢迢月半鉤　아득한 은하수에 초승달이 걸려 있네.

【작가】구한 말 홍문관시독(弘文館侍讀)을 역임한 곽찬(郭璨)의 애희(愛姬)였다는 정도로만 알려진 인물이다.

〖출전〗『동양역대여사시선(東洋歷代女史詩選)』6권.

- 선로(仙老): 고상하게 늙어 감.
- 양대몽(陽臺夢): 초(楚)나라 송옥(宋玉)의 「고당부(高唐賦)」 서(序)에 의하면, 초나라의 양왕(襄王)이 양대(陽臺 또는 高唐)라는 곳에서 놀다가 낮잠이 들었는데 꿈에 어떤 아리따운 여인이 나타나 함께 잠자리를 하고 이튿날 떠나면서 "첩은 무산의 양지쪽 높은 언덕에 사는데, 아침이면 구름이 되고 저녁에는 비가 됩니다(妾在巫山之陽 高丘之岨 旦爲朝雲 暮爲行雨)"라 했다고 한다. 이로써 양대몽(陽臺夢), 巫山之夢·雨·雲은 남녀의 교정(交情)을 가리키게 되었다.
- 앵(鶯): 앵혈(鶯血). 여자의 팔에 꾀꼬리의 피로 문신한 자국. 성교를 하면 이것이 없어진다고 하여 처녀의 징표로 여겼다 한다. 주표(朱標)라고도 한다.
- 아취(蛾翠): 눈썹을 그리는 검푸른 색의 먹.

스스로 위로하다 自寬

이장용(李藏用, 1201~1272)

萬事唯宜一笑休　모든 일은 그저 한 번 웃고 말아야지
蒼蒼在上豈容求　푸른 저 하늘이 구한다고 어찌 다 들어주랴.
但知吾道何如耳　다만 내 도가 어떠한가를 알고자 할 뿐
不用斜陽獨倚樓　석양에 홀로 누각에 기댈 것 없으리.

【작가】 자가 현보(顯甫), 초명은 인기(仁祺). 고려시대의 문신. 1264년 왕이 몽골에 입조할 때 수행, 해동현인(海東賢人)으로 칭송받아 명재상으로 이름을 높였다. 감수국사로 신종·희종·강종의 3대 실록을 편찬하고 태자대사·문하시중이 되었다. 불서를 연구했고 경사·음양·의약·율력에 밝았으며, 문장에 능했다.

〖출전〗『동문선』 20권.

■ 의루(倚樓): 누각에 올라 그 기둥에 기댐. 두보의 「강산(江山)」 시에 "공훈과 업적 이루지 못해 자주 거울 보며 늙어 감을 탄식하게 되고, 벼슬길에 나갈지 은둔할지 정하지 못하고 홀로 다락에 기대었네(勳業頻看鏡 行藏獨倚樓)"라 했는데, 언제 공명을 이루게 될는지 모르고 늙어 가는 신세라는 뜻이다.

■ 豈(어찌 기). 容(수용할 용). 耳(뿐 이).

산길을 가다山行

송익필(宋翼弼, 1534~1599)

山行忘坐坐忘行　산길 가다 쉬는 걸 잊고 쉬다가는 가는 걸 깜빡하고
歇馬松陰聽水聲　소나무 그늘에 말을 쉬게 하고 개울물 소리 듣네.
我後幾人先我去　내 뒤에 올 이는 몇이며 앞서 간 이는 또 얼마이던가.
各歸其止又何爭　제각기 머물 곳으로 돌아가거늘 또 어찌 다투랴.

【작가】☞5월 9일 참조.

〖출전〗『구봉집』.

■ 여기서의 길은 인생길로서 작자 자신의 불운한 처지를 비유하여 토로한 것이다.

■ 각귀기지(各歸其止): 제각기 돌아가고 머무르고 함. 각자 나름으로 가거나 쉬거나 함. = 各其歸止.

■ 歇(쉴 헐). 幾(몇 기).

초라한 집一室

김시습(金時習, 1435~1492)

一室僅容膝　방이 좁아 겨우 무릎 펼 만하나
翛然如磬懸　마음은 자유로워 매달린 풍경 같네.
生涯淡若水　평생이 담담한 물과 같다면
蹤跡泛於船　자취는 배 지나간 자리처럼 흔적 없으리.
偶爾留三月　여기서 석 달만 살자 했는데
居然已隔年　어쩌다 한 해가 가고 말았네.
峯巒雖信美　산은 정녕 마음에 들지만
爭似華山前　아무렴 신선 사는 화산 같으랴.

【작가】☞3월 2일 참조.

〖출전〗『매월당집』14권.

■ 이 작품이 「명주일록(溟州日錄)」에 수록되어 있는 것으로 미루어 방랑벽이 심했던 매월당이 명주(현 강릉)에 머물 때 쓴 시로 보인다.

■ 소연(翛然): 어디에도 얽매이지 않으면서 초탈한 모습. 『장자』「대종사」에 나오는 말이다.

■ 거연(居然): 뜻밖에. 놀랍게도. 예상외로.

■ 화산(華山): 중국 5악의 하나로 섬서성에 있는 명산. 다섯 개의 봉우리로 이루어져 있어 멀리서 보면 연꽃과 같아 붙여진 이름이다.

■ 쟁사(爭似): 어찌 ~만 하겠는가?

■ 僅(겨우 근). 膝(무릎 슬). 翛(날개 찢어질 소). 磬(경쇠 경). 蹤(자취 종). 跡(자취 적). 泛(뜰 범). 偶(뜻하지 아니하게 우). 爾[이(是)·그(彼) 이]. 巒(뫼 만).

회포를 적다書懷

홍세태(洪世泰, 1653~1725)

每欲移家住近山　늘 산 가까이로 집을 옮겨 살고 싶으니
此身於世不相關　이 몸은 세상사와 상관하고 싶지 않아서라네.
須營草閣無墻壁　담장조차 없는 초가 한 채 짓고
盡取千峰入臥間　이 산 저 산 봉우리 안방까지 불러들이려네.

【작가】조선 후기의 시인. 자는 도장(道長), 호는 창랑(滄浪)·유하(柳下). 역관이라는 신분적 제약을 받았으나 문장에 재능이 있어 많은 시를 지었으며, 중인들을 모아 시사를 조직하는 등 위항문학의 틀을 닦는 데 중요한 일을 했다.

〖출전〗『유하집』2권.

■ 이 시는 흔히 김병지(金炳地, 1830~1888. 자 백령[伯靈])의 「靜思(정사)」로 잘못 소개되고 있다.

■ 須(모름지기 수). 營(지을 영). 墻(담 장). 壁(울타리 벽).

장난삼아 짓다戲題

조호익(曺好益, 1545~1609)

且聞敲玉枕邊長　침상 가의 옥 부딪는 소리는 들으면서
未信瑤姬淡掃粧　요희가 화장 지워 깨끗한 건 아니 믿네.
江漢文章詩史筆　강한의 문장에다 시사의 붓이거니
莫論梨雪竹風香　하얀 배꽃 대숲 바람 향기 없다 말을 마오.

【작가】조선 중기의 문신·학자. 자는 사우(士友), 호는 지산(芝山). 1575년(선조 8) 경상도 도사 최황(崔滉)이 그를 검독(檢督)으로 임명했으나 부모상을 마치지 못해 나아가지 못했다. 이로 인해 최황이 그를 토호(土豪: 국가 권력과 어느 정도 대립적인 위치에 있으면서 향촌에 토착화한 세력)라 상주하여 이듬해 평안도 강동현으로 전가사변(全家徙邊: 조선시대 죄인을 그의 전 가족과 함께 변방으로 옮겨 살게 한 형벌)을 당했다. 그러나 그는 유배지에서 후진을 양성하여 관서 지방의 학풍을 진작시켰다.

〖출전〗『지산집』1권.

- 작가는 이 작품에 다음과 같은 설명을 달아 두고 있다. "이백의 「궁중행락사(宮中行樂詞)」에 '버들에는 새로 싹 나 황금색이고 배꽃에선 백설의 향기 풍기네(柳色黃金嫩 梨花白雪香)'라 되어 있고, 두보의 「엄정공댁동영죽(嚴鄭公宅同詠竹)」에 '비에 씻겨 여린 잎새 깨끗도 한데, 바람 불자 가느다란 향기 풍기네(雨洗娟娟淨 風吹細細香)'라 되어 있는데, 배꽃은 본디 향기가 없으며 대나무 역시 향기가 없다. 그러므로 후세 사람들이 진실에서 벗어났다고 기롱(譏弄: 실없는 말로 놀림)했다. 이에 절구 한 수를 지어서 그 조롱에 변명했다."
- 고옥(敲玉): 대나무가 서로 부딪히는 것을 형용한 말.
- 요희(瑤姬): 천제(天帝)의 딸로 무산(巫山)의 선녀인데, 전설에 의하면 요희의 정

령(精靈)은 꽃이 되고 열매는 영지(靈芝)가 되었다고 한다. 흔히 옥같이 하얀 꽃을 형용하는 말로 여기서는 배꽃을 가리킨다.

- 강한문장(江漢文章): 강물처럼 도도한 문장으로, 이백의 시를 말한다.
- 시사필(詩史筆): 두보의 시.
- 敲(두드릴 고). 瑤(아름다운 옥 요).

〈묵죽도〉(신위)

12. 17

못 가운데 서 있는 노송을 읊다詠池中老松

정온(鄭蘊, 1569~1641)

孤松已老半無枝　외로운 솔 이미 늙어 가지가 반도 없지만
翠葉猶存傲雪姿　푸른 잎은 여전히 눈발 무시하는 자태로다.
獨恨托根非處所　유독 안타까운 건 제 있을 곳이 아닌 곳이니
斜陽休怪鶴來遲　석양에 학 더디 옴을 괴이하게 여기지 말지어다.

【작가】 자는 휘원(輝遠), 호는 동계(桐溪)·고고자(鼓鼓子). 광해군 때 영창대군이 강화부사 정항(鄭沆)에 의해 피살되자 정항의 처벌과 당시 일어나고 있던 폐모론의 부당함을 주장하는 격렬한 상소를 올렸다. 광해군이 분노하여 이원익(李元翼)과 심희수(沈喜壽) 등의 반대에도 불구하고 정온을 국문하고 제주도 대정현에 위리안치(圍籬安置: 죄인의 거처에 가시 울타리를 만들어 가두는 유배형)했다. 10년 동안 유배지에 있으면서 학문을 게을리 하지 않았다. 대정현감 김정원이 서재용으로 지어 준 두 칸의 집에서 지방 유생들을 가르쳤고 지방 사람들에게 예를 가르치고 애로를 해결해 주기도 했다. 같은 시기에 유배된 송상인(宋象仁)·이익(李瀷)과 어울려 시문을 교류했다.

【출전】 『동계집』 1권.

- 소나무는 한국인에게 있어 뼈요 넋이다. 소나무로 지은 집에서 태어나 푸른 생솔가지를 꽂은 금줄을 친다. 산모의 미역국은 솔잎이나 솔가지로 끓였다. 아이는 뒷동산 솔숲에서 솔방울을 가지고 놀며 점차 어른이 된다. 늙어 죽어도 소나무 품에 안긴다. 소나무 관에 담겨 소나무 숲에 묻히기 때문이다. 그러기에 우리네 시인들은 일찍부터 이를 승화시켜 지조와 절개, 탈속과 풍류로서의 소나무를 제재로 한 노래를 읊어 왔던 것이다.
- 이 작품은 못 가운데의 한 그루 늙은 소나무에 자신의 처지를 의탁해 쓴 것이다.
- 翠(비취색 취). 猶(지금도 역시 유). 傲(업신여길 오). 托(받침 탁).

12. 18

눈을 읊다詠雪

임유정(林惟正, 1140년대~1190년대)

聽憐終夜落　듣기도 어여쁘다, 밤새도록 내리는 소리-제기(齊己)
片薄逐風斜　얇은 조각이 바람에 쫓겨 하늘하늘-신인손(辛寅遜)
幽澗迷松響　그윽한 시내에선 솔 소리와 섞갈리고-노조(盧肇)
虛庭混月華　빈 뜰에서는 달빛과 혼동되네.-승(僧) 정근(正勤)
繞墻全剝粉　담을 둘러 전부 분칠을 했고-이상은(李商隱)
着樹摠成花　나무에 붙으니 모두 꽃이 되었네.-조등(趙滕)
爲報詩人導　시인에게 말씀 좀 전해 주시게-전기(錢起)
前村酒可賖　앞마을에 가서 외상술 먹을 만하다고.-화방(和放)

【작가】생몰연대 등이 정확하지 않다. 비상한 기억력과 시재로 이름을 떨쳤다. 양계(兩界: 고려·조선시대에 군사적으로 중시되던 동계[東界]와 서계[西界]를 아울러 이르던 말)에서 녹사(錄事: 고려시대에 각급 관아에 속하여 기록에 관련된 일을 맡아보던 하급 실무직 벼슬)로 근무하는 등 미관말직을 전전했다. 후대에 그를 '임좨주(林祭酒)'라 칭하는데, 국자감의 좨주(祭酒: 종3품 벼슬. '제주'로 읽으면 제사에 쓰는 술을 가리킴)라는 벼슬을 지냈기 때문이다. 그의 작품은 창조성이나 경학과는 거리가 먼 응구첩대(應口捷對: 물음에 거침없이 대답함)의 시작으로 시대성을 반영했다. 그는 백가의(百家衣: 많은 사람에게서 얻어 온 천 조각들로 꿰매어 만든 옷)체의 시를 잘 지었던 것으로 유명하다. 따라서 그의 문집이나 『동문선』에도 집구시(集句詩)만 뽑혀 있고 순수하게 자신이 지은 시는 한 편도 없다. 『동인시화』에서도 이 점에 대해 유방선(柳芳善)의 말을 빌fu 임유정과 최집균(崔執鈞)이 집구에 능하다고 했다.

〖출전〗『동문선』9권.

- 이와 같은 시를 집구시라 한다. 선인들의 시구를 모아서 한 편의 시를 이룬 수법으로 비상한 기억력이 있어야 가능하다. 진(晋)나라 부함(傅咸)이 경전의 구를 모아 만든 집경시(集經詩)가 집구시의 시작이라 한다.
- 제기(齊己): 당말오대(唐末五代) 때의 시승(詩僧). 속성은 호(胡), 자호는 형악사문(衡嶽沙門).
- 신인손(辛寅遜): 촉나라 때 한림학사를 지낸 사람.
- 노조(盧肇): 당(唐)나라 때의 문신. 흡주자사(歙州刺史) 등을 역임.
- 이상은(李商隱): 만당(晩唐)의 시인. 자는 의산(義山), 호는 옥계생(玉谿生). 하남성 심양(沁陽) 사람.
- 조등(趙滕): 당나라 중기의 시인.
- 전기(錢起, 710~782): 자는 중문(仲文). 오흥(吳興: 今 浙江 湖州) 사람.
- 정근(正勤)·화방(和放)은 승려로 보이는데, 언제 어디 사람인지는 미상.
- 憐(어여삐 여길 련). 賖(외상으로 살 사).

12. 19

농가의 네 계절田家四時 4—冬

김극기(金克己, 고려 명종 때)

竹徑趁溪開　대숲 길은 시내 따라 열렸고
茅廬依崦結　초가집은 언덕을 의지해 지어졌네.
窮冬墐北戶　한겨울에 북창 흙으로 바르는 것은
意欲防風雪　바람과 눈을 막고자 함이라네.
……(8행 생략)
晶熒枯枿火　마른 솔갱이에 불을 붙이니
滿室互明滅　온 방이 어두웠다 밝았다 하네.
兩股亂赬豆　다리 사이엔 말리는 팥이 어지러우니
襟裾從破裂　옷깃과 옷자락 그 따라 찢어지네.
布衾擁衆兒　베 이불에 뭇 아이들 끼고 누우니
窮若將雛鴨　궁하기가 새끼 거느린 오리와도 같아라.
竟夜眼不得　한밤이 다하도록 잠들지 못해
農談逮明發　농사 이야기로 새벽에 이르렀네.

【작가】☞9월 10일 참조.

〖출전〗『동문선』4권.

■ 枿(얼)은 '그루터기, 움'의 뜻이지만 문맥상 '솔갱이(관솔)'로 표현했다.

■ 趁(좇을 진). 崦(산 이름 엄). 墐(매흙질할 근). 戶(외짝문 호). 馳(달릴 치). 騁(달릴 빙). 狐(여우 호). 涴(더럽혀질 완) 促(재촉할 촉). 哺(먹을 포). 啜(마실 철). 茹(먹을 여). 毛(동물의 살갗 모). 熒(등불 형). 股(넓적다리 고). 赬(붉을 정). 襟(옷깃 금). 裾(옷자락 거). 擁(안을 옹). 雛(병아리 추). 鴨(오리 압). 逮(미칠 체).

초당 설경草堂雪景

김삼의당(金三宜堂, 1769~1823)

雪花如掌下玄穹　손바닥 같은 눈꽃이 하늘에서 내려
片片西飛片片東　송이송이 이리저리로 날리네.
穿入溪山千樹裏　시내며 산골 숲속에도 내리니
依如粉蝶暗窺叢　하얀 나비가 몰래 덤불을 엿보는 듯하네.

【작가】☞8월 2일 참조.

〖출전〗『삼의당김부인유고(三宜堂金夫人遺稿)』.

■현궁(玄穹): 하늘. 현간(玄間)이라고도 한다. 참고로 하늘을 나타내는 한자는 穹 외에 天, 空(공), 虛(허), 霄(소), 昊(호), 旼(민), 旻(민), 乾(건), 乹(건), 祆(천) 등 많다.

■분접(粉蝶): 흰 나비.

■粉(가루 분). 蝶(나비 접). 窺(엿볼 규). 叢(모일 총).

겨울밤冬夜

박죽서(朴竹西, 1817년경~1851년경)

雪意虛明遠雁橫　눈은 환한 하늘 아득히 기러기 비껴 날고
梅花初落夢逾淸　매화 처음 떨어지니 꿈이 더욱 맑아라.
北風竟夜茅簷外　삭풍이 밤새도록 초가 처마에 불어대니
數樹寒篁作雨聲　몇 그루 차가운 대나무가 빗소리를 내네.

【작가】 본명은 미상. 죽서(竹西)는 호. 반아당(半啞堂)이라고도 한다. 좌의정 박은(朴訔)의 후손인 선비 박종언(朴宗彦)의 서녀로 부사(府使) 송호(松湖) 서기보(徐箕輔, 1785~1870)의 소실이다. 생몰연대가 분명하지 않으나 1817년생인 김금원(金錦園)이 자신보다 나이가 몇 살 어리다고 한 것으로 보아 1820년 전후에 태어났고 『죽서시집(竹西詩集)』(1851)이 그의 사후 발간된 것으로 볼 때 1820년에서 1850년 사이에 살다 요절한 시인으로 추정된다. 기생·소실인 운초(雲楚)·금원(錦園)·경산(瓊山) 등과 우리나라 최초의 여성 시 동인인 삼호정시단(三湖亭詩壇)을 결성했다. 시집에 「십세작(十歲作)」이 있는 것으로 미루어 어렸을 때부터 시작활동을 했던 것으로 보이며 이후 죽을 때까지 꾸준히 시 창작을 하여 현재 146제 166수의 시가 전한다.

【출전】 『대동시선』 12권.

■ 虛(하늘 허). 逾(넘을 유). 篁(대숲 황).

12. 22 동지(冬至)

일 년 중 밤이 가장 긴 날이다.

내각에서 하교를 받들어 짓다 內閣應敎

정약용(丁若鏞, 1762~1836)

南至風光煖有餘　동짓날 풍광이 따사롭기 그만인데
幾時堤柳任情舒　제방 버들은 어느 때나 마음껏 피어날까.
從他積雪三冬逼　삼동의 쌓인 눈이 핍박하건 말건
不禁微陽一氣嘘　희미하게 불어오는 양기는 막지 못해
枝外嫩容如可見　가지 밖 여린 자태 눈에 보일 듯한데
葉心生意未全疏　잎눈의 싹틀 뜻 전혀 없진 않고말고
縱然漏洩嘉平節　섣달에도 봄소식 새어 나오긴 하겠지만
猶待春鸎百囀初　봄 꾀꼬리 한창 울어댈 때를 기다리리.

【작가】☞ 7월 18일 참조.

〖출전〗『다산시문집』 1권.

■ 이 시의 제목에 "「岸容待臘將舒柳(11월에 '섣달 문턱 언덕 풍경 버들눈 피려 하네)」라는 구절을 시제로 내었다"라는 주가 붙어 있다. 이 구절은 당나라 시인 두보의 「소지(小至)」에 나오는 구절이다. 정조는 동짓날이면 문신들에게 이 구절을 시제로 내어 시험을 보이곤 했다. 『일성록(日省錄)』 정조 13년 11월 기사에, 정약용이 초계문신으로서 이 시제에 답하여 이 시를 지어 수석을 차지했다는 내용이 나온다.

■ 逼(협박할 핍). 嘘(불 허). 嫩(어릴 눈). 漏(샐 루). 洩(샐 설). 鸎(꾀꼬리 앵). 囀(지저귈 전). 臘(섣달 랍). 舒(펼 서).

유암 스님을 전송하며送幽巖上人

권근(權近, 1352~1409)

月白風淸	달 밝고 바람 맑으며
山色溪聲	산 빛과 시냇물 소리.
眼向天端活	시선은 하늘 끝 향해 멀고
路從雲外行	길은 구름 밖으로 뻗어가네.
雖無定處	비록 머물 곳 없어도
慶快平生	기꺼운 한 평생이리.
頓息萬機心迹絶	만 가지 기틀을 돈연히 쉬니 마음 자취 끊어졌고
雪花片片舞苔程	송이송이 눈꽃, 이끼 낀 길에서 춤추네.

【작가】☞3월 23일 참조.

〖출전〗『양촌집』7권.

- 4·5·7언이 교체되는 파격에도 불구하고 일관되게 '庚'자 운을 사용하고 있다.
- 만기(萬機): 천하의 정치. 정치상의 모든 중요한 기틀. 많은 기밀(機密).
- 頓(잠시 멈출 돈). 苔(이끼 태).

외로운 소나무孤松

민정중(閔鼎重, 1628~1692)

獨立倚孤松　홀로 외로운 소나무에 기대어서니
北風何蕭瑟　삭풍은 어찌 그리 소슬한가.
霜露且相侵　서리와 이슬이 함께 침노하니
爲爾憂念切　너를 위한 근심스런 생각 간절하다.
貞心良自苦　곧은 마음은 진실로 스스로 괴로우나
久有凌寒節　오래토록 추위 이기는 절개 있어라.
勖哉保歲暮　힘쓰게나, 세모에 몸을 지키어
幽期庶永結　그윽한 기약 영원히 맺어지기를.

【작가】조선 중기의 문신. 자는 대수(大受), 호는 노봉(老峯). 송시열의 문인으로 당색은 서인(西人)이다. 윤증(尹拯)과 박세채(朴世采)가 남인과 화해하려면 남인을 먼저 용서하고 한직에는 등용하자고 그에게 권고했으나 스승인 송시열이나 서인의 영수 김수항(金壽恒) 등이 반대하므로 입장을 명확히 하지 못하고 중간에서 곤란한 처지에서 말년을 보내다 남인에 의해 유배되었고 결국 유배로 점철된 삶을 살다 사사되었다.

〖출전〗『노봉집』1권.

- 소슬(蕭瑟): 으스스하고 쓸쓸하다.
- 유기(幽期): 비밀의 약속. 은근한 기약. 여기에서는 상록을 통한 불굴 불변의 절개를 지키는 것.
- *勖(힘쓸 욱). 哉(~하도다 재. 감탄의 어기를 나타냄). 庶(바랄 서).

12. 25

눈이 내리는 것을 보다看雪

이만도(李晩燾, 1842~1910)

天意憐窮士　하느님이 궁한 선비 가엽게 여겨
朝來坐玉城　아침나절 옥성 안에 앉게 하셨네.
恣觀雙眼潔　둘러보매 양쪽 눈이 깨끗해지고
撿攝一心明　점검함에 한 마음이 밝아지누나.
枯井清滋脈　마른 우물에 맑은 물이 고이고
寒松白履盟　찬 소나무 눈 속에서 맹서 지키네.
風椽各葺未　풍연 잘 매지 못해 덜컹대나니
戀結故鄕生　고향 집에 대한 걱정 생겨나누나.

【작가】☞ 8월 12일 참조.

〖출전〗『향산집』 1권.

- 옥성(玉城): 옥으로 쌓은 성. 여기서는 주위에 흰 눈이 잔뜩 쌓인 집을 뜻한다.
- 한송백리맹(寒松白履盟): 소나무가 눈 속에서도 푸른빛을 잃지 않고 있다는 뜻이다. 『논어』 「자한(子罕)」편에 "날이 추워진 다음에야 소나무와 잣나무가 늦게 시든다는 것을 안다" 했는데, 이는 흔히 어려운 지경에 처해도 변하지 않는다는 뜻으로 쓰인다.
- 풍연(風椽): 팔작지붕의 양쪽 옆에 비바람을 막기 위해 판자로 막아 둔 것.
- 恣(마음 내키는 대로 할 자). 撿(단속할 검). 攝(당길 섭). 滋(더할 자). 履(행할 리). 椽(서까래 연). 葺(기울 즙). 戀(그리울 련).

눈을 읊다詠雪

정창주(鄭昌胄, 1608~1664)

不夜千峰月　밤도 아닌데 봉우리마다 달이 떴고
非春萬樹花　봄도 아닌데 나무마다 꽃이 피었네.
乾坤一點黑　천지 사이에는 오로지 검은 점 하나
城上暮歸鴉　날 저물어 둥지 찾는 성 위 까마귀 한 마리.

【작가】 자는 사흥(士興), 호는 만사(晩沙)·만주(晩洲)·묵헌(默軒). 전라도관찰사를 지냈으며, 문장이 뛰어나 당대의 제일인자로 일컬어졌다. 생몰연대가 『한국민족문화대백과』·『두산백과』 등에서는 '1606~?'으로 되어 있는데, 여기서는 『한국민속문학사전』을 좇았다.

〖출전〗 『만주집』 1권.

▪놀랍게도 이 시를 일곱 살 때 지었다고 한다.

12. 27

묘지에 스스로 제하다 自題墓誌

조운흘(趙云仡, 1332~1404)

孔子杏壇上　공자는 행단 위에 계셨었고
釋迦雙樹下　석가는 쌍수 아래 계셨다네.
古今聖賢人　고금의 성인들과 현인들 중에
豈有獨存者　그 어찌 독존한 분 계셨으리오.

【작가】☞4월 28일 참조.

〖출전〗『고려사, 열전』. 『해동역사』 47.68권. 『명시종』 94권.

- 『고려사』 원문에는 셋째 구의 '人'이 없다.
- 묘지(墓誌): 죽은 사람의 이름, 신분, 생전의 행적, 나고 죽은 때 따위를 적은 글.
- 행단(杏壇): 산동성의 공자의 묘(廟) 앞에 있는 단. 공자가 이 단 위에서 제자들에게 강론했다.
- 쌍수(雙樹): 인도의 발제하(跋提河) 가에 있던 두 그루의 사라(娑羅) 나무. 석가가 이 아래서 열반(涅槃)에 들었다.
- 이 묘지명 내용을 쉽게 풀어 쓰면 다음과 같다. "행단(杏壇) 위에서 도를 논하던 공자와 보리수 아래에서 설법하던 석가모니 같은 고금의 성현들 가운데 지금까지 살아 계신 분은 없지 않은가?"

눈 내린 날 벗을 찾아갔다가 만나지 못하고雪中訪友人不遇

이규보(李奎報, 1168~1241)

雪色白於紙　눈빛이 종이보다 새하얗기에
舉鞭書姓字　채찍 들어 이름 적어 두고 가나니
莫教風掃地　바람아 부디 눈을 쓸지 말고
好待主人至　주인이 돌아오기까지 기다려다오.

【작가】☞2월 3일 참조.

〖출전〗『동국이상국집』8권.

■ 遇(만날 우). 鞭(채찍 편). 教(~로 하여금 ~하게 할 교).

12. 29

정송강의 무덤을 지나며 감회가 있어過鄭松江墓有感

권필(權韠, 1569~1612)

空山木落雨蕭蕭　빈산에 낙엽 지고 비 내려 소슬한데
相國風流此寂寥　상국의 풍류가 여기에서 쓸쓸하구나.
惆悵一杯難更進　서글퍼라, 한 잔 술 다시 올리기 어려우니
昔年歌曲卽今朝　예년의 가곡이 바로 오늘의 일이로세.

【작가】☞6월 26일 참조.

〖출전〗『석주집』7권.

- 소소(蕭蕭): 쓸쓸함.
- 상국(相國): 정승. 여기서는 정철을 가리킨다.
- 적요(寂寥): 적적하고 고요함.
- 일배(一杯)·가곡(歌曲): 송강은 「장진주사(將進酒辭)」에서 "누른 해, 흰 달, 굵근 눈, 소소리 바람 불 제, 뉘 '한 잔' 먹자 할꼬" 라고 했다.
- 蕭(쓸쓸할 소). 寂(고요할 적). 寥(쓸쓸할 료).

만가輓歌

정희량(鄭希良, 1469~?)

浮生一虛夢　뜬 인생은 한 차례의 헛된 꿈인데
擧世皆未覺　온 세상사람 모두 그걸 모르네.
靡靡空中絮　허공에 흩날리는 저 버들개지
東西互飄泊　이리저리 따로따로 흩어지나니
譬如歸山雲　산 위로 오가는 구름 같아서
徐疾紛相錯　늦고 빠름 분분하여 서로 다르나
日暮澹無蹤　해 저물면 깨끗하게 흔적도 없고
鳥沒天寥廓　새들마저 돌아가면 하늘 텅 비네.
乃知昧者悲　내 알겠네, 몽매한 자 맘 슬퍼하고
至人脫羈縛　지인은 속박의 굴레에서 벗어나는걸.
深松間茂柏　솔숲 사이 잣나무들 무성도 하니
地下正相樂　지하에서 틀림없이 서로 즐기리.
捐棄勿復道　버려진 것을 다시는 말하지 마라
天地會銷鑠　하늘과 땅도 끝내는 쇠하여질 거라네.

【작가】☞7월 10일 참조.

〖출전〗『해동역사』 48권.

- 김정(金淨)의 『충암집(沖庵集)』 1권에는 "浮生一虛夢 擧世皆未覺 靡靡空中絮 東西風所泊 有此卽有彼 天心非厚薄 譬如歸山雲 徐疾紛相錯 薄暮無蹤迹 鳥沒天寥廓 鳥沒天寥廓 共盡將焉托 乃知昧者悲 至人脫羈縛 深松與茂柏 地下歸應樂 棄捐勿復道 天地會銷鑠"이라고 되어 있다.
- 寥(텅 빌 료). 澹(담박할 담). 羈(굴레 기). 縛(묶을 박). 銷(녹일 소). 鑠(녹일 삭).

잊혀짐에 대하여詠忘

이규보(李奎報, 1168~1241)

世人皆忘我　세상사람 모두가 나를 잊어버려
四海一身孤　천지간에 이 한 몸 외롭도다.
豈唯世忘我　어찌 세상만 나를 잊었으랴.
兄弟亦忘予　형제마저 나를 잊었네.
今日婦忘我　오늘은 아내가 나를 잊었으니
明日吾忘吾　내일은 내가 나를 잊을 차례다.
却後天地內　그 뒤로는 하늘과 땅 사이에
了無親與疏　친한 이도 소원한 이도 다 없으리.

【작가】☞2월 3일 참조.

〖출전〗『동국이상국집』1권.

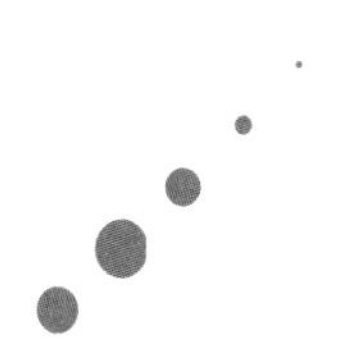